María

Jorge Isaacs

SONRRIE

Bibliografische Information Der Deutschen Bibliothek: Die Deutsche Bibliothek verzeichnet diese Publikation in der Deutschen Nationalbibliografie; detaillierte bibliografische Daten sind im Internet über http://dnb.ddb.de abrufbar.

Titel der Originalausgabe: María. Aus dem Spanischen von Álvaro López Quijano. Lektorat: Michael Kohn. Titelgestaltung: Dirk Weiss, Hamburg. Fotos: Mik Berger.
Herstellung: Books on Demand GmbH, Norderstedt.

ISBN 3-936968-02-0

„Die Tränen deiner Augen sind es wert,
vor Glück vergossen zu werden."

Jorge Isaacs

Vorwort des Herausgebers

Mehr als ein Jahr lang einen einhundertvierzig Jahre alten Roman zu übersetzen, zu lektorieren und unzählige Male zu korrigieren, erfordert schon mehr als Idealismus. Dazu gehört der feste Glaube, dass dieser Roman in seiner Art absolut einzigartig ist. Und daran, dass die Zeit dafür reif war, den Bestseller nach Deutschland zu bringen, der lange vor der Zeit des großartigen Schriftstellers Gabriel García Márquez von Kolumbien aus ganz Südamerika, Spanien und – auf Englisch und Französisch – viele andere Länder erobert hat.

„María" ist es wert. Der Roman stellt die romantische Vision einer Liebe dar, einer erwiderten Liebe, die dennoch letztlich platonisch bleiben musste und gerade darum alle Voraussetzungen für die große, die einzig wahre Liebe erfüllt. Ein historisches Drama, das nicht in der heutigen Zeit geschrieben wurde, sondern zu der Zeit, in der es sich auch abgespielt hat.

Denn wie es im südwestlichen Kolumbien heißt, hat Jorge Isaacs diese Liebe tatsächlich selbst erlebt. Einige Jahreszahlen und räumliche Gegebenheiten wecken zwar Zweifel daran, aber es gibt auch Briefe und Aussagen, welche die Existenz Marías und der Liebe zwischen ihr und „Efraín" zu bestätigen scheinen. Auf jeden Fall ist heute in der Nähe von Cali die Hazienda „El Paraiso" zu besichtigen: Das Haus, in dem neben Fotos und diversen Einrichtungsgegenständen der Familie Isaacs auch die Atmosphäre der damaligen Zeit und ein Hauch von María erhalten geblieben sind. In einem Dorf in der Nähe der Hazienda befindet sich Marías Grab, ein Bildnis von ihr hängt in einem Nebengebäude der Kirche „San Francisco" in Cali. Isaacs und „María" sind auch eine Art nationales Denkmal: Auf dem sehr gängigen Fünfzigtausend-Pesos-Schein findet man ein Bild von Isaacs, Abbildungen Marías und der Hazienda sowie einige Zeilen des Schriftstellers.

Jorge Isaacs hat seinen Roman mit dem Herzen geschrieben, auf eine Weise, die Wissenschaftler und Romantiker gleichermaßen fasziniert. Ziel dieser Übersetzung war es deshalb nicht nur, den Inhalt einer breiteren Leserschaft zugänglich zu machen, sondern auch, die Poesie der intensiven, von kolumbianischer Seele erfüllten und mit zahllosen indirekten Ausdrücken versehenen spanischen Sprache des neunzehnten Jahrhunderts ins Deutsche zu übertragen. Natürlich ist dabei nicht an allen Stellen eine wortwörtliche Übersetzung möglich. Da der Originaltext von Isaacs erstaunlich klar und zeitlos formuliert wurde, war es jedoch nicht notwendig, die Sprache zu „modernisieren". Die Schwierigkeiten der Übersetzung lagen in einer sehr bildhaften Sprache, in Ausdrücken, die inzwischen verloren gegangen sind, und in erheblichen sprachlichkulturellen Unterschieden. Vermutlich ein Grund dafür, dass „María" jetzt zum ersten Mal in deutscher Sprache vorliegt und hoffentlich auch bei uns noch weitere Jahrhunderte unbeschadet überstehen wird.

Übrigens enthält der Roman nicht nur die Liebesgeschichte von María und Efraín, sondern auch viele Hintergrundinformationen über das Leben und die Probleme in ganz Südamerika in der damaligen Zeit und – in Form einer eingebauten Erzählung – eine ebenso anschauliche wie informative Übersicht darüber, wie es den schwarzen Sklaven erging, die aus Afrika nach Süd- und Mittelamerika transportiert wurden.

„María" wurde von Kritikern unter anderem verglichen mit Werken von Byron, Chateaubriand, Shakespeare, Longus und Nabokov. Mir geht es aber weniger um den literarischen Wert des Romans und mehr um die Faszination, die ein Buch (selbst dann, wenn es nicht mehr brandneu ist) auf die Leserin oder den Leser ausüben kann. Nehmen Sie sich die Zeit, sich vom Ambiente des spätkolonialen Kolumbiens fesseln zu lassen. Und genießen Sie die Liebe, wie man sie nur in jungen Jahren genießen kann – oder beim Lesen.

Michael Kohn, Herausgeber

Kapitel 1

Ich war noch ein Kind, als ich mein Elternhaus verlassen musste, um in Bogotá zur Schule zu gehen; auf das berühmte Colegio von Doktor Lorenzo María Lleras, das trotz der kurzen Zeit seines Bestehens bereits zu einem der bekanntesten geworden war.

In der Nacht vor meiner Abreise – nach einer der üblichen abendlichen Zusammenkünfte – kam meine Schwester zu mir ins Zimmer. Sie war nicht in der Lage, etwas zu sagen, weil das Schluchzen sie überwältigte. Sie schnitt eine Locke von meinem Haar ab; dabei spürte ich, wie ihre Tränen auf meinen Hals fielen. Ich musste an das Leid denken, das mich in der Zukunft erwarten würde – und darüber schlief ich ein.

Die Locke von meinem Kinderschopf, die Liebe, die mich vor dem Tod bewahren sollte, das Leben, das ich noch vor mir hatte ... all dies begleitete mich in meinen Gedanken in einen Traum. Einen Traum, in dem wie in einem Roman die schönsten Stunden meines jungen Lebens an mir vorüberzogen.

Am nächsten Morgen musste mein Vater mich, in Tränen gebadet, aus den Armen meiner Mutter ziehen. Meine Schwester trocknete meine Tränen mit ihren Küssen. María wartete geduldig, während sie ihre Abschiedsworte stammelte, bis sie sich mit ihrer errötenden Wange der meinen nähern konnte. Ich spürte ihre Haut, die wie erfroren wirkte, verursacht vom Abschiedsschmerz. Bald darauf folgte ich meinem Vater. Er versuchte, seine Augen vor meinem Blick zu verstecken. Und das Getrappel der Pferdehufe auf dem steinernen Pfad übertönte mein Schluchzen.

Der Fluss Zabaletas, dessen fruchtbare Ebene wir rechts liegen ließen, schien so etwas wie ein Abschiedsgemurmel von sich zu geben. Je weiter wir ritten, um so leiser und leiser wurde es.

Schließlich erreichten wir den Hügel, von dem aus wir sonst immer die Besucher erspähen konnten, wenn sie sich unserem Haus näherten. Nach wenigen Schritten drehte ich mich um, als wenn ich noch einmal einen von diesen lieben Besuchern erblicken könnte. Dabei sah ich María in der Ferne, umrahmt von den Kletterpflanzen, die das Schlafzimmerfenster meiner Mutter schmückten.

Kapitel 2

Sechs Jahre waren vergangen. An einem wunderschönen Augusttag kehrte ich zurück in das Tal meiner Geburt, mein Herz erfüllt von Liebe zu meiner Heimat. Es war der letzte Abschnitt meiner Reise, ich genoss den dufterfüllten Sommervormittag, den Ritt unter strahlend blauem

Himmel. Im Osten waren kleine, golden schimmernde Wolken bei ihrer Wanderung zu erkennen – sie schienen einen Hauch von Liebe zu hinterlassen. Für mich zeichneten die Wolken das Bild einer Tänzerin in den Himmel. Im Süden war noch jener Wolkenvorhang zu erblicken, der in der Nacht zuvor die Berge bedeckt hatten. Ich ritt weiter, überquerte ein Plateau, das wie ein Teppich aus Gras wirkte, verknüpft mit Bäumen und Tieren, die gerade ihre Schlafplätze verlassen hatten und durch ein Meer von Blumen wanderten.

Meine Augen konzentrierten sich auf das, was den Reisenden normalerweise verborgen bleibt: Ein dichter Wald verdeckte die Plantagen, Eigentum der lieben Menschen, die ich sechs Jahre zuvor verlassen hatte. Selbst die schönste Klaviersonate hätte mich von dieser traumhaften Landschaft jetzt nicht ablenken können. Die Düfte, die ich einatmete, waren wie die exklusiven Kleider von „ihr", der Gesang der namenlosen Vögel erfüllte mein Herz. Ja, die Schönheit der Natur hatte mich zum Dichter gemacht und mir die Bewunderung meiner Mitschüler eingebracht!

Wenn wir uns in einem von Licht durchfluteten Tanzlokal befinden, in dem sich harmonische Melodien mit den Gerüchen der Kleider verführerischer Frauen vermischen, und wenn wir dann einen Blick der Frau erhaschen, von der wir in unserer Jugend geträumt haben, dann steht unser Herz in Flammen. Ihre Stimme übertönt alle anderen Stimmen und Geräusche. Ihre Blumen verströmen unbekannte Essenzen, und wir verfallen in eine Art himmlischer Ekstase; unsere Stimme versagt, unsere Ohren sind taub, unsere Blicke sind nicht mehr in der Lage, ihr zu folgen. Wenn aber der Kopf sich erholt hat, kommt sie uns wieder ins Gedächtnis, ihr Blick macht uns schwindelig, das Geräusch ihrer Schritte auf dem Parkett verursacht einen Gesang, der vollkommen ist – so wie der Himmel, der Horizont, die Ebenen und die Gipfel des Cauca. Alles zum Entzücken des Betrachters.

Die Schönheiten der Schöpfung können jedoch nicht gleichzeitig betrachtet und besungen werden. Zunächst müssen sie die Seele erreichen, vom untreuen Gedächtnis in den Hintergrund geschoben.

Vor dem Sonnenuntergang erblickte ich am Berghang das Haus meiner Eltern. Unter den Blicken der Trauerweiden und Orangenbäume näherte ich mich ihm in verhaltenem Schritt. Kurz darauf sah ich das Licht, das zwischen den Bäumen das Haus beleuchtete. Tief atmete ich den Duft des Gemüsegartens ein. Dann trafen die Hufeisen meines Pferdes Funken sprühend auf das steinerne Pflaster des Hofes – ich war am Ziel!

Ein lauter Schrei erklang, als ich vom Pferd stieg; er kam von meiner Mutter, die auf mich zueilte, um mich zu umarmen. Während ihr Schatten mich bedeckte, versuchte ich, die Frauen zu erkennen, die ich verlassen hatte, als sie noch Kinder waren. María stand direkt vor mir, ihre wunderschönen Augen strahlten, und ihr Gesicht errötete, als mein Arm sie berührte, ihre Taille umschlang. Ihre Augen waren feucht, trotzdem lachte sie, als ich meine Gefühle zeigte wie ein weinendes Kind, das von der Mutter zärtlich gestreichelt wird.

Kapitel 3

Um acht Uhr gingen wir ins Esszimmer, den schönsten Raum im Haus, mit Blickrichtung Osten. Von dort aus konnte man die nackten Berge und im Hintergrund den Himmel voller Sterne sehen. Ein leichter Wind brachte uns den Geruch des Gartens herüber. Er gab mir das Gefühl, von Rosen umgeben zu sein. Hinzu kam das Rauschen des Flusses, als Beitrag der Natur zu meinem Empfang.

Mein Vater saß am Kopfende des Tisches und forderte mich auf, rechts von ihm Platz zu nehmen. Meine Mutter befand sich wie immer links von ihm, meine Schwester und die Kinder saßen in gemischter Reihe, María mir gegenüber. Mein Vater, der während meiner Abwesenheit graue Haare bekommen hatte, schaute mich glücklich an, erfüllt von unübersehbarer Fröhlichkeit. Das war ein wunderbarer Anblick, wie ich ihn so nicht noch einmal erlebt habe. Meine Mutter sprach nicht viel. Aber sie war glücklicher als wir alle zusammen.

Ich sollte unbedingt das Gebäck probieren, das die Mädchen gebacken hatten. „Sie" errötete, als sie meinem liebevollen Blick begegnete. María war schüchtern, und sie schaute schnell weg, als unsere Blicke sich wieder trafen. Doch ich konnte in ihr den Glanz und die Schönheit der Frauen ihrer Art sehen und bewundern. Ihre roten, feuchten Lippen umrahmten mit unendlicher Grazie den symmetrischen Bogen ihrer Zähne. Wie meine Schwester hatte sie schöne, starke braune Haare. Sie trug zwei lange Zöpfe, einer davon mit einer Nelke geschmückt. Bekleidet war sie mit einem blauen Musselinkleid und einer *Mantilla*, die ihre Schultern umhüllte. Als sie den Tisch deckte, genoss ich den Anblick ihrer Arme und Hände, die gepflegt waren wie die einer Königin.

Nach dem Essen räumten die Diener den Tisch ab. Einer betete das Vaterunser, und wir ergänzten das Gebet. Danach unterhielt ich mich intensiv mit meinen Eltern. María hatte das Kind auf ihren Armen, bald schlief es auf ihrem Schoß ein. Meine Schwester folgte ihr in die Schlafräume. Alle liebten María und bemühten sich um ihre Zuneigung.

Nachdem mein Vater sich von allen für die Nacht verabschiedet hatte, wollte mir meine Mutter das Zimmer zeigen. María und meine Schwester, jetzt weniger scheu, beobachteten meine Reaktion auf alle Aufmerksamkeiten, die mir zuteil wurden.

Das Zimmer lag am Ende des Korridors und hatte nur ein Fenster. Wieder lag der Geruch von Rosen in der Luft. Auf dem Tisch stand eine Vase mit allen möglichen, für die Region typischen Blumen. Die Vorhänge des Baldachins waren mit blauen Bändern zusammengebunden. Als besondere Aufmerksamkeit meiner Mutter war das Bildnis der heiligen Jungfrau María, das einst meinen Altar gekrönt hatte, auf den Nachtisch gestellt worden. Einige Sessel waren neu, des weiteren schmückten einige Landkarte und eine exquisite Badegarnitur das Zimmer.

„Was für schöne Blumen“ sagte ich, als ich den Garten und im Vordergrund die Blumenvase sah.

„Die Blumenvase war Marías Idee“, sagte meine Mutter, „sie wusste, wie sehr du Blumen liebst.“

Ich schaute „ihr“ in die Augen, um mich zu bedanken. Dabei fiel mir auf, dass sie sich anstrengen musste, um meinen Blick ertragen zu können.“María“, sagte ich, „würdest du die Blumen entfernen? Über Nacht sind sie schlecht für die Gesundheit.“

„Ist das wahr?“ fragte sie, um gleich darauf fortzufahren: „Morgen bekommst du neue.“ Wie süß war ihre Stimme!

„Gibt es denn so viele?“ fragte ich.

„Viele – jeden Tage neue!“

Meine Mutter verabschiedete sich. Emma gab mir die Hand. Und María lächelte mich zärtlich an. So, wie sie es als kleines Kind gemacht hatte. Sie war die Liebe meiner Kindheit, die jetzt so lebendig war wie eine Madonna von Rafael.

Kapitel 4

Ich schlief ganz ruhig, so wie in meiner Kindheit, als mir der Sklave Pedro vor dem Einschlafen schöne Geschichten erzählte. Kein Wunder, dass ich einen schönen Traum hatte: In ihm sah ich María, während sie die Blumen auf meinem Tisch erneuerte. Ihr Rock streifte die Vorhänge des Baldachins.

Als ich morgens aufwachte, hörte ich die Vögel singen, und der Geruch der Orangenblüten drang in dem Moment in mein Schlafzimmer, in dem ich die Tür öffnete. Sofort war auch die Stimme Marías zu hören, etwas tiefer als in ihrer Kindheit. Doch sie hatte nichts von ihrer Schönheit und Leidenschaft verloren. In meinen Träumen hörte ich häufig ein Echo dieser Stimme, das bis in meine Seele vordrang.

Meine Augen suchten verzweifelt nach dem Platz im Garten, an dem ich sie in jenem Morgengrau im August zuletzt gesehen hatte.

Dieses Mädchen, dessen unschuldige Leidenschaft nur mir gehörte, war nun nicht mehr meine Spielkameradin, sondern meine Begleiterin auf den spätsommerlichen Spaziergängen.

Gemeinsam mit meiner Schwester half ich ihr, ihre Lieblingsblumen zu pflücken. Einmal, nachdem ich mit der Morgentoilette fertig war, öffnete ich das Fenster und sah María in Begleitung von Emma. An diesem Morgen trug sie ein blaues Kleid, etwas dunkler als das am Tag zuvor, und eine rote *Mantilla,* die den ganzen Rücken und einen Teil ihrer Brust bedeckte. Sie und meine Schwester waren barfuß. Emma trug einen Porzellanbehälter mit frischen Blumen.

Sie lachte mit ihrer Gefährtin. Ihre Wangen waren frischer als die Blumen, die sie geschnitten hatten. Dann entdeckte Emma mich. María bemerkte mich ebenfalls und kniete sich hin, um ihre nackten Füße zu verstecken. Schöner konnten die bezaubernden Töchter der Patriarchen nicht gewesen sein, als sie die Blumen für deren Altäre sammelten!

Nach dem Mittagessen rief meine Mutter mich zu sich in ihre Nähstube. Emma und María waren mit Stickereiarbeiten beschäftigt, als ich eintrat. María errötete, wahrscheinlich erinnerte sie sich an den Schreck vom Vormittag.

Zu jeder Zeit wollte meine Mutter mich sehen und mit mir reden. Emma war konkreter und fragte mich ständig nach meinen Erlebnissen in Bogotá. Ich musste von den Gesellschaftsbällen berichten und von der Kleidung, welche die Frauen in der Hauptstadt trugen. Beide lauschten, ohne ihre Arbeit zu unterbrechen. Manchmal sah María in meine Richtung, um dann wieder mit Emma Feinheiten auszutauschen über die Näharbeiten, mit denen sie gerade beschäftigt waren.

Auf einmal stand sie auf, um meine Mutter herbeizurufen. Das war die beste Gelegenheit für mich, ihre entzückenden Füße und ihr elegantes Schuhwerk zu bewundern. Ihr stolzer Schritt, ihre Weiblichkeit und ihr ganzes Wesen spiegelten das Selbstbewusstsein unseres Volkes wider.

Mutter machte den Vorschlag, dass ich den beiden Grammatik- und Erdkundeunterricht erteilen sollte, da Emma und María in diesen Fächern wenig bewandert waren. Wir vereinbarten, dass ich zuerst eine Einschätzung ihrer allgemeinen Kenntnisse abgeben sollte.

Kurz darauf wurde mir mitgeteilt, dass mein Bad vorbereitet war. Ich begab mich dorthin – der Teich befand sich mitten im Orangenhain. Auf dem Wasser schwammen Rosen. All das gab mir das Gefühl, mich in einem orientalischen Bad zu befinden, die Luft parfümiert von den Blumen, die María vormittags gepflückt hatte.

Kapitel 5

Nachdem drei Tage vergangen waren, lud mein Vater mich ein, sein Landgut im *Valle* zu besichtigen. Ich musste ihm die Freude machen, oder anders gesagt, ich war sehr daran interessiert, sein Eigentum kennen zu lernen.

Mutter bestand wie immer auf unserer baldigen Rückkehr. Meine Schwester war traurig – anders als sie, María. Sie sagte nicht, dass ich noch in dieser Woche zurückkommen sollte. Aber sie beobachtete ununterbrochen, wie ich meine Reisevorbereitungen traf.

Während meiner Abwesenheit hatte mein Vater ein Vermögen geschaffen. Er besaß eine sehr teure und gut ausgestattete Zuckerfabrik, sämtliche Ländereien, auf denen die Rohstoffe für die Fabrik produziert wurden, wie zum Beispiel Zuckerrohr, und ein umfangreiches Weidegebiet mit verschiedenen Arten von Vieh. Mitten im Landgut befand sich ein luxuriöses Haus, sein Domizil in der „Tierra Caliente".

Die Sklaven waren bestens gekleidet und, soweit es möglich war, zufrieden mit der Arbeit und ihrem Herren treu.

Ich begegnete Männern, die ich aus meiner Kindheit kannte. Damals brachten sie mir bei, Fallen zu bauen, um kleine Tiere zu fangen. Sie und ihre Eltern empfingen mich voller Freude. Nur Pedro war nicht da, der älteste und treueste Sklave. Er weinte damals bitterlich, als ich nach Bogotá ging, und sagte: „Mein liebes Kind, ich werde dich nie wieder sehen." Sein Herz hatte es geahnt – er starb, bevor wir zurückkehrten.

Ich konnte feststellen, dass mein Vater, obwohl er der Herr war, seine Sklaven sehr gut behandelte. Er erkundigte sich nach ihren Ehefrauen und streichelte die Kinder, ganz wie ein alter Patriarch.

Eines Tages kamen wir, kurz nach Sonnenuntergang, von den Wiesen zurück in die Fabrik. Ich begleitete Higinio, den Hausverwalter. Er sprach mit seinen Leuten über die laufenden Arbeiten und über diejenigen, die noch zu erledigen waren.

Ich war mit ganz anderen, weniger ernsten Dingen beschäftigt. Ich fühlte mich zurückversetzt in meine Kindheit: Der besondere Geruch frisch gefällter Bäume, vermischt mit dem der Mini-Ananas; das Kreischen der Papageien in den Guaven; die Spuren der Kuhhirten; die *Castrueras* der Sklaven, die mit ihren Werkzeugen über der Schulter von der Arbeit kamen; der Sonnenuntergang, der durch die bewegten Zuckerrohr-Plantagen hindurch zu sehen war. Das alles erinnerte mich an die Nachmittage, an denen meine Schwester, María und ich, nachdem wir meiner Mutter die Erlaubnis dazu abgepresst hatten, Obst sammeln gingen. So manches Mal zogen wir uns dabei größere Verletzungen an

Armen und Händen zu, weil wir unbedingt die jungen Vögel in den Plantagen beobachten wollten.

Wir trafen eine Gruppe von jungen Sklaven. Vater hatte sich uns angeschlossen und sprach einen der jungen Männer an. „Ah, Bruno", sagte mein Vater, „ich habe gehört, dass mit deiner Hochzeit übermorgen alles in Ordnung geht."

„Ja, mein Herr!" antwortete Bruno und nahm den Hut ab.

„Und wer sind die Trauzeugen?"

„Doña Dolores und Don Anselmo, wenn Euer Gnaden nichts dagegen haben."

„Nein ..., also gut, ich hoffe, Remigia und du, ihr seid gut vorbereitet. Hast du alles gekauft, von dem Geld, das ich dir geschickt habe?"

„Ja, mein Herr."

„Und was wünscht du noch?"

„Na ja ..."

„Ist das Zimmer, das Higinio euch zugeteilt hat, in Ordnung?"

„Ja, mein Herr, Gott segne Euch."

„Ach ja! Jetzt weiß ich, was du willst, wieso bin ich nicht früher drauf gekommen? Was du willst, ist feiern und tanzen!"

Bruno lachte verlegen und zeigte seine schönen Zähne. Dabei drehte er sich um und schaute zu seinen Kameraden hinüber.

„Das hast du wirklich verdient", sagte mein Vater, „du bist ein guter Arbeiter." An Higinio gewand, fügte er hinzu: „Sorge bitte dafür, dass alle viel Spaß haben!" Das war alles. Darauf mischte ich mich ein und sagte: „Nein, das ist nicht alles. Ich möchte, dass wir alle mitfeiern."

Am frühen Morgen des kommenden Sonnabends heiratete Bruno seine Remigia. Abends um sieben Uhr ließen wir unsere Pferde satteln und ritten zur Feier. Schon von weitem waren die Musik und der Lärm der Feier zu hören. Als wir ankamen, empfing uns Julian, er war sozusagen der Chef der Sklaven. Er war sehr elegant gekleidet, und wie alle Arbeiter aus der Plantage trug er eine Machete in einer Scheide, die so geschmückt war, dass man seinen Rang erkennen konnte. Julian nahm unsere Pferde entgegen, und wir gingen zu den Feiernden hinüber.

Ein Raum unseres alten Hauses war von allen Gerätschaften frei geräumt worden, um dort das Fest veranstalten zu können. Eine Holzbühne war schon aufgebaut, drum herum drehte sich ein halbes Dutzend Lichter. Musiker, Sänger und bunt gemischtes Volk hatten sich neugierig vor der Tür versammelt. Es gab nur zwei Panflöten, eine improvisierte Trommel, zwei *Alfandoques* und zwei *Panderetas*, aber die hervorragenden Stimmen der schwarzen Sänger füllten den Raum. Auf sehr melancholische Weise drückte der Gesang ihr Glück aus, und von ihren einfachen Versen wäre auch ein musikalisch nicht besonders anspruchsvoller Mensch begeistert gewesen.

Mit Reithosen und Sombreros begaben wir uns in den Raum, in dem in diesem Moment Remigia und Bruno tanzten. Sie in einem weiten Rock mit blauen Bändern und roten Röschen, dazu trug sie ein weißes Hemd mit schwarzen Bordüren sowie eine rubinrote Kette und Ohrringe aus Kristall. Sie bewegte sich voller Eleganz und Anmut, so wie es von ihr erwartet wurde. Er trug das Beste, was er besaß: Einen Poncho über der Schulter, eine edle Hose, ein frisch gebügeltes weißes Hemd und dazu einen ganz neuen *Cabi blanco*. Bruno konnte mit einem unglaublichen Temperament steppen. Nach dieser Einlage ging es klassisch weiter: Man spielte einen *Bambuco*. Nun war mein Vater an der Reihe, mit der Braut zu tanzen. Dabei wagte sie es nicht, den Blick zu heben, und ihre Bewegungen waren merklich zurückhaltender geworden. Etwas eine Stunde später verließen wir die Feier.

Mein Vater war sehr erfreut über meinen Besuch in den Ländereien. Aber als ich vorschlug, dass ich mich jetzt mit meiner eigenen Arbeit beteiligen könnte, lehnte er es sofort ab. Er sagte, eher wäre er bereit, sich zu opfern und weitere Arbeit zu verrichten. Er ging sogar noch weiter: Er beabsichtigte, mich nach Europa zu schicken, damit ich mein Medizinstudium dort beenden könnte. In spätestens vier Monaten sollte ich abreisen. Und wenn mein Vater etwas entschieden hatte, gab es keinen Widerspruch.

Den Rest des Weges sprachen wir nicht mehr viel. Ich wäre bedeutend glücklicher gewesen, wenn die Pläne meines Vaters anders ausgesehen hätten – und ich mich nicht von meiner María hätte trennen müssen.

Kapitel 6

Was ging in den vergangenen vier Tagen in der Seele von María vor? Sie wollte eine Lampe auf einen der Tische im Salon stellen. Ich ging auf sie zu. Ich hatte sie auf dem Familientreffen vermisst. Die Lampe zitterte in ihrer Hand. Ich bot ihr meine Hilfe an, ich war unruhiger als ich dachte. Sie hatte dunkle Ringe unter ihren Augen. Wenn man sie nicht genau anschaute, wären diese jedoch kaum aufgefallen. Sie drehte sich um und schaute meine Mutter an, die gerade gesprochen hatte.

In einem ihrer Zöpfe trug sie eine verwelkte Nelke. Es war ohne Zweifel dieselbe, die ich ihr von meiner Reise in die Ländereien mitgebracht hatte. Auch das kleine Emailkreuz, das ich ihr geschenkt hatte, trug sie liebevoll am Hals. Nun saß sie ganz still zwischen meiner Mutter und mir.

Die Entscheidung meines Vaters bezüglich meiner Europareise ließ mich nicht ruhen. Und es blieb nicht unbemerkt, dass ich voller Trauer war. María sprach mich an: „Ist dir der Ausflug in die Ländereien nicht gut bekommen?"

„Nein", sagte ich, „wir hatten viel Sonne und waren viel unterwegs." Eigentlich wollte ich noch etwas sagen, aber der Klang ihrer Stimme ließ mich plötzlich verstummen. In der Stille des Augenblicks beobachtete ich sie, bis es ihr peinlich wurde. Die Starre meines Blickes war zu viel für sie.

Ich verließ den Salon, ging in mein Zimmer und schloss die Tür. Ich sah die Blumen, die sie für mich gepflückt hatte. Ich näherte mich ihnen, atmete ihren Duft ein, küsste sie. Dabei hatte ich das Gefühl, Marías Kleider zu riechen. Meine Tränen benetzten die Blumen ...

Wer noch nicht vor Glück geweint hat, sollte es aus Verzweiflung über die vergangene Jugend tun. So wie in jungen Jahren kann man nie wieder lieben.

Die erste Liebe! Der edle Stolz, unsere Liebe zu fühlen, die Hingabe, mit der man auf alles verzichtet zugunsten der geliebten Frau! Die Glückseligkeit eines Tages bedeutet mehr als die Tränen eines ganzen Lebens. Durch die Liebe bekommen wir ein Geschenk Gottes, das uns durch jede Sekunde bis zum Tod begleitet. Eine Blume, die man in der Seele aufbewahrt, verwelkt nie. Der einzige Schatz, den der Neid der Menschen uns nicht rauben kann. Inspiration des Himmels. María! María! Wie ich dich geliebt habe, wie ich dich immer lieben werde!

Kapitel 7

Als mein Vater seine letzte Reise auf die Antillen unternommen hatte, besuchte er Salomon, seinen Vetter, den er seit seiner Kindheit sehr liebte. Es war eine schwere Zeit für Salomon, da er gerade seine Frau verloren hatte.

Mein Vater und sein Vetter waren als junge Männer nach Südamerika gekommen. Auf einer seiner Reisen hatte mein Vater die Tochter eines Spaniers kennen und lieben gelernt. Ihr Vater war ein Schiffskapitän a. D., aber er war gezwungen, im Jahr 1819 den Dienst wieder aufzunehmen, um für die spanische Krone zu kämpfen. Später wurde er zum Tode verurteilt und am zwanzigsten Mai 1820 exekutiert.

Die zukünftige Schwiegermutter meines Vaters hatte die Bedingung gestellt, dass er auf seinen jüdischen Glauben verzichten und zum Christentum konvertieren sollte. Das tat mein Vater mit zwanzig Jahren. Sein Vetter interessierte sich für den neuen Glauben meines Vaters. Auf seine Bitte, ebenfalls dem neuen Glauben beizutreten, ging er allerdings nicht ein. Mein Vater hatte durch die Konvertierung die Frau bekommen, die er liebte. Sein Vetter hingegen hätte die Akzeptanz seiner jüdischen Familie, die auf Jamaika lebte, völlig verloren.

Nach vielen Jahren der Trennung sahen sich die beiden Freunde nun wieder. Salomon war Witwer – Sara, seine Frau, war kurz nach der Geburt der Tochter gestorben. Er war einsam, physisch und moralisch am Ende mit dem dreijährigen Kind. Aber aufgrund seiner neuen Religion war mein Vater in der Lage, seinem Vetter große Unterstützung zu geben.

Mein Vater war von seiner Aufgabe so überzeugt, dass er den Vorschlag machte, das Kind mit zu uns zu nehmen, damit es eine Familie bekam. Als ob das nicht genug gewesen wäre, hatte mein Vater auch noch vor, das Kind Christin werden zu lassen. Salomon wollte sich eine neue Existenz in Indien aufbauen, und obwohl das Kind für ihn nach dem Tod seiner Frau ein großer Trost war, wäre es auch ein Hindernis für seine Pläne gewesen. Deshalb nahm Salomon das Angebot meines Vaters an und sagte: „Die Reise nach Indien wird gut sein für meine Seele, und vielleicht kann ich dort ein neues Leben anfangen, sogar zu Reichtum kommen. Wenn du es möchtest, wird sie deine Tochter. Deine Frau ist bestimmt eine wunderbare Mutter, davon bin ich überzeugt. Und dass das Christentum so viel Trost spendet wie ich ihn in dieser schweren Stunde von dir erhalten habe ... Vielleicht mache ich meine Tochter unglücklich, wenn sie Jüdin bleibt. Ich möchte, dass du darüber nicht mit unseren Verwandten sprichst. Wenn du zurück bist auf dem Festland, lasse sie von dem ersten Priester taufen. Sie soll den Namen Ester ablegen und als neuen María erhalten.“ Das sagte der arme Mann in Tränen gebadet.

Kurz danach machte in Montego das Segelschiff fest, das meinen Vater zu den Küsten von Neu Granada bringen sollte. Salomon kam in das Zimmer meines Vaters, der dabei war, seine Kleider zusammenzusuchen. Auf dem einen Arm trug er Ester, seine Tochter, auf dem anderen den Koffer mit ihren Habseligkeiten. Salomon übergab meinem Vater das Kind, das seinen Onkel wie einen Vater umarmte. Salomon weinte bittere Tränen. Der Kopf von diesem kleinen Geschöpf erhielt eine Schmerztaufe durch die Tränen seines Vaters, und das noch vor der richtigen, christlichen Taufe. Sie war ein heiliger Schatz für Salomon, das wusste mein Vater – und er würde es nie vergessen. Bevor Salomon auf das Schiff ging, erinnerte er meinen Vater an sein Versprechen. Und Vater antwortete mit belegter Stimme: „Die Gebete meiner Tochter für mich und meine für sie und ihre Mutter werden vom Gekreuzigten im Himmel erhört werden.“

Ich war gerade sieben Jahre alt geworden, als mein Vater nach Hause zurückkehrte. Ich hatte viel Spielzeug bekommen, aber dafür interessierte ich mich kaum. Ich hatte nur Augen für das wunderschöne Kind, das mein Vater mitbrachte. Meine Mutter empfing das Kind voller Liebe.

Auch meine Schwester war begeistert. Vater sagte zu Mutter: „Dieses ist die Tochter von Salomon. Er schickt sie dir."

Kastilianisch lernte sie spielend. Ihre Wörter waren im Munde einer Frau verführerisch und im Munde eines Kindes entzückend.

Sechs Jahre waren vergangen. Eines Abends kam ich in das Zimmer meines Vaters und hörte ihn weinen. Meine Mutter umarmte ihn und weinte ebenfalls. María war dabei und verstand die Traurigkeit ihres Onkels nicht. Der Grund dafür war ein Brief aus Kingston mit der Nachricht des Todes von Salomon. Ich kann mich noch sehr gut daran erinnern, dass mein Vater sagte: „Wenn mich alle langsam verlassen, hat es keinen Zweck mehr, dass ich nach Hause zurückkehre." Also entschied mein Vater, aus unserem Land seine neue Heimat zu machen.

María wuchs mit uns zusammen auf und sprach wie wir, so dass niemand auf die Idee kam, sie wäre ein Waisenkind. Sie war inzwischen neun Jahre alt. Ihr Akzent war allerdings etwas melancholisch, anders als unserer. Das war das Bild, dass ich von ihr mitnahm, als ich mein Elternhaus verließ, am Morgen eines traurigen Tages, unter den Kletterpflanzen des Zimmerfensters meiner Mutter.

Kapitel 8

Spätabends klopfte Emma bei mir an und forderte mich auf, zu Tisch zu gehen. Ich wusch mein Gesicht, um die Spuren meiner Tränen zu entfernen. Absichtlich zog ich mich neu an, so konnte ich meine Verspätung begründen. María saß nicht am Tisch, ich überlegte, warum sie sich mehr als gewöhnlich verspätete.

Auch mein Vater bemerkte den leeren Stuhl, er fragte nach ihr. Emma entschuldigte sie und sagte, dass sie Kopfschmerzen habe und jetzt schlafen wollte. Ich bemühte mich darum, nicht unruhig zu erscheinen und die Unterhaltung bei Tisch so zu führen als ob nichts passiert wäre. Mit Begeisterung sprach ich über die Verbesserungen, die ich während unseres Besuches auf den Ländereien festgestellt hatte. Meine Anstrengungen waren jedoch von kurzer Dauer; mein Vater, der müder war als ich, zog sich sehr früh zurück.

Emma und meine Mutter brachten die Kinder zu Bett und wollten nachsehen, wie es María ging, wofür ich sehr dankbar war. Es überraschte mich durchaus nicht, dieses Gefühl zu verspüren. Anschließend kam Emma zum Speisesaal zurück, und wir aßen gemeinsam den Nachtisch.

Dann wollten Felipe und Eloísa unbedingt Karten spielen, sie sahen mir jedoch meine Müdigkeit an. Felipe hatte meine Mutter vergebens um Erlaubnis gebeten, mich am nächsten Tag auf einem Ausflug in die Berge begleiten zu dürfen. Aus diesem Grunde ging er sehr früh ins Bett.

Allein auf meinem Zimmer überlegte ich, was der Grund für das Leiden Marías sein könnte. Ich versuchte, die Situation zu rekonstruieren, als ich den Salon nach meiner Ankunft verlassen hatte, und welchen Eindruck ihre Stimme auf mich machte. Zugegeben, ich hatte etwas unhöflich auf ihre Frage geantwortet. Aber das war die Reaktion auf meine unterdrückten Emotionen. Ich wusste schon, warum sie litt und krank war. Ich hätte mein Leben geopfert, um ihre Verzeihung zu erhalten. Aber die Unklarheit beunruhigte meine Seele. Ich zweifelte an Marías Liebe. „Warum", fragte ich mich, „quält mich mein Herz so mit dem Gefühl, dass sie genauso leidet wie ich?"

Ich hatte es nicht verdient, diese Schönheit und diese Unschuld zu besitzen. Warum beanspruchte ich diese himmlische Liebe? Ich hätte höchstens schwesterliche Liebe erwarten können. Aber so etwas war zu viel. In meiner Verzweiflung war ich nicht traurig, sondern beinahe erfreut über meine bevorstehende Reise.

Kapitel 9

Am nächsten Tag stand ich im Morgengrauen auf, die ersten Sonnenstrahlen tauchten die Kordilleren in kupferrote Farbe. Einige Wolken bedeckten den Himmel, nach kurzer Zeit verschwanden auch sie. Die grünen Felder und der Wald schienen wie durch blaues Fensterglas betrachtet. Kleine weiße Häuser komplettierten das Bild. Die majestätischen Berge sahen aus, als wenn sie einen Mantel aus Samt tragen würden. Doch trotz der überwältigenden Schönheit wirkte die Landschaft irgendwie traurig.

Ich nahm mein Gewehr und pfiff meinen Hund Mayo herbei. Er machte einen aufmerksamen Eindruck, ich hatte das Gefühl, dass er auf einen Befehl geradezu gewartet hatte. Mayo und ich nahmen den Weg in die Berge. In der morgendlichen Frische wirkten sie besonders schön. Die Kraniche verließen ihre Schlafplätze, wellenförmig zogen sie an der Sonne vorbei. Ein Papageien-Schwarm flog auf und bewegte sich zur benachbarten Mais-Plantage.

Ich ging in das Tal hinunter, in Richtung Fluss. Denselben Weg, den ich als Junge immer gegangen war. Was sich wie Donner anhörte, war der Fluss, der mit unendlicher Energie bergab strömte. Auf einer natürlichen Brücke legte ich eine kleine Pause ein, auf einer alten Eiche, die, von einem Sturm entwurzelt, sich genau zwischen den beiden Ufern festgekeilt hatte, wie von Gottes Hand. Wir erreichten hier einen fast mystischen Ort, die Ruinen eines Indianertempels. Mayo bellte etwas erschrocken, er war noch auf der anderen Seite des Flusses und hatte Angst, die Brücke zu betreten. Aber dann entschied er sich schnell anders, in der Mitte der Brücke überholte er mich und nahm den kleinen Pfad auf der anderen Seite. Bald erreichten wir das Haus des alten José, der schon auf mich gewartet hatte – schließlich schuldete ich ihm diesen Besuch.

Nachdem ich noch einen kleinen Hügel herabgestiegen war, erblickte ich Josés Gemüsegarten – und den Rauch aus dem Schornstein seines kleinen Hauses. Er besaß jede Menge Tiere: vor allem Kühe und Hühner, die mit ihren Lauten das Morgengebet begleiteten. Seine Hunde kündigten unsere Ankunft an. Mayo war vorsichtig, seine „Verwandten" waren eindeutig in der Überzahl. Nachdem die Hunde sich beschnuppert hatten, kam mir José entgegen, mit dem Hut in der Hand. Sein kleines Haus war bescheiden, aber mit viel Mühe eingerichtet, sauber, rustikal, und ein jedes Ding hatte seinen Platz. Das kleine Wohnzimmer war eingerichtet mit Binsen-Teppichen und Rohrmöbeln. Besonders stolz war José jedoch auf ein Bärenfell. Die weißen Wände waren bedeckt von Heiligenbildern.

Die Frauen des Hauses waren sehr typisch angezogen, mit breiten, bunten Röcken, die ihre Knöchel bedeckten. Sie trugen Zöpfe, geschmückt mit Bändern in allen möglichen Farben. Alle liefen barfuß und waren sehr schüchtern. Das bemerkte José, er sagte: „Das ist doch der kleine Efraín, mit dem ihr früher immer gespielt habt, er kommt aus der Hauptstadt und ist heute ein gebildeter, gut aussehender junger Mann. Und für mich ist er immer noch der kleine Efraín!" Die Mädchen lachten etwas verlegen, aber jetzt schon weniger zurückhaltend.

José und seine Frau stammten aus der Region Antioquia, was schon an ihrer Tüchtigkeit zu erkennen war. Er wurde mit dem Alter immer interessanter, obschon er keinen Bart trug. Mit seinen langen grauen Haaren wirkte er auf mich immer wie ein Prophet. Luisa, seine Frau, hatte mehr Glück im Kampf gegen die Jahre. Ihre Kleidung war ganz typisch für Antioquia, die Menschen aus dieser Gegend sind sehr regionalistisch. Man hatte den Eindruck, Luisa war mit ihrem Leben zufrieden.

José forderte mich zu einem Spaziergang zum Fluss auf. Dabei erzählte er von seinen Pflanzungen und der Jagd. Meine Aufmerksamkeit wurde von den Strudeln und einem kleinen Wasserfall im Fluss angezogen. Als wir zurückkamen, wartete auf uns schon ein leckeres Mittagessen, mit vielen Gerichte auf Mais-Basis. Die Suppe befand sich schon in den Tellern, dazu gab es *Arepa*. Das einzige Besteck hatte man extra für mich hingelegt. Mayo lag zu meinen Füßen, mit aufmerksamem Blick, dabei aber ganz entspannt.

Während José ein Fischernetz flickte, bedienten mich seine Töchter. Sie lasen mir meine Wünsche von den Augen ab. Aus den verspielten Mädchen von damals waren erwachsene Frauen geworden, fleißig und alle sehr gut aussehend. Sie beeilten sich, mir als Nachtisch ein Glas aufgeschäumte Milch mit etwas Süßem zu bringen.

José und ich gingen noch mal hinaus in den Gemüsegarten und zur Maisernte hinüber. Als „Städter“ machte ich auf José einen großen Eindruck mit meinen theoretischen Kenntnissen über die Landwirtschaft.

Dann kam die Zeit des Abschiednehmens von José, den Mädchen und ihrer Mutter. Ich schenkte dem Alten ein Bergmesser, dass ich aus dem *Reich* mitgebracht hatte. Tránsito und Lucía bekamen Rosenkränze und Luisa einen kleinen Reliquienschrein, den sie bei meiner Mutter bestellt hatte.

Nachdem José am Stand der Sonne die Uhrzeit geschätzt hatte, machte ich mich auf den Heimweg.

Kapitel 10

Auf dem Weg zurück nach Hause bewegte ich mich absichtlich langsam. Pausenlos hatte ich das Bild Marías vor Augen. Die Einsamkeit, die Ruhe der Wälder, die Blumen, die Vögel und die Gewässer, alles erinnerte mich an sie. Was gab es von María in den Schatten der Bäume, was gab es von ihr im Wind, der die Bäume zum Rauschen brachte? Ich sah das Paradies, aber sie fehlte dort. Ich konnte nicht aufhören, sie zu lieben – auch dann nicht, wenn sie mich nicht mehr lieben würde. Ich atmete den Duft des Lilienstraußes ein, den ich von den Töchtern Josés bekommen hatte. Und ich streichelte die zarten Pflanzen, als ob sie die Haut Marías wären. So geschah es, dass ich in wenigen Stunden die Gedanken und Versöhnungsabsichten der Nacht zuvor fast völlig vergessen hatte.

Als ich nach Hause kam, suchte ich gleich meine Mutter in ihrer Nähstube auf. María war bei ihr. Sie antwortete auf meinen Gruß und konzentrierte sich weiter auf ihre Stickereien.

Mutter war sehr besorgt, da ich länger als geplant abwesend gewesen war. Sie hatte bereits eine Suchaktion veranlasst, mehrere Bedienstete waren noch auf der Suche nach mir. Ich versuchte, Mutter zu beruhigen, indem ich hektisch über den Erfolg von José und seiner Familie berichtete. Währenddessen entfernte der treue Mayo mit seiner Zunge die Fusseln von meiner Hose. María schaute in meine Richtung, schenkte aber den Blumen, die ich mitgebracht hatte, die größere Aufmerksamkeit. Ich glaubte zu verstehen, was sie sich wünschte, doch der Respekt vor meiner Mutter und meine Überlegungen aus der Nacht zuvor hielten mich davon ab, ihr die Blumen zu schenken. Ich spürte eine gewisse Freude, als ich mir vorstellte, wie gut eine von diesen Lilien ihre schönen braunen Haare schmücken würde.

Als ich mein Zimmer betrat, stellte ich als erstes fest, dass meine Blumenvase leer war. María hatte also nicht an mich gedacht. Wenn ich eine giftige Schlange gefunden hätte, wäre der Schock nicht so groß gewesen. Der Duft der Blumen, inzwischen eine Selbstverständlichkeit für mich, war wie das Herz Marías vor meinen Augen, meine Begleitung während der Lektüre und der Schutzengel vor meinem Bett, wenn ich aufwachte.

Also liebte sie mich nicht mehr. Wie konnte ich mich so getäuscht haben? Was konnte ich sonst noch machen mit dem Blumenstrauß, den ich mitgebracht hatte? Für eine andere Frau, schön und verführerisch? Ach was, es war alles verletzter Männerstolz. Ich küsste den Strauß, um Abschied zu nehmen von der verlorenen Illusion und warf ihn schluchzend durch das geöffnete Fenster.

Kapitel 11

Den Rest des Tages bemühte ich mich, etwas fröhlicher zu wirken. Während des Essens berichtete ich enthusiastisch von den schönen Frauen in Bogotá. Besonders schwärmte ich vom Charme und der Geschicklichkeit von P. Mein Vater amüsierte sich sehr über meine Geschichten, und Eloísa hätte sich gewünscht, dass das Mittagessen bis Mitternacht gedauert hätte.

María war schweigsam. Ihre Wangen waren blass und hatten ihre ursprüngliche Farbe nicht zurückbekommen. Gegen Ende der Unterhaltung spielte María, um sich abzulenken, mit den Haaren von Juan, meinem dreijährigen Bruder, den sie sehr gern verwöhnte. Schließlich hielt sie das alles nicht länger aus und ging mit dem Kind hinaus in den Garten.

Nachmittags half ich meinem Vater bei seiner Büroarbeit. Um acht Uhr abends dann, nachdem die Frauen ihre Gebete gesprochen hatten, wurden wir zu Tisch gebeten. Ich war überrascht wie selten zuvor. María trug in ihrem Haar eine von den Lilien, die ich durch das Fenster geworfen hatte. Was für ein Gesicht mit diesem edlen Ausdruck, unschuldig und mit einer rührenden Resignation. Ich war wie magnetisiert, etwas bisher für mich völlig Unbekanntes. Ich konnte nicht davon lassen, sie zu betrachten. Ziemlich schlecht antwortete ich demzufolge auf die Fragen, die mir gestellt wurden, über das Leben von José und seiner Familie. Als einziger bemerkte mein Vater meine Verwirrung. Er sprach María an: „Eine schöne Lilie schmückt dein Haar, solche Blumen habe ich im Garten nicht gesehen."

María antwortete etwas verlegen: „Diese Blumen sind nur in den Bergen zu finden." Emma begleitete diesen Kommentar mit einem freundlichen Lächeln.

„Und von wem hast du sie erhalten?" fragte Vater.

Es war zu erkennen, dass María jetzt ganz durcheinander war. Trotzdem antwortete sie sehr entschieden: „Efraín hat sie in den Gemüsegarten geworfen – und ich dachte, wie schade. Diese Blume ist eine von ihnen."

„María", sagte ich, „wenn ich gewusst hätte, dass diese Blumen so geschätzt werden, hätte ich sie Euch geschenkt. Ich fand sie aber nicht so schön wie die, die ich immer von Euch in meiner Blumenvase bekomme." Sie verstand, wie schlecht ich mich fühlte, und schaute mich so an, dass ich glaubte, man könnte mein Herz schlagen hören.

Später, als die Familie den Salon nach dem Abendessen verlassen hatte, und nachdem ich mich dazu überwinden konnte, sagte ich zu María, dass die Lilien für sie gedacht waren. Sie versuchte, eine Entschuldigung zu finden. Wir waren einander sehr nah, ihre Hand berührte die meine. Unbewusst hielt ich sie fest. Sie war sprachlos und versuchte, mir nicht ins Gesicht zu schauen. Mit ihrer freien Hand tupfte sie sich den Schweiß von der Stirn. María versuchte, dieses seelische Unglück, das uns verband, aufzulösen. Sie sagte: „Für dich werde ich jeden Tag die schönsten Blumen pflücken." Dann verschwand sie.

Seelen wie die von María können den Wortschatz der Liebe nicht immer verstehen. Aber sie neigen sich zu der ersten Zärtlichkeit von dem, den sie lieben. Somit gestand ich María meine Liebe. Sie hatte mich dazu ermuntert. Sie demütigte sich selbst, indem sie die Blumen zu sich nahm, die ich weggeworfen hatte. Mit Freuden wiederholte und wiederholte ich ihre Worte: „Für dich werde ich jeden Tag die schönsten Blumen pflücken."

Kapitel 12

Der Mond stand auf seinem höchsten Punkt, voll und mitten am Himmel. Sein Strahlen erhellte die Berge, die dennoch in Trauerkleidung gehüllt zu sein schienen. Auf die Ellenbogen aufgestützt blickte ich durch das Fenster auf die Rosen im Garten und stellte mir vor, wie María aussah, als sie die weggeworfene Lilie aufsammelte, und wie sie ihren Stolz für die Liebe opferte.

Ich war es, der in der Zukunft den Kindheitstraum in ihrem Herzen stören sollte. Ich konnte ihr von meiner Liebe erzählen und daraus den Sinn meines Lebens machen.

Morgen, ein Zauberwort für uns Liebende. Wenn ihr Blick den meinen traf, gab es nichts zu verbergen. Sie machte sich schön für mein Glück und für meinen Stolz.

Nie war ein Sonnenaufgang im Valle de Cauca so schön wie María. Wie sie aussah, als sie vom Bad kam, ihre Haarpracht in der Farbe des

Schildpatts, halb gelockt, die Wangen leicht rosa gefärbt, aber fest durch ihre Schüchternheit. Ihr keusches Lächeln, das zeigte, dass eine Frau wie María ihr Glück nicht verbergen konnte. Als ich in ihrer Nähe war, bemerkte ich ein lustiges Zusammenziehen ihrer Stirn. Und obwohl mir ihre Schönheit noch mehr imponierte, wenn sie diese Art von Strenge zeigte, verbot sie mir damit, das Geständnis meiner Liebe zu ihr zu wiederholen.

Für mich war es absolut notwendig, sie immer an meiner Seite zu haben, nicht einen Hauch dieser existenziellen Liebe zu versäumen. Ich hatte in meinem Elternhaus das Paradies gefunden.

Mein Vorhaben, den Mädchen Unterricht zu erteilen, war fast in Vergessenheit geraten. Doch ihr Interesse war jetzt endgültig geweckt, so dass wir am nächsten Tag damit anfingen. Sie machten aus einer Ecke des Salons ein Klassenzimmer, indem sie Landkarten aus meinem Zimmer aufhängten und die auf dem Schreibtisch meines Vaters fast vergessene Weltkugel entstaubten. Eine Kommode wurde in einen Arbeitstisch verwandelt. Meine Mutter musste lächeln, als ihr das Ergebnis unseres Projekts präsentiert wurde.

Nun konnten wir jeden Tag zwei Stunden Unterricht machen, etwas Weltgeschichte oder Erdkunde. Manchmal ging es auch theologisch-philosophisch weiter, so beschäftigten wir uns mit dem Werk „Das Genie des Christentums“. Jetzt war es mir möglich, Marías Intelligenz zu überprüfen: Meine Lehren blieben ihr wortwörtlich im Gedächtnis, und sie verstand sofort, was ich erklärte.

Emma hatte schon das Geheimnis unseres unschuldigen Glücks verstanden. Während des Unterrichts hatte ich nicht verbergen können, was in meinem Herzen geschah. Und sie richtete ihren Blick unentwegt auf ihre Kameradin, während sie auf eine meiner Fragen antwortete.

Ich führte Marías Hand mit meiner, um auf irgendeinen Ort auf der Landkarte zu zeigen – mit dem Erfolg, dass Emma beobachten konnte, wie Marías Hände zu zittern begannen. Wenn ich auf der Bank saß, Emma auf der einen, María auf der anderen Seite, kam María mir ganz nah, um mit in das Buch oder auf die Karte zu schauen. Ihr Atem bewegte meine Haare. Ihre Zöpfe fielen von ihrer Schulter, und ich konnte mich auf nichts mehr konzentrieren. Schamhaft zog sich María wieder zurück, wenn sie sah, dass Emma etwas bemerkte.

Manchmal erforderte der Haushalt die Arbeit eines der beiden Mädchen. Gern übernahm meine Schwester diese und kam dann etwas später zum Unterricht. In dieser Zeit raste mein Herz wie sonst nie. Ich streichelte Marías aristokratische Hände. Solche Hände hätten wohl den Kopf von Lord Byron formen können. Ihr Akzent war so typisch und langsam, und die Wörter weich artikuliert. Ich könnte heute noch jedes

Wort rekonstruieren. Aber ich habe sie nie wieder gehört. Wenn die gleichen Wörter von anderen Lippen ausgesprochen werden, sind sie nicht mehr die gleichen, und wenn ich sie in diesen Zeilen wiederbringen würde, hätten sie keinen Sinn. Es wäre eine andere Sprache als die, die ich seit Jahren nicht mehr gehört habe.

Kapitel 13

Die Lektüre von Chateaubriand zeigte langsam Wirkung, und María nahm alles immer besser auf. Sie war sehr christlich und verfügte über einen tiefen Glauben. Von der Palette, die ich ihr anbot, entschied ihre Seele sich für die schönsten Farben zur Entwicklung ihres Geistes. In ihr entzündete sich das Feuer der Poesie, die göttliche Gabe, die es möglich macht, dass Dichter verehrt werden.

Eines Abends, während die Sonne die Wolken in violettem Licht erstrahlen ließ, so schön wie María, so schön und sanft, saßen wir auf einem Felsen am Berg zusammen. Im Hintergrund war das Rauschen des Flusses zu hören, zu unseren Füßen lag das Tal, mächtig und still. Laut las ich eine Episode von Atala vor. Meine Schülerinnen lauschten voller Konzentration, als ich „Das Gedicht, das die Welt zum Weinen brachte" vortrug. Meine Schwester stützte den rechten Arm auf meine Schulter, den Zeilen folgend stieß ihr Kopf fast mit meinem zusammen. María kniete in meiner Nähe, sie betrachtete mich ohne Unterlass. Als die Sonne schon vollständig untergegangen war, beendete ich das Gedicht. Meine Schwester lag mit dem Kopf vollständig auf meiner Schulter, und María bedeckte ihr Gesicht mit den Händen. Das Gedicht beschrieb eine rührende Abschiedsszene, die mich mehr als eine Träne kostete:

Schlafe in Frieden in fremdem Land,
unglückliches Mädchen!
Als Belohnung für deine Liebe,
deine Verbannung und deinen Tod
wirst du verlassen werden – selbst von Chactas.

María war nicht mehr in der Lage, mir zuzuhören, dicke Tränen liefen ihr die Wangen herunter. Dabei war sie selbst so schön wie die Schöpfung des Dichters, und ich liebte sie mit der gleichen Liebe, die das Gedicht beschrieb.

Langsam kehrten wir nach Hause zurück. Meine Seele und die Marías waren nicht nur von der Lektüre bewegt. Es waren die Ahnungen, die uns beide belasteten.

Kapitel 14

Drei Tage vergingen. Am Abend kehrte ich aus den Bergen zurück nach Hause. Bei den Bediensteten bemerkte ich etwas Unerklärliches. Meine Schwester wartete bereits auf mich und berichtete mir, dass María einen Nervenzusammenbruch erlitten hatte und noch bewusstlos wäre. Als sie sah, wie nervös ich wurde, versuchte Emma, mich zu beruhigen. Doch jede Zurückhaltung vergessend, eilte ich sofort in Marías Zimmer, beherrscht von dem Herzenswunsch, sie mit Leben zu erfüllen. Ich näherte mich vorsichtig ihrem Bett. Mein Vater saß daneben und blickte mich vorwurfsvoll an, wie zur Ermahnung.

Auch meine Mutter war anwesend, wagte es aber nicht, mich anzuschauen. Sie wusste von unserer Liebe, und als gute Mutter verstand sie genau, wie sehr ihr Sohn litt. Ich blieb wie versteinert stehen und betrachtete María. Es fehlt mir der Mut, zu fragen, was sie habe. Sie war wie eingeschlafen. Ihr Gesicht war kreideweiß und halb bedeckt von ihren Haaren, die noch die Blumen trugen, die ich ihr vormittags überreicht hatte. Ihre Stirn war zusammengezogen, ihr inneres Leid war ihr anzusehen. Auf den Schläfen stand der Schweiß, aus den halbgeschlossenen Augen drangen Tränen, die ihre Wimpern glänzen ließen.

Mein Vater verstand meinen Schmerz. Er stand auf, um das Zimmer zu verlassen, kehrte jedoch noch einmal zu María zurück und fühlte ihren Puls. Er sagte: „Es ist schon alles vorbei. Armes Kind! Genau die gleiche Krankheit, wie ihre Mutter sie hatte."

Langsam hob sich der Brustkorb von María, sie atmete tief ein, und mit einem Seufzer kam sie wieder zu sich. Mein Vater verließ den Raum. Ich saß neben María, die Anwesenheit meiner Mutter und Emmas völlig vergessend, und ergriff ihre Hand. Ich konnte die Tränen nicht mehr zurückhalten. Ich musste an den Bericht meines Vaters denken: Marías Mutter war sehr jung an unheilbarer Epilepsie gestorben. Der Gedanke daran ergriff mich zutiefst.

María bewegte sich wieder und bemühte sich, frei zu atmen. Sie versuchte, etwas zu sagen. Sie bewegte den Kopf hin und her, als wenn sie ein Gewicht loswerden wollte. Nach einem Moment der Ruhe sprach sie undeutlich einige Worte. Schließlich hörte ich klar, wie sie meinen Namen nannte. Ich erhob mich, den Blick nicht von ihr lassend.

Vielleicht drückte ich ihre Hand zu stark, vielleicht riefen meine Lippen nach ihr: Sie öffnete langsam die Augen, vorsichtig das Licht hineinlassend, und versuchte angestrengt, mich zu erkennen. Dann setzte sie sich ein wenig auf und fragte: „Was ist passiert?" Meine Mutter und ich bemühten uns, sie zu beruhigen. Und sie sagte nur: „Siehst du, das habe ich schon befürchtet."

Nach dem Anfall war María sehr geschwächt. Ich ging abends zu ihr ins Zimmer – wie es die Sitten vorschreiben, mit dem Einverständnis meines Vaters. Ich verabschiedete mich von ihr. Sie sagte: „Bis morgen." Sie betonte „morgen" ganz besonders. Das tat sie immer, wenn wir uns abends sehr angeregt unterhalten hatten und uns ganz spät verabschiedeten. Wir wussten aber, dass wir das Gespräch am nächsten Tag fortsetzen würden.

Kapitel 15

Ich ging zum Korridor, der zu meinem Zimmer führte. Plötzlich kam ein sehr starker Wind auf. Es schien, als wenn alle Bäume auseinanderbrechen würden. Die Vögel flogen erschreckt auf. Es blitzte und donnerte. Der Himmel sah aus als ob er brennen würde.

Ich lehnte mich gegen eine der Säulen des Korridors und dachte nach über die Worte meines Vaters in Bezug auf Marías Krankheit. Meine Augen hatten Sehnsucht nach ihr. So wie in früheren warmen Sommernächten, wie es sie wahrscheinlich nicht mehr geben würde. Irgendwann fühlte ich, dass etwas meinen Kopf berührte. Mit dem Blick folgte ich ihm bis zum Wald – es war ein verirrter schwarzer Vogel.

Mein Zimmer war kalt. Die Rosen vor meinem Fenster schienen aufgrund des starken Windes zu zittern. In der Blumenvase standen zwei verwelkte Lilien, die María vormittags geschnitten hatte. Eine Windbö kam und löschte die Lampe. Danach krachte ein Donner mit einer Wucht, als ob der Himmel zusammenbrechen würde. Inmitten dieser weinenden Natur war meine Seele traurig, aber dennoch ruhig.

Die Wanduhr im Salon schlug zwölf Uhr. Ich hörte Schritte in der Nähe meiner Tür. Das war mein Vater, der rief: „Steh auf, María geht es schlecht!" Der Anfall wiederholte sich. Nach einer Viertelstunde war ich bereit, loszureiten. Mein Vater hatte mir die Symptome der Krankheit genau beschrieben. Ungeduldig und verschreckt sattelte der kleine Schwarze Juan Angel mein Pferd. Dann ritt ich los, die Hufe schlugen auf das Pflaster, und einen Augenblick später suchte ich schon im fahlen Licht der Blitze den Pfad die Ebene hinunter. Ich war auf dem Weg zu Dr. Mayn, einem bekannten Arzt. Er besaß ein Anwesen, etwa fünfzehn Kilometer von unserem Haus entfernt, auf dem er ab und zu seinen Urlaub verbrachte.

Die ganze Zeit begleitete mich das Gesicht von María, so wie ich sie zuletzt gesehen hatte, als sie „Bis morgen" sagte. Der Wald, eigentlich in unmittelbarer Nähe, erschien mir, als wenn er sich entfernen würde. Meine Ungeduld war ebenso groß wie die Angst davor, dass es dieses „Bis morgen" nie mehr geben würde. Das Pferd war so rasend schnell unterwegs, dass der Aufschlag seiner Hufe auf den Steinen Funken schlug.

Die Bauernhütten von Santa Elena ließ ich zur Rechten liegen. Ich hörte noch, wie die Hunde bellten. Die schlafenden Kühe auf dem Weg zwangen mich, mein Pferd zu zügeln.

Schon konnte ich das schöne Haus der Familie M. mit der dazugehörigen weißen Kapelle sehen. Der Fluss Amaime hatte natürlich das ganze Regenwasser und Gebirgsgeröll mitgebracht. Jetzt, da der Mond schien, waren die Wassermassen deutlich zu erkennen. Ich hatte zehn Kilometer in einer Stunde zurückgelegt. Doch wieder gab ich dem Pferd die Sporen. Wir mussten den Fluss überqueren, und bei dem Sturm war das ein gefährliches Unternehmen. Ich tätschelte den Hals des Pferdes, und es tauchte die Vorderhufe ins Wasser. Einen Moment lang zögerte es ängstlich. Dann gab ich ihm die Sporen, aber mein Pferd stellte ängstlich die Ohren auf. Es spürte, dass unser Vorhaben unmöglich, das Wasser zu stark sein könnte. Aber das Tier schaffte es, wir waren mitten im Fluss. Die Wellen waren ziemlich heftig, das Wasser ging mir bis zu den Oberschenkeln, und vom Pferd konnte man nur noch Kopf und Hals sehen.

Doch Gott half mir, die richtige Seite des Ufers zu finden; ein Stück zu weit oben oder unten, dann wäre das Wasser sehr tief gewesen und wir nicht aus dem Fluss herausgekommen. Nun waren wir außer Gefahr, mit festem Boden unter den Füßen. Ich stieg ab, prüfte die Sattelgurte und stellte fest, dass einer abgerissen war. Das Pferd schüttelte sich, wir ritten weiter. Bald waren wir einen Kilometer vom Fluss entfernt. Zur Linken lag die Pampa, mit einem wunderbaren, schlossartigen Bau, der an ein orientalisches Zelt erinnerte, aufgehängt zwischen den Bäumen einer Oase. Es war zwei Uhr in der Früh, als ich mein Ziel erreichte. Vor dem Haus des Arztes stieg ich vom Pferd.

Kapitel 16

Am Abend desselben Tages verabschiedete sich der Arzt von uns, nachdem er María sorgfältig untersucht und die Maßnahmen veranlasst hatte, mit denen weitere Anfälle verhindert werden sollten. Er versprach, die Kranke häufig zu besuchen, das gab mir ein gutes Gefühl. Auch, dass er sagte: „Es besteht keine Gefahr für sie.“ Mein Vater nahm sein Pferd und begleitete den Arzt bis zum Fluss. In der Zeit ging ich zu Marías Zimmer. Sie war schon aufgestanden und dabei, ihre Zöpfe zu flechten, vor dem Spiegel, den meine Schwester dafür festhielt. Fast lakonisch sagte sie zu mir: „Das ist Krankenbeschäftigung, nicht wahr, aber jetzt geht es mir besser. Ich hoffe, dass Sie meinetwegen nie wieder eine so gefährliche Reise wie gestern Abend unternehmen müssen."

„Das war überhaupt nicht gefährlich" antwortete ich.

„Ja, ja, der Fluss, ich habe daran gedacht, was hätte passieren können. Und alles meinetwegen."

„Ein Ritt von fünfzehn Kilometern, das nennst du gefährlich?"

„Du hättest ertrinken können, hat der Arzt erzählt. Er hatte meinen Puls noch nicht gemessen, da sagte er schon, du und er, ihr hättet zwei Stunden warten müssen, bis sich der Fluss etwas beruhigt hatte."

„Na ja, der Doktor ist nicht unbedingt der geborene Reiter. Und sein geduldiger Maulesel kann mit meinem guten Pferd natürlich nicht mithalten. Das war der Grund, warum alles so lange gedauert hat."

María unterbrach mich: „Der Mann, der im Haus vor dem Fluss wohnt, hat heute dein schwarzes Pferd wieder erkannt und gesagt, er hätte sich gewundert, dass der Reiter nicht ertrank, er hätte umsonst gewarnt, dass man nicht ins Wasser gehen sollte. Nein, ich möchte nie wieder krank werden! Hat der Arzt nicht vielleicht gesagt, dass es nicht mehr vorkommen wird?"

„Doch, aber er hat auch versprochen, dass er in den nächsten zwei Wochen spätestens alle zwei Tage nach dir sehen wird."

„Du sollst nicht noch einmal eine solche Reise machen müssen, was hätte ich gemacht, wenn ...?"

„Du hättest vielleicht viel um mich geweint, nicht wahr?" antwortete ich lächelnd. Nachdem sie mich eine Weile angeblickt hatte, fügte ich hinzu: „Kann ich jederzeit beruhigt sterben, in der Überzeugung, dass ...?"

„Dass was?"

Sie erriet in meinen Augen, was ich meinte. „Immer, immer!" fügte sie fast wie ein Geheimnis hinzu. Dabei tat sie so, als ob sie die Brüsseler Spitzen der Kissen begutachten würde. „Ich habe noch sehr traurige Dinge zu berichten" fuhr sie nach einem kurzen Moment der Ruhe fort. „Es geht um den Grund, warum ich krank bin. Du warst in den Bergen. Mutter weiß es, ich habe gehört, dass die beiden sich unterhielten und Vater sagte, dass meine leibliche Mutter sehr jung an einer Krankheit gestorben sei. Ich habe aber nicht verstanden, welche Krankheit es war. Mutter sagte auch, dass du eine gute Karriere machen würdest, und dass ich vielleicht ... Ach nein, ich weiß nicht, ob es richtig ist, was ich gehört habe. Ich habe es nicht verdient, dass du so gut zu mir bist!" María weinte bitterlich.

„Sag das nicht, María, denke nicht einmal daran, ich bitte dich!"

„Jaaa, aber ich habe es gehört! Und danach habe ich das Bewusstsein verloren. Warum nur?"

„Sieh mal, ich flehe dich an! Ich ... ich möchte, dass du darüber nicht mehr redest."

Sie legte ihre Stirn auf meinen Arm, ihre Hand lag dabei in meiner. Dann hörte ich am Rascheln eines Kleides, dass Emma sich dem Zimmer näherte.

Abends saßen wir im Salon und warteten auf unsere Eltern, die später kamen als gewöhnlich. Endlich erschienen sie. Und sie machten den Eindruck, als hätten sie eine sehr wichtige Unterhaltung zu Ende gebracht.

Mein Vater sah aus, als ob er einen moralischen Kampf durchgestanden hätte. Mutter war blass, sie gab sich keine Mühe, ruhig zu wirken, und sagte: „Ich habe vergessen zu sagen, dass José heute Vormittag zu uns kam, um dich zur Jagd einzuladen. Aber als er von den Ereignissen erfuhr, hat er versprochen, morgen wieder zu kommen. Wusstest du, dass eine von seinen Töchtern heiratet?"

„Er wird sich schon mit mir darüber beraten" sagte mein Vater. Und an mich gewandt: „Und was schätzt du, was er mit dir vorhat?"

„Wahrscheinlich Bärenjagd."

„Bären! Hast du Bären gesagt?"

„Ja, Vater, das haben wir beide schon gemacht. Aufregende Sache, kann ich nur sagen."

„In meinem Land würde man euch für Barbaren oder Helden halten."

„Es ist nicht viel anders als Rehe schießen, mit dem Unterschied, dass man etwas flinker sein muss und gut zielen und treffen können muss. Wenn du es mit dem ersten Schuss nicht schaffst, kommst du wahrscheinlich nicht mal zum Wiederaufladen des Gewehres."

Etwas gelöster erzählte mein Vater dann, wie er auf Jamaika auf der Jagd war. Und wie immer bei solchen Gelegenheiten berichtete er in Form von einigen Anekdoten, wie geschickt und enthusiastisch er und Onkel Salomon sich dabei angestellt hatten.

Nach dem Essen sagte mein Vater zu mir: „Deine Mutter und ich haben etwas mit dir zu besprechen. Komm gleich in mein Zimmer." Als ich das Zimmer betrat, schrieb mein Vater gerade etwas auf ein Blatt Papier, den Rücken meiner Mutter zugekehrt. Sie saß dort, wo sie im Büro meines Vaters immer saß.

„Setz dich", sagte er zu mir. „ich habe gewünscht, dass deine Mutter unserer Unterhaltung beiwohnt. Es geht um eine sehr ernste Angelegenheit, zu der deine Mutter und ich eine ähnliche Meinung haben." Er ging zur Tür und schloss sie ab. Danach warf er die Zigarre weg, die er gerade geraucht hatte, und fuhr fort. „Du bist schon drei Monate wieder zu Hause. In zwei Monaten kommt Herr A. hierher, mit dem du deine Reise nach Europa antreten wirst. Wir haben noch etwas Zeit, was sehr erfreulich ist. Wir freuen uns, dich noch mal bei uns zu haben, nach sechs

Jahren Abwesenheit, denen noch viele folgen werden. Ich stelle mit Freude fest, dass du sehr gern lernst. Ich bin voller Zuversicht, dass du aufgrund deines Charakters und deiner Fähigkeiten eine sehr gute Karriere machen kannst. Du darfst nicht vergessen, dass die Familie eines Tages deine Unterstützung brauchen wird. Ganz besonders nach dem Tod deines Vaters."

Er legte eine kurze Pause ein, um dann weiter zu sprechen: „Es gibt etwas in deinem Leben, wovon ich meine, dass es nicht so gut ist für dich. Und zwar: Du bist gerade zwanzig Jahre alt, und so schön es sein mag, so verliebt zu sein, wie du es bist, das wäre ein Hindernis für die Hoffnungen, die wir auf dich setzen. Du liebst María, und wir wissen es. Sie ist wie meine Tochter, und ich hätte keine Bedenken, wenn nicht dein Alter und deine Position den Heiratsplänen entgegenstehen würden. María ist sehr jung, und das ist nicht alles. Das Schwierigste und vielleicht das Unüberwindbare ist, und ich will ganz deutlich darüber sprechen, ihre Krankheit. Das würde uns ins Unglück stürzen. Dr. Mayn glaubt, dass sie nicht lange leben wird, und dass sie die gleiche Krankheit hat wie ihre leibliche Mutter. Was sie gestern hatte, war ein epileptischer Ohnmachtsanfall von der schlimmsten Sorte, die bisher bekannt ist. Das sagt der Arzt. Antworte mir nach sehr guter Überlegung. Antworte rationell, ganz der Herr, der du bist. Du weißt, was der Arzt sagte, du kennst das Schicksal der Frau von Salomon. Wenn wir einverstanden wären, würdest du María HEUTE heiraten?"

„Ja, Vater" antwortete ich.

„Würdest du allem trotzen?"

„Allem, allem!"

„Gut, ich glaube, ich spreche nicht nur mit meinem Sohn, sondern auch mit dem echten Gentleman, den ich zu erziehen versucht habe."

Meine Mutter bedeckte ihr Gesicht mit einem Taschentuch. Mein Vater zeigte sich gerührt von ihren Tränen. Er hatte Schwierigkeiten fortzufahren und legte eine kurze Pause ein. Dann sprach er weiter: „Na gut. Da du diese Entscheidung getroffen hast, wirst du mit mir einverstanden sein, wenn ich sage, dass du mindestens fünf Jahre auf die Hochzeit warten musst. Ich muss dir nicht sagen, dass María schon als Kind in dich verliebt war, und sie liebt dich heute mehr denn je. Laut dem Arzt sind diese intensiven Gefühle neu für sie und haben die Krankheitssymptome verursacht. Das heißt, dass ihr mit eurer Liebe vorsichtig sein müsst.

Ich verlange von dir, dass du mir das versprichst, für dein Wohlergehen, weil du sie so sehr liebst, und auch für das ihre. Du musst mir versprechen, dass du den Weisungen von Dr. Mayn folgen wirst. Du sollst María nicht versprechen, ihr Ehemann zu werden. Wenn dann die fünf Jahre um sind, kann es zu einer intimeren Beziehung zwischen euch beiden kommen. Du verstehst, was ich meine? Wenn du nach meinen Empfehlungen handelst, kannst du nicht nur María für dich retten, sondern auch das Unglück vermeiden, sie zu verlieren."

Er schaute kurz zu meiner Mutter hinüber und fügte hinzu: „Als Gegenleistung für alles, was wir dir erlauben, bitte ich dich, María gegenüber nichts von unserem Gespräch verlauten zu lassen. Auch nichts von der Gefahr, die eventuell auf sie zukommt. Du sollst auch ganz deutlich meine Meinung über eure Hochzeit hören: Wenn ihre Krankheit nach deiner Rückkehr nicht besser geworden ist, können wir dieser Verbindung nicht unseren Segen geben, und das ist unwiderruflich. Und ich will dir noch etwas anvertrauen. In seinen letzten drei Lebensjahren hat Salomon ein kleines Vermögen geschaffen, welches sich unter meiner Verwaltung befindet. Es wird die Aussteuer für seine Tochter. Aber wenn sie stirbt, bevor sie heiratet, bin ich vertraglich dazu verpflichtet, das Geld an ihre Großmutter väterlicherseits in Kingston zu zahlen."

Vater ging im Raum hin und her. Ich glaubte, die Unterhaltung sei beendet. Also stand ich auf, um zu gehen, aber er nahm seinen Platz wieder ein und forderte mich auf, mich ebenfalls wieder zu setzen. Dann ging es mit der Unterredung weiter.

„Vor vier Tagen bekam ich einen Brief von Herrn M., darin bittet er um die Hand von María für seinen Sohn Carlos."

Ich konnte meine Überraschung nicht verbergen.

Vater lachte fast unmerklich und fuhr fort: „Herr M. hat eine Frist von fünfzehn Tagen gesetzt, in der ich seinen Vorschlag akzeptieren oder ablehnen soll. In diesen Tagen werden sie zu uns zu Besuch kommen. Das hatte er schon lange versprochen. Alles wird viel einfacher mit dem Abkommen zwischen dir und uns."

Dann wünschte er eine gute Nacht und klopfte mir liebevoll auf die Schulter. „Ich wünsche dir viel Erfolg bei der Jagd. Über ein Fell von dem Bären, den du erlegst, würde ich mich sehr freuen – ich könnte es gut vor meinem Bett gebrauchen."

„Das ist in Ordnung" antwortete ich.

Meine Mutter reichte mir die Hand und sagte: „Wir erwarten dich früh, sei vorsichtig mit diesen Tieren!"

So viele Emotionen hatten mich in den letzten Stunden hin- und hergerissen, dass ich sie kaum noch einordnen konnte, und es war unmöglich für mich, die Verantwortung für meine außergewöhnliche und schwierige Situation zu übernehmen.

María vom Tode bedroht, mir zugesprochen als Belohnung für meine Liebe, und das unter der Bedingung, dass ich sie nicht zu sehr liebte. Ich musste mich dazu verpflichten, meine so mächtige Liebe zu mäßigen, die Liebe, die für immer mein Dasein bestimmen würde. Wie schwer es war, sie von der Erde verschwinden zu sehen wie die vergänglichen Schönheiten meiner Träume; wie undankbar und gefühllos musste es in ihren Augen erscheinen! Nur wegen des richtigen Verhaltens wurde ich dazu gezwungen! Ich würde diese mit bewegter Stimme hervorgebrachten Vertrautheiten nicht mehr hören können, und meine Lippen würden ihre Zöpfe nicht berühren dürfen. María zwischen dem Tod und mir. Ein Schritt zu ihr, und ich konnte sie verlieren. Aber sie weinen lassen, das würde über meine Kräfte gehen.

Feiges Herz, du warst nicht fähig, dich vom Feuer der Liebe verzehren zu lassen! Wo ist sie jetzt, da du schon nicht mehr schlägst? Jetzt, wo die Tage und Jahre vergehen, ohne dass ich es verstehe, dich zu besitzen?

Gemäß meinen Anweisungen weckte mich Juan Angel am frühen Morgen.

„Wie sieht es heute aus?" fragte ich ihn.

„Schlecht, mein Herr, es wird regnen."

„Gut. Dann gehst du allein in die Berge und sagst José, dass er auf mich nicht zu warten braucht."

Danach öffnete ich das Fenster und sah dem kleinen schwarzen Jungen nach, wie er sich singend und tanzend auf den Weg zum Wald machte. Ein kalter Wind blies über die Ebene, brachte die Rosenbeete in Bewegung, schüttelte die Weidenbäume und brachte das eine oder andere Papageien-Paar von seinem Weg ab. All diese Vögel, Luxus der Gärten an einem fröhlichen Morgen, schwiegen jetzt, nur die Regenpfeifer flatterten über die benachbarten Wiesen, mit ihrem Gesang den traurigen Wintertag begrüßend. Die Bergspitzen verschwanden in anschwellendem, schwerem Regen, der sich lautstark dem Wald näherte. Nach einer halben Stunde warf er sich trüb und rauschend auf das Gestrüpp des Abhangs auf der anderen Seite des Flusses, der jähzornig donnernd anschwoll und sich teilte, um in weiten gelben Wirbeln über die Ufer zu treten.

Kapitel 17

Zehn Tage waren vergangen seit der recht einseitigen Unterredung mit meinen Eltern. Ich war nicht in der Lage, den Quasi-Vertrag, dem ich zugestimmt hatte, einzuhalten. Ich war auch sehr besorgt über den Heiratsantrag von Carlos Vater. Darum suchte ich alle möglichen Entschuldigungen, um von zu Hause fernzubleiben. Entweder zog ich mich auf mein Zimmer zurück, oder ich war lange Zeit zu Besuch bei José, oder ich schlenderte einfach ziellos durch die Gegend. Dabei begleiteten mich ein Buch, in dem ich niemals las, mein Gewehr, dass ich nie benutzte, und Mayo, der mir immer folgte. Die Melancholie hatte mich voll im Griff, die Stunden vergingen, während ich mich irgendwo in der Natur versteckte.

Irgendwann steckte ich auch Mayo damit an. Apathisch lag er im Laub auf dem Boden, von den Ameisen und Bremsen am Schlafen gehindert. Manchmal hatte mein alter Freund die Untätigkeit satt: Er legte seinen Kopf auf mein Knie und schenkte mir einen liebevollen Blick. Dann ging er zurück und wartete auf dem Heimweg auf mich, so versuchte er, mich anzutreiben. Freudig sprang er sogar an mir hoch, vergessend, dass es ihm ja eigentlich auch nicht gut ging.

Eines Morgens kam meine Mutter in mein Zimmer, setzte sich an mein Bett und sagte: „So kann es nicht weitergehen. So kannst du nicht weiterleben, ich kann mich damit nicht abfinden."

Ich blieb schweigsam.

„Was du tust, ist nicht das, was dein Vater von dir verlangt. Du bist ungerecht zu uns – und mehr noch zu María. Ich habe immer gedacht, du gehst Luisa besuchen, weil dich dort alle mögen. Aber Braulio ist gestern hier gewesen und hat gesagt, dass er dich seit fünf Tagen nicht mehr gesehen hat. Was ist der Grund deiner Traurigkeit, die du nicht mal in der kurzen Zeit vor deiner Familie verbergen kannst, welche du noch mit ihr verbringst? Was treibt dich dazu, die Einsamkeit zu suchen, als wenn du mit uns ärgerlich wärest?" Ihre Augen füllten sich mit Tränen.

„Mutter", sagte ich, „María soll sich frei fühlen, zu ihrem Glück das Angebot von Carlos anzunehmen, als Freund von ihm kann und will ich mich nicht einmischen. Es ist mir nicht mehr möglich, den Schmerz zu verbergen, den der Heiratsantrag der Familie M. bei mir verursacht hat. Das ist schlimmer als die Vorstellung, dass María sterben könnte oder dass wir uns endgültig für viele Jahre trennen müssten."

„Wie kannst du nur solche Sachen denken?" fragte meine Mutter überrascht. „Sie hat deinen Freund höchstens zweimal gesehen, einmal war er einige Stunden hier, ein anderes Mal waren wir bei seiner Familie."

„Liebe Mutter, ich brauche etwas Zeit, um das Geschehene zu verarbeiten. Ich muss mich mit den Qualen des Wartens anfreunden."

„Du bist ungerecht, und du wirst es bereuen. María kann sich besser beherrschen als du, und sie versucht zu verbergen, wie weh ihr dein Verhalten tut. Ich habe große Schwierigkeiten damit, zu verstehen, was du sagst. Ich habe geglaubt, ich würde dir eine gute, eine fast alles heilende Nachricht überbringen, wenn ich dir erzählen würde, was Dr. Mayn gesagt hat, als er sich verabschiedete."

„Sagen Sie es mir bitte!"

„Wozu denn noch?"

„Sie wird nie ... sie wird nie meine Schwester sein!"

„Spät denkst du so. Kann ein Mann vielleicht ein Gentleman sein, der das tut, was du tust? Nein, nein, so etwas darf mein Sohn nicht machen!

Deine Schwester! Du vergisst, dass du mit jemandem sprichst, der dich besser kennt als du dich selbst! Deine Schwester! María liebt dich, seit ihr beide auf meinen Beinen geschlafen habt. Die Arme versucht nur, ihr Leiden zu verbergen!"

„In keinem Moment möchte ich Ihnen einen Grund geben, mit mir unzufrieden zu sein. Sagen Sie mir, was ich machen kann, um die Lage zu verbessern. Wie soll ich mein Verhalten ändern?"

„So soll es sein. Möchtest du nicht, dass ich sie liebe wie ich dich liebe?"

„Doch, Mutter, und so ist es auch, nicht wahr?"

„So wäre es immer, selbst wenn ich vergessen könnte, dass sie keine andere Mutter hat als mich – Salomon hat sein Vertrauen in mich gelegt. Sie verdient es, und sie liebt dich sehr. Und der Doktor hat versichert, dass die Krankheit von María ganz anders ist als die, an der Sara gelitten hat."

„Hat er das gesagt?"

„Ja. Dein Vater, der durch diese Mitteilung etwas ruhiger geworden ist, hat mich beauftragt, dir diese gute Botschaft zu überbringen."

„Könnte ich zu ihr so sein wie vorher?" fragte ich aufgeregt.

„Fast ..."

„Oh, sie wird mir verzeihen! Glauben Sie nicht auch? Der Doktor hat gesagt, dass keine akute Gefahr mehr besteht? Dann ist es wohl notwendig, dass wir Carlos darüber informieren."

Mutter schaute mich sehr verwundert an. „Warum sollten wir etwas zu verbergen haben? Erlaube mir, dir zu sagen, was du machen sollst, wenn die Herren M. morgen zu Besuch kommen. Sag nachmittags zu María ... aber was kannst du ihr sagen, um die Befehle deines Vaters zu befolgen und deine Abwesenheit zu entschuldigen? Also, für das, was du in diesen Tagen gemacht hast, gibt es einen Grund. Du sollst deinen Stolz und deine Empfindlichkeit nicht verstecken. Jetzt hast du das Ergebnis. Es ist schwer für mich, María den wahren Grund für deine Traurigkeit zu zeigen."

„Aber wenn Sie das machen, und wo ich so schnell geglaubt habe, was ich glaubte, was wird sie denn von mir denken?"

„Sie wird wenig Schlechtes denken, sie wird vermuten, dass du mehr aus Wankelmut und Inkonsequenz gehandelt hast denn aus Hass."

„Bis auf einen bestimmten Punkt haben Sie recht. Aber ich flehe Sie an, erzählen Sie María nicht, worüber wir gesprochen haben. Ich habe einen Fehler gemacht, das weiß ich jetzt. Ich selbst habe darunter vielleicht mehr gelitten als die ganze Familie zusammen. Aber ich versuche, alles wieder gutzumachen. Ich bitte Sie nur um zwei Tage Geduld, damit ich alles so erledigen kann, so, wie es meine Pflicht ist."

„Gut“ sagte sie und erhob sich. „Gehst du heute hinaus?“

„Ja, Mutter.“

„Wo gehst du hin?“

„Ich werde Emigdio besuchen, das habe ich lange versprochen. Sein Gutsverwalter hat mir heute mitgeteilt, dass ich zum Mittagessen erwartet werde.“

„Kehre aber nicht so spät zurück.“

„Um vier oder um fünf Uhr.“

„Komm dann zum Abendessen.“

„Ja. Sind Sie mit mir wieder zufrieden?“

„Natürlich“ entgegnete sie lächelnd. „Also bis heute Abend. Einen schönen Gruß an die Frau von Emigdio und ihre Töchter, von mir und den Mädchen.“

Kapitel 18

Ich wollte gerade losgehen, als Emma mein Zimmer betrat. Sie wunderte sich, dass ich so gute Laune hatte.

„Wo gehst du hin, dass du so glücklich aussiehst?“ fragte sie.

„Ich wünschte, ich würde nirgendwo hingehen. Aber ich muss zu Emigdio. Jedes Mal, wenn ich ihn treffe, macht er mir Vorwürfe, dass ich sehr unbeständig bin.“

„Wie ungerecht!“ rief sie lachend aus. „Du und unbeständig?“

„Worüber lachst du?“

„Über die Ungerechtigkeit deines Freundes. Du Ärmster!“

„Nein, nein, du lachst aus einen anderen Grund!“

„Ich lache genau darüber.“ Sie näherte sich mir, nahm einen Kamm vom Tisch und sagte: „Lass dich kämmen!“ Während sie den Kamm in ihre grazilen Hände nahm, fuhr sie fort zu sprechen: „Herr ‚Beständig‘, wissen Sie, dass eine von den Schwestern Ihres Freundes ein sehr schönes Mädchen ist? Wie schade, dass Herr Efraín in den letzten Tagen etwas blass geworden ist. Wissen Sie, die Frauen aus Buga können sich männliche Schönheit mit einer solchen Blässe auf den Wangen nicht vorstellen. Na ja, wenn die Schwester von Emigdio auf dem Laufenden wäre, müsste sie dieses und anderes besser wissen ...“

„Du redest heute sehr viel“ sagte ich.

„Ja? Und du bist heute sehr fröhlich. Schau in den Spiegel und sag mir, ob du vielleicht nicht sehr gut aussiehst?“

„Was für ein Besuch!“ rief ich aus, als ich die Stimme von María hörte, die nach meiner Schwester rief. Emma ließ sich jedoch nicht stören und sprach weiter: „Es wäre viel schöner, einen Ausflug zu machen, zum Beispiel an den Fluss Amaime, und dort die ... die herrliche Landschaft zu genießen. Wir könnten Mayo mitnehmen, allerdings auf die Gefahr hin, dass er wieder mit dem Magen voller Würmer zurückkommt, der Arme."

Ich unterbrach sie: „María ruft dich."

„Ich weiß schon, warum."

„Warum denn?"

„Damit ich ihr bei einer Sache helfe, die sie eigentlich nicht machen sollte."

„Darf ich wissen, welche?"

„Selbstverständlich. Sie wartet auf mich, um mit mir Blumen zu pflücken, die jene auf deinem Tisch ersetzen sollen." Bei diesen Worten zeigte sie auf die Blumenvase. „Wenn ich sie wäre, kämen keine Blumen von mir mehr dorthin!"

„Wenn du wüsstest ..."

„Und wenn du wüsstest ..."

Zum Glück rief in diesem Moment mein Vater nach mir. Dadurch wurde diese Unterhaltung unterbrochen, die mich plötzlich sehr zu frustrieren begann. Ich musste an das Gespräch mit meiner Mutter denken, und daran, was ich mir vorgenommen hatte.

Als ich das Zimmer meines Vaters betrat, untersuchte er gerade am Fenster das Innere einer sehr schönen Taschenuhr. „Eine bewundernswerte Sache", sagte er, „zweifelsfrei ist sie die dreißig Pfund wert." Während er auf mich zukam, fügte er hinzu: „Schau mal, diese Uhr habe ich in London bestellt!"

„Sie ist natürlich viel besser als die Uhr, die Sie jetzt benutzen" bemerkte ich.

„Man darf sie nicht unterschätzen, sie ist sehr genau. Deine Uhr ist etwas zu klein, darum habe ich entschieden, dass du meine alte nimmst und deine einem der Mädchen gibst."

Ich kam nicht dazu, mich zu bedanken, denn er setzte sofort zu einer Frage an: „Gehst du zu Emigdio? Kannst du dann bitte seinen Vater ansprechen und ihm sagen, dass wir das Vieh gemeinsam füttern können? Wir müssen uns beeilen, weil die Tiere bis zum Fünfzehnten des nächsten Monats für die Schlachtung fertig sein müssen."

Ich ging dann zurück auf mein Zimmer und packte meine Pistolen ein. Währenddessen pflückte María im Garten vor meinem Fenster Blumen. Einen bunten Strauß reichte sie Emma hinüber, die schönste Blume nahm sie zwischen ihre Zähne.

„Guten Morgen, María!" begrüßte ich sie und eilte mich, die Blumen entgegenzunehmen.

María wurde etwas blass und wollte antworten, dabei fiel ihr die Nelke herunter, die sie zwischen den Lippen hielt. Sie reichte mir die Blumen, und auch davon fielen einige zu Boden. Sofort hob sie diese wieder auf und hielt sie mir hin, mit wesentlich geröteteren Wangen als vorher.

Nachdem ich die Blumen angenommen hatte, machte ich ihr einen Vorschlag: „Möchtest du deine Nelke gegen all diese Blumen tauschen?"

„Ich bin auf sie getreten", antwortete sie mit gesenktem Blick, nach der Nelke suchend.

„So, wie sie ist, bekommst du alle anderen dafür."

Sie blieb in der gleichen Haltung stehen, ohne zu antworten.

„Erlaubst du mir, dass ich sie aufhebe?"

Sie bückte sich, um sie aufzunehmen und gab sie mir, ohne mich dabei anzusehen.

Während Emma so tat, als wenn sie nichts gesehen hätte, drückte ich Marías Hand liebevoll und sagte: „Danke, danke María, und bis heute Abend." Sie drehte sich um, mit dem Lächeln einer Frau, das mich augenblicklich in höchste Entzückung versetzte.

Kapitel 19

Ich hatte etwas mehr als fünf Kilometer zurückgelegt und versuchte, mit einem Ruck das Tor zur Hazienda von Emigdio zu öffnen. Schließlich gelang es mir, den Widerstand des Tores zu überwinden. Dann ging es weiter durch ein kleines Tal, der Weg war schlammig und zugewachsen.

Kurz vor dem Ziel kam mir ein schwarzes Paar zu Hilfe. Er hatte nur eine alte Hose an und zeigte seinen athletischen, schweißüberströmten Rücken. Sie war bescheiden gekleidet, mit einem auffälligen blauen Rock und ansonsten nur einem Tuch um den Hals, so geschickt gebunden, dass es ihre Brust verdeckte.

Endlich kam das Haus in Sicht. Es war groß und alt, umgeben von einem dichten Palmenwald, Mangobäumen und Kakaoplantagen. Ich hatte es zuvor noch nicht gesehen, aber ich erkannte es anhand der Zeichnungen, die Emigdio mir in Bogotá gezeigt hatte. Emigdio war voller Bewunderung ob meiner Kritik an den Plänen gewesen, sein Vater allerdings nicht so davon überzeugt. Als ich näher kam, sah ich, dass Emigdio dennoch viel an dem Haus verändert hatte, so dass es nur noch entfernte Ähnlichkeit mit den Zeichnungen aufwies. Es sah deutlich besser aus und es gab viel mehr Rinder und viel kleines Vieh, das geräuschvoll durcheinander lief – Ziegen, Puter und andere nützliche Haustiere.

Emigdio war ein guter Junge. Ein Jahr, bevor ich nach Hause zurückkehrte, hatte sein Vater ihn nach Bogotá geschickt, in der Absicht, aus ihm einen guten Geschäftsmann zu machen.

Damals wohnten Carlos und ich zusammen, so war er über alles informiert – auch über die Dinge, die ihn nichts angingen. Eines Sonntags morgens traf er Emigdio und brachte ihn mit zu mir. Carlos sagte: „Du wirst dich fürchterlich erschrecken – ich hab' dir etwas Schönes mitgebracht!" Sofort ging ich auf Emigdio zu und umarmte ihn. Er stand vor der Tür und gab eine sehr merkwürdige Figur ab. Es war zu lächerlich: Emigdio trug einen riesigen, braunen Fellhut, den ihm sein Vater zu Ostern verpasst hatte. Er war sehr schlank, trug lange, glänzende Koteletten, ein blaues Hemd mit weitem Ausschnitt und eine weiße Weste, deren Enden weit auseinander standen. In der einen Hand hatte er Sporen, in der anderen ein großes Paket. Während ich ihm half, das Paket loszuwerden, sah ich Carlos in die Augen. Zu meiner Verwunderung legte er sich plötzlich auf sein Bett und weinte. Emigdio suchte sich einen Platz auf dem Sofa und sagte: „Verdammt, Carlos ist so unvernünftig. Er hat sich auf der Straße über mich lustig gemacht. Was denkst du, was er heute mit mir gemacht hat?" Carlos kam zu uns zurück. Emigdio war sehr ärgerlich, aber gemeinsam gelang es uns, ihn wieder aufzuheitern. Ein paar Gläser Wein und einige Zigaretten halfen dabei, die Situation zu retten.

Zwei Tage später war Emigdio schon wesentlich besser gekleidet. Er hatte sich bei uns eingelebt, wir hatten Spaß bei unseren Essen, bei seinen Reiseerzählungen und in der Stadt. Dann stellte Emigdio fest, dass die Tochter unserer Hausbesitzerin ihm verfallen war. Rücksichtslos erzählte Carlos ihm, dass Micaelina schon mit anderen kokettiert hatte. Aber der Teufel schläft nicht: Er sorgte dafür, dass Emigdio seine Geliebte mit ihrem „Bock" überraschte, beim Süßholz raspeln am Esstisch, nachts um zehn Uhr, zu einer Zeit, zu der jeder schon in seinem dritten Traum sein sollte. Er sah, was er sah, und er hörte, was er hörte – auch wenn es für ihn besser gewesen wäre, es nicht zu sehen und zu hören.

Eine Nacht vor seiner Abreise vertraute er sich mir an: „In Bogotá gibt es keine Damen, das sind alles nur ... Sie sind kokett und falsch. Was kann man auch von den Frauen erwarten, die *das* gemacht haben? Verdammt, es gibt keine besseren Frauen als die bei uns zu Hause. Hier gibt es nichts, was nicht gefährlich ist. Sieh doch nur Carlos. Er hält sich für ein Wunder, der Angeber geht abends um elf Uhr ins Bett. Ich bewundere es, wie du nur an dein Studium denken kannst."

Als Emigdio Bogotá verließ, hatte er nur Carlos und Micaelina im Kopf.

Es war schon ein sehr guter Freund, den ich im Begriff war zu besuchen. Ich erwartete, Emigdio im Haus zu treffen, aber dann hörte ich, wie er mich hinter dem Haus zu sich rief. „Endlich, du altes Maultier", rief ich zurück, „ich dachte schon, du lässt mich noch länger warten."

In einem kleinen Bach auf dem Hof wusch sich Emigdio das Blut von den Händen.

„Was hast du gemacht?" fragte ich nach der Begrüßung.

„Heute ist Schlachttag. Mein Vater und ich sind sehr früh aufgestanden und auf die Felder gegangen. Ich habe gerade den Schwarzen ihr Fleisch zugeteilt. Keine schöne Arbeit. Aber jetzt habe ich Zeit für dich. Mutter möchte dich sehen. Ich werde Bescheid sagen, dass du da bist. Ob die Mädchen herauskommen, weiß ich allerdings nicht, sie sind sehr verschlossen."

Dann rief er: „Choto!" Und es erschien ein kleiner schwarzer Junge, halbnackt, sein Arm von Narben übersät. „Führe das Pferd zum Fluss und wasche es!"

Dann kam Emigdio zu mir und bewunderte meinen Sattel. Ich fragte ihn: „Wobei hat sich der Junge derartige Verletzungen zugezogen?" Emigdio klärte mich darüber auf, dass er von der Zuckerrohrmühle erfasst worden war.

Kurz danach war das Mittagessen bereitet. Ich unterhielt mich mit Doña Andrea, Emigdios Mutter. Sie war so nervös, dass sie in der Viertelstunde, die wir allein miteinander sprachen, beinahe alle Fransen von ihrem Tuch abgerissen hatte.

Extra für das Essen hatte Emigdio ein weißes Jackett angelegt, aber bevor er sich setzte, stellte er uns eine herausgeputzte Schwarze vor, die uns Wasser und ein Handtuch zum Händewaschen brachte.

Das Mittagessen war, um die Wahrheit zu sagen, keine große Sache. Es gab Suppe mit frischen Kräutern aus dem Gemüsegarten, frittierte *Platanos*, gekochtes Fleisch und Maisfladen, dazu hervorragende Schokolade aus der Region, Hartkäse, Milchbrot und Wasser, serviert in alten, silbernen Karaffen.

Während wir aßen, schaffte ich es, eines der Mädchen dabei zu ertappen, wie es mich hinter der Tür versteckt beobachtete – ich erblickte ein sympathisches Gesicht, erhellt von großen, dunklen Augen.

Um elf Uhr verabschiedete ich mich von Doña Andrea – denn wir hatten beschlossen, Don Ignacio beim Rodeo zu besuchen. Unterwegs nahmen wir ein Bad im Fluss Amaime. Während wir uns unserem Ziel näherten, versuchte sich Emigdio in Konversation mit mir. Die Freundschaft zwischen Carlos und ihm bestand wieder, und so konnte er mir alles erzählen, was er über dessen Heiratsantrag wusste. Dann fragte er: „Und was sagst du dazu?"

Ich schwieg. Also fuhr Emigdio fort: „Warum nicht? Carlos ist ein arbeitender Mann. Wenn er auf Handschuhe und Schirm verzichten könnte, müsste er eigentlich ein guter Landbesitzer sein. Er lacht über mich, weil ich noch mit dem Lasso arbeite, aber er sollte es besser auch machen. Hast du ihn nicht gesehen?"

„Nein."

„Du wirst ihn sehen. Kannst du dir vorstellen, dass er sich nicht im Fluss wäscht, wenn die Sonne scheint, und dass er nicht auf das Pferd steigt, bevor es nicht fertig gesattelt dasteht? Nur, weil er sich nicht die Hände schmutzig machen will. Er ist ein Gentleman, das ja. Vor kurzem hat er mir Geld geliehen, ich brauchte es, um neue Kälber zu kaufen – und er weiß, dass er es nicht in eine kaputte Tasche gesteckt hat. Das heißt, er ist da, wenn ich ihn brauche. Was seine Hochzeit betrifft ... wenn du mich nicht verrätst, erzähle ich dir etwas."

„Erzähl alles, was du willst."

„In eurem Haus herrscht ein höheres Niveau. Ich glaube, es gibt dort ein Mädchen wie aus dem Märchen, sie verdient, wie eine Heilige behandelt zu werden." Er lachte und sprach weiter: „Ich sage das, weil dieser Don Jerónimo, der Vater von Carlos, sehr mit Vorsicht zu genießen ist. Mein Vater kann ihn nicht mehr sehen, seitdem es diese Probleme mit den Grenzstreitigkeiten gegeben hat, mehr weiß ich auch nicht."

Inzwischen waren wir beim Rodeo angekommen. Don Ignacio kam, um mich zu begrüßen. Er war ausgestattet wie ein reicher Gutsbesitzer. Als erstes übermittelte ich ihm eine Botschaft meines Vaters.

Ich war sehr beeindruckt von der Geschicklichkeit der Rinderhirten, wie sie mit den Tieren umgingen und sie für den Transport bereit machten. Dann entschuldigte ich mich bei Don Ignacio und bedankte mich.

„Ach was, ach was", sagte Don Ignacio, „die jungen Leute aus Bogotá haben Angst vor den Stieren und vor der Sonne. Deshalb ziehen sie sich in die Schule zurück. Um sieben Uhr habe ich doch tatsächlich den hübschen Herrn Carlos getroffen, mit einem so großen Tuch, dass nur noch ein Auge herausschaute, und mit einem Regenschirm! Und Sie? So, wie ich Sie sehe, brauchen Sie diese Dinge nicht!"

Nach der Verabschiedung ging Don Ignacio an seine Arbeit zurück.

Der Ort, den Emigdio für das Bad im Fluss ausgesucht hatte, eignete sich hervorragend dafür. Ich musste ihn bitten, seine lederne Reithose etwas weiter wegzustellen, denn der Geruch war nicht gerade angenehm. Emigdio lachte: „Möchtest du, dass alles nach Rosen riecht? Ein richtiger Kerl darf ruhig nach Ziege riechen!"

„Sicher doch – als Bestätigung dafür hast du auf deiner Hose den Gestank eines ganzen Ziegenstalls!"

Wir lachten, wie ich schon lange nicht mehr gelacht hatte.

Die Atmosphäre während unseres Bads am Ufer des schönen Flusses trug dazu bei, dass Emigdio vertrauensvoll von seinen verborgenen romantischen Erinnerungen an Micaelina erzählte. Dann war er erneut total verliebt gewesen, doch Don Ignacio untersagte diese Beziehung, weil die Auserwählte keine „Dame" war. Zu guter Letzt schlussfolgerte er:

„Wenn ich dennoch diese Dame heiraten würde, würde die Folge sein, dass ich für sie alles machen müsste und nicht umgekehrt. Obwohl ich ein Gentleman bin, wüsste ich nicht, was ich mit einer Frau wie ihr anfangen sollte. Wenn du aber Zoila kennen lernen würdest ... Mann, du würdest sie preisen, du würdest Gedichte für sie schreiben ... Dir würde das Wasser im Munde zusammenlaufen, ihre Augen würden einen Blinden sehend machen, sie hat das schönste Lächeln, die schönsten Füße und eine Taille, die ... "

Langsam begann ich, ihn zu unterbrechen: „Sag mal, bist du so wahnsinnig verliebt in sie, dass du ersticken würdest, wenn du sie nicht heiraten würdest?"

„Ich würde sie immer heiraten, egal, was passiert!"

„Eine Frau aus dem Dorf? Ohne die Erlaubnis deines Vaters? ... Ich sehe schon: Du bist ein richtiger Mann, du solltest wissen, was du tust. Weiß Carlos davon?"

„Das geht ihn nichts an. In Buga gibt es alles, was der Herz begehrt. Zum Glück lebt Zoila in San Pedro, sie kommt kaum nach Buga."

„Aber mir würdest du sie vorstellen?"

„Mit dir ist es anders, mit dir würde ich sie jederzeit bekannt machen."

Um drei Uhr verabschiedete ich mich von Emigdio, ich entschuldigte mich tausendfach, weil ich nicht zum Essen bleiben konnte. Es würde vier Uhr sein, wenn ich nach Hause kommen würde.

Kapitel 20

Meine Mutter und Emma erwarteten mich schon am Eingang. Mein Vater war unterwegs, um die Arbeiter zu beaufsichtigen.

Kurze Zeit später wurde ich zum Abendessen gerufen. Sofort ging ich zu Tisch, in der Hoffnung, María beim Essen zu treffen. Zu meiner Enttäuschung sagte Mutter jedoch: „Die Mädchen sind nicht da, weil morgen diese ‚Herrschaften' kommen. Sie müssen die Süßigkeiten vorbereiten, aber ich glaube, sie sind bald fertig und kommen noch."

Als ich mit dem Essen fast fertig war, erschien José mit einer Ladung Zuckerrohr. Weil er die Ladung noch vor dem Dunkelwerden zur Zuckerfabrik bringen wollte, konnte ich nur einige Worte mit ihm wechseln. Wir verabredeten uns kurz für die Jagd am nächsten Tag und sprachen darüber, dass wir die englischen Patronen nicht vergessen dürften.

Mit der Entschuldigung, mein Gewehr und das Jagdzeug vorbereiten zu müssen, ging ich danach sofort auf mein Zimmer. Ich wollte nicht länger im Esszimmer bleiben, wenn María sowieso nicht da war. In meiner Hand hielt ich eine Schachtel mit den Kügelchen, die man für Jagdpatronen verwendet, als plötzlich María hereinkam. Sie brachte

Kaffee für mich und probierte ihn mit dem Löffel, bevor ich ihn bekam. Vor lauter Aufregung ließ ich die Schachtel mit den Kugeln fallen. María bückte sich und half mir, sie wieder einzusammeln. „Lass nur", sagte ich, „das kann ich später machen."

„Ich habe die besseren Augen, um solch kleine Dinge zu finden", antwortete María, „gib mir die Schachtel." Sie reichte mir die Hand, um die Schachtel entgegenzunehmen und rief aus: „Oh, alle sind herausgefallen!"

„Nein, sie war nicht voll" sagte ich, während ich ihr half.

Beim gemeinsamen Suchen erklärte ich ihr, wie die Kügelchen in eine Patrone kommen, wie sie mit einer Maschine gepresst werden, und wie die Patronen mit einer Ladung Schwarzpulver geladen werden. Des Weiteren sprach ich über die Gefahren der Jagd, aber auch darüber, wie aufregend sie ist. Der Kaffe war schon kalt geworden, als María meinte: „Ich glaube, es wäre besser, du würdest nicht zu dieser Jagd gehen. José hat uns eine Nachricht hinterlassen."

„Möchtest du nicht, dass ich auf die Jagd gehe?"

„Wie könnte ich so etwas verlangen?"

„Warum nicht?"

Sie sah mich an, antwortete aber nicht.

„Ich glaube, es fehlen keine Kugeln mehr" sagte sie dann, während sie beim Aufstehen einen Blick über den Boden warf. „Der Kaffee wird schon kalt. Probier ihn und lass das Gewehr so lange stehen!"

„Ich werde das Gewehr wegpacken und den Kaffe trinken, aber geh bitte nicht weg!"

Ich schaute kurz aus dem Zimmer und kam wieder zurück.

„Es ist viel im Haus zu tun."

„Ach ja", antwortete ich, „Kuchen und Kekse für morgen sind vorzubereiten. Gehst du also?"

Sie bewegte die Schultern, als wenn sie sagen wollte: „Wenn du willst?"

„Ich schulde dir eine Erklärung", sagte ich, „möchtest du sie hören?"

„Ich habe nicht gesagt, dass ich gewisse Dinge nicht hören will", sagte sie und spielte dabei mit der Schachtel, die wieder fast voll mit Kügelchen war.

„Ich glaube, dass ich ..."

„Vielleicht stimmt es, was du sagen wirst."

„Was?"

„Dass man dir zuhören muss, aber diesmal nicht!"

„Wie schlecht du über mich gedacht haben musst in diesen Tagen."

Sie antwortete nicht, sondern schien intensiv die Aufschrift auf der Schachtel zu lesen.

„Ich werde dir nichts sagen, aber sag mir, was du vermutet hast."

„Warum jetzt?“

„Du gibst mir keine Möglichkeit, mich zu entschuldigen.“

„Ich würde gern wissen, warum du das getan hast; obwohl, es macht mir auch Angst, es wissen zu wollen, weil ich keinen Grund dazu gegeben habe; und ich habe gedacht, das du noch einen anderen Grund hattest, den ich nicht kannte ... Es scheint so zu sein, dass du wieder glücklich bist ... ich bin es auch. Vielleicht würde ich es nicht verdienen ...“

„Ich bin ungerecht zu dir gewesen, und wenn du es erlaubst, werde ich dich auf den Knien bitten, meine Entschuldigung anzunehmen.“

Ihre Augen blitzten, und mit all ihrer Schönheit rief sie aus: „Mein Gott! Ich habe das alles vergessen! Hörst du? Alles!“ Nach einer kurzen Pause fuhr sie fort: „Aber nur unter einer Bedingung ...“

„Wie du willst.“

„Sobald ich etwas tue oder sage, was dir nicht gefällt, sag es mir! Dann werde ich es nicht mehr tun oder sagen. Ist das nicht ganz einfach?“

„Sollte ich dann nicht deinerseits das Gleiche erwarten?“

„Nein, weil ich dir keinen Rat geben kann, ich weiß nicht immer, ob das, was du denkst, das Beste ist. Außerdem weißt du sowieso, was ich dir sagen will, bevor ich es zu dir sage.“

„Bist du da ganz sicher? Weißt du auch, dass ich dich von ganzem Herzen liebe?“ fragte ich mit leiser Stimme, tief gerührt.

„Ja, ja“ antwortete sie mit gesenkter Stimme. Mit ihren Fingern berührte sie fast meine Lippen, um mir damit zu zeigen, dass ich still sein sollte. Dann machte sie einige Schritte in Richtung Salon.

„Was wirst du jetzt machen?“ fragte ich.

„Hörst du nicht, dass Juan mich ruft? Er weint, weil er mich nicht findet!“ Verzweifelt lächelte sie, aber es lag etwas Süßes und Liebevolles in ihren Augen. María verließ den Raum und blieb tief in meinen Gefühlen.

Kapitel 21

Am nächsten Tag stand ich sehr früh auf, um mich in Begleitung von Juan Angel in Richtung Berge auf den Weg zu machen, beladen mit Geschenken meiner Mutter für Luisa und die Mädchen. Mayo folgte uns; seine Treue war stärker als seine schlechten Erfahrungen mit derartigen Expeditionen, die eigentlich nichts mehr für Hunde in seinem Alter waren.

Unmittelbar, nachdem wir den Fluss überquert hatten, trafen wir José und seinen Neffen Braulio, der uns gesucht hatte. José hatte einen Plan geschmiedet, wie wir einen Tiger erlegen könnten, der dafür bekannt war,

Schafe zu reißen. José hatte schon seine Spur und eines seiner Verstecke an der Quelle des Flusses gefunden.

Juan Angel brach der Schweiß aus, als er davon hörte. Er setzte seinen Korb auf dem Boden ab und lauschte uns mit aufgerissenen Augen, als wir über die mörderische Jagd sprachen.

José fuhr mit seinem Angriffsplan fort: „Ich gäbe alles dafür, dass er uns nicht entkommt. Mal sehen, ob Lucas so gut ist, wie er sagt. Auf Tiburcio kann man sich verlassen. Trägst du die schwere Munition?"

„Ja", antwortete ich, „und das Jagdgewehr."

„Heute ist Braulios Tag. Er möchte euch unbedingt zeigen, dass er ein guter Jäger ist – denn ich habe ihm gesagt, dass wir einen Bären genau zwischen die Augen getroffen haben."

Er lachte laut heraus und schlug mit den Handflächen auf die Schulter seines Cousins. „Gut, lass uns gehen. Juan Angel, du bringst diese Früchte zur Señora, denn ich werde zurückgehen."

Mit dem Korb auf der Schulter fragte Juan Angel: „Ist das für die Süßigkeiten, die María für ihren Cousin zubereiten wird?"

„Das ist etwas, was meine Mutter für Luisa haben möchte."

„Aber was war mit María? Als ich sie gestern sah, wirkte sie so frisch und klar wie immer, wie die Blüte einer kastilianischen Rose."

„Es geht ihr gut."

„Und du? Was machst du noch hier?" fragte José Juan Angel. „Nimm deine Tasche und verschwinde, damit du schnell zurück bist. Wenn du zu spät kommst, musst du allein weiter. Und erzähle nichts!"

Flink wie ein Wiesel verschwand Juan Angel im Dickicht.

Braulio war ein netter Bursche, etwa in meinem Alter. Er war vor zwei Monaten aus der Provinz gekommen, um seinen Onkel José zu begleiten, und war bis über beide Ohren in seine Cousine Tránsito verliebt. Er hatte große Ähnlichkeit mit José und besaß ein leichtes, feminines Lächeln, war aber so kräftig gebaut, wie es nur jemand ist, der schwer auf dem Lande arbeitet.

Señora Luisa und die Mädchen warteten schon vor der Tür. Sie lächelten freundlich, und seitdem ich ein paar Mal bei ihnen gewesen war, waren sie auch nicht mehr so schüchtern. Auf dem Schlachtfeld der Jagd stellte José für mich eine Autorität dar, so wie ein Vater. Das alles verschwand, wenn wir zu Hause waren – als wenn es ein Geheimnis wäre, gab es zwischen uns dann eine einfache, aber ehrliche Freundschaft.

„Endlich! Endlich!" rief Señora Luisa und nahm mich beim Arm, um mich ins Wohnzimmer zu ziehen. „Sieben Tage haben wir gewartet!" Die Mädchen blickten mich mit einem reizenden Lächeln an.

„Aber Jesus! Wie blass du bist!" rief Luisa aus, nachdem sie mich näher in Anschein genommen hatte. Das ist nicht gut; wenn Sie öfter kommen würden, dann würden wir Sie schon herausfüttern."

„Und was sagen Sie dazu?" fragte ich die Mädchen.

„Wie sollen wir dazu etwas sagen können", antwortete Tránsito, „wenn Sie immer bei Ihren Studien sind und ..."

„Wir hatten so viele gute Sachen für Sie", unterbrach Lucía, „wir haben die Melonen und anderes verderben lassen, weil wir Sie bis Donnerstag erwarteten."

„Was für eine Schande! Nicht wahr, Luisa?" meinte José. „Wir hätten ohnehin nicht gewusst, was wir damit machen sollen. Aber er hat Recht getan, nicht zu kommen" fuhr er in düsterem Ton fort. „Es gab Gründe dafür. Doch du wirst ihn einladen, mit uns den ganzen Tag zu verbringen. Stimmt's, Braulio?"

„Ja, ja, kommt herein, und reden wir. Wann ist der große Tag, Señora Luisa? Wann ist es, Tránsito?"

Sie wurde rot wie ein Granatapfel, für alles Geld der Welt hätte sie jetzt nicht die Augen heben können, um ihren Bräutigam anzusehen.

„Das dauert noch", antwortete Luisa, „sehen Sie nicht, dass das Haus noch geweißt werden muss und die Türen fehlen? Es wird am Tag der ‚Heiligen Jungfrau von Guadalupe' sein, Tránsito ist eine Anhängerin von ihr."

„Und wann ist das?"

„Das wissen Sie nicht? Am zwölften Dezember. Haben die Jungen Ihnen nicht gesagt, dass Sie den Trauzeugen machen möchten?"

„Nein, und dass mir diese gute Nachricht erst so spät mitgeteilt wird, werde ich Tránsito nicht verzeihen."

„Ich habe Braulio gesagt, dass er es Ihnen selbst mitteilt, weil mein Vater glaubte, es sei besser so."

„Ihr könnt euch nicht vorstellen, wie dankbar ich für diese Wahl bin, noch mehr als ich auch hoffe, bald Patenonkel zu werden."

Auf eine sehr sanfte Art und Weise schaute Braulio seine schöne Braut an, die sich verschämt entfernte, um eilig mit Lucía das Mittagessen zuzubereiten.

Meine Essen bei José waren nicht mehr so, wie ich es bei anderer Gelegenheit beschrieben habe. Inzwischen war ich ein Mitglied der Familie und bekam nicht mehr extra ein Besteck. Ich bekam meine Portion Bohnen, Mais, Milch und Nachtisch, eigenhändig von Señora Luisa zubereitet, und saß genauso wie José und Braulio auf einer einfachen Holzbank. Ich machte es ihnen leicht, mich so zu behandeln.

Das Mittagessen war wie immer hervorragend und gewürzt von einer Unterhaltung, die einen deutlich die Ungeduld von Braulio und José spüren ließ, die mit der Jagd beginnen wollten.

Es wurde zehn Uhr, bis alle bereit waren. Lucas trug das Essen, das Luisa für uns vorbereitet hatte; und nach einigem Hin und Her wegen der vielen Dinge, die Lucas vergessen hatte, waren wir schließlich abmarschbereit.

Wir waren fünf Jäger: Der Mulatte Tiburcio, Vorarbeiter der Hazienda, Lucas, Verwalter einer benachbarten Hazienda, José, Braulio und ich. Alle waren bewaffnet mit einem Gewehr, José und Braulio darüber hinaus mit Speeren. Kein Hund, der uns nützen konnte, blieb im Haus zurück. Auch Palomo, der Lieblingshund der Köchin Marta, vor dem sich alle Kaninchen fürchteten, wollte zu den fleißigen Hunden gehören, aber José schickte ihm mit energischen Worten zurück.

Luisa und die Mädchen blieben etwas unruhig im Haus, besonders Tránsito, weil sie wusste, dass ihr Verlobter dazu neigte, sich zu großen Gefahren auszusetzen.

Über einen engen Pfad bewegten wir uns durch dichten Dschungel in Richtung Fluss. Etwa nach zweieinhalb Kilometern hielt José an einem ausgetrockneten und von hohen Felsen umgebenen Teich an. Er untersuchte einige auf dem Sand verteilte Knochenreste. Sie stammten von den Lämmern, die er am Vortag als Köder ausgelegt hatte.

Dann eilte Braulio voraus, José und ich folgten ihm. Wir fanden immer mehr Spuren. Nach hundert Metern erhob sich Braulio und deutete uns, es ihm nachzutun. Er lauschte den Geräuschen des Dschungels, dann atmete er tief ein, betrachtete die Wand aus Bäumen vor uns und ging mit vorsichtigen, leichten Schritten weiter. Dann hielt er wieder an, wiederholte das Ganze und zeigte uns die Kratzspuren an den Bäumen. Nachdem er die Spuren erneut untersucht hatte, sagte er: „Er ist vor kurzem hier gewesen! Man kann sehen, dass er gut gegessen hat und ziemlich schwer ist."

Wir gingen weiter bis zum Ufer, wo Braulio erneut Spuren fand. Mit dem Gewehr um die Schulter geschnallt überquerte er den Fluss. Dabei band er sich an einer Liane fest, deren anderes Ende José festhielt, um den Jungen im reißenden Strom zu sichern. Wir anderen waren ganz still, nur ab und zu wurde das Schweigen vom Bellen eines Hundes unterbrochen.

„Hier ist nichts!" rief Braulio, nachdem er das andere Ufer geprüft hatte. Doch auf einmal machte er ein Zeichen, damit wir ruhig blieben. „Da!" rief er und zeigte ins Gebüsch. „Haltet die Liane fest und die Hunde bereit!"

Die Hunde erkannten die Situation sofort. Auf Braulios Anordnung hin ließen wir sie frei, während José ihm durch den Fluss zurück half.

„Ruhig!“ rief Braulio, schon wieder an unserem Flussufer. Und während er sein Gewehr lud, gab er mir die Anweisung: „Sie bleiben hier, Patrón!“ Inzwischen folgten die Hunde dem Tiger, der es bestimmt nicht leicht hatte, wenn sie ihn umzingelten.

Braulio nahm von José einen Speer entgegen und gab weitere Befehle: „Sie verteilen sich, um den Pfad zu überwachen, denn der Tiger wird zurückkommen. Tiburcio, du gehst mit ihnen, Lucas, Sie beide überwachen die Felsen.“ Dann ließ er sein sympathisches Lachen hören, machte das Gewehr schussbereit und sagte: „Das Kätzchen ist schon verwundet.“ Nach diesen Worten trennten wir uns.

José, Tiburcio und ich kletterten auf eine Anhöhe, von der aus wir eine gute Übersicht hatten. Tiburcio kontrollierte immer wieder sein Gewehr, José schaute hoch konzentriert. Hier konnten wir alles sehen und uns selbst gut verstecken, weil die Bäume dick und grün waren.

Von den sechs Hunden waren zwei bereits außer Gefecht, der eine lag mit aufgerissenem Bauch zu den Füßen der Raubkatze, dem anderen hingen die Eingeweide aus den Rippen. Der Tiger war von ihnen in die Enge getrieben worden, sein Schwanz zuckte hin und her, er krümmte den Rücken, seine Augen glühten, er zeigte uns seine Zähne und fauchte laut. Wenn er seinen enormen Kopf bewegte, klangen seine Ohren wie hölzerne *Castañuelas*. Er versuchte, seine Wunden zu lecken, aber die Hunde griffen weiter an. Braulio und Lucas hatten das Zuckerrohrfeld verlassen und sich weiter von dem Raubtier entfernt als wir.

Lucas war bleich vor Angst. Jäger und Raubkatze bildeten ein Dreieck, so konnten beide Gruppen schießen, ohne die Kameraden zu gefährden.

„Alle auf einmal schießen!“ rief José.

„Nein, nein, die Hunde!“ rief Braulio dazwischen. Er entfernte sich, seinen Kameraden allein lassend.

Mir war klar, dass ein gleichzeitiges Abfeuern unserer Schüsse alles beenden würde, aber es war sicher, dass dann auch einige Hunde sterben müssten, und wenn der Tiger nicht gleich verenden würde, stünden wir ihm mit ungeladenen Waffen gegenüber.

Der Kopf von Braulio tauchte zwischen dem Zuckerrohr auf, vor dem der Tiger sich den Rücken freihielt, mit offenem Mund und aufgerissenen Augen, das Haar durcheinander. In seiner Rechten hielt Braulio einen Speer, mit der Linken verschaffte er sich freies Sichtfeld.

Alle blieben stumm, selbst die Hunde schienen genug zu haben. Schließlich schrie José: „Los! Löwentöter! Los, stich zu!“ Irgendwie mussten wir das Tier in Schach halten, um das Risiko für Braulio zu verringern. Die Hunde attackierten weiter, bis einer von ihnen erwischt wurde. Der Tiger ließ ein schreckliches Brüllen ertönen.

Da sprang Braulio aus seinem Versteck heraus, den Speer festhaltend, dem bereits die Spitze fehlte. Während sich ihm die Raubkatze entgegendrehte, schrie er: „Feuer, Feuer!" Mit einem Sprung kehrte er an den gleichen Punkt zurück, an dem er den Tiger mit dem Speer getroffen hatte. Der Tiger suchte ihn. Lucas war verschwunden. Ich zielte und drückte ab, aber der Schuss löste sich nicht. Auch José schoss. Der Tiger brüllte und versuchte, sich selbst in den Rücken zu beißen, dann sprang er Braulio an. Der warf sich zurück zwischen die Bäume und griff nach dem Speer, den ihm José hinüberwarf.

Jetzt bot uns der Tiger die Stirn. Nur mein Gewehr war einsatzbereit. Ich schoss, der Tiger setzte sich auf seinen Schwanz, wackelte ... und fiel um.

Instinktiv schaute Braulio nach hinten, um zu sehen, was bei dem letzten Schuss herausgekommen war. José, Tiburcio und ich befanden uns in seiner Nähe, und zur gleichen Zeit brachen alle in ein Triumphgeheul aus.

Das Raubtier spie blutigen Schaum hervor, seine Augen waren trüb und unbeweglich. Ein letzter Lebenshauch ließ seine Beine erzittern und bewegte einige Blätter, der hübsche Schwanz rollte sich noch einmal auf und wieder zurück.

„Ein tapferer Schuss! Was für ein Schuss!" rief Braulio aus und setzte einen Fuß auf dem Hals des Tieres ab. „In die Stirn! So eine sichere Hand!"

Mit noch unsicherer Stimme sagte José (der Arme liebte seinen Sohn so sehr), während er sich mit dem Hemdsärmel den Schweiß von der Stirn wischte: „Heiliger Vater, was für ein gewaltiges Tier! Verflucht, wenn der dich anfällt, spürst du nichts mehr ...!" Dann betrachtete er traurig die drei toten Hunde und sagte: „Arme Campanilla, wie Leid du mir tust! Sie war so eine gute Hündin!" Dann streichelte er die drei Hunde, die mit hängender Zunge warteten, als wenn sie gerade von einer Kleintierjagd zurückkämen.

José legte seinen Umhang an einer sauberen Stelle ab und sagte: „Setzen Sie sich, Junge, wir werden ihm das Fell abziehen, es gehört Ihnen." Und sofort rief er: „Lucas!"

Braulio lachte laut los, und dann sagte er: „Er hat sich wahrscheinlich im Hühnerhaus versteckt!"

„Lucas!" rief José noch einmal, ohne zu beachten, was sein Neffe gesagt hatte. Und als er sah, dass wir alle lachten, fragte er: „Eh! Was ist?"

„Onkel, er ist weg, seit ich mich mit dem Speer versucht habe."

José sah uns an, als wenn es für ihn unmöglich wäre, uns zu verstehen. Dann ging er zum Fluss und rief so laut, dass das Echo von den Bergen widerhallte: „Zum Teufel mit Lucas!"

„Ich habe ein scharfes Messer hier" kam der Hinweis von Tiburcio.

„Nein, Mann, es ist nur so, dass er die Tasche mit dem Essen hat, und dieser Herr würde gern etwas essen und ... ich auch, weil ich keine Hoffnung habe, hier *Mazamorra* zu finden."

Aber die gesuchte Tasche markierte genau den Punkt, an dem ihr Träger sie und uns verlassen hatte. José, hoch erfreut, brachte sie zu unserem Platz, öffnete sie und beauftragte Tiburcio, unsere Trinkgefäße mit Wasser aus dem Fluss zu füllen.

Das Essen bestand aus weißen und lilafarbenen Maiskuchen, Frischkäse und mit Liebe gegrilltem Fleisch, alles eingepackt in Bananenblättern. Zwischen den Servietten befanden sich außerdem eine Flasche Rotwein, Brot, Pflaumen und Feigen. José meinte: „Das ist doch was ganz anderes."

Während des Essen war José bester Laune, und Braulio war bemüht, mich schon *Padrino* zu nennen.

Sehr erfahren häutete Tiburcio den toten Tiger ab und zerteilte ihn. Dann packten wir Kopf, Pfoten und die anderen Teile des Tigers in unsere Rucksäcke und machten uns auf den Weg zurück zu Josés Haus. Er hängte sich mein Gewehr über die Schulter, rief die Hunde, und wir marschierten los.

Von weitem konnten wir schon erkennen, dass die Frauen auf uns warteten. Als wir uns ihnen näherten, wussten sie nicht, ob sie ängstlich sein oder sich freuen sollten, waren wir doch länger als ursprünglich geplant ferngeblieben. Dazu hatten sie die Schüsse gehört und geglaubt, wir wären in Gefahr gewesen.

Als erstes erreichte uns Tránsito, erkennbar blass: „Haben Sie ihn getötet?"

„Ja, mein Kind" antwortete ihr Vater.

Alle umringten uns. Lucía fragte mich nach meinem Gewehr, und als ich es ihr zeigte, fügte sie mit leiser Stimme hinzu: „Es ist Ihnen nichts passiert, nicht wahr?"

„Nichts" antwortete ich freundlich und strich mit einem kleinen Zweig über ihre Lippen.

„Ich habe schon gedacht ..."

„Ist der Träumer Lucas noch nicht hier aufgetaucht?" fragte José.

„Er nicht" antwortete Marta.

José murrte einige Schimpfworte.

„Aber wo ist das tote Tier?" machte Señora Luisa auf sich aufmerksam.

„Hier, Tante" antwortete Braulio und half seiner Verlobten, die Tasche auszupacken. Dann sagte er etwas zu ihr, was ich nicht verstand. Sie warf mir einen bewundernden Blick zu und holte mir aus dem Wohnzimmer einen Stuhl, auf den ich mich setzte und trotzdem alles überblicken konnte.

Als das samtartige Fell auf dem Hof ausgebreitet wurde, schrieen die Frauen laut auf, und als dann der Kopf auf das Gras rollte, waren sie nicht mehr zu halten.

„Aber wie haben Sie ihn getötet? Erzählen Sie!“ forderte Señora Luisa uns auf. „Sie sehen alle so traurig aus.“

Da nahm José den Kopf des Tigers zwischen seine Hände und sagte: „Der Tiger war im Begriff, Braulio zu töten. Und der Herr dort ...“, ein Arm zeigte auf mich, „... hat ihm diesen Schuss verabreicht.“ Er deutete auf das Loch in der Stirn des Tieres.

Alle drehten sich zu mir um, und in jedem dieser Blicke lag mehr Entschädigung für die Aktion als jeder Verdienst.

José fuhr damit fort, alle Details der Geschichte zu erzählen, während er die verletzten Hunde versorgte und sich über den Verlust der anderen drei beklagte. Unterstützt von Tiburcio, bereitete Braulio das Fell vor. Die Frauen gingen zurück an ihre Aufgaben, und ich versuchte, auf einem der Stühle einzuschlafen, auf dem Tránsito und Lucía mir eine Matratze aus Umhängen improvisiert hatten.

Das Geräusch des Flusses verhalf mir in den Schlaf wie das Schnattern der Gänse, das Blöken der Schafe, die auf den nahen Hügeln weideten, und der Gesang der Mädchen, die im Fluss Wäsche wuschen.

Die Natur ist die hübscheste aller Mütter, wenn der Schmerz sich unserer Seele bemächtigt; und wenn die Glückseligkeit uns streichelt, lächelt sie uns an.

Kapitel 22

Auf Drängen der Bergbauern hin blieb ich bei ihnen bis um vier Uhr nachmittags am nächsten Tag. Nach einer langen Abschiedszeremonie marschierte ich dann los – mit Braulio, der mich unbedingt begleiten wollte. Um mir das Tragen zu erleichtern, nahm er mir das Gewehr ab. Auf seinen Schultern trug er einen Jute-Rucksack.

Unterwegs sprach ich ihn auf seine bevorstehende Hochzeit an. Er machte kein Hehl aus dem Glück, das ihn durch die Liebe Tránsitos erwartete. Dabei lachte er so, dass man an diesem Glück unmöglich zweifeln konnte.

Wir hatten bereits den Fluss überquert, die letzte Bergspitze hinter uns gelassen und stiegen hinab in Richtung Berghang, als uns plötzlich Juan Angel über den Weg lief, mit gefalteten Händen. Aufgeregt flehte er uns an: „Ich kam, mein Herr ... Ich wollte ... Tun Sie mir bitte nichts ... Ich werde nie wieder Angst haben!“

„Was hast du gemacht?“ unterbrach ich ihn. „Was ist los? Hat man dich von zu Hause geschickt?“

„Ja, mein Herr, das Fräulein ... Und weil Sie gesagt haben, dass ich zurückkommen sollte!“

Ich konnte mich keinesfalls erinnern, ihm einen Befehl erteilt zu haben.

„Also, aus lauter Angst bist du nicht vorher gekommen?“ fragte Braulio lachend.

„Ja, so war es. Mayo ist erschrocken an mir vorbeigelaufen. Und danach traf mich Don Lucas, als ich den Fluss überquerte, und sagte, dass der Tiger Herrn Braulio umgebracht hätte.“

Braulio bog sich vor Lachen. Als er sich wieder einigermaßen gefasst hatte, fragte er: „Und darum hast du dich den ganzen Tag wie ein Kaninchen versteckt?“

„Herr José schrie mich an und meinte, ich sollte schnell zurückkommen, weil ich dort oben nicht allein herumlaufen sollte ...“ Juan Angel schaute verlegen auf seine Fingernägel.

„Ich nehme dich in Schutz“, sagte Braulio, „aber nur unter der Bedingung, dass du bei der nächsten Jagd mit mir Schritt hältst.

Der kleine Schwarze schaute ihn skeptisch an, aber er erwiderte: „Ja, mein Herr.“

Nun war es an mir, das Wort zu ergreifen: „Und jetzt gehen wir los. Du, Braulio, brauchst mich nicht zu begleiten. Kehr zurück, Tránsito ist bestimmt besorgt. Du kannst zu Hause alles Mögliche in meinem Namen ausrichten.“

„Der Rucksack!“ fiel Braulio ein. „Ach, nimm du ihn, Juan Angel, und Vorsicht mit dem Gewehr vom Patrón, denk daran, dass ich ihm das Leben verdanke! Nein, so ist es besser!“ Mit den letzten Worten überreichte er mir das Gewehr.

Mit einem Händedruck verabschiedete ich mich von dem mutigen Jäger, und unsere Wege trennten sich. Aus einiger Entfernung rief er mir noch nach: „Im Rucksack befindet sich ein Mineralmuster, dass dein Vater bei meinem Onkel bestellt hat!“ Überzeugt, dass ich alles verstanden hatte, verschwand er im Wald.

Später, nur noch einige hundert Meter von zu Hause entfernt, hielt ich am Ufer eines Baches an, der sich geräuschvoll bergab bewegte. Ich folgte dem Flüsschen ein Stück, auf der Suche nach Juan Angel. Er war verschwunden. Ich vermutete, dass er glaubte, ich wäre auf ihn sauer, weil er so feige gewesen war. Und weil er sich jemanden gesucht hatte, der ihm besseren Schutz anbieten konnte als das bei Braulio der Fall gewesen war.

Ich hatte den kleinen schwarzen Jungen richtig lieb gewonnen. Er war gerade zwölf Jahre alt geworden, er war sehr sympathisch, und man konnte sogar sagen, er war schön. Außerdem war er intelligent, allerdings sehr schüchtern. Das Leben, das er bisher geführt hatte, hatte ihm keine Gelegenheit geboten, seinen Charakter richtig zu entfalten. Feliciana, seine Mutter, war ein Dienstmädchen der Familie, sogar eine Amme. Dadurch genoss sie besondere Privilegien, und ihr Ehrgeiz war, dass der Junge eines Tages ein guter Diener für mich werden sollte. Aber außer, dass er uns am Tisch gut bediente und dass er einen sehr guten Kaffee kochen konnte, war er ungeschickt und ziemlich unbeweglich.

Ich war nun schon in der Nähe unseres Hauses und bemerkte, dass die Familie am Esstisch versammelt war, auch Carlos und sein Vater. Ich machte einen Umweg um das Haus, um in mein Zimmer gelangen zu können, ohne gesehen zu werden. Ich hatte gerade meinen Rucksack und das Gewehr abgelegt – dabei hörte ich sehr laute Stimmen – als meine Mutter hereinkam. Ich fragte sie, was das für ein Geschrei war.

Sie antwortete: „Es ist so, dass die Herren M. hier sind, und du weißt, dass Don Jerónimo immer so spricht, als wenn er sich am Ufer eines großen Flusses befinden würde."

„Carlos ist im Haus", dachte ich, *„das ist die Probe, von der mein Vater gesprochen hat!"* Carlos würde einen Tag lang wie ein Verliebter leben. Dies war die richtige Gelegenheit für ihn, seine Angebetete zu bewundern. Dass ich ihm nicht sagen konnte, wie sehr ich sie liebte, dass ich ihr nicht sagen konnte, dass ich sie heiraten wollte – diese Qual war schlimmer als ich sie mir vorgestellt hatte!

Mutter bemerkte sofort, wie ich mich plötzlich verwandelte: „Wie traurig du zurückgekommen bist!"

„Nein, Mutter, nur müde."

„War die Jagd gut?"

„Sehr glücklich."

„Kann ich denn deinem Vater erzählen, dass du für ihn das bestellte Bärenfell hast?"

„Nein, das nicht. Sondern das wunderschöne eines Tigers."

„Eines Tigers?!"

„Ja, Señora, einer, der viel Schaden angerichtet hat."

„Aber dass muss ja fürchterlich gewesen sein!"

„Meine Jagdkameraden waren sehr mutig und sehr geschickt."

Meine Mutter hatte mir einen Anzug mitgebracht und alles, was ich sonst noch brauchte, um mich wieder gesellschaftsfähig zu machen. Ich bedankte mich bei ihr und bat sie, nicht zu sagen, dass ich schon da war. Dann kam Mutter noch einmal zu mir und sagte mit ihrer liebevollen Stimme: „Denke an unser Gespräch über den Besuch der Herrschaften!" Zufrieden mit meiner Antwort fügte sie hinzu: „Gut, ich vertraue darauf, dass du es sehr gut machen wirst."

Das, was Braulio mir als „Mineralmuster" mitgegeben hatte, stellte sich als der Kopf des Tigers heraus. So geschickt hatte er die Trophäe unserer Familie zukommen lassen. Wie ich später erfuhr, hatte sich dazu folgende Szene im Esszimmer abgespielt: Als man den Kaffee servieren wollte, kam Juan Angel und sagte, dass ich bald eintreffen würde. Er wollte die Meinung von Don Jerónimo über die „Mineralien" erfahren. Dieser befahl dem kleinen Schwarzen, sie aus dem Rucksack zu nehmen. Juan Angel versuchte es, auf einmal jedoch schrie er auf und sprang zurück wie ein erschrockenes Reh.

Die Anwesenden wollten wissen, was geschehen war. Juan Angel stand mit dem Rücken an der Wand. Mit vor Schreck aufgerissenen Augen starrte er auf den Rucksack und stammelte: „Der Tiger!"

„Wo?" fragte Don Jerónimo und kippte überrascht seinen Kaffee um. Da er sehr beleibt war, konnte er nur langsam aufstehen. Carlos und mein Vater waren schneller, nacheinander kamen auch Emma und María herbei.

„Im Rucksack!" staunte Don Jerónimo. Allen fiel ein Stein vom Herzen. Mein Vater schüttete den Rucksack vorsichtig aus, sah den Kopf herauspurzeln und trat einen Schritt zurück. Mit den Händen auf den Knien rief Don Jerónimo aus: „Monströs!"

Carlos kam näher heran, um den Kopf zu untersuchen: „Furchtbar!"

Felipe hatte den Lärm gehört und kletterte auf einen Stuhl, um das Geschehen zu beobachten. Eloísa hakte sich am Arm meines Vaters unter. Juan weinte und wollte auf den Schoß von María. Emma schaute angstvoll in die Berge, in der Hoffnung, dass ich bald erscheinen würde.

„Wer hat ihn erlegt?" fragte Carlos.

Juan Angel, der sich wieder etwas beruhigt hatte, antwortete: „Das Gewehr von meinem Herrn!"

„Nur das Gewehr?" betonte Don Jerónimo lachend und nahm wieder Platz.

„Nein, nicht so ganz, aber Herr Braulio hat in den Bergen gesagt, dass das Gewehr ihm das Leben gerettet hat."

„Wo ist Efraín eigentlich?" fragte mein Vater etwas ungeduldig und schaute María an.

„Er ist am Fluss geblieben."

In diesem Augenblick betrat meine Mutter das Esszimmer. Sie schien zu vergessen, dass sie mich gerade erst gesehen hatte und seufzte: „Oh, mein Sohn!"

Mein Vater beruhigte sie: „Er wird schon kommen."

„Ja, ja", sagte sie, „aber wie hat man dieses Tier getötet?"

„Hier ist die Kugel eingedrungen" sagte Carlos, bückte sich und zeigte mit dem Finger darauf.

„Wie kann das nur möglich sein", fragte Don Jerónimo meinen Vater, während er sich eine Zigarre anzündete, „dass Sie Efraín erlauben, so etwas Gefährliches zu unternehmen?"

Mein Vater grinste voller Stolz und meinte: „Ich wollte eigentlich ein Bärenfell haben, aber es sieht so aus, als wenn er sich lieber für einen Tiger entschieden hat."

María spürte in dem Blick meiner Mutter etwas, das sie ein wenig beruhigte. Sie ging ins Wohnzimmer und nahm Juan mit. Dabei hielt er sich an ihrem Rock fest, so dass sie nur schwer voran kam. Dann nahm sie den weinenden Juan auf den Arm.

„Du weinst? Es ist nicht schön, wenn ein Mann Angst hat."

Don Jerónimo hatte sie gehört. Er saß im Schaukelstuhl, rauchte und sagte ganz lässig: „Der wird eines Tages auch Tiger erlegen."

„Sehen Sie mal", wandte Carlos sich an Emma, „Efraín ist jetzt ein Großwildjäger, in der Schule damals hätte er nicht mal einen Spatzen mit einer Schleuder treffen können. Na ja, richtig schießen konnte er immer gut. Ich erinnere mich, dass er im Urlaub am See von Fontibon bei Bogotá seine Begabung mit der Flinte schon einige Male bewiesen hat. Gibt es solche Jagdpartien häufig?"

„Ja, manchmal" sagte meine Schwester. „Mit José und Braulio hat er schon kleine Bären und Wölfe geschossen."

„Ich hatte vor, mit ihm Rehe zu schießen. Darum habe ich mein englisches Gewehr mitgebracht."

„Es wird ihm sicherlich Spaß machen, mit Ihnen zu jagen. Wenn Sie gestern gekommen wären, hätte er Sie bestimmt zur Jagd mitgenommen."

„Mensch, wenn ich das gewusst hätte!"

Mayo hatte in der Küche gerade sein leckeres Essen genossen. Jetzt kam er ins Esszimmer gelaufen, geradewegs bis vor den Tigerkopf, wo er mit gesträubten Haaren stehen blieb. Schnuppernd lief er überall herum, um immer, wenn er ins Esszimmer zurückkam, laut zu heulen. Er fand mich nicht vor, und sein Instinkt ließ ihn vermuten, dass ich in Gefahr sei.

Mein Vater, der sehr abergläubisch war, hatte das Gefühl, das Verhalten von Mayo irgendwie interpretieren zu müssen. Er streichelte seinen Kopf und sagte: „Mayo, Mayo, was ist mit dir los?" Vater konnte seine Ungeduld nicht verbergen. In diesem Moment kam ich ins Wohnzimmer. Nur Tránsito und Lucía erblickten mich sofort. María war ebenfalls anwesend, aber wir hatten kaum Zeit, uns zu begrüßen und ein Lächeln auszutauschen. Juan saß auf dem Schoß von María, sagte irgendetwas in seiner Kindersprache, dabei zeigte er mir die Tür zum Korridor und sagte: „Da ist ‚El Coco'!"

Ich ging in den Raum und lachte dabei, weil ich dachte, dass das Kind Don Jerónimo meinte. Dann umarmte ich Carlos; für einen Moment vergaß ich, wie ich seinetwegen in den letzten Tagen gelitten hatte. Herr M. begrüßte mich mit einem Händedruck und sagte: „Kein Wunder, dass wir so alt erscheinen. Man muss nur sehen, wie aus diesen jungen Männern jetzt richtige Erwachsene geworden sind!"

Wir gingen weiter ins Wohnzimmer. María war nicht mehr da. Die Unterhaltung drehte sich zum großen Teil um die Jagd. Ich versuchte Don Jerónimo klar zu machen, dass nicht ich der Held war, sondern Braulio dank seines Einsatzes. Don Jerónimo meinte nur, er hätte es von Juan Angel gehört.

Emma erzählte, dass Carlos vorhatte, mit mir Rehe zu schießen. Ich hätte ihm Freude bereitet mit meinem Versprechen, mit ihm zusammen eine schöne Jagd zu veranstalten.

Meine Schwester ging hinaus, und Carlos wollte mir sein englisches Gewehr zeigen. Darum gingen wir in mein Zimmer. Seine Waffe war genau wie die, die ich nach meiner Rückkehr aus Bogotá von meinem Vater geschenkt bekommen hatte. Ich war sehr überrascht, weil Carlos behauptet hatte, so eine Waffe wäre in unserem Land nicht zu finden. Er fragte: „Könnte man mit dieser Waffe solche Tiere erlegen wie du es getan hast?"

„Sicherlich" erwiderte ich.

„Aus welcher Entfernung kann man auf so ein Tier schießen?"

„Die Reichweite beträgt ungefähr sechzig Meter, aber man soll sie nicht überschätzen, da sich die Schlagkraft verringert, je größer die Entfernung ist. Also muss man weit unter den sechzig Metern bleiben."

„Wie weit warst du entfernt, als du auf den Tiger geschossen hast?"

„Etwa dreißig Meter."

„Mensch, ich muss eine gute Rolle bei dieser Jagd spielen, ich möchte das schöne Gewehr nicht vor sich hinrosten lassen. Ich schwöre, dass ich damit noch nicht mal auf Tauben geschossen habe!"

„Du wirst sehen: Ich sorge dafür, dass das Reh ganz in deine Nähe kommt."

Im weiteren Verlauf unseres Gesprächs sprach Carlos viel über unser Studentenleben in Bogotá. Er fragte nach den Schulkameraden, den Nachbarn und Freundinnen. Lachend erzählte er von der Liebschaft Emigdios mit Micaelina.

Carlos war acht Monate vor mir in den Cauca zurückgekehrt. Seine schwarzen Koteletten kontrastierten stark mit der rosa Farbe seiner Wangen. Sein Mund strahlte eine Frische aus, die ihn sehr interessant machte. Er hatte lange, leicht gelockte Haare. Man konnte sagen, er war ein gut aussehender Mann.

Er sprach weiter über seine Aufgaben auf dem Lande, über die Wiesen und das Futter der jungen Kälber und über die Möglichkeiten, die ihm offen standen, bald ein wohlhabender Gutsbesitzer zu sein.

„Nun ja“, sagte ich mir in Gedanken, *„ich gönne ihm das.“* Und mit Absicht unterbrach ich ihn nicht in seinen Ausführungen, um nicht über meine Dinge reden zu müssen.

Carlos fuhr fort mit einem Vortrag über die Vorteile des Guinea-Rasens im Vergleich zum gewöhnlichen Rasen, wie er auf unseren Wiesen wächst. Irgendwann fiel ihm dann auf, dass es in meinem Zimmer eine Menge Bücher gab. Er bewunderte mein Bücherregal und meinte: „Ich studiere auch, ich meine, ich lese viel. Ich habe sonst nicht viel Zeit, aber ich habe eine Cousine, die gerade das Abitur macht und die darauf besteht, dass ich eine Menge Romane lese. Du weißt, dass das ernste Studium mein Schwachpunkt ist. Deswegen wollte ich keinen Abschluss machen, auch wenn ich es hätte schaffen können. Ich weiß es nicht, aber die Politik ekelt mich an. Die ewigen juristischen Streitereien sind noch schlimmer. Es geht lediglich um ein paar Quadratmeter oder um die Bewässerung der Felder, und zum Schluss müssen wir an unsere Nachbarn einen Streifen Ländereien abtreten.

Na ja, ich schaue mir mal deine Bücher an ... Aha: ‚Frayssinous', ‚Christus vor dem Jahrhundert', ‚Die Bibel' ... hier ist viel Mystik! ‚Don Quijote', klar kann der hier nicht fehlen. Ich habe es nicht fertig gebracht, zwei Kapitel hintereinander zu lesen.“

„Ist das wahr?“

„'Blair', fuhr er fort, ‚Chateaubriand' ... Meine Cousine Hortensia ist von ihm begeistert. ‚Englische Grammatik', furchtbare Sprache, ist auch nicht meine Sache.“

„Aber du sprichst ein wenig, nicht wahr?“

„Na ja, das reicht nur für ein ‚How do you do' oder, wenn ich in Form bin, für ein ‚Comment ça vat-il' auf Französisch.“

„Aber du hast eine gute Aussprache.“

„Das sagt man nur, um mir zu schmeicheln.“ Er setzte die Inspektion der Bibliothek fort: „'Shakespeare', ‚Calderón' ... Gedichte, nicht wahr? ‚Spanisches Theater' – noch mehr Gedichte. Sag mal, dichtest du noch? Ich erinnere mich daran, dass du solche Gedichte geschrieben hast, dass sogar ich Heimweh nach dem Cauca hatte.“

„Ich mache jetzt keine Gedichte mehr“ sagte ich.

„Erfreulich, von der brotlosen Kunst kannst du nicht leben.“ Schon fuhr er wieder fort: „'Cortés' ... ‚Die Eroberung Mexikos'?“

„Nein, das ist etwas anderes.“

„'Tocqueville, Demokratie in Amerika', so ein Mist! ‚Segur', noch schlimmer.“

Als es soweit war, erklang die kleine Glocke vom Esszimmer – die Ankündigung, dass die Erfrischung serviert war. Carlos hörte auf, meine Bücher zu inspizieren und ging zum Spiegel. Er kämmte seine Koteletten, brachte auch seine Haare mit einem kleinen Taschenkamm in Ordnung und richtete seine Krawatte. Dann konnten wir hinausgehen.

Kapitel 23

Ich ging mit Carlos ins Esszimmer. Die Plätze waren sorgfältig verteilt: Mein Vater hatte den Vorsitz, zu seiner Linken saß meine Mutter. Don Jerónimo, der gerade seine Serviette auseinanderfaltete – dabei hörte er nicht auf, seine Geschichte zu erzählen vom Streit mit Don Ignacio um die Abgrenzung der beiden Haziendas – nahm zu seiner Rechten Platz. Neben ihm befand sich ein leerer Stuhl, ein anderer neben meiner Mutter. Danach kam María, die gegenüber von Emma saß, dann die Kinder.

Es war meine Aufgabe, Carlos zu zeigen, welcher von den leeren Stühlen für ihn bestimmt war. María lehnte sich an einen Stuhl, quasi um zu demonstrieren, dass ich dort sitzen sollte. Das machte sie immer so, ohne dass es jemand anders bemerkte, und so saßen wir immer in unserer Nähe. Aber an diesem Tag machte sie den Eindruck, als wenn sie nicht verstanden würde. Sie suchte meinen Blick. Auch dieses Verhalten war mir sehr vertraut. Dennoch wies ich Carlos den Platz zu, den María für mich vorgesehen hatte, ich selbst setzte mich neben Emma.

Wie durch ein Wunder schloss Don Jerónimo schließlich doch ab mit seiner furchtbaren Geschichte über die Streitigkeit, die er bis vor das Gericht gebracht hatte. Dann wandte er sich an mich: „Es war sicherlich sehr schwer für Sie, Ihre Unterhaltung mit Carlos zu beenden. Sie haben bestimmt über alles Mögliche gesprochen, auch über gewisse Nachbarn, die wir in Bogotá hatten, Pläne für die Zukunft ... ist ja ganz natürlich. Es gibt nichts Schöneres als einen alten Schulkameraden wiederzusehen. Ich hatte vergessen, dass Sie sich sehen wollten, es war nicht Carlos Schuld, wenn es so lange gedauert hat, er hat sogar vorgeschlagen, allein zu kommen."

Sofort teilte ich Don Jerónimo mit, dass ich ihm nicht verzeihen könne, dass er diesen Besuch so verzögert hatte. Aber ich wäre zur Versöhnung bereit, wenn der Besuch ein paar Tage dauern würde. Daraufhin antwortete er mit vollem Mund, schnell noch einen Schluck Schokolade trinkend: „Das wird schwierig, weil wir morgen beginnen werden, das Salz an die Bauern der Region zu verteilen."

Nach einer kurzen Pause lächelte er meine Mutter an und sagte: „Es gibt keine andere Wahl, entweder gehe ich, oder mein Sohn muss es verteilen."

„Wir haben viel zu tun“ meinte Carlos, den Geschäftsmann mimend, da er wusste, dass ich nichts anderes tat als jagen und lernen.

María, immer noch enttäuscht, bemühte sich, mich nicht anzuschauen. Sie war so schön wie noch nie. Sie trug ein schwarzes Kleid mit einem Plisseerock, das Oberteil mit Pailletten besetzt. Um die Schultern hatte sie eine *Mantilla* in der Farbe des Kleides. Am Hals befand sich ein Band aus geflochtenen schwarzen Haaren, an diesen wiederum hing ein kleines, mit Diamanten besetztes Kreuz. Ihre schwarzen Haare bedeckten einen Teil der Stirn, und ihre langen Zöpfe reichten bis zur Taille.

Alle hatten sich sehr viel zu erzählen. Meine Schwester fragte mich fast im Geheimen, warum ich diesen Platz gewählt hatte. Woraufhin ich ihr antwortete: „So gehört es sich.“ Mit dieser Erklärung war sie jedoch nicht zufrieden. Sie schaute mich ziemlich perplex an, um danach mit María Blicke zu wechseln.

Nach dem Essen wurde wie immer ein Dankesgebet gesprochen. Anschließend bat uns Mutter in den Salon. Don Jerónimo und mein Vater blieben sitzen und sprachen über ihre Geschäfte.

Ich zeigte Carlos die Gitarre meiner Schwester, weil ich wusste, dass er sehr gut spielen konnte. Ich überzeugte ihn, etwas für uns zu spielen. Während er das Instrument stimmte, fragte er Emma und María, ob sie gern tanzen würden. María antwortete, dass sie noch nie getanzt hätte. Carlos schaute mich an und sagte: „Mensch, wie ist das möglich?“

„Was?“

„Dass du deiner Schwester und deiner Cousine noch nicht das Tanzen beigebracht hast. Ich hätte nicht gedacht, dass du so egoistisch bist! Oder kann es sein, dass Mathilde die Bedingung gestellt hat, dass du deine Begabung nicht weitergeben sollst?“

„Sie hat an eure Familie gedacht – sie will aus dem Cauca ein Paradies für Tänzer machen“ antwortete ich.

„Unsere Familie? Willst du mich zwingen, den Mädchen zu beichten, dass es für mich besser gewesen wäre, wenn du nicht wie ich Tanzstunden genommen hättest?“

„Das hängt damit zusammen, dass sie die Hoffnung hatte, dich im letzten Dezember bei der Balleröffnung in Chapinero zu überraschen.“

Inzwischen war die Gitarre fertig gestimmt, und Carlos spielte einen Contra-Tanz, an den wir besonders gute Erinnerungen hatten.

„Woran denkst du bei dieser Musik?“ fragte er, während er die Gitarre mit beiden Knien festhielt.

„An vieles, aber an nichts Besonderes.“

„Wirklich nicht? Und was ist mit der Geschichte von diesen beiden im Haus der Señora?“

„Ach ja, ich erinnere mich ...“

„Wir wollten unserer eingebildeten Lehrerin eine peinliche Situation ersparen. Du solltest mit ihr tanzen, und ich ..."

„Ja, es ging darum, welches Paar den Contra-Tanz üben sollte."

„Du musst zugeben, dass ich gewonnen habe, weil ich dir meinen Platz überlassen habe!" triumphierte Carlos lachend.

Zum Glück musste ich nicht weiter darauf eingehen.

„Bitte singt etwas!" forderte Carlos uns auf, um die Situation wieder zu glätten.

Während wir sprachen, saß María uns mit meiner Schwester gegenüber. Sie schaute Carlos intensiv an, bemerkte aber sofort, dass ich darüber etwas verärgert war. Um mich abzulenken, spielte sie mit den Spitzen ihrer Zöpfe.

Mutter bestand darauf, dass Carlos singen sollte, und er sang mit seiner klangvollen Stimme ein Lied, dass zur Zeit in Mode war und sich etwa so anhörte:

Der heiße Klang des Kriegskornetts ruft zur blutigen Schlacht, zwischen dem Klang kriegerischer Pracht marschiert glücklich auf dem Kriegsfeld der Soldat!

Nachdem Carlos seinen „Minnegesang" beendet hatte, bat er María und meine Schwester, mitzusingen. María schien nicht zu verstehen, worum es ging.

„Hat etwa Carlos meine Liebe zu María entdeckt?" dachte ich für mich. *„Macht es ihm deshalb Spaß, so zu reden?"* Später stellte ich fest, dass ich ihn hier falsch eingeschätzt hatte. Carlos vergriff sich häufig im Ton, aber auf keinen Fall war er zu einer Boshaftigkeit fähig.

Emma war bereit und forderte María auf: „Wollen wir singen?"

„Aber was soll ich denn singen?" entgegnete sie.

Flüsternd fragte ich María: „Gibt es nichts, was du singen möchtest, gar nichts?"

Sie schaute mich an, so wie sie es immer machte, wenn ich etwas in diesem Ton sagte. Und für einen Moment ließ sie auf ihren Lippen das Lächeln eines kleinen Mädchens spielen, wenn es zärtlich von den Küssen seiner Mutter geweckt wird. „Doch ...", sagte sie, „'Die Feen'."

Den Text von diesem Lied hatte ich selber verfasst. Emma hatte ihn in meinem Schreibtisch entdeckt und die Musik dazu arrangiert, inspiriert von anderen Melodien, die gerade in Mode waren.

In einer dieser Sommernächte, in denen die Winde die Stille einzuladen schienen, den leisen Geräuschen und fernen Echos zu lauschen, in denen der Mond sich verspätete oder gar nicht erschien, fürchtend, mit seinem Licht zu stören; in der die Seele wie eine Verliebte, die uns für einige Augenblicke verlässt, sich Stück für Stück löste und lächelte, um ungeliebt zurückzukehren; in einer solchen Nacht befanden sich María, Emma und ich im Korridor am Rande des Tales.

Und nachdem wir der Gitarre die letzten melancholischen Akkorde entlockt hatten, schlossen María und Emma ihre nicht ausgebildeten, aber sehr natürlichen Stimmen zusammen. Ich war überrascht, die einfachen Strophen erschienen mir so schön und gefühlvoll. Nach der letzten lehnte sich María an Emmas Schulter. Dann richtete sie sich auf, und voller Begeisterung sang ich ihr den letzten Vers noch einmal leise ins Ohr. Ach, er scheint von María erfüllt zu sein, ich weiß nicht, ob von ihrem Geruch oder von ihren Tränen.

So lautete der Text:

Ich träumte, dass ich durch Wald und Palmen irrte,
deren helle Blätter,
den Kreis der Sonne in den Weiten der Berge versenkend,
den rubinroten Schimmer kreuzen.

Vom glatten See, rosa gefärbt,
die Oberfläche klar und blau,
und an seinen Ufern Reiher und Tauben,
ihre Plätze an den Weiden und Bambuspflanzen haltend.

Still ist der Abend, bevor die Nacht schweigend
die Pflanzen sich erholen lässt,
das blaue Meer schläft in seinem Schaum,
der Mond findet sich, zu seinen Füßen die Sonne.

Komm mit mir durch den Dschungel,
wo die Feen meine Laute stimmen.
Sie haben mir gesagt, dass sie mit mir träumen,
und dass sie mich unsterblich machen, wenn du mich liebst.

Im dem Moment, als wir zu Ende gesungen hatten, kamen mein Vater und Herr M. in den Salon. Mein Vater sang ganz leise ein Lied aus seiner Heimat. Er war sehr musikalisch und in seiner Jugend ein begeisterter Tänzer gewesen. Don Jerónimo nahm Platz in einem Sessel und gähnte ausgiebig.

Carlos sprach meine Schwester an: „Ich habe diese Musik mit diesem Text noch nie gehört."

Ich sprang ein: „Sie hat den Text aus einer Zeitung, und die Musik hat sie von anderen Liedern übernommen."

„Die finde ich gar nicht so gut. Man veröffentlicht Massen von diesen Schnulzen in den Zeitungen. Sie stammen von einem kubanischen Dichter, und man sagt, dass Kuba eine gewisse Ähnlichkeit mit unserer Landschaft hier im Cauca hat."

María, meine Mutter und meine Schwester waren sehr über meine Frechheit erstaunt, Carlos so anzuschwindeln. Das lag aber nur daran, dass sie nicht wussten, wie er nachmittags meine Bibliothek begutachtet hatte. Was er über „El Quijote" gesagt hatte, hatte mich wirklich wütend gemacht. Und so fügte ich hinzu: „Du hast bestimmt diese Gedichte aus dem Werk ‚Der Tag' gelesen, und wenn du dich noch erinnern kannst, ist der Autor ein gewisser ‚Almendarez'."

„Ich weiß es nicht, für so etwas habe ich ein schlechtes Gedächtnis. Meine Cousine pflegt so etwas Ähnliches zu singen. Wenn ich ehrlich sein soll, gefallen sie mir besser, wenn sie von Mädchen gesungen werden." Nach diesen Worten wandte er sich an María: „Seien Sie so freundlich und rezitieren Sie es noch einmal!"

María lachte und fragte Emma: „Wie beginnt das erste noch mal? Ach, ich habe es vergessen, fang lieber du an!"

„Aber Sie haben gerade mitgesungen", widersprach Carlos, „und rezitieren ist viel einfacher. Selbst schlechte Gedichte werden aus ihrem Mund zu guten."

Nun wiederholte María die Verse, aber als sie zur letzten Strophe kam, begann ihre Stimme zu beben. Carlos bedankte sich und sagte: „Jetzt bin ich mir sicher, ich habe diese Strophe schon mal gehört."

„Ach", sagte ich mir, *„Carlos kann sich höchstens sicher sein, dass er jeden Tag meine schlechten Gedichte gehört hat. Aber völlig unbewusst, so wie er auf die Uhr guckt."*

Kapitel 24

Es war Zeit, schlafen zu gehen. Ich befürchtete, mein Zimmer mit Carlos teilen zu müssen. Deshalb ging ich direkt dorthin, aber in diesem Moment kamen meine Mutter und María gerade heraus. „Ich kann doch hier alleine schlafen, nicht wahr?" wandte ich mich an meine Mutter. Sie verstand den Sinn meiner Frage sehr gut und entgegnete: „Nein, dein Freund soll hier schlafen."

„Ach ja, die Blumen" sagte ich. María hatte sie in ein Tuch gewickelt, um sie wegzubringen. „Wohin bringst du sie?" fragte ich.

„In die Kapelle. Ich hatte heute keine Zeit, Blumen dort hinzubringen."

Ich bedankte mich und war froh, dass die Blumen, die für mich bestimmt waren, meinem Freund keine Freude, auch nicht die kleinste, bereiten würden. Die Lilien jedoch, die ich an diesem Abend gebracht hatte, die hatte María in der Vase gelassen. Schnell sagte ich: „Nimm auch die Lilien mit, für den Altar! Ich habe sie von Tránsito für dich mitgebracht, mit der Botschaft, dass sie dich auserwählt hat, ihre Trauzeugin bei der Hochzeit zu sein. Wir müssen alle für ihr Glück beten."

„Ja ... ja ... also, sie möchte, dass ich ihre Trauzeugin werde?" Dabei schaute sie meine Mutter an, als ob sie diese etwas fragen würde.

Mutter antwortete, auch ohne direkt zu werden: „Das ist sehr natürlich."

„Und ich habe ein so schönes Kleid für diesen besonderen Tag. Es ist ganz wichtig, dass du ihr sagst, wie glücklich ich bin, nachdem ich erfahren habe, dass wir ... ich meine, dass sie mich als Trauzeugin haben möchte."

Meine Brüder, insbesondere Felipe, freuten sich sehr, weil ich die Nacht in ihrem Schlafzimmer verbringen würde. Sie legten sich zusammen in ein Bett, so dass ich in dem von Felipe schlafen konnte. Am Kopfende des Bettes hatte María ein Medaillon der Schmerzensmutter befestigt, dass normalerweise über meinem Bett hing. Die Kinder sprachen ihr Gebet und wünschten mir eine gute Nacht. Nachdem sie sämtliche Horrorgeschichten über den Kopf des Tigers losgeworden waren, schliefen sie langsam ein. In dieser Nacht spürte ich nicht nur die Präsenz von María, auch die Engelchen der Familie waren bei mir.

Bei Sonnenaufgang würde María die Kinder aufsuchen, sie mit einem Kuss auf die Wangen wecken und sie zu einer Quelle mitnehmen, wo sie ihre Gesichter waschen würde. Mit ihren warmen, parfümierten Händen, die wie die Rosen von Kastilien aussahen – genau wie jene Rosen, welche die Kinder für den Altar gesammelt hatten.

Kapitel 25

Am nächsten Morgen wurde ich ziemlich früh durch das Getuschel der Kinder geweckt – obwohl sie sich bemühten, mich schlafen zu lassen. Die Tauben, die wir ein paar Tage zuvor gefangen und mit gestutzten Federn in leeren Kommoden untergebracht hatten, waren von den Sonnenstrahlen aufgescheucht worden, die durch die Ritzen ihrer Unterkunft drangen.

„Nicht aufmachen", flüsterte Felipe, „nicht aufmachen, unser Bruder schläft noch, und die Tauben könnten wegfliegen!"

„Aber María hat schon gerufen!" meldete sich der Kleinste.

„Das ist nicht wahr, ich bin schon lange wach, und sie hat nicht gerufen!"

„Ja, ich weiß, was du willst, rennst als Erster zum Bach, wirfst deine Angel aus, und danach erzählst du, du hast wieder schwarze Fische gefangen."

„Das macht sehr viel Mühe!" widersprach Felipe.

„Wie witzig, nicht du, sondern Juan Angel hat es für dich gemacht!" Nach diesen Worten versuchte der Kleine, das improvisierte Taubengefängnis zu öffnen.

Felipe näherte sich mir auf Zehenspitzen: „Warte mal, ich werde sehen, ob Efraín noch schläft."

Blitzschnell packte ich Felipe am Arm: „Du frecher Kerl, du schnappst dem Kleinen die Fische weg, was?"

Beide mussten lachen, und schon war der Friede wieder zurückgekehrt. Ich versprach meinen Brüdern, dass ich nachmittags mitkommen und ihnen beibringen würde, wie die Angeln richtig gelegt werden.

Dann stand ich auf und ließ die Kinder mit ihrer momentanen Lieblingsbeschäftigung weitermachen, dem Spielen mit den Tauben.

Die Orangenblüten, das Basilikum und die Rosen gaben dem Wind ihre zarten Düfte mit, als sie von den ersten Sonnenstrahlen gestreichelt wurden. Die Gipfel der Morillos warfen die ersten Schatten, am blauen Zenit waren kleine rosa- und goldfarbene Wolken verstreut.

Als ich an Emmas Fenster vorbeikam, hörte ich, wie sie sich mit María unterhielt. Natürlich war es besonders schön, María zu hören, mit ihrer entzückenden Art, das „S" auszusprechen. Ich musste dabei an die Tauben denken und an die Kolibris, wenn sie zwischen den Orangenbäumen und Erdbeerbäumen ihre ersten Flüge unternahmen.

Weiter unten unterhielten sich Don Jerónimo und Carlos, jeder von seinem Zimmer aus – quer über den Korridor. Ich sprang über den Gartenzaun und landete im Außenhof.

„Oh je", rief Don Jerónimo mir zu, „Sie sind ein Frühaufsteher, so wie man es von einem Gutsbesitzer erwartet. Ich hatte gedacht, Sie wären ein Langschläfer wie Ihr Freund aus Bogotá. Aber die Leute, die bei uns wohnen, müssen lernen, früh aufzustehen." Er setzte zu einem Vortrag über die Vorteile des Frühaufstehens an. Dabei hätte er sich das alles viel einfacher machen können: Was er wenig schlafen nannte, war eigentlich nur sein Standpunkt. Da er sehr früh schlafen ging, konnte er es sich erlauben, auch früh aufzustehen.

Inzwischen war Braulio angekommen – ich hatte Juan Angel als erstes gebeten, ihn abzuholen. Zu meinem Glück brauchte ich das Gerede von Herrn M. nun nicht weiter zu hören.

Braulio hatte einige Hunde mitgebracht, denen anzusehen war, dass sie zu den Veteranen der Tigerjagd gehörten. Mayo war ihnen nicht gerade freundlich gesinnt, er bellte laut, versteckte sich dabei aber hinter mir. Er sah immer noch gut aus, mit seinem weißen Fuß, den angelegten Ohren und einem strengen Blick, der ihm etwas Aristokratisches verlieh.

Braulio grüßte auf seine bescheidene Art und fragte nach dem Befinden der Familie, als ich ihm die Hand drückte. Seine Hunde waren sehr fröhlich und verspielt – und im Grunde genommen netter als Mayo.

„Jetzt werden wir Gelegenheit haben, dein Gewehr zu testen", sagte ich zu Carlos.

Ich hatte zwei gute Jagdhunde aus Santa Elena kommen lassen, mit denen ein Freund hier allerdings nicht so großen Erfolg bei den Rehen gehabt hatte.

„Die?" fragte Carlos abfällig.

„Mit solchen Kötern?" fügte Don Jerónimo hinzu.

„Ja, ganz genau."

„Ich werde es sehen und nicht glauben" meinte Don Jerónimo und setzte seinen Spaziergang auf dem Korridor fort.

Wir bekamen Kaffee, und ich bestand darauf, dass Braulio meine Tasse nahm. Carlos und sein Vater waren ein wenig überrascht, dass ich einen Angestellten so nett behandelte.

Kurz darauf machten sich mein Vater und Herr M. zu Pferde auf den Weg zur Arbeit bei der Hazienda. Braulio, Carlos und ich beschäftigten uns mit den Vorbereitungen für die Jagd, also mit dem Präparieren der Gewehre, der Patronen, des Schießpulvers und so weiter. Wir waren noch dabei, als meine Mutter mich mit großer Diskretion zu sich bestellte. Ich eilte in ihre Nähstube. María und meine Schwester waren im Bad. Ich nahm Platz und hörte, was meine Mutter zu sagen hatte: „Dein Vater besteht darauf, dass María über die Absichten von Carlos informiert werden muss. Glaubst du, dass es so sein sollte?"

„Ich meine, es soll gemacht werden, was Vater bestimmt."

„Ich habe den Eindruck, dass du nur gehorchst, von der Entscheidung aber nicht sehr angetan bist."

„Ich habe Ihnen etwas versprochen und ich werde mein Wort halten. Außerdem ist María nicht meine Verlobte, sie hat die Freiheit, selbst zu entscheiden. Ich habe versprochen, dass ich ihr von unserem Abkommen nichts erzählen werde – und so werde ich handeln."

„Ich bin sehr besorgt, wenn María glaubt, dass dein Vater und ich mit eurer Beziehung nicht einverstanden sind, das ist sehr schlecht für sie. Übrigens wollte dein Vater nicht mit Herrn M. über die Krankheit von María sprechen, weil er die Befürchtung hatte, Don Jerónimo würde es als eine unglaubwürdige Ablehnung verstehen ... Außerdem wissen er und sein Sohn, dass María eine Mitgift besitzt. Ich will nicht weiter davon sprechen, aber du weißt, wie ich das meine. Was sollen wir also machen? Du sollst es sagen. María darf unter keinen Umständen glauben, dass wir etwas gegen eure Beziehung haben, auch nicht dagegen, dass sie deine Ehefrau würde. Aber ich will mich auf jeden Fall daran halten, was dein Vater schließlich entschieden hat."

„Dann gibt es nur eine Möglichkeit."

„Welche?"

„Ich werde es Ihnen sagen, und ich rechne damit, dass Sie einverstanden sind. Ich bitte Sie: Wir sollten María alles offenbaren, was mein Vater beschlossen hat. Auch, dass sie meine Ehefrau werden soll. Und ich verspreche Ihnen, ich werde darauf achten, dass Vater nicht erfahren wird, was ich mit Ihnen vereinbart habe. Könnte ich mich so verhalten, wie Vater es von mir gewünscht hat, ohne María alles anzuvertrauen, was ihr vielleicht viel Kummer ersparen wird? Vertrauen Sie mir! Stimmt es nicht, dass es unmöglich ist, alle Wünsche von Vater zu erfüllen? Sehen Sie es auch so, glauben Sie mir?"

Meine Mutter blieb einen Moment ganz still, bevor sie mit einem freundlichen Lächeln antwortete: „Einverstanden, aber vergiss nicht, dass du ihr nur versprechen sollst, was du einhalten kannst. Und wie soll ich auf den Heiratsantrag von Carlos zu sprechen kommen?"

„Genauso, wie Sie es machen würden, wenn es um Emma ginge. Man müsste ihr die reine Wahrheit sagen, wie versprochen. Wenn ich mich nicht täusche, werden ihr die ersten Worte sehr weh tun. Sie wird glauben, dass Sie und mein Vater etwas gegen unsere Beziehung haben. Sie hat schon einmal gehört, was Sie mit meinem Vater über ihre Krankheit gesprochen haben. Nur ein liebevoller Umgang mit ihr sowie die Unterredung, die ich mit ihr habe, werden dazu verhelfen, sie zu beruhigen. Mutter, denken Sie nicht an mich, wenn Sie den Antrag von Carlos mit ihr erläutern! Ich werde dieses Gespräch hinter der Tür belauschen." Ich wusste, dass hinter der Tür der Gebetsraum meiner Mutter lag.

„Das wirst du tun?" fragte sie erstaunt.

„Ja, Mutter, ich werde das tun!"

„Wie kommst du dazu, jetzt solche Methoden anzuwenden?"

„María wird sich freuen, wenn das Ergebnis jenes ist, welches ich mir gewünscht habe."

„Welches Ergebnis wünscht du dir?"

„Ich möchte gern wissen, was sie alles meinetwegen machen würde."

„Aber wäre es nicht besser, wenn du hören würdest, was sie dazu sagen wird, ohne dass sie erfährt, dass du gelauscht hast und ich damit einverstanden war?"

„So wird es geschehen, wenn Sie es so wünschen."

„Es ist unglaublich, auf was für Gedanken du kommst."

„Ich flehe Sie an, dass Sie damit einverstanden sind!"

„Kannst du nicht einsehen, welche Folgen dein Vorhaben haben kann, wenn sie es erfahren sollte? Das wäre, als ob ich etwas versprechen würde, dass ich überhaupt nicht einhalten kann. Gesetzt den Fall, sie würde wieder erkranken: Dein Vater wäre mit eurer Ehe nicht einverstanden, und ich würde mich daran halten müssen."

„Sie weiß das ganz genau, und sie selbst wäre nicht damit einverstanden, meine Frau zu werden, wenn die Krankheit noch einmal zurückkommen würde. Haben Sie vergessen, was der Arzt gesagt hat?"

„Mach, was du für richtig hältst."

„Hören Sie ihre Stimmen? Sie sind schon da, sorgen Sie dafür, dass Emma nicht auf die Idee kommt, den Gebetsraum zu betreten!"

María näherte sich zusammen mit Emma, ihre Wangen waren gerötet, und sie lachte über das, was sie miteinander besprachen. Mit leichtem Schritt, fast wie ein Kind, durchquerte sie das Zimmer meiner Mutter, bis sie ihre Anwesenheit bemerkte.

„Ach", rief sie aus, „Sie sind schon da!" Und als sie sich direkt vor ihr befand: „Sie sehen aber blass aus. Haben Sie Kopfschmerzen? Sie sollten ein Bad nehmen, das tut sehr gut."

„Nein, nein, mir geht es gut. Ich habe auf dich gewartet, um mit dir unter vier Augen zu sprechen. Es geht um eine sehr ernste Angelegenheit. Ich habe Angst, dass du dadurch einen schlechten Eindruck bekommst."

María schaute meine Mutter verängstigt an, sie wurde blass und sagte: „Worum geht es? Worum geht's?"

„Nimm hier Platz" sagte meine Mutter, auf einen Hocker zu ihren Füßen deutend. María setzte sich, vergeblich bemühte sie sich, unbefangen zu lachen. Ihr Gesicht sah bezaubernd aus.

„Nun reden Sie doch" forderte sie Mutter in dem Versuch auf, ihre Emotionen in den Griff zu bekommen. Sie strich sich über die Stirn und beschäftigte sich damit, ihren Aufsteckkamm aus vergoldetem Schildpatt anders zu befestigen.

„Ich werde mit dir so reden, wie ich es mit Emma unter den gleichen Umständen machen würde."

„Ja, Señora, ich höre."

„Dein Vater hat mich beauftragt, dich über Folgendes zu unterrichten: Herr M. bittet um deine Hand für seinen Sohn Carlos."

„Ich?" fragte sie erstaunt und machte eine Bewegung, als wenn sie aufstehen wollte. Aber dann blieb sie sitzen, bedeckte ihr Gesicht mit den Händen und seufzte.

„Was soll ich ihm sagen, María?"

„Hat er sie beauftragt, es mir zu sagen?" fragte sie mit belegter Stimme.

„Ja, mein Kind, ich bin gebeten worden, diese Aufgabe zu übernehmen."

„Aber warum sagen Sie es mir?"

„Was sollte ich schon machen?"

„Ach ... sagen, dass ich nicht ... dass ich nicht kann ... einfach nein." Nach einer Weile schaute María meine Mutter an, die jetzt mit ihr weinte. „Alle wissen es, nicht wahr? Alle haben gewollt, dass Sie es mir sagen!"

„Ja, alle wissen es, nur Emma nicht."

„Nur sie nicht? Mein Gott, mein Gott!" Sie versteckte ihren Kopf in den Händen und stützte die Ellenbogen auf den Knien meiner Mutter auf. In der Haltung verharrte sie eine Weile, bevor sie ihr blasses, tränenüberströmtes Gesicht hob und sagte: „Gut, Sie haben Ihre Pflicht getan. Ich weiß jetzt alles."

„Aber María", wandte sich meine Mutter noch einmal liebevoll an sie: „Ist es so ein Unglück, dass Carlos dein Ehemann sein möchte? Ist es das wirklich?"

„Ich bitte Sie, ich möchte nicht mehr ... ich brauche nichts mehr davon zu hören. Wer hat alles gewollt, dass Sie es mir sagen? Alle, alle waren damit einverstanden!" Aber trotz ihrer Tränen fuhr sie sogleich mit energischer Stimme fort: „Aber ich sage, dass ich eher sterbe als damit einverstanden zu sein. Ach! Dieser Herr Carlos weiß nicht, dass ich die gleiche Krankheit habe, die meine Mutter das Leben gekostet hat, als sie noch sehr jung war? Ach! Was mache ich nur ohne sie?"

„Bin ich nicht auch noch hier? Bei meiner Seele, liebe ich dich nicht?" Meine Mutter war nicht so stark, wie sie gedacht hatte. Ich weinte wie ein Kind, meine Tränen fielen auf meine Hände, die den Türdrücker festhielten.

María antwortete meiner Mutter: „Aber warum haben Sie mich dann so etwas gefragt?"

„Weil dieses Nein von deinen Lippen kommen muss! Auch, wenn ich ahnte, dass du so antworten würdest!"

„Und nur Sie haben gedacht, dass ich das tun würde, ist es nicht so?"

„Vielleicht hat auch jemand anders so gedacht. Wenn du wüsstest, wie viel Schmerz, wie viele schlaflose Nächte diese Angelegenheit bei demjenigen verursacht hat, den du für schuldig hältst!"

„Du meinst Papá?" fragte María, schon etwas weniger blass.

„Nein, ich meine Efraín."

María stieß einen schwachen Ruf der Erleichterung aus und ließ ihren Kopf auf den Schoß meiner Mutter fallen, die reglos sitzen blieb. Meine Mutter öffnete gerade ihren Mund, um mich zu rufen, als María wieder eine etwas gelassenere Sitzhaltung einnahm. Sie stand auf, ordnete mit zitternden Händen ihr Haar und sagte, fast mit einem Lächeln: „Es war nicht gut, dass ich geweint habe, nicht wahr? Ich glaubte ..."

„Beruhige dich und trockne deine Tränen, ich möchte dich wieder so zufrieden sehen wie vorher. Du solltest sein aufrichtiges Benehmen zu schätzen wissen ..."

„Ja, Señora. Sie lassen ihn nicht wissen, dass ich geweint habe, nicht wahr?" fragte sie, mit dem Taschentuch meiner Mutter spielend.

„War es nicht richtig von Efraín, zuzulassen, dass ich dir alles sage?"

„Vielleicht ... ja, natürlich."

„Aber du sagst es auf eine Art ... Dein Vater hat zur Bedingung gemacht – und das wäre nicht unbedingt nötig gewesen – dass du in diesem Fall deine freie Entscheidung triffst."

„Zur Bedingung? Zur Bedingung wofür?"

„Er hat verlangt, dass wir dir nicht erzählen, was wir über eure Beziehung wissen – und somit, dass wir damit einverstanden sind."

Marías Wangen färbten sich, als sie dies hörte. Ihre Augen waren auf den Boden gerichtet. „Warum hat er das verlangt?" sagte sie schließlich mit so leiser Stimme, dass ich es kaum verstehen konnte. „Ist es vielleicht meine Schuld? Habe ich etwas falsch gemacht?"

„Nein, nein, Kind, aber dein Vater war der Meinung, dass wir Rücksicht auf deine Krankheit nehmen sollten."

„Rücksicht? Geht es mir nicht wieder gut? Glauben Sie nicht, dass ich gesund bleibe? Wie kann Efraín der Grund meiner Krankheit sein?"

„Das wäre unmöglich ... so wie er dich liebt. Vielleicht mehr als du ihn."

María bewegte den Kopf hin und her, so als wenn sie sich selbst antworten würde. Es war eine für sie sehr typische Bewegung, genauso hatte sie es schon als Kind gemacht, um unangenehme Erinnerungen zu verscheuchen. „Was soll ich nun machen? Ich werde alles tun, was Sie möchten."

„Carlos wird heute die Gelegenheit haben, mit dir über sein Vorhaben zu sprechen."

„Mit mir?"

„Ja, hör zu, du wirst ihm natürlich in aller Diskretion beibringen, dass du dich zwar sehr geehrt fühlst, aber aufgrund deines Alters nicht in der Lage bist, seinen Antrag anzunehmen, und dass es dir sehr Leid tut, eine negative Antwort geben zu müssen."

„Aber das mache ich, wenn alle zusammen sind, nicht wahr?"

„Ja", sagte Mutter, erfreut über das Glück, das Marías Stimme und ihre Augen ausstrahlten, „ich glaube, ich habe es verdient, dass du so viel Rücksicht auf mich nimmst."

Darauf antwortete María nicht. Mit ihrer rechten Hand zog sie den Kopf ihrer Mutter an ihren heran, und so blieb sie eine Weile, mit dem Ausdruck der größten Zuneigung auf ihrem Gesicht. Dann durchquerte sie den Raum und verschwand hinter den Vorhängen des Eingangs, der zu ihrem Zimmer führte.

Kapitel 26

Beeindruckt von unserem Jagdvorhaben, hatte meine Mutter veranlasst, dass man früher als sonst das Mittagessen servierte, extra für Braulio, Carlos und mich. Es dauerte ziemlich lange, bis sich Braulio für einen Platz am Tisch entschieden hatte. Endlich saß er Carlos und mir gegenüber.

Natürlich hatten wir kein anderes Thema als die bevorstehende Jagd. Carlos sagte: „Braulio meint, dass mein Gewehr optimal graduiert ist. Aber obwohl wir beide das gleiche Fabrikat haben, soll es nicht so gut sein wie deines. Wenn ich eine Zitrone träfe, würdest du vier abschießen. Ist es nicht so, mein Freund?"

„Ich habe gesagt", antwortete Braulio, „dass der Patrón mit diesem Gewehr auf siebzig Schritt einen Regenpfeifer trifft."

„Na, wir werden sehen, ob ich wenigstens ein Reh treffe. Und wie hast du dir die Jagd vorgestellt?" wandte sich Carlos an mich.

„Klarer Fall, wir werden so verfahren, dass wir dort wieder ankommen, wo wir angefangen haben – in der Nähe des Hauses. Und das sieht folgendermaßen aus: Braulio geht mit seinen levantinischen Hunden bis zum Felsen, Juan Angel bleibt als Wache kurz vor dem Bächlein „Honda" mit zwei von den vier Hunden, die ich von Santa Helena angefordert habe. Dein Helfer wartet mit den beiden anderen am Bachufer, um zu vermeiden, dass das Reh uns durch die Lappen geht. Du und ich bleiben in Bereitschaft – so lange, bis die Lage für uns geeignet ist."

Braulio gefiel mein Plan, und mit Hilfe von Juan Angel sattelte er die Pferde. Gleich darauf ritten wir los, damit Juan Angel seinen Posten besetzen konnte. Mein *Retinto* war voller Kraft und Ungeduld, ich hatte das Gefühl, dass er mit seinem energischen Hufschlag in der Lage war, Steine zu zerbrechen. Das Tier schien beweisen zu wollen, wie schön es war und welch eleganten Schritt es hatte.

Carlos ritt ein braunes Quito-Pferd, das General Flores vor kurzem meinem Vater geschenkt hatte.

Wir schenkten Herrn M. größte Aufmerksamkeit – für den Fall, dass das Reh wie erwartet aus Richtung der Gärten kommen würde. Dann verließen wir endgültig den Hof und ritten zum Berghang. Dieser endete nach circa hundert Metern. Als wir um das Haus herumritten, erblickten wir den Balkon vor Emmas Zimmer. María hatte sich auf das Geländer gestützt. In solchen Momenten schien sie mir fast nicht auf dieser Welt zu weilen. Eloísa an ihrer Seite spielte mit den Locken ihrer Cousine.

Das Geräusch der Pferde und das Bellen der Hunde holten María aus ihrer meditativen Haltung zurück in die Wirklichkeit. Ich machte ein Zeichen, um sie zu grüßen, und Carlos tat es mir nach. Sie blieb am selben Ort, bis wir den Honda erreicht hatten. Mayo begleitete uns. Als wir ins Wasser hineinritten, schien er zu überlegen, ob er uns weiterhin folgen sollte oder nicht. Schließlich entschied er sich dagegen, kehrte um und lief nach Hause zurück.

„Hör nur“, sagte ich zu Carlos nach einer halben Stunde, in der ich von den wichtigsten Episoden unserer Rehjagden mit den Gebirgsbewohnern erzählt hatte, „ich höre die Rufe von Braulio und das Bellen der Hunde. Sie scheinen fündig geworden zu sein.“

Das Ganze wiederholte sich mehrere Male, dabei kam es näher und näher. Wenig später hielten wir an einem Hang, von dem aus wir Braulio schließlich unten am Ufer des Baches sehen konnten. Als er in der Nähe von Juan Angel war, ließ er die beiden Hunde los, die wie Pfeile davonschossen.

Am Ende des Hanges war die Sicht noch etwas besser, von dort sah ich, dass einer von Josés Hunden schon hinter dem Reh her war. Juan Angels Augen blitzten. Dazu lachte er laut und ließ seine schön gepflegten Zähne sehen. Trotz meines Befehls, für den Fall, dass das Reh zurückkommen würde, am Bach zu bleiben, hatte er zusammen mit unseren Pferden den Fluss überquert. Hinzu kam, dass die Hunde die Spur am Wasser verloren hatten. Carlos und ich halfen Juan Angel, aus dem Wasser herauszukommen. Schließlich hatten wir durch das Hin und Her mehr als eine Stunde verloren.

Endlich hörten wir wieder einen Hund bellen. Die Hoffnung wuchs, dass einer von uns die Spur wieder gefunden hatte. Plötzlich sprang Carlos aus einem Busch, ohne dass er wusste, wie er überhaupt dort hineingeraten war. Er schimpfte auf seinen schwarzen Assistenten, weil der das Reh gesehen, aber ihn nicht geholt hatte.

Nach einer Weile war es wieder Braulio, der laut schrie: „Da, da! Einer muss mit dem Gewehr dorthin, bevor das Tier zum Honda zurückläuft!“ Der Helfer von Carlos blieb auf seinem Platz, während wir unsere Pferde ergriffen. In diesem Moment sprang das Reh aus der Aue, weit weg von den Hunden, und lief hinunter in Richtung unseres Hauses.

„Absteigen!“ rief ich zu Carlos hinüber und wartete vor dem Zaun. Carlos folgte mir. Erschöpft durch die Hetze der Hunde, versuchte das Reh, über den Zaun zu springen. Carlos schoss, aber das Reh lief weiter. Carlos schaute erstaunt.

In diesem Augenblick kam Braulio bei uns an; ich stieg vom Pferd und warf ihm die Zügel zu. Wir befanden uns praktisch direkt vor unserem Haus. Don Jerónimo sprang mit dem Gewehr im Anschlag über das Geländer des Korridors und stolperte über eine Baumwurzel. Mein Vater schrie: „Vorsicht, Vorsicht, es kommen gleich alle hierher!"

Braulio lief hinter dem Reh her, um zu vermeiden, dass die Hunde es totbeißen würden. Das Tier war völlig außer Atem, lief direkt in das Haus und landete unter einem Sofa im Wohnzimmer. Als wir dort ankamen, war Braulio gerade dabei, das Reh unter dem Sofa zu befreien. Für mich war das Ganze sehr lustig, Carlos hingegen war bemüht, seine Ungeduld zu verbergen – dass er einen so einfachen Schuss verpatzt hatte, war für ihn unverzeihlich.

Emma und María näherten sich vorsichtig, um das verwirrte Tier zu streicheln. Sie baten uns, es nicht zu töten. Das Reh schien zu verstehen, dass sie es retten wollten. Es schaute die Mädchen aus seinen feuchten und erschreckten Augen flehend an. Natürlich schenkten wir ihm das Leben, und Braulio sorgte dafür, dass das Tier entsprechend untergebracht wurde.

Als alles vorbei war, musterte Mayo den Gefangenen, schnupperte und ließ sich vorsichtig in sicherer Entfernung nieder. Sein Verhalten gefiel mir sehr, und ich streichelte seinen Kopf zur Belohnung.

Als Braulio sich von mir verabschiedete, sagte er: „Ihr Freund ist wütend, und das war mein Werk. Ich wollte mich rächen, weil er am Morgen schlecht über meine Hunde geredet hat."

Ich bat Braulio, mit das alles doch ein wenig besser zu erklären. Und das tat er: „Ich habe mir gedacht, dass Sie ihm die Gelegenheit zum Schuss geben würden. Ich habe das Gewehr nur mit Platzpatronen geladen."

„Das war nicht richtig von dir" sagte ich.

„Es kommt nicht wieder vor. Mit ihm schon gar nicht, denn ich vermute, dass er mit uns nie wieder auf die Jagd geht ... Übrigens, Señorita María hat Tránsito einen schönen Gruß bestellt. Wir fühlen uns sehr geehrt, dass sie unsere Trauzeugin sein wird. Ich weiß nicht, wie ich sie das wissen lassen soll. Oder würden Sie es ihr sagen?"

„Das werde ich machen, du kannst beruhigt sein."

„Adiós", verabschiedete sich Braulio und gab mir die Hand, den Sombrero in der anderen, „bis Sonntag!" Dann ging er zum Hof, führte den Zeigefinger und den Daumen zum Mund, um mit einem Pfiff die Hunde zu rufen, und verließ uns.

Kapitel 27

Bisher hatte ich erreicht, dass Carlos mir nicht seine Absichten anvertraut hatte, obwohl dieses eigentlich der Grund seines Besuches bei uns war.

Später befanden wir uns in meinem Zimmer; das war seine Idee, er war müde, wollte sich erholen und vielleicht dabei etwas lesen. Damit befand ich mich in der schwierigen Situation, der ich bisher aufgrund diverser Ausweichmanöver entgehen konnte.

Carlos legte sich auf mein Bett und klagte, dass es sehr heiß wäre. Ich bot ihm Obst an, aber er lehnte ab. Obst bekäme ihm nicht so gut und sollte bei ihm schon Fieber verursacht haben. Um ihn abzulenken, fragte ich ihn, was er denn lesen wolle.

„Bitte, ich möchte im Moment nicht lesen" antwortete er.

„Möchtest du, dass wir ein Bad im Fluss nehmen?"

„Die Sonne bereitet mir Kopfschmerzen."

Also bot ich ihm ein Mittel gegen Kopfschmerzen an.

„Nein nein, es wird schon vorbeigehen" meinte er.

Später schlug er mit der Peitsche auf seine Stiefel ein. „Ich schwöre es dir, noch mal gehe ich nicht zur Jagd. Verdammt, so einen Schuss zu verfehlen!"

„Das hätte jedem von uns passieren können" sagte ich, mich an Braulios Rache erinnernd.

„Wieso jedem? Ein Reh auf diese Entfernung zu verfehlen, das passiert nur mir!" Er schwieg einige Sekunden, während er etwas in meinem Zimmer zu suchen schien. „Was hat man mit den Blumen gemacht, die gestern noch hier waren? Heute hat man sie nicht wiedergebracht."

„Wenn ich gewusst hätte, dass du so viel Wert darauf legst, hättest du sie schon bekommen. In Bogotá warst du kein großer Blumenfreund." Ich begann, in einem Buch zu blättern, das aufgeschlagen auf dem Schreibtisch lag.

„Das war ich nie", antwortete Carlos, „aber ... Hör auf zu lesen, Mensch! Hör mal, tu mir den Gefallen und setz dich hier hin, ich muss dir von sehr interessanten Dingen berichten. Schließ die Tür."

Nun sah ich keinen Ausweg mehr. Mit aller Anstrengung bemühte ich mich, meine Gesichtsmuskulatur zu kontrollieren und ihm nicht zu zeigen, wie schwer es mir fiel, mir seine Geheimnisse anhören zu müssen. Doch sein Vater, der genau in diesem Moment zur Tür hereinkam, befreite mich aus meiner Verlegenheit.

„Carlos", sagte Don Jerónimo von draußen, „wir brauchen dich hier." Seiner Betonung konnte man entnehmen, dass er meinte: „Die Sache ist sehr weit gediehen". Carlos glaubte, seine Angelegenheit liefe bestens, sprang vom Bett und rief: „Ich komme sofort!" Dann ging er hinaus.

Ich versuchte, den Eindruck zu erwecken, dass ich in aller Ruhe in meinem Buch las. Wenn ich das nicht getan hätte, dann hätte er sehr wahrscheinlich mit einem Lächeln zu mir gesagt: „In Anbetracht der Überraschung, die ich für dich habe, musst du entschuldigen, dass ich nicht früher darüber gesprochen habe." Aber mit meiner Ruhe lenkte ich ihn womöglich von seiner Absicht ab. Ich hatte viel erreicht.

An ihren Schritten meinte ich zu hören, dass sie das Zimmer meines Vater betraten. Nach wie vor wollte ich nicht in die Gefahr geraten, dass Carlos mir von „seinen Angelegenheiten" erzählte. Deshalb ging ich lieber in die Räume meiner Mutter. María befand sich in der Nähstube. Sie saß in einem Sessel, über den ihr langer Rock aus weißem Musselin bis auf den Boden hing. Ihr Haar, jetzt ohne Zöpfe, fiel in Locken über ihre Schulter. Juan war auf dem Teppich eingeschlafen, inmitten seiner Spielzeugsammlung.

María saß auf dem Sofa, leicht nach hinten gelehnt, und beobachtete das Kind. Das Leinentuch, an dem sie gerade gestickte hatte, war auf den Teppich gefallen. Als sie meine Schritte hörte, blickte sie mich an, brachte ihr Haar in Ordnung und nahm verlegen das heruntergefallene Leinentuch wieder in ihre Hände. Während ich sie fragte „Wo ist meine Mutter?", war es an mir, die Schönheit des schlafenden Kindes zu beobachten.

„In Papás Zimmer." Und als sie in meinem Gesicht fand, was sie schüchtern gesucht hatte, begannen ihre Lippen zu lächeln. Ich bückte mich und trocknete den Schweiß auf der Stirn des Kindes mit meinem Taschentuch.

„Ach", rief María aus, „ich habe gar nicht gemerkt, dass er eingeschlafen ist. Ich werde ihn zu Bett bringen." Ich nahm Juan in meine Arme und übergab ihn María. Als ich ihn küsste, befand sich sein Gesicht ganz in der Nähe von Marías, so kam es zu einer kurzen Berührung zwischen uns, bevor sie ihn zärtlich gegen ihre Brust drückte.

Danach ging María kurz hinaus, um gleich darauf wiederzukommen und neben mir Platz zu nehmen. Sie brachte gerade ihr Nähzeug in Ordnung, das Juan vorher durcheinander gebracht hatte, als ich die Frage an sie stellte: „Hast du heute mit meiner Mutter über den Antrag von Carlos gesprochen?"

„Ja" antwortete sie, ohne mich anzusehen, und ordnete dabei weiter ihren Nähkasten.

„Was hat sie dir gesagt? Lass das jetzt, sprechen wir vernünftig."

María suchte noch etwas auf dem Fußboden, aber sie machte jetzt einen durchaus ernsten Eindruck. Dennoch erröteten ihre Wangen wieder, als sie schließlich antwortete: „Viele Sachen."

„Welche?"

„Diese, mit denen Sie einverstanden waren und die Mutter mir sagen sollte."

„Ich? Und warum sagst du auf einmal Sie zu mir?"

„Verstehen Sie nicht, dass ich es manchmal vergesse?"

„Sag mir, wovon Mutter gesprochen hat!"

„Sie hat mich nicht ermächtigt, darüber zu sprechen. Aber was ich geantwortet habe, darüber kann ich reden."

„Ja gut, ich höre."

„Ich habe gesagt, dass ... Nein, das kann ich auch nicht sagen."

„Du sagst es mir bei anderer Gelegenheit, nicht wahr?"

„Ja, heute nicht."

„Wenn ich Mutter richtig verstanden habe, wirst du ihm antworten, was sich in diesem Fall gehört. Dabei wirst du auch erwähnen, dass du dich geehrt fühlst durch sein Angebot."

Sie schaute mir in die Augen, ohne ein Wort zu sagen.

„So soll es sein" fuhr ich fort.

Sie schaute nach unten und ordnete die Nadeln im Nadelkissen.

„María, hast du nicht zugehört?"

„Doch."

Sie blickte mich so an, dass ich es nur schwer ertragen konnte. Noch schlimmer wurde es, als in ihren Wimpern die Tränen glitzerten.

„Aber warum weinst du?" fragte ich.

„Ich weine doch nicht ... Habe ich vielleicht geweint?" Sie nahm mein Taschentuch und trocknete sich die Augen.

„Du hast deswegen viel gelitten, nicht? Wenn es dich traurig macht, reden wir lieber nicht mehr darüber."

„Doch, doch, lass uns darüber reden."

„Ist es ein großes Opfer für dich, zu hören, was Carlos heute gesagt hat?"

„Ich muss das tun, was Mutter gesagt hat. Aber sie hat mir versprochen, dass sie alle dabei sein werden, du auch, hoffe ich."

„Wieso, wieso erhält er Gelegenheit, mit dir zu reden?"

„Ich möchte, dass du dabei bist, und zwar so nah wie möglich."

Schritte waren zu hören.

„Es ist Mutter, sie kommt." María nahm meine Hand und berührte sie mit ihren Lippen. Wir gern wäre ich mit ihr länger allein gewesen, um mein Glück für einige Minuten genießen zu können. Dann trat Mutter ein, María war schon aufgestanden und sagte zu mir: „Das Bad?"

„Ja" antwortete ich.

„Und die Orangen, wenn du dort bist."

„Ja."

Meine Augen vervollständigten zärtlich, was mein Herz sich als Antwort wünschte. Und sie lächelte, zufrieden mit unserem kleinen Trick.

Ich hatte mich unter dem Schatten der Orangenbäume gerade wieder angezogen, als Don Jerónimo und mein Vater kamen. Mein Vater wollte ihm die Zierde unseres Gartens zeigen, ein Schwimmbecken war nicht in jedem Haus eine Selbstverständlichkeit. Sie betrachteten es, mit seinen auf dem Wasser schwimmenden Rosen, die Estéfana dort verteilt hatte. Sie war ein zwölfjähriges, schwarzes Mädchen, Tochter von Sklaven unserer Familie und wegen ihrer Schönheit und ihres guten Charakters bei allen sehr beliebt.

Señorita María war für dieses Mädchen das Allergrößte, Estéfana verehrte sie wie sonst niemanden. Estéfana kam kurz nach meinem Vater und Don Jerónimo und brachte mir einen Kelch mit Orangensaft, gemischt mit Wein und Zucker.

„Mensch, Ihr Sohn lebt hier wie ein König" sagte Don Jerónimo.

Vater antwortete ihm, während die beiden den Bogen durchschritten, den die auf beiden Seiten stehenden Orangenbäume bildeten und in Richtung Haus gingen: „Sechs Jahre hat der Junge ein hartes Studentenleben gehabt, und fünf Jahre muss er noch überstehen."

Kapitel 28

An diesem Nachmittag, noch bevor die Frauen mit den Vorbereitungen für den Kaffee begannen, schnitt ich das Thema „Mit den Kindern zum Angeln gehen" an – etwas, was ich ihnen schon lange versprochen hatte. Es sollte gleich jetzt stattfinden. Daraus entstand dann die Idee, einen ganzen Tagesausflug mit der Familie und den Gästen zu machen. Nur María war etwas skeptisch. Sie schaute mich an, als wenn sie sagen wollte: „Kann man nichts dagegen tun?"

Am Ende des Gemüsegartens mussten wir noch einmal warten, auf María und meine Schwester, die María im Haus gesucht hatte. Ich ging mit meiner Mutter am Arm eingehakt los. Auch Emma war endlich da, sie lehnte es höflich ab, mit Carlos Arm in Arm zu marschieren. Als Entschuldigung reichte sie einem der Kinder die Hand und ging mit ihm weiter. María blieb nichts anderes übrig – sie musste mit Carlos Hand in Hand gehen. Sie zitterte, schaute mich an und blieb stehen. Ich konnte mich nur andeutungsweise äußern und ihr mit einem Zeichen zu verstehen geben, dass sie sich dem nicht entziehen konnte.

Wir gingen bis zur fruchtbaren Ebene am Ufer des Flusses. Die Steine, die aus dem Wasser herausragten, waren mit Moos bedeckt und boten einen malerischen Anblick.

Carlos sprach etwas leise; man hatte den Eindruck, er ruhe sich aus, um danach wieder richtig loszulegen. Ich stand erneut unter Druck. Ich ahnte schon, worüber er wieder reden wollte. María blieb stehen. An ihrem Blick war zu erkennen, dass sie nach Hilfe rief. Mir blieb jedoch nichts anderes übrig, als den Blickkontakt mit ihr zu vermeiden. Und auch María bemerkte, dass mir nicht ganz wohl bei der Sache war. Aber in ihrem Gesicht war trotz der Blässe ihr resoluter Wille zu erkennen.

Nun war es soweit. Carlos wurde sehr vertraulich, leise sprach er zu ihr. Da ihre Stimme heller war als seine, konnte ich sie besser verstehen. Besonders klar, als sie sagte: „Es wäre besser gewesen, wenn Sie allein mit meinen Eltern gesprochen hätten ... Dieses Angebot ist eine große Ehre für mich, es abzulehnen, tut mir sehr Leid ..."

Carlos war sehr verstört. María hatte seine Hand losgelassen, sie sprach weiter und spielte dabei mit den Haaren von Juan. Der hielt sich an ihrem Rock fest und zeigte ihr die Brombeeren, die er gerade gepflückt hatte.

Das Ganze schien im Sinne von Don Jerónimo zu sein. Er folgte etwas später mit meinem Vater, die Hände in den Taschen seiner blauen Weste und scheinbar jedes Wort mitbekommend.

María kam zu unserer Gruppe und half Juan beim Pflücken der Brombeeren. Er war zu klein, um allein an die Früchte heranzureichen. Sie nutzte einen Augenblick der Unaufmerksamkeit der anderen, um mir ins Ohr zu flüstern: „Was soll ich machen, um mit diesem Herrn nicht weitergehen zu müssen?"

„Es ist nicht zu vermeiden" antwortete ich. Dann musste erst einmal ich mich mit Carlos beschäftigen. Ich versuchte, dem an die Großstadt gewöhnten Menschen die Schönheiten des Landes nahe zu bringen. Ich schlug ihm vor, beim nächsten Ausflug schwimmen zu gehen.

Und doch zeigte sich Carlos von der pittoresken Landschaft beeindruckt. Es war schon die Zeit des Sonnenuntergangs, von den Bauern „Sonne der Rehe" genannt – zweifellos, weil man zu dieser Zeit sehr viele davon sehen konnte, scheinbar unbeeindruckt von den auf sie lauernden Gefahren und nur mit der Nahrungssuche beschäftigt.

Carlos und ich schlossen uns der Gruppe an, die im Begriff war, nach Hause zurückzukehren. Mit perfekter Schicklichkeit bemerkte mein Vater zu Don Jerónimo: „Wir wollen uns nicht benehmen wie alte Männer, lass uns mit den jungen Leuten Schritt halten." Mit diesen Worten ergriff er Marías Arm und ließ Herrn M. meine Mutter und Emma führen.

„Sie sind galanter als wir“ sagte ich zu Carlos, und damit meinte ich seinen und meinen Vater.

Wir gingen weiter, dabei musste ich Juan tragen, der sehr müde war und über die vielen Dornen auf dem Weg klagte.

María erzählte mir später, was Vater sie gefragt hatte, als wir von dem Ausflug zurückkehrten. Höflich, aber bestimmt bestand er darauf, dass sie ihm alles berichtete, was Carlos gesagt hatte. Am Anfang war sie recht schweigsam, aber endlich erzählte sie alles, vor allem, wie sie auf seinen Antrag geantwortet hatte.

„Du meinst“, fragte mein Vater, „dass bedeutet, du willst nie heiraten?“

Sie verneinte mit dem Kopf, schaute ihm dabei aber nicht ins Gesicht.

„Mein Kind, hast du etwa einen Verehrer? Hast du doch?“

„Ja“ antwortete María etwas schüchtern.

„Und er ist besser als der gut aussehende junge Mann, den du gerade abgelehnt hast?“ Dabei streichelte mein Vater ihren Kopf, um zu erreichen, dass sie ihm ins Gesicht schaute. „Glaubst du, dass du sehr schön bist?“

„Nein, Vater, das bin ich nicht.“

„Wenn du einen Verehrer hast, der dir Komplimente macht, wer ist dieser Glückliche?“

María zitterte und wagte nicht, ein Wort zu sagen.

Mein Vater sprach weiter: „Er hat bestimmt deine Liebe verdient. Glaubst du, dass er ein aufrichtiger Mann ist? Ich möchte es von dir wissen. Wusstest du, dass man mir alles erzählt hat?“

„Es gibt aber nichts zu erzählen.“

„Also hast du Geheimnisse vor deinem Vater“ sagte er liebevoll. Aber vorgebracht wie eine Art Beschwerde, um María dazu zu bringen, schließlich doch zu antworten.

Dann schwieg mein Vater einige Zeit, als ob eine schlechte Erinnerung ihm zu schaffen machen würde. Sie waren auf der Treppe angelangt, die den Gemüsegarten mit dem Haus verbindet, als er sagte: „Armer Salomon“. Gleichzeitig streichelte er die Haare der Tochter seines Vetters.

Beim Abendessen verriet mir der Blick von María, wie es zwischen ihr und meinem Vater gelaufen war. Sie war sehr nachdenklich und sagte leise für sich ihr Lieblingsgedicht auf.

Mein Vater versuchte, Herrn M. die Lage so leicht wie möglich zu machen, auch seinem Sohn, soweit ich es verstand. Vater und Sohn hatten schon ausführlich über das Geschehen gesprochen. Doch die Mühe meines Vaters war umsonst. Herr M. sagte, dass er am nächsten Tag in aller Frühe aufbrechen müsste, da er dringende Angelegenheiten in seiner Hazienda zu erledigen hätte. Um neun Uhr abends zogen sie sich zurück, nachdem sie im Speisesaal von der ganzen Familie Abschied genommen hatten. Ich begleitete meinen Freund zu seinem Zimmer. Mein Gefühl für ihn war in den letzten Stunden seines Aufenthalts bei uns wieder aufgelebt. Er hat einen edlen Charakter, das hatte er während unserer Studentenzeit oft genug bewiesen.

Ich machte mir Vorwürfe, weil ich nach Bekanntgabe seiner Absichten bezüglich María mit ihm nicht fair umging. Aber auch wenn ich deutlich mit ihm über meine Gefühle zu María gesprochen hätte, hätte er nie verstehen können, wie María für mich, insbesondere in den letzten drei Monaten, an Bedeutung gewonnen hatte.

Wenn er mit der Diagnose des Arztes in Bezug auf die Krankheit von María nicht hätte fertig werden können, hätte er auf seine Absichten verzichtet, und ich wäre vielleicht weniger konsequent, aber loyal gewesen. Sollte ich mir etwas vorwerfen? Die Tatsache, dass ich so reserviert war – hatte ich ihn damit verletzt? Die Überlegungen beschäftigten und quälten mich gleichzeitig sehr. Die Forderungen meines Vaters, wie diese Angelegenheit zu behandeln war, waren schwer. Und nicht nur das, ich musste etwas versprechen, was ich unbedingt einzuhalten hatte.

Das Gefühl meiner Liebe zu María hatte meine Seele für immer erobert. Ich war unsensibel geworden für alle möglichen Gefühle, die nicht direkt mit María zu tun hatten. Sobald wir in meinem Zimmer allein waren, sprach Carlos in aller Ehrlichkeit zu mir, wobei mir seine Haltung sein Unwohlsein verriet.

„Ich muss mich bei dir entschuldigen, es hat mir an Vertrauen und Loyalität gefehlt."

Jetzt wollte ich von ihm hören, was ich noch einen Tag vorher so gefürchtet hatte: „Was hat dir gefehlt? Ich habe nichts bemerkt."

„Was, du hast es nicht bemerkt?"

„Nein."

„Weißt du nicht, warum mein Vater und ich hierher gekommen sind?"

„Doch."

„Kennst du die Antwort auf meinen Heiratsantrag?"

„Nicht genau, aber ..."

„Du kannst sie aber erahnen."

„Das ist richtig."

„Gut. Ich verstehe nicht, warum ich nicht mir dir darüber gesprochen habe, vor irgendjemand anderem, und bevor ich meinen Vater zu Rat gezogen habe."

„Sehr aufmerksam von deiner Seite."

„Das ist nicht Aufmerksamkeit, das ist Dummheit, Vergessenheit, Ungeschicklichkeit, alles, was du willst. Bloß keine Aufmerksamkeit, genau das Gegenteil." Er ging im Zimmer hin und her. Auf einmal stand er vor mir, ich saß auf dem Sofa.

„Du kannst dich über meine Naivität wundern. Mensch, ich weiß nicht, wofür ich vierundzwanzig Jahre auf dieser Welt verbracht habe. Es ist etwas länger als ein Jahr her, dass ich mich von dir getrennt habe, um in den Cauca zu gehen. Und hoffentlich hast du es dir so sehr gewünscht wie ich mir. Seit meiner Ankunft in eurem Haus war ich das Objekt der größten Aufmerksamkeiten deines Vaters und deiner ganzen Familie, alle haben in mir deinen Freund gesehen. Vielleicht hast du deiner Familie von unserer Freundschaft berichtet. Bevor du kamst, habe ich zwei- oder dreimal Señorita María und deine Schwester gesehen, hier im Haus.

Vor einem Monat hat mein Vater dann gesagt, dass es ihn sehr freuen würde, wenn ich eine von den beiden heiraten würde. Deine Cousine hat es, ohne es zu wissen, möglich gemacht, dass ich die schönen Erinnerungen an unsere Freundschaft in Bogotá fast vergessen hätte, wie ich dir in einem von meinen Briefen mitgeteilt habe.

Ich habe Vater zugesagt, dass ich um die Hand von María anhalten würde. Warum habe ich nicht versucht, dich vorher zu sehen? Es ist wahr, dass die lange Krankheit meine Mutter mich vom Reisen abgehalten hat. Aber warum habe ich dir nicht geschrieben? Weißt du, warum? Ich gedachte, mit dir offen zu reden, und darum, glaubte ich, würdest du ein gutes Wort für mich einlegen. Aber mein Stolz hat es nicht erlaubt. Ich habe vergessen, dass du mein Freund warst. Du hättest das Recht – besser gesagt, du hast es – alles zu vergessen. Aber wenn deine Cousine mich geliebt hätte und unsere Freundschaft es erlaubt hätte, wärest du einverstanden gewesen, dass sie meine Frau würde? Na ja, ich bin dumm genug, um so etwas zu fragen, und du bist klug genug, um nicht zu antworten."

„Sieh mal", sagte er und ging zum Fenster, um sich hinauszulehnen. „Du weißt, dass ich nicht der Typ bin, der zusammenbricht, wenn etwas nicht klappt, wie ich es will. Erinnerst du dich, dass ich gelacht habe, weil du an die Leidenschaft der französischen Dramen glaubtest? Ich bin eingeschlafen, als du mit Begeisterung daraus vorgelesen hast. Die Sache ist einfach so: Ich will heiraten, und die Idee, in deiner Familie willkommen zu sein, praktisch dein Bruder zu sein, das schmeichelt mir. Leider ist es nicht so. Ich möchte, dass eine Frau mich liebt, ohne dass du mich deswegen hassen würdest und ..."

„Ich dich hassen?" unterbrach ich ihn.

„Ja, ich bitte, meine Direktheit zu entschuldigen. Nein, das ist Kinderkram. In so eine Situation zu geraten, wie unklug! Ein schönes Ergebnis: Ein Albtraum für deine Familie, ein schlechtes Gewissen für mich, und der Verlust deiner Freundschaft. Er machte eine kurze Pause. Du liebst sie bestimmt sehr. Ich habe es bemerkt, nach kurzer Zeit, obwohl du es verborgen hast. Sei mal ehrlich, liebst du sie mit der Intensität, mit der du dir wirkliche Liebe als Achtzehnjähriger vorgestellt hast?"

„Ja" antwortete ich, überwältigt von seiner Offenheit.

„Und dein Vater ignoriert es?"

„Nein."

„Nein?" wiederholte er erstaunt.

Daraufhin berichtete ich von der Unterredung mit meinen Eltern und von allem, was wir vereinbart hatten.

„Du nimmst das alles in Kauf, ohne Angst vor der Zukunft zu haben?" staunte er. „Die Krankheit, die sie von ihrer Mutter geerbt hat, wie willst du damit umgehen? Willst du den Rest deines Lebens ihr Grab pflegen?"

Dieser letzte Satz traf mein Herz, ich zitterte vor Schmerz. Diese Worte aus dem Mund von Carlos, dem ehrlichen Menschen, der mich fast als seinen Bruder betrachtete. Das war furchtbar. Furchtbarer noch war, dass ich mit einem „Ja" geantwortet hatte.

Ich stand auf und umarmte Carlos. Mit aller Kraft drückte er mich gegen seine Brust. Dann löste ich mich von ihm, vor Traurigkeit erdrückt, aber frei von schlechtem Gewissen. Dieses hatte mir vor unserem Gespräch sehr weh getan und mich gedemütigt, nun fühlte ich mich besser.

Ich ging ins Wohnzimmer, wo meine Schwester auf der Gitarre einen neuen Walzer übte. María hatte von ihrer Unterhaltung mit meinem Vater während des Ausflugs ausführlich berichtet. Ich hatte sie noch nie so unbeschwert und fröhlich erlebt. Als wir das Gespräch mit meinem Vater erläuterten, war die Scham in ihren Augen ebenso deutlich zu sehen wie auf ihren Lippen die Freude spielte.

Kapitel 29

Durch den Besuch der Herrschaften M. war mein Vater nicht dazu gekommen, seine Post und die übrigen Bürotätigkeiten zu erledigen. Demzufolge arbeitete ich nach der Abreise von Familie M. mit meinem Vater fast ohne Unterbrechung. Aber die Augenblicke, die wir mit der ganzen Familie verbrachten, insbesondere zu den Mahlzeiten, und das Lächeln von María ermöglichten es, dass ich die Härte der Arbeit ganz schnell vergaß. Um acht Uhr abends begleitete ich meinen Vater zu seinem Schlafzimmer. Nach den üblichen Abschiedsworten sagte er zu mir: „Wir haben viel geschafft. Aber es gibt noch viel zu tun, also bis morgen früh."

An Tagen wie diesen wartete María im Salon in Gesellschaft meiner Mutter und Emmas auf mich. Sie las dann irgendein Kapitel aus der

„Nachahmung der Jungfrau María“ vor oder brachte den Kindern das Beten bei.

Wir hatten uns an die Treffen zu dieser Uhrzeit gewöhnt. Es war schon etwas geworden, was sie nicht mehr verweigern konnte. Sie reservierte für mich einen Platz, immer waren ein Dame-Spielbrett oder ein Satz Spielkarten vorhanden, und unter diesem Vorwand konnten wir füreinander da sein. Wir kommunizierten weniger mit Worten, eher mit Blicken und Lächeln. So konnte ihr Blick dem meinen nicht ausweichen.

„Hast du deinen Freund heute Vormittag gesehen?“ Damit versuchte sie, etwas über meine Stimmung zu erfahren.

„Ja. Warum fragst du gerade jetzt?“

„Ich hatte vorher keine Gelegenheit dazu.“

„Und warum interessiert dich das?“

„Hat er dich eingeladen, ihn zu besuchen?“

„Ja, das hat er.“

„Also wirst du ihn besuchen?“

„Ja, sicher.“

„Er mag dich sehr gern, nicht wahr?“

„Ja, ich bin immer davon überzeugt gewesen.“

„Und jetzt bist du noch mehr davon überzeugt.“

„Warum nicht?“

„Magst du ihn genauso wie damals in der Schule?“

„Ja, aber weshalb beschäftigst du dich heute damit?“

„Weil ich möchte, dass er immer dein Freund bleibt ... Du hast ihm sonst nichts erzählt?“

„Was meinst du genau mit ‚nichts erzählt‘?“

„Na ja, über die Sache.“

„Welche Sache?“

„Du weißt ganz genau, was ich meine. Hast du nicht ‚darüber‘ gesprochen?“

Ich war sehr erfreut über die Schwierigkeiten, die sie damit hatte, herauszubekommen, ob ich mit Carlos über unsere Liebe gesprochen hatte. Deshalb sagte ich: „Das ist das erste Mal, dass ich dich nicht verstehe.“

„Heilige Jungfrau María! Wieso verstehst du nicht, ob du über ... gesprochen hast oder nicht?!“

Voller Liebe schaute ich sie an. Im gleichen Moment lachte sie mich an, und auf ihre kindliche Art sprach sie weiter: „Na gut, du brauchst nichts zu erzählen.“ Während sie sprach, begann sie, aus den Steinen des Dame-Spiels, das wir gerade gespielt hatten, Türmchen zu bauen.

„Wenn du mir nicht richtig in die Augen schaust, erzähle ich dir nicht, was ich mit Carlos besprochen habe.“

„Na gut.“ Sie versuchte jetzt, auf meine Forderung einzugehen.

„Ich habe ihm ALLES erzählt.“

„Was? Alles?“

„Ja, habe ich etwas falsch gemacht?“

„Nein, nein. So sollte es sein, aber warum hast du ihm das Ganze nicht erzählt, bevor er kam?“

„Vater wollte es so.“

„Wenn er nicht gekommen wäre, wäre alles besser gewesen, nicht wahr?“

„Ohne Zweifel, aber ich sollte es so machen, und seit unserer Unterhaltung ist er mit mir zufrieden und akzeptiert alles, jetzt mit mehr Verständnis als vorher.“

„Bleibt er dein Freund?“

„Es gibt keinen Grund, warum das nicht so sein sollte.“

„Ja, weil ich nicht möchte, dass deswegen ...“

„Carlos wird genau wie ich dankbar dafür sein.“

„Also hast du dich von ihm genau wie immer in Freundschaft getrennt, und er ist zufrieden gegangen.“

„So zufrieden, wie die Umstände es erlauben.“

„Ich bin aber nicht schuld daran.“

„Nein, auf keinen Fall. Und Carlos schätzt dich genau wie früher.“

„Wenn er ein richtiger Freund ist, sollte es auch so sein. Aber weißt du, warum alles so gekommen ist?“

„Weiß ich nicht! Warum?“

„Aber nicht lachen!“

„Nein, ich werde nicht lachen.“

„Na ja ... Du fängst ja schon an zu lachen!“

„Ja, ich lache, aber nicht über das, was du sagen wirst, ich lache über das, was du gesagt hast.“

„Es ist so, weil ich von ganzem Herzen zur Heiligen Jungfrau María gebetet habe, damit sie alles so geschehen lässt, wie es geschehen ist.“

„Und wenn die Jungfrau María nicht erhört hätte, was du wolltest?“

„Das glaube ich nicht, wenn man mit seinem ganzen Herzen und aller Energie betet, wird man vom Himmel erhört. Ich war sicher, dass alles so geschehen würde.“

Mutter war inzwischen schon schlafen gegangen, und Emma ebenso.

„Möchtest du gehen?“

„Was soll ich machen? Habt ihr morgen viel zu tun?“

„Ja, ich glaube schon.“

„Und wenn Tránsito kommt?“

„Um wie viel Uhr soll sie kommen?“

„Sie hat gesagt, um zwölf Uhr.“

„Um die Zeit sind wir schon fertig, Bis morgen also!“

Sie verabschiedete sich und wunderte sich, dass ich das Taschentuch festhielt, was sie vorher in der Hand gehabt hatte. Sie verstand nicht, dass dieses parfümierte Taschentuch der Schatz war, der mich durch die ganze Nacht begleiten würde. Später sorgte sie dann dafür, dass ich ihr das Taschentuch nicht mehr wegschnappen konnte. Bis die Tage kamen, an denen sich unsere Tränen viele Male vermischten ...

Kapitel 30

Am nächsten Morgen diktierte mein Vater, während er sich rasierte – dafür pflegte er nie die Arbeit zu unterbrechen. Er behandelte seine Haare mit großer Sorgfalt. Er hatte noch volles, lockiges Haar; man konnte erahnen, dass es besonders schön gewesen war, als er ein junger Mann war; nur fand er es jetzt zu lang. Er öffnete die Tür zur Hälfte und rief meine Schwester.

„Sie ist im Garten“ antwortete María, die sich in der Nähstube befand. Höflich fragte sie nach: „Brauchen Sie irgendetwas?“

„Komm hierher, María“ sagte er, während ich ihm die fertigen Briefe vorlegte, damit er sie unterschreiben konnte. „Möchtest du, dass wir morgen hinuntergehen?“ fragte er mich und unterschrieb dabei einen der Briefe.

„Ja, klar!“

„Das wäre sehr gut. Es gibt viel zu tun, und wenn wir beide gehen, sind wir viel früher fertig. Es könnte sein, dass Herr A. im nächsten Brief etwas über seine Reise schreibt; die Nachricht, dass du dich bereitmachen sollst, lässt schon etwas auf sich warten. Komm, meine Tochter!“ wandte er sich dann an María. Sie hatte draußen gewartet, weil die Tür geschlossen war.

„Guten Morgen“ sagte María freundlich. Ich glaubte, dass sie von meiner Reise nichts gehört hatte. Sie konnte ihre Schüchternheit nie überwinden – insbesondere, seitdem Vater so offen über unsere Liebe gesprochen hatte. Sie wurde sogar etwas blass. Während er noch die letzten Briefe unterschrieb, betrachtete María die Bilder, die an den Wänden hingen. Auf einmal trafen sich unsere Blicke.

„Schau mal“, sagte Vater jetzt zu María, „meinst du nicht, dass ich die Haare zu lang trage?“

„Ja, Vater“, sagte sie, „aber das ist kein Problem. Gleich haben wir es!“ Sie holte eine Schere aus einem Etui, das sie auf dem Tisch fand.

„Nun gut, hoffentlich kannst du gut Haare schneiden. Ich werde mich setzen, damit du es einfacher hast.“ Und er diktierte weiter, während

María ihm die Haare schnitt. Dann sprach er wieder María an: „Findest du es lustig, wenn ich frage, ob meine Haare zu lang sind?“

„Nein, Vater.“ Sie machte ihre Arbeit weiter, und das sehr professionell.

„Wie du siehst“, sagte mein Vater, „hatte ich lange, schöne schwarze Haare, wie jemand anders, den ich kenne.“

María ließ die Haare fallen, die sie in der Hand hatte.

„Was ist los?“ fragte Vater und drehte sich, um María anzuschauen.

„Nein, es ist nichts. Ich werde sie etwas kämmen, damit ich sie besser schneiden kann.“

„Weißt du, warum meine Haare weniger und grau wurden?“ fragte er, zwischendurch diktierte er wieder einen Satz.

„Nein, Vater, ich weiß es nicht.“

„Junge, pass auf, dass du alles richtig schreibst!“ sagte er nun zu mir.

María war rot geworden und schaute mich ganz vorsichtig an, damit mein Vater es nicht im Spiegel verfolgen konnte.

„Na ja, als ich zwanzig Jahre alt war“, fuhr er fort, „habe ich geheiratet. Und ich hatte die Angewohnheit, die Haare jeden Tag mit Kölnisch Wasser zu waschen. Was für eine Dummheit, nicht wahr?“

„Und machst du es noch?“ fragte sie.

Mein Vater lachte laut.

Ich konzentrierte mich auf das Diktat und las den zuletzt geschriebenen Satz. Er diktierte weiter und sprach zwischendurch mit María. Sie wollte die abgeschnittenen Haare wegbürsten, dabei verlor sie die Rose, die an ihrem Zopf befestigt war. Die Rose fiel meinem Vater vor die Füße. María wollte sich bücken, aber Vater war schneller. María stellte sich wieder hinter ihn, und er sagte zu ihr, nachdem er sich im Spiegel angeschaut hatte: „Ich werde die Rose an ihren Platz bringen, als Belohnung für deine gute Arbeit.“ Daraufhin brachte er die Rose mit so einem Charme an ihrem Zopf an, dass ich ihn um diesen nur beneiden konnte. Er umarmte María, küsste sie auf die Stirn und sagte leise: „Heute wird es nicht so lange dauern wie gestern. Heute machen wir früher Schluss.“

Kapitel 31

Es war ungefähr elf Uhr, als wir unsere Arbeit beendet hatten. Ich ging zum Fenster und lehnte mich hinaus. In solchen Momenten vergaß ich mich selbst, und meine Gedanken bewegten sich in Regionen, die mir fast unbekannt waren. Momente, in denen die Tauben verliebt turtelten, im Schatten der unter ihrer goldenen Last gebeugten Orangenbäume. Momente, in denen das Gurren von Marías Stimme, noch süßer als das der Tauben, von einem unbeschreiblichen Zauber war.

Die Kindheit mit ihrer unermesslichen Neugier staunt über die göttliche Natur, die uns ihre Wunder offenbart. Die Jugend, die alles zu enträtseln sucht, freut sich unfreiwillig an den keuschen Vorstellungen von der Liebe ... Die Hoffnung auf das Glück, auf das man viele Male vergeblich gewartet hat. Und kein Maß für die Seele, um – im Traum oder in der Realität – das noch nicht vergessene Paradies zu genießen ...

Es waren nicht die Zweige der Rosensträucher, an denen die Bachnymphen die Blütenblätter entfernt hatten, um sich damit zu schmücken; es war nicht der majestätische Flug der schwarzen Adler über den nahen Baumwipfeln; es war nicht das, was meine Augen sahen – es war, was ich nicht sehen konnte, was mein Geist nicht in der traurigen Realität finden, sondern nur in seinen Träumen bewundern konnte: Die Welt, die verzückt die Anfänge des Lebens bestaunte.

Auf dem dunklen und schwierigen Weg über die Anhöhe sah ich, wie Tránsito und ihr Vater zu uns kamen, um ihr Versprechen an María zu erfüllen. Ich ging sofort hinaus, am Gemüsegarten vorbei und zum Berghang, um sie an der Brücke zu erwarten. Die Gebirgsbewohner hatten bei solchen Treffen das Bedürfnis, von allen Einzelheiten der Reise zu berichten.

Zunächst fragte ich Tránsito nach Braulio.

„Er ist zu Hause geblieben, um das gute Wetter auszunutzen. Und was macht die ‚Jungfrau vom Stuhl'?"

Das war Tránsitos Art, nach María zu fragen, seitdem sie meinte, eine große Ähnlichkeit zwischen María, ihrer zukünftigen Trauzeugin, und dem Madonnenbild im Gebetsraum meiner Mutter entdeckt zu haben.

„Der lebendigen geht es gut, sie wartet auf dich. Die auf dem Bild ist über und über mit Blumen geschmückt und sehr schön beleuchtet, um euch glücklich zu machen."

So gingen wir nach Hause. María und Emma kamen heraus, um Tránsito zu empfangen. Beide machten ihr Komplimente: Sie sei ein gutes Mädchen, und das Glück würde sie noch schöner machen.

José setzte den Hut ab und erwiderte den freundlichen Gruß der Mädchen. Dann nahm er den Rucksack herunter, der mit Gemüse und anderen kleinen Geschenken gefüllt war. Er kam mit uns, und ich führte ihn in das Zimmer meiner Mutter. Als er an Mayo vorbeiging, der unter dem Tisch geschlafen hatte, bellte der Hund laut, und José antwortete lächelnd: „Hallo, Großväterchen! Magst du mich immer noch nicht? Sicher deshalb, weil ich so alt bin wie du."

„Und Lucía?" fragte María Tránsito. „Warum ist sie nicht mitgekommen?"

„Sie hat immer wenig Lust dazu, typisch Bergfrau."

„Aber Efraín sagt, dass sie zu ihm gar nicht so ist" meinte Emma.

Tránsito lachte, bevor sie antwortete: „Mit dem Señor ist sie weniger schüchtern. Er ist so häufig bei uns, dass sie schon die Angst verloren hat."

Wir versuchten, zu erfahren, wann die Hochzeit stattfinden würde. José sprach für seine Tochter: „Wir möchten sie heute in acht Tagen feiern. Wir werden an diesem Tag sehr früh aufstehen, wir wollen bei Sonnenaufgang im Dorf sein. Wenn Sie um fünf Uhr von hier losgehen, treffen wir uns zur richtigen Zeit. Der Priester wird schon alles vorbereitet haben, und so wird alles schnell gehen. Luisa mag Feste nicht besonders gern, und die Mädchen machen sich nichts aus dem Tanzen. So wird der Sonntag so laufen wie immer, mit der Ausnahme, dass Sie uns besuchen werden. Und am Montag geht jeder wieder an seine Arbeit, finden Sie das nicht gut?" fragte er mich.

„Ja, aber wird Tránsito zu Fuß ins Dorf gehen?"

„Was?" fragte José.

„Aber wie sonst?" fügte sie selbst verwundert hinzu.

„Zu Pferde, habe ich nicht genug von der Sorte?"

„Ich gehe lieber zu Fuß, außerdem hat Lucía Angst vor den Pferden."

„Aber warum?" wollte Emma wissen.

„Bei uns im Dorf benutzen nur die Weißen Pferde, nicht wahr, Vater?"

„Ja, das stimmt. Und diejenigen, die nicht weiß sind, nur, wenn sie schon alt sind."

„Wer hat dir gesagt, dass du nicht weiß bist?" fragte ich Tránsito.

Sie wurde rot wie eine Tomate und antwortete: „Ich meine damit die reichen Herrschaften, die Señoras."

José verließ die Gruppe, um meinen Vater zu begrüßen. Danach ging er fort mit dem Versprechen, am Nachmittag zurückzukommen – trotz unserer Bemühungen, ihn zu überreden, zum Mittagessen zu bleiben.

Um fünf Uhr war die ganze Familie bereit, Tránsito bis zum Berghang zu begleiten. María, die an meiner Seite ging, meinte zu mir: „Wenn du die Braut in dem Hochzeitskleid gesehen hättest, das ich ihr genäht habe! Und die Ohrringe und das Halsband, die Emma und Mutter ihr geschenkt haben – ich bin sicher, dass es dir sehr gut gefallen hätte."

„Warum hast du mich nicht gerufen?"

„Weil Tránsito es nicht wollte. Übrigens, wir müssen Mutter fragen, was ein Trauzeuge bei der Zeremonie zu tun hat."

„Das ist wahr, und die Brautleute können uns später erzählen, wie man sich verhält, schließlich könnten wir auch einmal in eine solche Situation geraten."

Weder ihr Blick noch die Lippen von María reagierten auf diese Anspielung auf unsere zukünftiges Glück. Sie blieb nachdenklich, und wir liefen weiter, bis wir zum Treffpunkt kamen.

Da war Braulio mit seiner Braut. Er grüßte höflich, sein Glück war ihm ins Gesicht geschrieben. Sie verabschiedeten sich höflich von uns und verschwanden im Wald. Kurz darauf hörten wir Braulios schöne Stimme ertönen – er sang Balladen aus seiner Heimat Antioquia.

Nach unserer kurzen Unterhaltung wurde María sehr ernst. Ich bemühte mich, nicht daran zu denken, aber mir war es vollkommen bewusst: Sie dachte an das Glück von Tránsito und Braulio und an unsere bevorstehende Trennung. Vielleicht würden wir uns nicht mehr wieder sehen ... Ich musste an die Krankheit ihrer Mutter denken, und es gelang mir nicht, ihr Schweigen zu durchbrechen.

Als wir die letzten Hügel überquerten, sagte Juan, der an der Hand von María ging: „María möchte, dass ich immer weiterlaufe, aber sie selbst ist müde." Da bot ich ihr meinen Arm an, bisher hatte ich es noch nicht getan, da ich mich um Emma und meine Mutter gekümmert hatte.

Wir waren fast zu Hause. Es war langsam dunkel geworden, aber noch war etwas von den Sonnenstrahlen zu erkennen. Das Licht veränderte sich, schon konnte man hinter unserem Rücken den Mond sehen, und die Trauerweiden warfen lange Schatten. Die Kletterpflanzen im Garten waren nur noch leicht vom Licht beschienen. Ich beobachtete Marías Gesicht, ohne dass sie es bemerkte. Ich suchte nach den Ursachen ihres Unwohlseins. Sie wirkte jetzt sehr melancholisch, und das musste etwas Schlimmes ankündigen.

„Bist du traurig?" fragte ich endlich.

„Bin ich nicht wie immer?" fragte sie, als ob sie aus einem tiefen Traum erwacht wäre. „Und du?"

„Du siehst aber so aus."

„Wie kann ich dich zufrieden stellen?"

„Indem du wieder fröhlich bist."

„Fröhlich", antwortete sie etwas verwundert, „bist du es auch?"

„Ja, ja!"

„Gut, dann bin ich so, wie du möchtest" lachte sie. „Hast du noch einen anderen Wunsch?"

„Nein, keinen ... Oh doch, das, was du mir versprochen und bislang nicht erfüllt hast!"

„Und das wäre? Glaube mir, ich erinnere mich nicht." „Nein? Und die Haare?"

„Und wenn alle es merken, wenn ich mich kämme?"

„Dann erzählst du, das ein Haarband sie abgetrennt hat."

„Meinst du dieses?" Sie suchte in ihrer Tasche, dann zeigte sie mir etwas Dunkles, was sie in der Hand hielt, ich aber nicht genau erkennen konnte.

„Ja, das, gib es mir!"

„Das ist ein Haarband“ sagte sie, während sie es wieder wegsteckte.

„Nun gut, ich verlange nichts mehr von dir.“

„Von wegen gut! Und wenn ich sie abgeschnitten habe? Es ist so ... sie sind nicht ordentlich. Aber morgen ...“

„Diese Nacht.“

„Einverstanden, diese Nacht.“

Mein Arm drückte sanft gegen ihren Arm, ihre Hand näherte sich Stück für Stück der meinen, um von ihr auf die gleiche Weise bis zu meinen Lippen gehoben zu werden. Dann stützte sie sich kräftig auf mich, stieg so die Treppen hinauf und sagte mit zitternder Stimme: „Bist du jetzt zufrieden? Wir wollen nicht mehr traurig sein!“

Vater hatte sich für diesen Abend gewünscht, dass ich einen Artikel aus der neuesten Ausgabe der Zeitung „El Día“ vorlas. Nach der Lektüre zog er sich zufrieden zurück, während ich ins Wohnzimmer ging.

Juan kam zu mir und legte seinen Kopf auf meine Knie.

„Gehst du heute Abend nicht schlafen?“ fragte ich und streichelte dabei seinen Kopf.

„Ich möchte, dass du mich ins Bett bringst“ antwortete er in seiner Kindersprache, die kaum jemand verstehen konnte.

„Und warum nicht María?“

„Ich bin böse mit ihr“ sagte er und setzte sich etwas bequemer hin.

„Und warum? Willst du es mir nicht erzählen?“

„Sie mag mich heute Abend einfach nicht.“

„Sag mir, warum!“

„Ich habe sie gefragt, ob sie mir die Geschichte vom Rotkäppchen erzählt, und sie wollte nicht. Ich habe sie gefragt, ob ich ein Küsschen bekomme, und sie sagte nein.“

Die Beschwerden von Juan konnten bedeuten, dass es María nicht gut ging. Vielleicht war sie sehr traurig.

„Wahrscheinlich, wenn du heute Nacht schlecht träumst, wird sie auch nicht aufstehen und dich verwöhnen, wie sie es sonst immer macht.“

„Dann helfe ich morgen nicht beim Blumen pflücken, und ich werde auch nicht für sie Parfüm und Schminke ins Badezimmer bringen!“

„Nein, so solltest du nicht denken. Sie liebt dich sehr. Du kannst ruhig jetzt zu ihr gehen. Du bekommst dein Küsschen, und die Geschichte erzählt sie dir auch, bis du einschläfst.“

„Nein, ich gehe jetzt und hole sie her, und du sollst sie rügen!“

„Wieso ich?“

„Ja, ich bringe sie her!“ Schon lief er los, um sie zu suchen. Bald kam er zurück, mit María, die er unter dem Einsatz all seiner kindlichen Kraft hinter sich herzog. Sie rief lachend: „Was machst du mit mir, wo bringst du mich hin?“

„Hierher!“ meinte Juan und zwang sie, sich neben mich zu setzen. Nun konnte ich María erzählen, was ich von ihrem Liebling gehört hatte.

Sie streichelte seinen Kopf und sagte: „Ach, bist du undankbar, du kannst auch bei ihm schlafen!“

Juan fing an zu weinen und streckte seine Ärmchen aus, damit ich ihn trösten konnte.

„Nein, mein Kleiner, das habe ich nicht so gemeint, das war nur Spaß von deiner Mimiya“ korrigierte sich María schnell und streichelte wieder seinen Kopf. Trotzdem bestand der Junge darauf, bei mir zu bleiben.

„Also, so gemein bist du zu mir“ beschwerte sich jetzt María. „Der junge Mann ist groß geworden. Ich werde veranlassen, dass man sein Bett in das Zimmer seines Bruders stellt. Er liebt und braucht mich nicht mehr. Ich werde allein bleiben.“ Sie tat so, als wenn sie weinen würde und bedeckte ihr Gesicht mit den Händen.

Juan wartete einen Augenblick, aber sie „weinte“ weiter. Da ging er zu ihr, um zu überprüfen, ob sie wirklich weinte. Er ertappte sie, wie sie lachte, beide lachten jetzt. Da umarmte er sie und sagte: „Ich liebe dich wie meine Augen, ich liebe dich wie mein Herz, ich bin nicht mehr böse mit dir, und heute Abend werde ich das Vaterunser ganz artig beten. Willst du noch eine Hose für mich nähen oder nicht mehr?“

„Du bekommst eine Hose?“ fragte ich. „Zeige sie mir!“

Sofort kletterte Juan auf das Sofa und probierte die erst halb fertige Hose an.

„Wie schön!“ sagte ich und umarmte ihn. „Wenn du weiter artig bist, bekommst du von mir eine Reithose und Sporen dazu.“

„Und ein schwarzes Pferdchen!“ verlangte er.

„Ja.“ Er umarmte mich und gab mir einen langen Kuss. Danach kam María in den Genuss seiner Zärtlichkeiten. Anschließend kniete er sich dorthin, wo er vorher gestanden hatte, um mit gefalteten Händen das Gute-Nacht-Gebet zu sprechen.

Als María ihm über das Haar strich, bemerkte ich, dass sie etwas in ihrer linken Hand hielt. Mit einem maliziösen Lächeln zeigte sie mir ganz kurz die Haarlocke, die sie mir versprochen hatte. Ich wollte sie schon an mich nehmen, aber sie zog ihre Hand zurück und sagte: „Ja, und ich? Was bekomme ich?“

„Eine Locke von mir?“ fragte ich sie.

Sie nickte und sagte: „Ich möchte sie in das Etui tun, in dem ich auch die meiner Mutter aufbewahre.“

Kapitel 32

Am nächsten Morgen musste ich mich sehr bemühen, mir nicht anmerken zu lassen, wie anstrengend es war, meinen Vater bei einem Besuch seiner Ländereien zu begleiten. Immer wenn er eine Reise machte, sei es auch nur eine sehr kurze, pflegte er alles selbst zu organisieren. Er wiederholte immer wieder die gleichen Befehle, und viele davon waren einfach überflüssig. Sicherlich, wir mussten Proviant für eine Woche mitnehmen, so lange wollten wir unterwegs sein. Sogar er musste lachen, als er sah, was wir alles mitschleppten. María und Emma brachten noch etwas dazu, und alles kam in die Satteltaschen, die Juan Angel trug.

„Mein Gott, liebe Kinder, haben wir so viel Platz?"

„Ja, Vater" antwortete María.

„Na ja, wir haben Proviant wie ein Bischof auf Reisen. Du bist daran interessiert, dass es uns gut geht, nicht wahr?"

María kniete sich hin und versuchte, alles in den Taschen unterzubringen. Dabei sagte sie: „Sie werden viele Tage unterwegs sein." In diesem Moment kam ich hinzu.

„So lange bleiben wir auch wieder nicht weg" meinte Vater. „Aber dieser Junge hat unterwegs so wenig Lust zum Essen und Trinken, dass dieser Proviant für zwei Wochen reicht."

„Ja, aber es war Mutter, die gesagt hat, dass wir viel einpacken sollen."

„Das brauchst du nicht ernst zu nehmen, meine kleine Jüdin." So nannte er sie nur, wenn er besonders gute Laune hatte. „Eine Flasche Rotwein wäre nicht schlecht, von dem, der vor kurzem eingetroffen ist."

„Dafür gibt es keinen Platz." entgegnete María lächelnd.

„Wir werden schon sehen." Und er ging selbst in den Keller, um den Wein zu holen. Mit ihm kam Juan Angel zurück und brachte ein paar Dosen Lachs mit. Er wiederholte: „Wir werden schon sehen."

„Das auch noch!" rief María, als sie die Dosen sah.

Vater versuchte, einen Behälter aus dem Koffer zu ziehen, um den Wein hinein zu tun. María war sehr besorgt und sagte: „Dort kann es nicht hinein!"

„Warum nicht, meine Tochter?"

„Weil dort euer Lieblingsgebäck ist und ... weil ich es gemacht habe."

„Und ist es auch für mich?" wollte Vater wissen.

„Haben Sie noch nicht genug?"

„Ich sage, dass ..."

„Ich komme gleich wieder!" unterbrach sie ihn. „Es fehlen noch die Taschentücher." Und sie verschwand, um kurz darauf wieder aufzutauchen.

Um sie zu ärgern, sagte mein Vater daraufhin: „Vielleicht tauschen wir unterwegs das Gebäck gegen Wein aus."

Sie reagierte überhaupt nicht, sondern sagte: „Vater, der Tisch ist gedeckt." Während wir alle zum Speisesaal gingen, meinte María zu Emma: „Estéfana wird den Rest schon erledigen."

Als ich mich zum Esszimmer begab, kam María gerade aus dem Zimmer meiner Mutter. Gleich sprach ich sie an: „Jetzt kannst du deine Locke bekommen. Schneide sie einfach ab!"

„Oh nein, nein, ich nicht!"

„Los, schneide nur!"

„Nein, ich kann das nicht." Mit diesen Worten gab sie mir die Schere. Danach öffnete sie das Etui mit den Haaren ihrer Mutter und präsentierte es mir. „Hier hinein!"

„Und die deiner Mutter?"

„Kommen oben drauf, damit man deine nicht sieht."

Ich machte es so, wie sie es wollte. Sie sagte: „Heute bist du glücklich, nicht wahr?"

„Nein, ich muss mich anstrengen, um Vater zu helfen. Es ist aber nur gerecht, er schafft die ganze Arbeit nicht allein."

„Ja, so soll es sein. Ich werde auch keine Traurigkeit zeigen, damit Mutter und Emma sich nicht beleidigt fühlen."

„Denke an mich" sagte ich zu ihr und küsste die Haare, die oben im Etui lagen, und die Hand, die es festhielt.

„Ja, viel, viel!" Sie schaute mich mit einer Mischung aus Leidenschaft und Unschuld an, die nur ihre Augen ausstrahlen konnten. Wir trennten uns und gingen zum Speisesaal, aber durch verschiedene Eingänge.

Kapitel 33

Sieben Tage lang arbeitete ich mit Vater hart im Büro, immer bis spät in die Nacht. Vater legte sich halb auf das Sofa und diktierte mir, ich schrieb. Die Wohnzimmer-Uhr schlug zehn, als ich den zuletzt geschriebenen Satz wiederholte. Er diktierte nicht mehr. Ich glaubte, er hätte mich nicht verstanden, aber das Unglaubliche war passiert: Vater war tief und fest eingeschlafen. Er war ein besonders hart arbeitender Mensch, aber die Arbeit der letzten Tage war sogar für ihn zu viel gewesen.

Ich dämmte das Licht etwas, um zu warten, bis er wieder erwachte. In der Zwischenzeit ging ich auf dem Korridor spazieren, bis zu dem Raum, in dem wir einen Schreibtisch hatten. Es war eine ruhige Nacht. Der Himmel war hell erleuchtet. Die Vegetation war typisch für den Sommer, die sonst rötlichen Blätter der *Ceibas* waren schwarz. Tausende Glühwürmchen waren zu sehen, die für zusätzliches Licht sorgten.

Der weiße Eingang des Hauses führte in den Innenhof, wo man vor dem Hintergrund der fernen Berge die schattigen Umrisse der Pfeiler erkennen konnte. „María“ sagte ich zu mir, während ich die leisen Geräuschen der schlafenden Natur belauschte. Bestimmt war María lächelnd eingeschlafen, mit dem Gedanken daran, mich am nächsten Tag an ihrer Seite zu sehen ... Aber danach! Dieses Danach war furchtbar, denn es handelte sich dabei um meine bevorstehende Reise.

Plötzlich hörte ich den Hufschlag eines Pferdes, und sofort dachte ich, es müsste einer der Bediensteten sein. Wir hatten ihn einige Tage vorher in die Stadt geschickt und warteten schon ungeduldig auf seine Rückkehr, weil er wichtige Post mitbringen sollte. Der Reiter näherte sich, und ich fragte: „Camilo, bist du es?“

„Ja, mein Herr, Gott lob, ich bin es!“ Sofort übergab er mir ein ganzes Paket Briefe.

Das Pferdegetrappel hatte inzwischen auch meinen Vater geweckt. „Was ist das, Mann?“ fragte er.

„Man hat mich um zwölf Uhr losgeschickt, mein Herr, aber die Flut war so hoch, dass ich eine Weile warten musste, bevor ich den Fluss überqueren konnte.“

„Gut, geh zu Feliciana, sie soll dir was zu essen geben, und pass gut auf das Pferd auf.“

Vater kontrollierte die Absender der Briefe, bis er den fand, auf den wir gewartet hatten. „Du kannst mit diesem anfangen“ sagte er.

Ich begann, den Brief laut vorzulesen, aber an einer bestimmten Stelle hörte ich unfreiwillig damit auf. Er nahm den Brief und las ihn ganz schnell durch. Die Bewegungen seiner Lippen ließen nichts Gutes erwarten. Am Ende war er sehr verärgert, warf den Brief auf den Schreibtisch und empörte sich: „Dieser Kerl wird mich umbringen! Lies mal den Brief, am Schluss steht, was deine Mutter schon geahnt hat.“

Ich nahm den Brief an mich, um zu überprüfen, ob wahr wäre, was auch ich schon befürchtet hatte.

„Lies mal laut“ forderte mein Vater mich auf, während er aufgeregt im Zimmer hin und her schritt. Er schwitzte und trocknete seine Stirn.

„Jetzt ist nichts zu machen“ sagte er, nachdem ich den Brief zu Ende gelesen hatte. „Ein schönes Ergebnis, und unter welchen Umständen! Ich bin der einzig Schuldige.“

Ich unterbrach ihn, da ich glaubte, eine Lösung parat zu haben, die den Verlust gering halten würde.

„Keine schlechte Idee“, meinte Vater, schon etwas beruhigt, „das hatte ich nicht bedacht. Ich bin alt geworden und habe nicht gelernt, misstrauisch zu sein.“

Und er sagte die Wahrheit. Schon sehr oft in seinem Geschäftserleben hatte er solche Enttäuschungen erleben müssen. Einmal war er ohne die Familie in der Stadt, wo er Besuch bekam von einem Geschäftspartner. Diesen hatte er beauftragt, ins Chocó zu gehen, um Ware gegen Gold zu tauschen, das dringend für die Bezahlung von Lieferanten im Ausland benötigt wurde.

Der Geschäftspartner kam zu meinem Vater und sagte: „Ich bekomme von Ihnen Frachtgeld für das Pferd und eine Kugel in den Kopf. Ich habe gespielt und alles verloren, was Sie mir anvertraut haben."

„Sie haben alles verspielt?"

„Ja, Herr."

Mein Vater nahm eine Geldkassette aus dem Tresor und fragte: „Wie viel war es denn?"

Danach rief Vater einen Bediensteten und trug ihm auf: „Der Herr ist gerade von einer langen Reise zurückgekommen. Veranlassen Sie, dass er zu essen bekommt."

Das aber waren andere Zeiten, ein derart schlechtes Geschäft kann man als junger Mensch besser verkraften, ohne sich zu beschweren; man setzt auf die Zukunft. Als älterer Mensch ist so eine verlorene Schlacht schwer zu verdauen. Man hat das Gefühl, das Ganze war das Werk eines Feindes. Es gibt so viele Gemeinheiten. Wie selten sind die Freunde, die für deine Witwe und die Kinder sorgen, wenn du mal sterben musst! Wie viele Feinde warten auf deinen letzten Atemzug! Sie drücken die Hand des Sterbenden, und kaum ist er tot, kommen sie und werden zu Peinigern der Waisen.

Drei Stunden waren seit dem eben beschriebenen Zwischenfall vergangen – der sich bis heute in meinem Gedächtnis eingebrannt hat, obwohl im Laufe der Jahre noch mehr unangenehme Dinge wie diese passiert sind.

Bevor Vater schlafen ging, sagte er zu mir: „Wir müssen versuchen, dass deine Mutter von dieser Sache nichts erfährt. Und wir müssen unsere Rückkehr um einen Tag hinauszögern."

Ich hatte immer beobachtet, dass Vater nach einem ruhigen Schlaf manch unangenehme Sache gut verarbeitet hatte. Nun schlief er ganz tief, und ich sah ihm dabei zu. Er sah resigniert aus. Ich verbrachte eine lange Zeit bei ihm.

Weil ich mich immer noch nicht beruhigen konnte, ging ich dann hinaus. Ich brauchte frische Luft, um das Fieber zu vertreiben, das die Schlaflosigkeit der Nacht mit sich brachte. Das Zwitschern der Vögel kündigte schon das Morgengrauen an, so langsam schien sich die Natur aus ihrem Schlaf zu erheben. Das Geräusch des Flusses, die blühenden Kakaopflanzen, die vom Wasser abhebenden Reiher ... Den Gesang der

Vögel würde ich nicht mehr bewundern können, diesen Duft nicht mehr einatmen, diese Tage voller Licht, wie in den glücklichen Tagen meiner Kindheit und den schönen meiner Jugendzeit, nicht mehr erleben. Fremde würden im Haus meiner Eltern leben!

Am nächsten Tag bei Sonnenuntergang ging ich mit meinem Vater in das Haus am Berghang. Die Pferde weideten, die kleinen Flüsse schienen wie im Chor zu singen. Wir sahen schon den Korridor an der Westseite des Hauses, wo die Familie wohnte, die auf uns wartete. Vater bat mich noch einmal, nichts von dem unangenehmen Inhalt des Briefes zu berichten, der schließlich der Grund für unsere Verspätung war, sondern so ruhig zu wirken wie er.

Kapitel 34

Nicht alle, die auf uns warteten, taten dies im Korridor des Hauses, so konnte ich María nicht entdecken. Aber ein Stück, bevor wir das Portal erreichten, sahen wir sie auf der linken Seite, auf einigen Felsen, von denen das ganze Tal gut zu überblicken war. Emma forderte sie auf, zu uns herunterzukommen. Wir näherten uns. María trug an jenem Tag keine Zöpfe, ihre langen, schwarzen Locken kontrastierten sehr stark mit ihrem grünen Musselinkleid. Sie setzte sich auf den Felsen, um zu vermeiden, dass der Wind ihren Rock hochwehte. Dann rief sie meiner Schwester zu, die über ihre Angst lachte: „Siehst du nicht, dass ich nicht herunterkommen kann?"

„Mein Kind", fragte mein Vater, hin- und hergerissen zwischen Überraschung und Belustigung, „wie bist du denn dort hinaufgeklettert?"

Sie schämte sich über ihren Streich, erwiderte unseren Gruß und antwortete: „Na ja, wir waren allein ..."

„Das heißt wohl", unterbrach sie mein Vater, „wir sollen fortgehen, damit du herunterkommen kannst, nicht wahr? Wie hat es Emma geschafft?"

„Kunststück, ich habe ihr geholfen."

„Es war aber auch so, dass ich keine Angst hatte!" warf Emma ein.

„Gehen wir also" sagte Vater zu mir, und zu ihnen: „Aber seid vorsichtig, Kinder!"

Vater wusste, dass ich bleiben würde. Mit den Augen hatte María gesagt: „Geh nicht fort!" Also nahm Vater sein Pferd und ritt weiter nach Hause.

María zeigte mir die Felsspalte und die Unebenheiten, die sie benutzt hatte, um bis nach oben zu kommen. Sie forderte mich auf, hinaufzuklettern. Als ich weit genug oben war, reichte sie mir die Hand, damit ich die letzten Stufen überwinden konnte. Endlich war ich oben angelangt und setzte mich neben ihre Füße. Sie meinte: „Es ist nicht so einfach, bis ganz nach oben zu klettern – was hat Vater dazu gesagt? Er hat bestimmt gedacht, wir sind verrückt geworden, nicht wahr?"

Ich schaute sie nur an, ohne zu antworten. Der Blick ihrer Augen, ängstlich dem meinem ausweichend, die Blässe ihrer Wangen, beides sagte mir, dass sie so glücklich war wie ich.

„Ich gehe allein!" rief Emma. Ihre Drohung, allein zu gehen, hatten wir beim ersten Mal nicht gehört, und sie tat so, als wenn sie fortgehen würde.

„Nein, nein, warte einen Augenblick!" rief María und sprang auf. Ich blieb sitzen, woraufhin María fragte: „Was ist denn los?"

„Nichts, ich fühle mich hier wunderbar."

„Ja, aber Emma möchte gehen, und Mutter wartet auf uns. Hilf mir, herunterzukommen, jetzt habe ich auch keine Angst mehr. Gib mir dein Taschentuch!" Während sie es wand, fügte sie hinzu: „Du hältst es hier fest, und wenn ich weit genug unten bin, lasse ich los!"

Überzeugt davon, dass sie es riskieren konnte, machten wir es so. Unten angekommen, fragte sie: „Und was ist mit dir?"

Ich suchte mir den niedrigsten Punkt des Felsens, um von dort herunterzuspringen, dann bot ich ihr meinen Arm an, und so machten wir uns auf den Weg nach Hause. „Wie hättest du es denn nach unten geschafft, wenn ich nicht gekommen wäre, du Verrückte?" fragte ich sie.

„Ich hätte es ganz allein machen müssen. Ich war schon dabei, als du gekommen bist, es war windig, und ich hatte Angst herunterzustürzen, aber gestern sind wir auch bis nach oben geklettert und wieder hinunter. Warum seid ihr so lange unterwegs gewesen?"

„Wir mussten einige Sachen erledigen, die wir hier nicht erledigen konnten. Was hast du in diesen Tagen gemacht?"

„Gewünscht, dass die Zeit schneller vergeht."

„Sonst nichts?"

„Genäht und viel gedacht."

„An was?"

„An viele Sachen, an die man denkt, über die man aber nicht spricht."

„Auch nicht mit mir?"

„Mit dir schon gar nicht."

„Schon gut."

„Weil du das ohnehin weißt."

„Hast du nicht gelesen?"

„Nein, ich finde es sehr traurig, allein zu lesen. Diese Geschichten wie zum Beispiel ‚Abendveranstaltung im Landhaus' oder ‚Nachmittag auf dem Landgut', die gefallen mir nicht mehr. Ich habe begonnen, ‚Atala' zu lesen – und dabei fiel mir ein, dass du von einem seltsamen Kapitel erzählt hast. Ich weiß nicht mehr, was du damals gesagt hattest." Auf einmal sprach sie Emma an, die einige Schritte hinter uns ging: „Emma, warum rennst du, hast du es sehr eilig?"

Emma blieb stehen, lachte und ging dann etwas langsamer.

Dann fragte ich María: „Was hast du vorgestern Nacht um zehn Uhr gemacht?"

„Vorgestern Nacht? Warum fragst du mich das?"

„Um diese Zeit war ich sehr traurig und habe an Sachen gedacht, an die man nur denkt, aber die man nicht sagt."

„Nein, nein! Du auch?"

„Ja, und was hast du gedacht?"

„Du kannst erzählen."

„Erzähl du zuerst, was du zu dieser Zeit gemacht hast, und ich erzähle dir, was ich gedacht habe."

„Ich hatte Angst."

„Angst?"

„Vielleicht ist es eine Albernheit. Ich saß bei Mutter und leistete ihr Gesellschaft, weil sie gesagt hatte, dass sie nicht müde sei. Wir hörten ein Geräusch, als ob jemand das Fenster von deinem Zimmer öffnen würde. Ich glaubte, man hätte das Fenster offen gelassen, also nahm ich eine Lampe aus dem Wohnzimmer und ging der Sache nach. Was für ein Blödsinn, ich bekomme wieder Angst, wenn ich nur daran denke!"

„Also gut, weiter!"

„Wir haben die Tür geöffnet und sahen auf den Rollläden einen schwarzen Vogel von der Größe einer Taube, und der machte ein Geräusch, dass ich noch nie gehört habe. Ich glaube, ich habe den Vogel mit der Lampe geblendet. Er flog über unsere Köpfe hinweg und löschte dabei das Licht. Vor lauter Angst sind wir weggerannt. Und in dieser Nacht habe ich geträumt ... Aber warum siehst du so erstaunt aus?"

„Wie bitte?" Ich bemühte mich, nicht zu zeigen, wie sehr mich ihre Geschichte beeindruckt hatte. Was sie erzählt hatte, war zur gleichen Zeit geschehen, als Vater und ich diesen verdammten Brief gelesen hatten. Und der schwarze Vogel war derselbe, der meine Stirn getroffen hatte – während des Sturms in jener abenteuerlichen Nacht, als María den zweiten Anfall bekam und ich den Arzt holen ging. Derselbe Vogel flog immer wieder um meinen Kopf, und immer bei Sonnenuntergang.

„Wie bitte?" ahmte mich María nach, als sie bemerkte, dass mir ihre Geschichte nicht gut bekam.

„Es war nur Phantasie."

„Es war nicht nur Phantasie."

„Was hast du geträumt?"

„Das kann ich dir nicht sagen."

„Auch nicht später?“

„Ach, vielleicht niemals!“

In diesem Moment öffnete Emma das Tor zum Innenhof. „Warte auf uns“, rief María, „und dieses Mal meine ich es ernst!“

Wir kamen alle drei zusammen an, und die beiden Mädchen gingen Händchen haltend bis zum Korridor weiter. Ich fühlte eine undefinierbare Angst in mir, Angst vor irgendetwas, vor etwas, das ich nicht einmal erahnen konnte. Ich befolgte den Rat meines Vaters und beherrschte mich, so gut ich konnte, versuchte, so ruhig wie möglich zu sein. Endlich zog ich mich zurück, mit der Entschuldigung, meine Reisekleidung wechseln zu müssen.

Kapitel 35

Am nächsten Tag, dem zwölften Dezember, sollte die Hochzeit von Tránsito stattfinden. Nach unserer Ankunft war José informiert worden, und es wurde verabredet, dass wir zwischen sieben und acht Uhr in der Kirche sein würden. Wir entschieden, dass meine Mutter, María, Felipe und ich mit von der Partie sein würden, weil meine Schwester in der Zwischenzeit die Geschenke vorbereiten würde, die ganz früh geschickt werden sollten, damit die Brautleute sie auf der Rückkehr in Empfang nehmen konnten.

Am Abend zuvor spielte meine Schwester nach dem Abendessen Gitarre. Sie saß auf dem Sofa in jenem Korridor, der mein Zimmer mit dem Hof verband. María und ich unterhielten uns, wir standen dabei vor der Veranda.

„Es gibt irgendetwas, das dich stört, aber ich kann nicht erraten, was es ist“ sagte María.

„Was soll ich sagen? Siehst du mich nicht zufrieden? Wirke ich nicht so, wie ich es nach meiner Rückkehr an deine Seite tun sollte?“

„Nein, du bemühst dich, fröhlich zu wirken, dennoch habe ich das Gefühl, etwas stimmt mit dir nicht. Verbirgst du etwas?“

„Vor dir?“

„Ja.“

„Du hast Recht, ich fühle mich gezwungen, ständig etwas zu verbergen.“

„Nein, mein Herr, nicht ständig, nur an diesem Abend.“

„Immer.“

„Nein, nur heute.“

„Na gut, seit vier Wochen lebe ich mit diesem Gefühl der Enttäuschung ...“

„Von mir auch? Von mir? Du und von mir enttäuscht!“

Sie versuchte, mir in die Augen zu schauen, um in ihnen zu erkennen, was mich bedrückte. Ich musste über ihre Sorge lachen. Sie schämte sich darüber, diese Sorge so eindeutig gezeigt zu haben, und bat: „Ich möchte, dass du mir das erklärst."

„Es gibt keine Erklärung."

„Mein Gott, mein ...! Alles, was dir heilig ist: Erklär mir das!"

„Alles ist wahr."

„Ist es nicht!"

„Lass mich zu Ende sprechen, ich möchte darauf kommen, was du über mich denkst. Aber ich sage es nur, wenn du mich ausdrücklich darum bittest."

„Ich weiß nicht, wie das geht."

„Dann glaube weiter, dass du mich enttäuscht hast."

„Nein, nein, ich werde es tun, aber wie kann ich es?"

„Denk nach."

„Ich habe nachgedacht" sagte María nach einer kurzen Pause.

„Dann sag es."

„Für alles, was du am meisten liebst, nach Gott und deiner ... die ich wünschte, dass ich es bin."

„Nein, so geht es nicht."

„Und wie dann? Ah, es ist so, dass du die Wahrheit sagst!"

„Sag es auf eine andere Art."

„Mal sehen ... wenn du es dieses Mal nicht möchtest ..."

„Was?"

„Nichts. Hör mal, schau mich nicht so an!"

„Ich schaue dich nicht an."

Und dann sagte sie mit ganz leiser Stimme: „Für die Jungfrau María, dass ich dich so ..."

„... sehr liebe!" beendete ich den Satz und nahm ihre Hände in meine; ihr Blick bestätigte ihre unschuldige Aussage.

„Sag es mir schon!" bat sie.

„Ich war enttäuscht, weil ich nicht frech genug war, zu gestehen, wie sehr ich dich in Wirklichkeit liebe."

„Mehr noch! Und warum hast du es nicht gesagt?"

„Weil ich Angst hatte."

„Angst wovor?"

„Dass du mich weniger lieben würdest, weniger als ich dich."

„Deshalb? Dann wärest du enttäuscht gewesen."

„Und wenn ich es dir nicht gesagt hätte ..."

„Und die Augen sagen solche Dinge nicht, wenn man es möchte?"

„So etwas glaubst du?"

„Weil deine es mir gesagt haben. Und jetzt möchte ich endlich wissen, warum du dich heute Abend so verhältst. Hast du den Arzt in diesen Tagen gesehen?"

„Ja."

„Und was hat er dir über mich gesagt?"

„Genau das Gleiche wie immer. Dass es unwahrscheinlich ist, dass du wieder diese Krankheit bekommst. Ich möchte aber nicht weiter darüber sprechen."

„Ein Wort noch, nicht mehr, was hat er noch gesagt? Hat er gesagt, dass ich an derselben Krankheit leide wie meine Mutter, hat er vielleicht Recht?"

„Nein, das hat er nie gesagt. Du fühlst dich doch wohl – oder nicht?"

„Ja, aber ich denke sehr oft an diese Krankheit, viele Male mit großer Angst. Ich habe aber Vertrauen in Gott, dass er meine Gebete erhört hat. Ich habe ihn von ganzem Herzen gebeten, dass ich nie wieder so etwas bekomme."

„Ich habe auch zu Gott gebetet, mit mindestens so viel Hoffnung wie du."

„Du sollst weiter so beten."

„Das werde ich tun. María, sieh mal, es ist wahr, dass es einen Grund gibt für deine Vermutung, dass ich heute Abend etwas seltsam bin. Aber ich glaube, dass wir zusammen diesen Umstand aus der Welt geschafft haben." Dann berichtete ich ihr von der Nachricht, die wir vor zwei Tagen erhalten hatten.

„Und dieser schwarze Vogel?" fragte sie, nachdem ich meinen letzten Satz beendet hatte.

Ängstlich schaute ich auf mein Schlafzimmer. „Wie kannst du einem Zufall so viel Bedeutung zuschreiben?"

„Es ist der Traum von heute Nacht, der mir Sorgen macht."

„Und es bleibt dabei, dass du mir nicht davon erzählst?"

„Heute nicht. Ich glaube, wir sollten mit Emma sprechen, sie ist so gut zu uns."

Nach einer halben Stunde trennten wir uns mit dem Versprechen, am nächsten Tag sehr früh aufzustehen, da wir zur Hochzeit mussten.

Kurz vor fünf Uhr klopfte Juan Angel an meine Tür. Er und Felipe bereiteten dann die Pferde mit so einem Lärm vor, dass ich mich schnell fertig machte, um ihnen zu helfen.

María öffnete die Tür vom Esszimmer, und ich bekam eine der beiden Tassen Kaffee, die Estéfana mitgebracht hatte, Felipe bekam die andere Tasse. Mit unsicherem Lächeln sagte er: „Ein bisschen Angst hab' ich schon, und der Retiro ist ganz schön ungeduldig."

Die Braut sah sehr schön aus, meine Augen konnten sich kaum satt sehen an ihr. Sie trug einen riesigen Hut aus schwarzem Samt, einen langen schwarzen Rock mit blauem Gürtel dazu und eine elegante *Mantilla*. Die langen Zöpfe waren mit bunten Bändchen gebunden.

„Welches Pferd möchtest du haben?“ fragte ich sie.

„Den *Retinto*.“

„Das ist nicht möglich!“ sagte ich überrascht.

„Hast du Angst, dass er mich abwirft?“

„Selbstverständlich.“

„Ich habe ihn schon mal geritten. Bin ich noch ganz? Frag nur Emma, sie wird dir bestätigen, dass ich hübscher bin als sie! Ich komme gut mit dem Retiro klar.“

„Und wenn er dich nicht heranlässt? Wenn du lange nicht mehr geritten bist ... Es könnte sein, dass er Angst vor deinem Rock hat.“

„Ich verspreche, ihm nicht die Peitsche zu zeigen.“

Felipe hatte inzwischen seinen „Chivo“ bestiegen, das war der Name seines Braunen, und er führte auf dem Hof seine exzellenten Reitkünste vor.

Meine Mutter war auch bereit für den Ritt. Ich half ihr, auf ihr Lieblingspferd hinaufzukommen – das einzige, das ihrer Meinung nach keine Bestie war.

Ich war nicht gerade sehr ruhig, als María auf ihr Pferd stieg. Aber als sie den Hals des Tieres streichelte, blieb es starr stehen und wartete auf sein süße Last. „Siehst du“, sagte María, als sie oben auf dem Tier saß, „es kennt mich. Vater hatte es eigentlich für dich gekauft, aber es hatte eine Verletzung am Bein, und als Juan Angel sie behandelt hat, habe ich mich nachmittags ein wenig um das Pferd gekümmert.“

Das Pferd schnaubte noch einmal beruhigt, sicher, weil es diese zärtliche Stimme so gut kannte. Dann ritten wir los; Juan Angel folgte uns, auf seinem Sattel einen riesigen Korb mit den Kleidern, welche die Frauen bei der Feier tragen würden.

Das Pferd von María, stolz auf seine Reiterin, erweckte den Eindruck, besonders weich und elegant traben zu wollen. Seine im Wind wehende Mähne, auf dem bogenförmigen langen Hals mit den kleinen, unruhigen Ohren, bedeckte fast seine glänzenden Augen. María ritt mit einer Eleganz und Lässigkeit, so natürlich, als ob sie in ihrem Sessel im Wohnzimmer sitzen würde.

Schon nach einer kurzen Strecke hatte sie überhaupt keine Angst mehr vor dem Pferd. Sie bemerkte aber, dass ich unruhig war, weil es sich mit dieser ungewöhnlichen Energie bewegte. Ganz leise, so dass meine Mutter es nicht hören konnte, sagte sie zu mir: „Ich werde ihm die Peitsche geben, aber nur ein Mal.“

„Sei vorsichtig, wenn du das tust!“

„Nur ein Mal, damit du siehst, dass nichts passiert. Du bist undankbar, weil du deinen *Retinto* mehr magst als diesen *Rucio*.“

„Wenn er deine harte Seite kennen lernt, wird er auch nicht mehr so ruhig sein.“

„Dieses Pferd bist du geritten, als du damals in der Nacht den Doktor geholt hast, nicht wahr?“

„Ach ja, ein exzellentes Tier.“

„Und trotzdem schätzt du ihn nicht so, wie er es verdient hätte.“

„Du noch weniger, du willst ihn unnötigerweise quälen.“

„Du wirst sehen, dass nichts passiert.“

„Vorsicht, Vorsicht, María! Tu mir den Gefallen und gib mir die Peitsche!“

„Lassen wir es, bis wir die Ebene erreicht haben.“ Und dann lachte sie darüber, dass ich in Panik geraten war.

„Was ist los?“ fragte Mutter, die an unserer Seite ritt, als ich mein Pferd etwas zügelte.

„Nichts, Mutter“, antwortete María, „Efraín ist nur davon überzeugt, dass mein Pferd mich abwerfen wird.“

„Aber wenn du ...“ begann ich zu antworten, doch María führte dezent den Stil ihrer Peische an die Lippen, um damit zu sagen: „Sei ruhig.“ Gleich darauf reichte sie mir die Peitsche.

„Wie kommt es, dass du heute so mutig bist?“ fragte Mutter sie. „Beim letzten Mal, als du dieses Pferd geritten hast, hattest du ganz schön Angst.“

„Darum haben wir das Pferd gewechselt“ meldete sich Felipe.

„Sie bringen mich alle in Verlegenheit“ sagte María, etwas rot geworden. Dann schaute sie mich an: „Der Herr war davon überzeugt, dass ich sehr mutig bin.“

„Also hast du heute keine Angst?“ wollte sich Mutter vergewissern.

„Doch, habe ich, aber nicht so viel“ antwortete sie. „Das Pferd ist sehr ruhig. Allerdings kann sich das sehr schnell ändern, wenn jemand schimpft oder weiter Unruhe stiftet!“

Endlich erreichten wir die Pampa. Die Sonne hatte die Nebel vertrieben, die vorher die Berge bedeckten. Wir ließen die Berge hinter uns und begaben uns in die weite, nur von einzelnen Baumgruppen unterbrochene Ebene. Die wilden Gewässer des Zabaletas schienen wie flüssiges Silber inmitten eines blühenden Sommergartens zu fließen. María ließ die Schleier über ihr Gesicht fallen, durch sie hindurch den Blickkontakt zu mir suchend. In meiner Entzückung vergaß ich völlig die wunderbare Natur um mich herum.

Wir ritten durch den Wald und sprachen einige Zeit überhaupt nicht mehr. Nur Felipe redete ununterbrochen, meiner Mutter unzählige Fragen stellend.

Plötzlich war María ganz in meiner Nähe und sprach mich an: „An was denkst du die ganze Zeit? Du wirst wieder so, wie du letzte Nacht warst. Ist denn alles wirklich so schlimm, was geschehen ist?"

„Daran denke ich nicht, du sorgst dafür, dass ich alles vergesse."

„Ist die Lage denn so hoffnungslos?"

„Vielleicht nicht. Alles, woran ich denke, ist Braulios Glück."

„Nur an das von ihm?"

„Es ist leichter für mich, mir das von Braulio vorzustellen. Er wird von heute an total glücklich sein, und ich werde verreisen müssen und dich für viele Jahre verlassen."

María hatte zugehört, ohne mich anzuschauen. Jetzt öffnete sie den Schleier, wandte mir ihre Augen zu, die den Glanz ihres Glückes vom Vormittag nicht verloren hatten, und stellte die Frage: „Ist das nicht ein sehr großer Verlust?"

„Warum willst du dann nicht darüber reden?"

„Kannst du das nicht erraten? Ich habe mir Gedanken darüber gemacht und bin davon überzeugt, dass ich dir meine Gedanken nicht anvertrauen kann. Ich ziehe es vor, dass du an meinem Glück nicht teilhast, nachdem, was du mir gestern Abend erzählt hast."

„Diese Nachricht hat dich erfreut?"

„Als du es mir erzähltest, war ich traurig, aber später ..."

„Was war später?"

„Habe ich anders gedacht."

„Da bist du von der Traurigkeit zum Glück übergegangen."

„Nicht ganz, aber ..."

„So wie du heute bist."

„Sagte ich es nicht? Ich wusste, dass es dir nicht gefallen würde, mich so zu sehen, und ich möchte nicht, dass du glaubst, ich mache eine Dummheit."

„Du? Kannst du dir vorstellen, dazu fähig zu sein?"

„Warum nicht? Ich bin ein Mädchen, das dazu fähig ist, die Dinge so zu sehen wie andere auch, aber ich nehme nicht alles so ernst, wie man es nehmen sollte."

„Nein, so bist du nicht."

„Doch, mein Herr, doch, wenigstens, bis ich mich dafür entschuldige. Aber reden wir ein wenig mit Mutter, sie wird es seltsam finden, dass du so viel mit mir sprichst. Währenddessen werde ich überlegen, ob ich dir alles erzähle."

So machten wir es. Etwa eine Viertelstunde später trabten mein Pferd und das von María wieder Seite an Seite. Wir befanden uns in der Nähe des Dorfes, der Kirchturm war zu erkennen, und die Dächer der ersten Häuser ragten aus den Gemüsegärten hervor.

„Sag etwas, María!“ nahm ich das Gespräch wieder auf.

„Gib zu, dass du dir selbst wünscht, dich entschuldigen zu können. Aber was ist, wenn ich dir nicht genug Gelegenheit dazu gegeben habe? Es wäre besser gewesen, wenn ich nicht so fröhlich gewesen wäre. Zum Glück habe ich nicht von dir gelernt, mich zu verstellen ...“

„Wie soll ich dich lehren, was ich selbst nicht kann?“

„Welch gutes Gedächtnis! Hast du vergessen, was du mir letzte Nacht erzählt hast? Ich werde diese Lektion lernen.“

„Von heute an?“

„Nicht sofort“ antwortete sie mit dem gleichen verschmitzten Ernst, den sie jetzt öfter erkennen ließ. „Hör mal, ich konnte bisher nicht darauf verzichten, glücklich zu sein, weil, als wir uns gestern Nacht trennten, dachte ich, aus dem Verlust, den mein Vater erlitten hat, könnte folgen ... Und was würde er von mir denken, wenn er alles erfahren würde?“

„Erkläre es mir, und ich werde dir sagen, was er denken würde.“

„Wenn der Betrag so hoch ist, der verloren ging“, beschloss sie mir zu sagen, während sie die Mähne ihres Pferdes mit dem Stil der Peitsche kämmte, die ich ihr inzwischen zurückgegeben hatte, „dann wird Vater mehr von dir benötigen. Er wird damit einverstanden sein, dass du ihm jetzt noch mehr hilfst.“

„Ja, ja“ antwortete ich, überwältigt von ihrem ebenso schüchternen wie sehnsüchtigen Blick, der mir verriet, wie sie damit beschäftigt war, keine Schuldgefühle zu zeigen.

„Also ist es wahr?“

„Ich werde meinen Vater von seinem Versprechen befreien, mich nach Europa zu schicken, damit ich dort meine Studien beende. Ich werde ihm versprechen, ihm bis zuletzt zur Seite zu stehen, bis der Kredit gerettet ist. Er wird damit einverstanden sein, er muss damit einverstanden sein ... Und so werden du und ich uns niemals trennen ... Niemand wird uns trennen. Und dann, bald ...“

Obwohl sie ihre Augen nicht zeigte, signalisierten sie mir ein deutliches Ja. Durch den Schleier, mit dem eine leichte Brise spielte, war ihre Schamhaftigkeit die Schamhaftigkeit eines Engels.

Als wir im Dorf anlangten, kam Braulio auf uns zu, um uns zu begrüßen und mitzuteilen, dass der Priester schon auf uns wartete. Meine Mutter und María hatten sich inzwischen umgezogen, und wir gingen los.

Der reichlich betagte Priester erwartete uns vor seinem Häuschen neben der Kirche. Er lud uns ein, mit ihm das Mittagessen einzunehmen, was wir unter Beachtung aller Regeln des Anstands ablehnten.

Dann begann die Zeremonie. Braulio war zwar ziemlich blass, dennoch war sein Glück unübersehbar. Tránsito hielt den Blick tief gesenkt und antwortete etwas zögerlich, als sie an der Reihe war. José befand sich neben dem Priester, eine große Kerze in seinen unsicheren Händen. Sein Blick wanderte vom Gesicht des Priesters zu dem seiner Tochter, seine Augen waren feucht, mit Sicherheit hatte er vorher geweint.

Als der Priester dem Paar seinen Segen erteilte, wagte es Tránsito, ihrem Mann ins Gesicht zu schauen. In diesem Blick lagen Liebe, Bescheidenheit und Unschuld; das war das einzige Versprechen, das sie dem Mann machen konnte, den sie so sehr liebte; gleich nach dem Schwur vor Gott.

Anschließen hörten wir alle die Messe. Als wir die Kirche verließen, teilte Braulio uns mit, dass wir uns in Ruhe fertig machen könnten, während sie kurz davoneilten, um sich umzuziehen, es wäre nicht weit.

Eine halbe Stunde später hatten wir das schöne Paar und José erreicht. Er ritt das alte Maultier, das auf der Hinreise dazu gedient hatte, Gemüse, Geschenke und die Kleidung der Jungen zu transportieren. Tránsito trug jetzt ihre Sonntagskleidung, darin sah sie auch nicht schlechter aus als in dem Brautkleid. Auf dem Kopf hatte sie einen *Jipijapa* mit einem lilafarbenen Band. Ihre langen Zöpfe hingen über ihrem schwarzen *Pañolón*. Sie trug einen langen, sehr eleganten Rock, etwas geschürzt, um ihn vor der Feuchtigkeit des Rasens zu schützen. Ab und zu konnte man ihre schönen Füße erkennen, bei etwas Wind auch ihre weiße Bluse, die mit roten und schwarzen Stickereien versehen war. Wir zügelten unsere Pferde etwas, um mit dem Paar zusammen sein zu können und gleichzeitig auf meine Mutter zu warten. Tránsito ritt neben María. Diese hatte ihren Rock von den Blättern befreit, die unterwegs auf sie gefallen waren. Sie sprach wenig. An ihrem Verhalten und in ihrem Gesicht war eine schwer vorstellbare Mischung aus Bescheidenheit, Anerkennung und Glück zu erkennen.

Wir verabschiedeten uns und versprachen, am Abend zum Berg auf Besuch zu kommen. Tránsito lächelte María mit einer fast schwesterlichen Süße an. María, ihre Trauzeugin, drückte ihre Hand und sagte: „Es tut mir sehr Leid, dass du den ganzen restlichen Weg zu Fuß zurücklegen musst."

„Warum, meine Señorita?"

„Señorita?"

„Klingt *Madrina* besser?"

„Ja, ja!"

„Gut. Also, so langsam müssen wir gehen“ wandte sie sich an die Hochzeitsgesellschaft.

„Ja“, stimmte Braulio zu, „und wenn du dich dessen nicht schämst, kannst du dich auf mich stützen, so wird das Besteigen des Berges nicht so anstrengend für dich.“

In diesem Moment erreichte uns meine Mutter in Begleitung von Felipe. Sie lud José ein, uns mit der ganzen Familie am nächsten Tag zum Abendessen zu besuchen, und er versprach, dass sie kommen würden.

Auf dem Weg zurück beschränkte sich unsere Konversation auf allgemeine Dinge, damit María und ich meine Mutter ins Gespräch mit einbeziehen konnten. Mutter beklagte sich über ihre Müdigkeit, wie immer, wenn sie zu Pferde unterwegs war.

Erst, als wir uns dem Haus näherten, sprach María mit gesenkter Stimme zu mir, so dass nur ich es hören konnte: „Wirst du Vater heute alles erzählen?“

„Ja.“

„Ich weiß nicht, besser nicht.“

„Warum?“

„Darum.“

„Wann möchtest du, dass ich es ihm erzähle?“

„Wenn er in den nächsten acht Tagen nicht von der Reise spricht, suchst du die passende Gelegenheit, um darüber zu reden. Weißt du, wann es am Besten ist? Nachdem du an einem Tag sehr viel mit ihm zusammengearbeitet hast, dann ist er dir sehr dankbar dafür, dass du ihm geholfen hast.“

„Aber währenddessen kann ich die Ungeduld nicht ertragen, da ich nicht weiß, ob er damit einverstanden ist.“

„Und wenn er nicht einverstanden ist?“

„Fürchtest du es?“

„Ja.“

„Und was machen wir dann?“

„Du sollst ihm gehorchen.“

„Und du?“

„Ach, wer weiß!“

„Du sollst daran glauben, dass er einverstanden sein wird, María!“

„Nein, nein, wenn ich dann enttäuscht werde, dann wird diese Enttäuschung ein großes Unglück für mich sein. Aber mache es so, wie ich sage, es kann sein, dass alles gut gehen wird.“

Kapitel 36

Wir waren zu Hause angekommen. Es war merkwürdig, dass die Fenster des Schlafzimmers meiner Mutter geschlossen waren. Ich half ihr, vom Pferd zu steigen, und war gerade dabei, das Gleiche bei María zu tun, als Eloísa kam, um uns zu empfangen. Sie meinte, wir sollten keinen Lärm machen und sagte: „Vater hat sich hingelegt, weil er krank ist."

Nur María und ich konnten den Grund dafür erahnen; unsere Blicke trafen sich, um miteinander zu sprechen. María und meine Mutter beeilten sich, meinen Vater zu sehen, ich folgte ihnen.

Als er bemerkte, dass wir uns Sorgen machten, sprach er mit einer durch das Fieber sehr belegten Stimme: „Es ist nichts, vielleicht habe ich nicht aufgepasst und mich erkältet."

Seine Hände und Füße waren eiskalt, die Stirn hingegen sehr heiß.

Eine halbe Stunde später trugen María und meine Mutter schon ihre Hausanzüge. Das Mittagessen wurde aufgetragen, aber sie nahmen nicht teil. Als ich vom Tisch aufstand, kam Emma, um mir mitzuteilen, dass Vater mich zu sich rief.

Das Fieber war gestiegen. María stand vor dem Bett, an einen Bettpfosten gelehnt. Emma befand sich neben ihr, Mutter am Kopfende.

„Löscht einige Lichter" sagte mein Vater in dem Moment, als ich eintrat. Nur eine Lampe auf dem Tisch brannte schließlich noch, versteckt hinter einem Vorhang.

„Efraín ist schon hier" sagte meine Mutter zu ihm.

Es schien so, dass er nichts gehört hatte. Eine Weile verging, dann sagte er: „Es geht mir nicht gut, warum kommt Efraín nicht, um alles zu erledigen?"

Ich machte mich bemerkbar. „Gut", fuhr er fort, „bring alles hierher, was unterschrieben werden muss."

Meine Mutter stützte ihre Stirn auf eine ihrer Hände. María und Emma sahen mich an und überlegten, ob es diese Papiere wirklich gab.

„Wenn Sie sich etwas beruhigt haben, können wir die Sachen viel besser erledigen" sagte ich.

„Mann, Mann!" murmelte er nur, um sofort wieder in Lethargie zurückzufallen.

Mutter bat mich in den Salon und sagte: „Ich glaube, wir sollten einen Doktor rufen, was meinst du?"

„Ich denke, wir sollten es tun, selbst wenn das Fieber wieder schwindet, verlieren wir nichts, wenn er kommt, und wenn ..."

„Nein, nein", unterbrach sie mich, „immer wenn bei ihm eine Krankheit ausbricht, handelt es sich um etwas Schweres."

Nachdem ich einen Boten zum Arzt geschickt hatte, eilte ich sofort zurück an die Seite meines Vaters, der wieder nach mir gerufen hatte.

„Wann seid ihr zurückgekommen?“ fragte er mich.

„Vor etwa einer Stunde.“

„Wo ist deine Mutter?“

„Ich werde sie rufen.“

„Sie soll nichts erfahren.“

„Ja, Vater, Sie können ganz beruhigt sein.“

„Hast du den Nachsatz im Brief aufgenommen?“

„Ja, Vater.“

„Hast du die Korrespondenz und die Empfangsbestätigungen aus dem Schrank genommen?“

Er war wie besessen von der Idee, den finanziellen Verlust wieder auszugleichen.

Mutter hatte den letzten Wortwechsel mitbekommen, und weil er wieder eingeschlafen zu sein schien, fragte sie mich: „Hat dein Vater in den letzten Tagen irgendwelchen Ärger gehabt? Hat er eine schlechte Nachricht erhalten? Was gibt es, was ich nicht wissen darf?“

„Nichts ist geschehen, nichts, was Sie nicht erfahren dürften“ antwortete ich und versuchte dabei, so natürlich wie möglich zu wirken.

„Und dann, was bedeutet dieses Gerede? Wer ist der Mann, über den er sich zu beschweren scheint? Von welchen Briefen sprecht ihr?“

„Ich kann es nicht enträtseln, Mutter.“

Sie war nicht zufrieden mit meiner Antwort, aber eine andere konnte ich ihr nicht geben.

Um vier Uhr nachmittags kam der Arzt. Das Fieber sank nicht, und die Krankheit brachte Vater weiter zum Phantasieren. All die Hausmittel, die wir ihm gegen die angebliche Erkältung gegeben hatte, blieben ohne jegliche Wirkung.

Der Arzt verordnete ein heißes Bad und eine anschließende Schröpfkopfbehandlung. Während er in meinem Zimmer eine Medizin zusammenmischte, versuchte ich, seine Meinung über die Krankheit herauszubekommen.

„Möglicherweise ist es ein Gehirnfieber“ sagte er.

„Und was ist mit den Schmerzen im Bereich der Leber, über die er klagt?“

„Das eine hat mit dem anderen nichts zu tun, aber das darf man auch nicht unterschätzen.“

„Meine Sie, dass er eine schwere Krankheit hat?“

„So fangen diese Fieber häufig an, aber wenn man rechtzeitig etwas dagegen unternimmt, sind sie meist heilbar. Hat sich Ihr Vater in den letzten Tagen sehr angestrengt?“

„Ja, bis gestern waren wir unten bei den Haziendas, wo es viel zu erledigen gab."

„Hat er irgendeinen Ärger, irgendwelche ernsthaften Sorgen?"

„Ich glaube, unter diesen Umständen muss ich Ihnen ganz ehrlich antworten. Vor drei Tagen hat er die Nachricht erhalten, dass ein Geschäft gescheitert ist, auf das er sehr viel gesetzt hat."

„Macht ihm das sehr zu schaffen? Ich bitte um Entschuldigung, dass ich auf diese Weise mit Ihnen reden muss, ich glaube, es ist unverzichtbar. Sie werden im Laufe ihres Studiums, und mehr noch in der Praxis, damit konfrontiert werden, dass es Krankheiten gibt, die eigentlich vom Zustand des Gemüts verursacht werden, auch wenn es dafür keine organischen Gründe gibt. Diese Krankheiten weisen Symptome auf, die man leicht anderen Krankheiten zuschreiben kann, oder sie sind noch nicht von der Wissenschaft ins Auge gefasst worden."

„Es ist praktisch als sicher vorauszusetzen, dass diese unglückliche Geschichte, von der ich sprach, die Ursache der Krankheit ist. Ich muss Sie unbedingt bitten, nicht mit meiner Mutter darüber zu sprechen, weil mein Vater es gewünscht hat, dass unsere Familienmitglieder von dem Ärger verschont werden."

„Es ist gut; und es ist sehr richtig, dass sie so offen mit mir gesprochen haben. Sie können sicher sein, dass dieses Geheimnis bei mir gut aufgehoben ist. Wie Leid mir das alles tut! Jetzt gehen wir." Er stand auf und nahm das Glas mit dem Medikament, das er zuvor angemischt hatte. Ich hoffte, dass es eine gute Wirkung zeigen würde.

Dann war es zwei Uhr am Morgen, und das Fieber war kein bisschen gesunken. Der Doktor, der so lange geblieben war, zog sich jetzt zurück und sagte, wenn eine Verschlechterung eintreten würde, sollten wir ihn noch einmal kommen lassen.

Das Haus war schwach erleuchtet und lag in völliger Stille.

Mutter harrte auf einem Lehnstuhl am Kopfende des Bettes aus; an der Bewegung ihrer Lippen und der Richtung ihrer Blicke – sie fixierte den *Ecco-Homo* über der Tür – konnte man sehen, dass sie betete.

Durch die Worte, die meinem Vater im Delirium entfleuchten, waren die Fragen meiner Mutter wohl mehr oder weniger geklärt.

Am Fußende des Bettes kniete María auf einem Sofa, halb von den Vorhängen verdeckt, und massierte die Fußsohlen des Kranken, damit er die Wärme wiedererlangte, die seine Krankheit ihm entzog. Ich näherte mich ihr und flüsterte ihr zu: „Du kannst dich zurückziehen und dich ein wenig erholen."

„Warum?" fragte sie und hob den Kopf, den sie zuvor auf einem ihrer Arme abgelegt hatte; ein Kopf, so schön und in seiner Unordentlichkeit so entzückend wie bei dem Ausflug am Morgen zuvor.

„Weil es dir nicht gut tun wird, die ganze Nacht vor der Kerze zu verbringen."

„Das glaube ich nicht, wie spät ist es?"

„Kurz vor drei Uhr."

„Ich bin nicht müde, bald wird die Sonne aufgehen. Du kannst ruhig schlafen gehen; wenn es nötig ist, lasse ich dich rufen."

„Was machen seine Füße?"

„Ach, sie sind eiskalt!"

„Lass mich dich für eine Weile ablösen, danach werde ich gehen."

„Ist gut" antwortete sie und stand auf, ganz vorsichtig, um möglichst wenig Lärm zu machen.

Dann reichte sie mir die Bürste und erklärte mir lächelnd, wie man damit die Fußsohlen massierte. Nachdem ich ihren Platz eingenommen hatte, sagte sie noch: „Aber nur für einen Augenblick, ich werde nach Juan sehen und dann zurückkehren."

Der Kleine war aufgewacht und rief nach María, verwundert, dass sie nicht in seiner Nähe war. Ich konnte die zärtliche Stimme von María hören, das Streicheln ihrer Lippen, mit dem sie Juan aufforderte, im Bett zu bleiben.

Die Uhr hatte kaum zur dritten Stunde geschlagen, als María zurückkam, um ihren Platz wieder einzunehmen.

„Ist es jetzt Zeit für die Medizin?" fragte ich.

„Ich glaube ja."

„Frag Mutter."

María brachte die Medizin, und ich das Licht, zusammen näherten wir uns dem Bett. Als wir ihn ansprachen, öffnete mein Vater die Augen, um sie – geblendet von dem Licht – sogleich mit der Hand zu schützen. Er versuchte, sich aufzusetzen und die Medizin zu trinken. Dabei klagte er erneut über Schmerzen in der rechten Seite, und während er sich ziemlich benebelt umsah, sprach er einige Worte, von denen ich nur eines verstand, nämlich „Durst".

„Das wird dich beruhigen" sagte Mutter und reichte ihm das Glas. Er ließ sich auf die Kissen zurückfallen, fasste sich mit beiden Händen an den Kopf und rief: „Hier!"

Mit vereinten Kräften bemühten wir uns, ihn wieder aufzusetzen, aber umsonst. An Mutters Gesicht war zu erkennen, wie sie das Ganze mitnahm. María setzte sich auf das Bett und sprach mit ihrer liebevollsten Stimme zu dem Kranken zwischen den Kissen: „Papá, versuchen Sie, hochzukommen und dies zu trinken, ich werde Ihnen helfen!"

„Ich versuche es, mein Mädchen" sagte er mit schwacher Stimme.

Es gelang ihr, ihn an ihre Brust zu lehnen, während sie ihn mit dem linken Arm am Rücken stützte. Die schwarzen Zöpfe Marías warfen

Schatten auf sein ehrwürdig ergrautes Haupt, und ganz zart bot sie ihm ihren Busen als Kissen. Nachdem er seine Medizin genommen hatte, reichte meine Mutter mir das Glas, und María bettete ihn wieder sanft auf die Kissen.

„Jesus! Wie hat es ihn entkräftet " sagte sie mit gedämpfter Stimme, als sie später das Licht auf den Tisch stellte.

„Das Getränk war ein Betäubungsmittel" sagte ich, um sie zu beruhigen.

„Aber er phantasiert nicht mehr so viel. Was hat der Doktor zu dir gesagt?"

„Dass es nötig ist, ein wenig zu warten, bevor man zu stärkeren Medikamenten greifen kann."

„Geh und leg dich hin, wir sind ja noch da; hör mal, es ist schon halb Vier. Ich werde Emma wecken, damit sie mir hilft, und du kümmerst dich darum, dass Mutter sich auch etwas ausruht."

„Du bist sehr blass, das wird dir schaden."

Sie stand vor dem Spiegel des Frisiertisches meiner Mutter, schaute sich an, brachte mit den Händen ihr Haar in Ordnung und sagte: „Nicht so sehr, du wirst sehen, dass keiner es bemerken wird."

„Vielleicht, wenn du dich jetzt ein wenig ausruhst; ich lasse dich wecken, wenn es hell ist."

Irgendwie schaffte ich es, dass die drei mich allein ließen; ich setzte mich zu meinem Vater. Der Kranke hatte einen sehr unruhigen Schlaf, und manchmal sprach er im Delirium undeutliche Worte.

Eine Stunde lang zogen in meiner Vorstellung schreckliche Bilder davon vorbei, was im Falle eines Unglücks passieren würde; es war nicht auszudenken, wie ich den Schmerz in meinem Herzen ertragen sollte.

Dann begann die Morgendämmerung; einige helle Streifen drängten durch die Ritzen der Türen und Fenster, das Licht der Lampen wurde schwächer und schwächer, die ersten Lieder der Vögel waren zu hören.

Der Arzt betrat den Raum.

„Hat man sie gerufen?" fragte ich ihn.

„Nein, aber es ist nötig, noch mal nach ihm zu sehen. Wie ist es ihm ergangen?"

Ich berichtete ihm, was ich beobachtet hatte. Er fühlte den Puls, während er gleichzeitig auf die Uhr sah. „Absolut nichts" sagte er beiläufig. Dann fügte er hinzu: „Die Medizin?"

„Er hat sie noch einmal genommen."

„Geben wir ihm noch eine andere, und wenn er die nicht vertragen sollte, versuchen wir es mit Natron." Mit der Unterstützung von Emma bereiteten wir alles vor. Der Arzt war sichtlich besorgt.

Kapitel 37

Nach drei Tagen widerstand das Fieber noch immer den Bemühungen des Arztes, es zu bekämpfen; die Symptome waren so alarmierend, dass selbst er in manchen Momenten verzweifelte.

Es war genau Mitternacht. Der Doktor bestellte mich unauffällig zum Salon und teilte mir mit: „Die Gefahr, in der sich Ihr Vater befindet, ist Ihnen nicht unbekannt. Ich habe kaum noch Hoffnung. Mir bleibt nichts anderes übrig, als ihn zur Ader zu lassen. Es ist alles vorbereitet; wenn dies und die Medikamente, die er nachmittags genommen hat, bis morgen keine Wirkung zeigen, kann ich nichts mehr machen. Es ist Zeit für Sie, sich darauf einzustellen, dass wir uns dann in einer kritischen Situation befinden. Sorgen Sie noch dafür, dass Ihre Mutter das Zimmer verlässt, ob sie will oder nicht. Es ist nach Mitternacht, und nur so können wir ihr helfen, sich etwas zu erholen. Es wäre auch gut, wenn die beiden jungen Damen uns allein lassen würden."

Ich bemerkte, dass es nicht leicht sein würde, sie dazu zu bringen, und dass meine Mutter unter den gegebenen Umständen untröstlich sein würde.

„Ich sehe, dass Sie Ihre Pflicht sehr ernst nehmen, ohne den Mut zu verlieren, den die Sache erfordert" sagte er, während er sehr sorgfältig prüfte, ob das Licht der Lampe ausreichen würde, und ob die Instrumente in seiner Tasche bereit waren. „Noch gibt es keinen Grund, zu verzweifeln."

Wir verließen den Salon, um mit dem zu beginnen, was er „seine letzte Hoffnung" nannte.

Mein Vater befand sich unverändert im Zustand der Benommenheit, er phantasierte Tag und Nacht. Dass er ans Bett gefesselt war, schien seine letzten Kräfte zu verbrauchen, er war fast taub und unfähig, sich zu äußern. Nur an seinen Augen, die er ab und zu unter Schwierigkeiten öffnete, konnte man erkennen, dass er etwas verstehen konnte. Sein Atem ging schnell.

Meine Mutter saß schluchzend am Kopfende des Bettes, die Stirn auf einem Kopfkissen und eine Hand meines Vaters zwischen den ihren. Emma und María wurde von Luisa unterstützt, die diese Nacht gekommen war, um ihre Töchter abzulösen; sie bereitete die Dinge für das Bad vor, in dem der Arzt den Aderlass vornehmen wollte. Dr. Mayn bat um Licht; María kam näher an das Bett, sie konnte ihre Tränen nicht unterdrücken, als der Arzt die ersten Untersuchungen vornahm.

Zu dem Zeitpunkt, als der Doktor mit seiner „letzten Hoffnung" fertig war, sagte er uns: „Wenn die Uhr halb Drei schlägt, muss ich wieder hier sein; wenn mich der Schlaf überkommen sollte, wecken Sie mich bitte!"

Sofort entfernte er sich von dem Kranken, ordnete aber noch an: „Sorgen Sie dafür, dass er absolute Ruhe hat!" Mit einem leichten Lächeln zog er sich zurück, den Mädchen gegenüber scherzend, dass alte Menschen früh zu Bett gehen sollten. Auf diese Art und Weise wollte er uns natürlich beruhigen.

Mutter kehrte zurück, um festzustellen, ob die mehr als einstündige Behandlung etwas gebracht hatte. Es gelang uns, sie davon zu überzeugen, dass der Arzt sehr große Hoffnung setzte auf eine Besserung, die spätestens am nächsten Tag eintreten würde. Total erschöpft schlief Mutter in Emmas Bett ein; Luisa leistete ihr Gesellschaft.

Die Uhr schlug Zwei. María und Emma wussten, dass der Arzt auf das Eintreten bestimmter Symptome wartete, darum beobachteten die beiden mit unglaublicher Neugier den Schlaf meines Vaters. Der Kranke schien ruhiger zu sein, er hatte sogar einmal um Wasser gebeten. Obwohl seine Stimme noch sehr schwach war, konnte man ihn jetzt besser verstehen, was in uns die Hoffnung weckte, dass der Aderlass gute Auswirkungen gehabt hatte.

Emma schlief im Sessel neben dem Bett ein – obwohl sie mit aller Kraft versuchte, dies zu verhindern. María, angelehnt an einen Arm des kleinen Sofas, ließ sich auch endlich fallen, sie war nicht weniger erschöpft als die anderen. Die Farbe ihres Antlitzes machte sich wunderbar auf den roten Damast-Kissen; ihren seidenen *Pañolón* trug sie offen, in seiner ganzen Länge verdeckte er den abgenutzten Leinenrock. In der Ruhe, die den Raum beherrschte, konnte ich ihren Atem hören, so weich wie von einem Kind, das in unseren Armen einschläft.

Dann schlug es Drei. Das Geräusch der Uhr brachte María dazu, sich zu bewegen – sie versuchte, sich aufzurichten, aber der Schlaf war stärker als ihr Wille. Ihre lange Kleidung berührte den Teppich, darunter waren ihre fast kindlich wirkenden Füße zu sehen. Sie trug rote Hausschuhe, bestickt mit Pailletten.

Mit unsagbarer Zärtlichkeit betrachtete ich sie, und meine Augen, die zwischendurch immer wieder zum Bett meines Vaters wanderten, kehrten zurück, um sie zu suchen. Denn meine Seele war bei ihr, sie streichelte ihre Stirn, sie lauschte ihren Herzschlägen, in jedem Moment darauf wartend, dass sie mir ein Wort aus ihren Träumen verraten würden, ein Wort, zu dem ihre Lippen sich zu öffnen schienen.

Ein Schmerzensschrei des Kranken unterbrach diese Idylle, die meinen Geist etwas beruhigt hatte; die Realität kehrte so schrecklich zurück, wie sie war.

Ich näherte mich dem Bett. Mein Vater, der sich auf einen Arm stützte, schaute mich mit sicherem Blick an und sagte schließlich: „Bring mir meine Kleidung, es ist schon sehr spät."

„Es ist mitten in der Nacht" antwortete ich.

„Wieso Nacht? Ich möchte aufstehen."

„Das ist unmöglich", teilte ich ihm vorsichtig mit, „es könnte Ihnen großen Schaden zufügen."

Er ließ sich wieder in die Kissen fallen und murmelte einige Worte, die ich nicht verstand. Dabei bewegte er seine bleichen und schwachen Hände, als ob er etwas suchen würde. Ich bot ihm mein Taschentuch an.

„Danke" sagte er, so als ob er mit einem Fremden sprechen würde. Und nachdem er sich mit dem Tuch die Lippen abgewischt hatte, suchte er auf der Bettdecke nach einer Tasche, in die er es zurückstecken konnte.

Einige Momente später war er wieder eingeschlafen. Ich ging zum Tisch hinüber, um auf der Uhr nachzusehen, wann er wieder angefangen hatte zu halluzinieren. Auf einmal versuchte er wieder, sich aufzusetzen und die Vorhänge beiseite zu ziehen, die das Licht verdeckten. Mit fahlem Gesicht und düsterem Blick sagte er zu mir: „Wer ist dort? Hallo! Hallo!"

Entsetzt von dem unbesiegbaren Schrecken – das war kein Phantasieren mehr, das war Wahnsinn! – versuchte ich, ihn wieder zum Hinlegen zu bewegen. Mich mit einem schrecklichen Blick fixierend, fragte er: „War er nicht hier? In diesem Moment sehe ich ihn dort sitzen."

„Wer?"

Er sprach den Namen aus, den ich fürchtete.

Nach einer Viertelstunde setzte er sich wieder auf und sagte mit noch extremerer Stimme: „Erlaube nicht dem, der mich erwartet, einzutreten. Gib mir die Kleidung!"

Ich flehte ihn an, nicht aufzustehen, aber im Befehlston antwortete er: „Dummes Zeug! Die Kleidung!"

Mir fiel ein, dass María helfen könnte, die in schwierigen Situationen einen unglaublichen Einfluss auf ihn ausüben konnte. Aber ich wagte nicht, mich von dem Bett zu entfernen. Ich fürchtete, dass er wieder versuchen würde aufzustehen. Dass er so lange saß, schwächte ihn weiter, vielleicht beruhigte er sich deshalb wieder ein wenig. Das nutzte ich, um María zu wecken, ich rief sie ganz vorsichtig und fasste sie an der Hand, die auf ihrem Rock ruhte. Ohne mir die Hand zu entziehen und ohne die Augen zu öffnen, bedeckte sie ihre Schultern mit dem Tuch, stellte ihre Füße auf den Boden und fragte: „Was brauchst du, hm?"

„Es ist so", antwortete ich, „dass die Halluzinationen zurückgekehrt sind. Ich möchte, dass du bei mir bist, weil er einen sehr starken Anfall hat."

„Wie lange schon?"

„Fast eine Stunde."

Sie ging so leichtfüßig zum Bett hinüber, als wenn sie eine gute Nachricht von mir erhalten hätte, kam auf Zehenspitzen zurück und sagte: „Aber er schläft wieder."

„Schon, aber das dauert nicht lange."

„Und warum hast du mich nicht früher geweckt?"

„Du hast so tief geschlafen, dass es mir Leid getan hätte."

„Und Emma auch? Sie trägt die Schuld, dass ich eingeschlafen bin." Sie ging zu Emma hinüber. „Sieh nur, wie süß sie ist. Die Arme! Sollen wir sie wecken?"

„Da siehst du", antwortete ich, „wie schade es ist, jemanden zu wecken, der so schläft."

Vorsichtig berührte sie Emmas Lippen, und mit zarten Händen streichelte sie ihren Kopf, um sie auf das Aufwachen vorzubereiten. Emma schreckte hoch, aber schon lächelte sie und nahm Marías Hände.

Mein Vater saß inzwischen mit größerer Leichtigkeit in seinem Bett als zuvor. Er blieb einige Zeit ruhig und schaute sich im verdunkelten Zimmer um. Die Mädchen beobachteten das Ganze etwas ängstlich.

„Ich komme schon!" polterte er schließlich los. „Einen Augenblick!" Er suchte etwas in seinem Bett und sprach erneut zu dem, den er zu erwarten geglaubt hatte: „Entschuldigen Sie, dass ich Sie ein wenig warten ließ." Dann wies er mich an: „Meine Kleidung! Wo ist sie? Die Kleidung!"

María und Emma waren wie versteinert.

Ich antwortete: „Ihre Kleidung ist nicht hier, aber ich habe veranlasst, dass man sie bringt."

„Warum hat man sie weggebracht?"

„Sie sollte getauscht werden."

„Aber warum die Verspätung?" fragte er, sich den Schweiß von der Stirn wischend. „Stehen die Pferde bereit?"

„Ja."

„Bestellt Efraín, dass ich warte, wir sollten losreiten, bevor es zu spät wird. Beweg dich, Mann! Juan Angel, den Kaffee. Nein, nein ... das ist unerträglich!"

Er machte sich bereit, aus dem Bett zu springen. Sofort eilte María zu ihm und sagte: „Nein, Vater, tun Sie das nicht!"

„Was nicht?" fragte er etwas grob.

„Wenn Sie aufstehen, wird der Doktor ungeduldig, weil es Ihnen schlechter gehen wird."

„Was, der Doktor?"

„Der Arzt ist gekommen, um nach Ihnen zu sehen, weil Sie krank sind."

„Mir geht es gut, hörst du? Gut! Und ich möchte aufstehen. Wo ist dieser Junge, warum kommt er nicht?"

„Es ist nötig, dass ich Dr. Mayn hole" sagte ich ganz leise zu María.

„Nein, nein" antwortete sie, mich mit einer Hand zurückhaltend. Dabei verdeckte sie meinen Vater, so dass ich nicht sehen konnte, was er tat.

„Aber es ist unerlässlich."

„Du kannst uns nicht allein lassen. Sag Emma, sie soll Luisa wecken, damit sie den Arzt holen kann."

„So machen wir es." Und Emma verließ den Raum.

Schon ziemlich gereizt, bestand mein Vater darauf, aufzustehen. Mir blieb nichts anderes übrig, als seine Kleidung zu holen und ihm beim Anziehen behilflich zu sein. Vorher zog ich noch die Vorhänge zu. Sobald er sich richtig angezogen wähnte, sprang Vater aus dem Bett. Er war sehr blass und machte eine ernste Miene. Seine Lippen zitterten fortwährend, und seine Augen warfen wütende Blicke in die Gegend, so als wenn er etwas suchen würde. Sein Fuß blutete noch, was ihn am Laufen hinderte; trotz seines Zorns musste er meinen Arm nehmen, um sich abzustützen. María, die Arme verängstigt über ihrem Rock gekreuzt, wagte es nicht, sich uns zu nähern. Es tat ihr unendlich Leid, mit ansehen zu müssen, wie es Vater erging.

„Öffne diese Tür!" sagte mein Vater und zeigte auf die Tür zum Gebetsraum. Ich gehorchte. Der Raum hatte kein Licht. María beeilte sich, eine Kerze zu bringen, die sie neben dem Bild der Heiligen Jungfrau abstellte. Sie murmelte Worte vor sich hin, und ihre flehenden Augen füllten sich beim Anblick des Madonnenbildes mit Tränen.

Mein Vater stand vor dem Eingang, sein Blick war weniger unruhig, und er stützte sich mit einiger Kraft auf meinen Arm.

„Möchten Sie sitzen?" fragte ich ihn.

„Ja ... gut ... gehen wir" antwortete er in fast zärtlichem Ton.

Ich hatte ihm wieder auf das Bett geholfen, als der Arzt eintrat. Ich erzählte ihm, was inzwischen geschehen war. Er zeigte sich zufrieden und maß meinem Vater den Puls.

Eine halbe Stunde später untersuchte Dr. Mayn den Kranken erneut, der sehr tief schlief. Dann bereitete er eine Medizin vor und reichte sie María mit den Worten: „Sie werden ihm dies geben, mit der Ihnen eigenen Liebenswürdigkeit werden Sie ihn dazu bringen, es zu trinken."

Sie nahm das Glas mit einer gewissen Furcht entgegen, ich ergriff das Licht, und dann näherten wir uns gemeinsam dem Bett. Der Doktor versteckte sich hinter den Gardinen, um den Kranken aus dieser Position zu beobachten.

María rief Vater mit ihrer ganzen Zärtlichkeit. Er erwachte, griff sich sofort an die Seite und klagte über Schmerzen. Dann schaute er María an, die ihn aufforderte, den Trank zu nehmen, und sagte zu ihr: „Löffelweise, ich kann nicht aufstehen."

Sie begann, ihm auf diese Weise den Trank zu verabreichen. „Schmeckt es süß?" fragte sie.

„Ja, aber jetzt reicht's."

„Sind Sie sehr müde?"

„Ja. Wie spät ist es?"

„Wir haben Morgengrauen."

„Wo ist deine Mutter?"

„Sie erholt sich ein wenig. Nehmen Sie noch ein paar Löffel, und Sie werden wunderbar schlafen."

Er antwortete mit einem Kopfschütteln. Seinen Rat suchend, blickte María zum Arzt, und er gab ihr Zeichen, dem Kranken mehr von dem Trank zu geben. Vater leistete jedoch Widerstand, woraufhin sie so tat, als wenn sie den Trank probieren würde, und sagte: „Es schmeckt sehr gut, noch einen Löffel, nur einen und nicht mehr."

Die Lippen meines Vaters verzogen sich zu einem Lächeln, und er nahm mehr von dem Trank. María trocknete seine Lippen mit einem Taschentuch und sagte im gleichen Ton, in dem sie sonst Juan zu Bett brachte: „Gut, und jetzt wird viel geschlafen." Dann zog sie die Vorhänge zu.

„Mit einer Krankenschwester wie Ihnen", bemerkte der Arzt, während sie das Licht auf dem Tisch abstellte, „würde keiner meiner Patienten mehr sterben."

„Wollen Sie damit sagen, dass ..." stammelte sie.

„Dafür kann ich die Verantwortung übernehmen."

Kapitel 38

Es vergingen zehn Tage, in denen sich mein Vater auf dem Wege der Besserung befand und das Glück in unser Haus zurückkehrte. Wenn eine Krankheit uns mit dem Verlust eines geliebten Menschen bedroht, belebt die Angst davor unsere Gefühle zu diesem Menschen. Und wenn die Gefahr gebannt ist, pflegt man diesen Menschen mit einer derartigen Zärtlichkeit, dass man selbst den Tod entwaffnen könnte.

Der Arzt hatte empfohlen, dem Geist des Kranken die größtmögliche Ruhe zu gönnen. Vor allem sollte vermieden werden, über Geschäfte zu sprechen. Als er imstande war, aufzustehen, ermunterten wir ihn, ein Buch auszusuchen, aus dem wir ihm in aller Ruhe vorlesen konnten.

Er wählte „Das Tagebuch Napoleons in Santa Helena", eine Lektüre, die ihn immer zutiefst rührte.

Wir versammelten uns in der Nähstube meiner Mutter. Emma, María und ich wechselten uns beim Vorlesen ab, und wenn ihn die Traurigkeit dominierte, pflegte Emma Gitarre zu spielen, um ihn auf diese Weise zu unterhalten.

Ein anderes Mal erzählte er uns etwas aus seiner Kindheit, von seinen Eltern und Geschwistern, oder er berichtete begeistert von den Reisen, die er in seiner Jugend gemacht hatte. Ab und zu kritisierte er das Chocó, um sich darüber zu amüsieren, wie meine Mutter ihre Heimat verteidigte.

„Wie alt war ich, als wir geheiratet haben?" fragte er einmal, nachdem er von den ersten Tagen seiner Ehe gesprochen hatte – und über einen Brand, der sie zwei Monate nach der Hochzeit praktisch ruiniert hatte.

„Einundzwanzig" antwortete sie.

„Nein, meine Liebe, ich war Zwanzig. Ich habe meine Señora belogen, wie ich meine Schwiegermutter nannte, weil ich noch jünger wirken wollte. Wie die Frauen, wenn ihre Männer beginnen, alt zu werden, und sich die Frauen nicht mehr an deren Alter erinnern mögen. Es war leicht für mich, die Rechnung später zu korrigieren."

„Nicht mehr als zwanzig Jahre?" fragte Emma erstaunt.

„Du hast es gehört" antwortete meine Mutter.

„Und wie alt waren Sie, Mamá?" fragte María.

„Ich war Sechzehn, ein Jahr älter als du jetzt."

„Lass dir von Mutter erzählen", sagte mein Vater, „wie wichtig sie sich vorkam, als sie Fünfzehn wurde und ich mich entschied, sie zu heiraten und somit Christ zu werden."

„Los, Mamá!" forderte María sie auf.

„Frag zuerst ihn", antwortete meine Mutter, „wie er sich entschied für ‚das Wichtige, was ich ihm bedeutete'."

Wir blickten alle auf Vater, und er sagte: „Da gab's nur eins – heiraten."

Die Unterhaltung wurde durch die Ankunft von Juan Angel unterbrochen, der mit der Korrespondenz aus dem Dorf kam. Zwischen einigen Zeitungen waren auch zwei Briefe von Herrn A., einer davon trug ein ganz altes Datum. Ich erkannte die Unterschriften und übergab die Briefe meinem Vater.

„Ach ja", sagte er und gab mir die Briefe wieder, „ich erwarte Post von ihm."

Im ersten Brief teilte er mit, dass er die Reise nach Europa nicht vor dem Ablauf von vier Monaten antreten könne, wir sollte mit den Vorbereitungen für mich noch so lange warten. Ich wagte es nicht, María auch nur einen einzigen Blick zuzuwerfen, um bei mir nicht noch mehr

Emotionen hervorzurufen als jene, die mich ohnehin schon beherrschten. Aber sehr rasch hatte ich überlegt, dass mich durch die Verschiebung meiner Reise noch mehr als drei Monate voller Glück erwarteten. María war blass, verlegen suchte sie etwas in ihrem Nähkorb, den sie auf den Knien hatte.

Mein Vater wartete total ruhig darauf, dass ich mit der Lektüre des ersten Briefes fertig war, um dann zu sagen: „Was soll man machen, sehen wir mal, was im zweiten Brief steht."

Ich las die ersten Zeilen, und dabei konnte ich meine zunehmende Verstimmung nicht verbergen. Ich ging zum Fenster, wie um besser lesen zu können, und konnte den anderen so den Rücken zudrehen.

Wortwörtlich hieß es an den wesentlichen Stellen des Briefes: „Vor fünfzehn Tagen teilte ich Ihnen schriftlich mit, dass ich die Reise um vier weitere Monate verschieben müsste, da verschiedene Schwierigkeiten aufgetreten waren, die nicht vorauszusehen waren. Jetzt sende ich Ihnen diesen Brief eiligst, um Sie darüber in Kenntnis zu setzen, dass ich vom Dreißigsten des folgenden Monats an, dem Januar, in Cali anwesend sein werde, wo ich hoffe, Efraín zu treffen, damit wir am zweiten Februar vom *Hafen* aus die Reise antreten können.

Obwohl ich gerade erst erfahren habe, dass Sie sich mit einer schweren Krankheit im Bett aufhalten, erreichte mich kurz darauf die erfreuliche Nachricht, dass Sie sich inzwischen außer Gefahr befinden. Mit Ihnen und Ihrer Familie freue ich mich über die schnelle Wiederherstellung Ihrer Gesundheit.

Ich hoffe, dass es in diesem Zusammenhang nicht ungebührlich erscheint, wenn ich mich darauf freue, Ihren Sohn Efraín begleiten zu dürfen. Wie Sie wissen, empfinde ich große Sympathie für ihn, und ich bitte Sie, ihm diesen Teil des Briefes zu zeigen."

Als ich zurückging, um mir einen Platz zu suchen, trafen mich die Blicke meines Vaters. Im selben Moment verließen María und meine Schwester den Salon. Ich ergriff den Stuhl, den erstere hinterlassen hatte, um mich darauf im Schatten einzurichten.

„Den Wievielten haben wir heute?" fragte mein Vater.

„Den Sechsundzwanzigsten" antwortete ich.

„Es bleibt uns nur noch ein Monat, wir brauchen keinen Schlaf." Er sprach diese Worte sehr deutlich aus, mit dem ruhigen Gesichtsausdruck einer unverrückbaren Entscheidung.

Ein Hausangestellter meldete, dass das Pferd bereit war, das ich vor einer Stunde geordert hatte.

„Wenn du von deinem Ausritt zurückkehrst" meinte mein Vater, „beantworten wir den Brief, und du nimmst ihn selbst mit ins Dorf.

Denke daran, dass du morgen auf jeden Fall einige Haziendas besichtigen musst."

„Ich werde mich nicht verspäten" sagte ich und ging hinaus.

Ich durfte mir nicht anmerken lassen, wie sehr ich litt; das Gefühl der Einsamkeit löste die süßen Hoffnungen ab, die ein späterer Aufbruch in mir geweckt hatte; die Wirklichkeit der unmittelbar bevorstehenden Reise brachte mich zum Weinen, ganz für mich allein, damit María meine Tränen nicht sehen würde ... Ach! Auch wenn sie gewusst hätte, wie viele Tränen mein Herz vergoss, hätte sie es nicht erwartet.

Ich kam bis zur fruchtbaren Ebene am Fluss: Dort, wo das Wasser mit weniger Kraft fließt, wo die Hügel wie riesige Teppiche mit dem Schaum des Flusses zusammentreffen. Dort, wo das Laub der Guaven die Ufer bedeckt, die blaue Pampa im Nichts verschwindet und sich ganz weit weg die Sonne versteckt. Dort, wo man den Eindruck hat, dass sich Lila- und Goldfarben mit der Landschaft vermischen.

Als ich durch ein unwegsames Gelände am Flussufer zurückkehrte, war die Nacht geschmückt mit allen Großartigkeiten des Sommers. Der weiße Schaum des Flusses reichte weit hinunter, die Wellen streichelten die Zuckerrohrplantagen und rezitierten die Geheimnisse der Winde. Die nicht im Schatten stehenden stillen Gewässer reflektierten in ihrer Tiefe die zitternden Sterne, die Äste des Dschungels umarmten sich von einem Ufer zum anderen, mysteriöse Pavillons formend. Nur das Zirpen der Nachtinsekten störte die Ruhe der Wälder, und ab und zu flog ein „Bujio" um mich herum, der Wächter der dichten, schwarzen Wälder, und ließ sein unerbittliches Zwitschern ertönen.

Das Haus, noch erleuchtet, lag ruhig da, als ich auf dem Vorplatz ankam und Juan Angel das Pferd übergab. Mein Vater erwartete mich im Salon auf- und abgehend, während sich die Familie im Gebetsraum versammelt hatte.

„Du kommst spät" sagte mein Vater. „Möchtest du, dass wir jetzt die Briefe schreiben?"

„Ich hätte gern, dass wir vorher noch etwas über meine Reise reden."

„Nun gut" antwortete er und ließ sich auf dem Sofa nieder.

Ich blieb stehen, mit dem Rücken zum Licht. „Nach dem Unglück, das wir erlebt haben", wandte ich mich an ihn, „nach dem Verlust, den ich schwer einzuschätzen vermag, fühle ich mich verpflichtet, Ihnen zu sagen, dass Sie keine weiteren Opfer bringen sollen, um mein Studium zu bezahlen. Schon bevor die Interessen unseres Hauses einen derartigen Rückschlag erlitten, hatte ich Ihnen mitgeteilt, dass es für mich sehr befriedigend wäre, Ihnen bei der Arbeit zu helfen. Ihre Ablehnung von früher lässt sich heute revidieren. Heute sind die Umstände ganz anders, das alles lässt mich hoffen, dass Sie mein Angebot annehmen und ich auf

Ihre Unterstützung meiner Karriere verzichten kann. Es ist mein Wunsch, Ihnen diese Art von Kompromiss vorzuschlagen."

„Alles das", antwortete er mir, „ist bis zu einem gewissen Punkt genau durchdacht. Aber auch wenn du mehr denn je Grund hast, Angst vor dieser Reise zu haben, kann ich es nicht zulassen, dass dein Handeln von edlen Motiven bestimmt wird. Ich muss dir sagen, dass meine Entscheidung unverrückbar feststeht. Die Kosten, die der Rest deiner Ausbildung mir verursachen wird, werden meine Situation nicht verschlechtern – und wenn du dein Studium erfolgreich abschließt, wird die Familie die Früchte des Erfolgs ernten, deren Saat ich ausgesät habe. Außerdem", fuhr er nach einer kurzen Pause fort, während der er im Salon herumwanderte, „meine ich, dass du stolz genug bist, um nicht schlagartig abzubrechen, was du so erfolgreich begonnen hast."

„Ich werde alles tun, was in meiner Macht steht", antwortete ich völlig verzweifelt, „ich werde alles tun, um Ihre Hoffnungen in mich zu erfüllen."

„So soll es sein. Geh ruhig. Ich bin sicher, dass ich mit ein wenig Glück bei deiner Rückkehr so manches Projekt erfolgreich abgeschlossen habe und zurückzahlen kann, was ich verlor. Du wirst in den vier Jahren viel erreichen, und María wird deine Frau werden."

Noch einmal schwieg er für einige Momente, schließlich blickte er mich an und sagte: „Schreiben wir also die Briefe, bring mir alles, was ich dafür benötige."

Er hatte einen langen, sehr freundlichen Brief für Herrn A. diktiert und wollte, dass meine Mutter ihn las, die in diesem Moment den Salon betrat. Sie begann laut zu lesen, als María, unterstützt von Estéfana, mit dem Tee für meinen Vater in den Raum kam: „Efraín ist bereit dafür, am dreißigsten Januar nach Cali zu kommen; dort wird er Sie treffen, und Sie können die Reise nach Buenaventura wie gewünscht am zweiten Februar fortsetzen." Es folgten die üblichen Floskeln.

María, mit dem Rücken zu mir, deckte den Tisch und stellte meinem Vater seinen Teller und seine Tasse hin. Das Tischlicht beleuchtete ihr Gesicht, sie war ziemlich blass, als sie von Estéfana die Teekanne entgegennahm. Sie stützte sich mit der linken Hand auf der Rückenlehne des Sessels ab, in dem ich saß. Dann setzte sie sich auf das Sofa. Mein Vater tat Zucker in seine Tasse, dann reichte er sie María hinüber, damit sie ihm Tee eingoss. Aber ihre Hand zitterte so stark, dass sie den Tee verschüttete. Als mein Vater das sah, sagte er: „Basta – basta, meine Tochter."

Sie konnte vor ihm nicht den Grund für ihre Verstörtheit verbergen. Er folgte ihr mit dem Blick, als sie auf den Korridor hinauslief. Dann schaute er Mutter an, und seine Lippen formten die Frage, die er eigentlich gar nicht zu stellen brauchte: „Siehst du das?"

Alle blieben still, und ich ging mit der Entschuldigung hinaus, dass ich die Dinge ins Büro zurückbringen würde, die ich vorher geholt hatte.

Kapitel 39

Um acht Uhr läutete die Essensglocke. Nach allem, was passiert war, besaß ich nicht die nötige Geistesgegenwart, um mich in der Nähe von María aufzuhalten. Mutter klopfte an meine Tür.

„Ist es möglich", sagte sie, nachdem sie eingetreten war, „dass du dich von deiner Traurigkeit überwältigen lässt? Kannst du denn nicht so stark sein, wie du es bei anderen Gelegenheiten sein konntest? So sollte es sein, nicht nur, weil es sonst deinem Vater missfallen würde, sondern auch, weil du derjenige bist, der María aufmuntern muss." In ihrer Stimme, so wie sie mit mir sprach, lag ein Hauch von Tadel, aber mit einer fast musikalischen Zärtlichkeit.

Sie fuhr damit fort, mir die unendlichen Vorteile aufzuzählen, die diese Reise für mich bringen, ohne dass mich dabei irgendeine Art von Leiden erwarten würde. Und schließlich sagte sie: „In diesen vier Jahren, die du nicht an meiner Seite sein wirst, werde ich in María nicht nur eine geliebte Tochter sehen, sondern auch die Frau, die dafür bestimmt ist, dich glücklich zu machen und deine Liebe wirklich verdient hat. Ich werde ständig mit ihr über dich sprechen und versuchen, dass sie versteht, dass deine Rückkehr die Belohnung für deine und ihre Gehorsamkeit sein wird."

Ich hob den Kopf, den ich zwischen meinen Händen auf dem Tisch hatte. Unsere Augen, mit Tränen bedeckt, suchten sich und versprachen, was die Lippen nicht zu sagen wussten.

„Geh also ins Esszimmer" sagte sie zu mir, bevor sie hinausging. „Dein Vater und ich haben mit sehr viel Respekt von dir gesprochen. Es ist sehr wahrscheinlich, dass er so zu deinen Gunsten entscheidet, dass es für dich ein großer Trost sein wird."

Nur Emma und María befanden sich im Esszimmer. Wenn mein Vater nicht an den Tisch kam, nahm ich üblicherweise seinen Platz am Kopfende ein. Die beiden Mädchen saßen sich gegenüber und warteten auf mich. Es verging einige Zeit des Schweigens. Ihre Gesichter, beide sehr hübsch, ließen mehr Leid erkennen als sie mit Worten hätten ausdrücken können. Aber das meiner Schwester war weniger blass, und ihre Blicke hatten nicht diesen Glanz von schönen Augen, die Tränen vergossen hatten. Sie fragte: „Gehst du morgen früh auf die Hazienda?"

„Ja, aber ich bleibe nur zwei Tage dort."

„Nimmst du Juan Angel mit, damit er seine Mutter sehen kann? Vielleicht geht es ihr schlechter."

„Ich werde ihn mitnehmen. Higinio hat neulich geschrieben, dass Feliciana krank ist und Dr. Mayn sie bis gestern behandelt hat, bevor er sich wegen eines Notfalls nach Cali auf den Weg machen musste."

„Bestelle Feliciana liebe Grüße von uns" sagte María. „Wenn sie noch krank ist, werden wir Mutter bitten, dass sie uns mitnimmt, um sie zu besuchen."

Das darauf folgende Schweigen wurde erneut von Emma unterbrochen, die sagte: „Tránsito, Lucía und Braulio waren heute Nachmittag hier, und sie waren sehr traurig, weil sie dich nicht angetroffen haben; sie haben dir viele Grüße hinterlassen. Wir haben gedacht, wir könnten sie kommenden Sonntag besuchen, sie haben sich während der Krankheit von Papá wunderbar verhalten."

„Wir könnten am Montag zusammen gehen, bis dahin bin ich wieder zurück" erwiderte ich.

„Du hättest sehen sollen, wie traurig sie waren, als ich von deiner Reise nach Europa erzählt habe ..."

María versteckte ihr Gesicht, indem sie tat, als wenn sie am Tisch etwas suchen würde, dennoch sah ich die Tränen, die sie vor uns zu verbergen suchte. In diesem Moment kam Estéfana, um ihr mitzuteilen, dass Mutter sie sprechen wollte.

Ich spazierte im Esszimmer hin und her, in der Hoffnung, mit María sprechen zu können, bevor sie sich zurückzog. Währenddessen plauderte Emma mit mir, um mich von meinen Gedanken etwas abzulenken – sie wusste genau, was mich quälte.

Die Nacht war sehr feucht, die Rosensträucher unbewegt. Kein Wind säuselte in den Spitzen der nahen Bäume, nur das Seufzen des Flusses störte die Stille. Über den grün gekleideten Bergen fiel das Weiß einiger Wolken auf, wie gemacht aus schneeweißem Gaze und vom Wind über den blauen Rock einer Odaliske gezogen. Das durchsichtige Himmelsgewölbe umrahmte den Horizont und die unzähligen namenlosen Hügel – wie ein geschwungenes Kästchen aus blauem Kristall, geschmückt mit Diamanten.

María ließ sich Zeit. Mutter kam und bat mich in den Salon, mit ihren süßen Versprechungen versuchte sie, mir das Leiden zu erleichtern. Mein Vater saß auf dem Sofa, María an seiner Seite, die Augen niedergeschlagen, um mich nicht anzusehen. Er wies auf einen freien Platz in ihrer Nähe. Meine Mutter nahm eine Stuhl und ließ sich bei Vater nieder.

„Gut, meine Tochter" sagte er zu María, die, immer noch mit gesenktem Blick, an einer ihrer Haarklammern herumspielte. „Möchtest du, dass ich die Frage wiederhole, die ich gestellt habe, als deine Mutter hinausging, damit du sie vor Efraín beantworten kannst?" Vater lächelte dabei, und sie machte eine langsame Kopfbewegung zur Seite – ein negatives Signal.

„Und dann, was machen wir dann?“ fragte er.

Für einen Augenblick wagte María es, mich anzuschauen, und dieser Blick verriet mir alles: Unsere Tage des Glücks waren doch noch nicht vorbei!

„Ist es nicht richtig“, fuhr mein Vater zu fragen fort, „dass du Efraín versprichst, seine Frau zu werden, wenn er aus Europa zurückkehrt?“

Nach einigen Momenten der Stille suchten ihre Augen wieder die meinen, dann verbarg sie erneut schamhaft ihren Blick und antwortete: „Wenn er es so möchte ...“

„Du weißt nicht, ob er es möchte?“ wiederholte mein Vater, das Lachen unterdrückend.

María schwieg errötend, ihre roten Wangen zeigten ihre Scham, und das sollte den ganzen Abend über so bleiben.

Meine Mutter schaute sie auf eine so zärtliche Weise an, wie nur die Augen einer Mutter schauen können. Für einen Moment dachte ich, dass sie Gefallen gefunden hatte an den Träumen, in denen María mit ihrem bezaubernden Akzent sprach, so wie sie es gerade getan hatte. Und in ihren Blicken lag das Schimmern, das ich erwartete.

„Du weißt, dass ich es möchte? Nicht wahr?“ fragte ich.

„Ja, ich weiß es“ antwortete sie leise.

„Teile Efraín jetzt die Bedingungen mit“, sagte mein Vater ohne jedes Lächeln, „die du und ich für dieses Versprechen beschlossen haben.“

„Unter der Bedingung“, sagte María, „dass er zufrieden abreist ... soweit dies möglich ist.“

„Welche noch, meine Tochter?“

„Die andere ist, dass er fleißig lernt, damit er bald zurückkommen kann ... Richtig?“

„Ja“, antwortete mein Vater und gab ihr einen Kuss auf die Stirn, „er muss es verdienen. Die anderen Bedingungen werden von dir gestellt.“ Mit diesen Worten wandte Vater sich an mich und stand auf.

Mir fehlten die Worte, also drückte ich seine Hand ganz fest, als er hinzufügte: „Also bis Montag. Folge meinen Anweisungen und lies die Unterlagen sorgfältig.“

Meine Mutter kam zu uns und umarmte uns. Sie drückte unsere Köpfe zusammen, so dass ich unfreiwillig die Wange von María mit meinen Lippen berührte. Dann ging Mutter hinaus und ließ uns allein.

Viel Zeit verging, in der ich auf dem Sofa mit meiner Hand die von María festhielt. Und in der sich unsere Augen trafen, damit unsere Blicke nicht voneinander lassen konnten. So lange, bis ihre Lippen diese Worte aussprachen: „Wie gut Vater ist! Nicht wahr?“

Ich deutete ein Ja an, ohne dass meine Lippen auch nur eine Silbe formen konnten.

„Warum sprichst du nicht? Gefallen dir die Bedingungen denn nicht?"

„Doch, María. Und welches sind deine, um so viel Gutes auszugleichen?"

„Nur eine."

„Nenne sie."

„Du kennst sie."

„Ja, ja, aber heute sollst du es sagen."

„Dass du mich immer so liebst" antwortete sie, und ihre Hand drückte die meine noch fester.

Kapitel 40

Als ich am nächsten Vormittag bei den Haziendas ankam, traf ich im Wohngebäude auf den Assistenten von Dr. Mayn, der für Feliciana zuständig war. Von seiner Statur und Physiognomie her sah er mehr aus wie ein Kapitän außer Dienst als das, was er wirklich darstellte. Er ließ mich wissen, dass er jegliche Hoffnung verloren hätte, die Kranke retten zu können, weil sie an einer Hepatitis litt, die bereits in das letzte Stadium eingetreten war und allen Behandlungen widerstand. Schließlich stellte er fest, dass er der Meinung war, man müsste einen Priester rufen.

Ich betrat den Raum, in dem sich Feliciana befand. Dort war auch schon Juan Angel, der sich darüber wunderte, dass seine Mutter nicht einmal auf das „Gelobt sei Gott im Himmel" reagierte. Er fand Feliciana in einem so hoffnungslosen Zustand vor, dass ich nichts anderes als zutiefst gerührt sein konnte. Ich gab den Befehl, die Zahl der Sklaven zu erhöhen, die sich um sie kümmerten, und dass sie in einen bequemeren Raum verlegt werden sollte. In ihrer Bescheidenheit wehrte sie sich dagegen. Schließlich veranlasste ich, dass ein Bote zum Dorf ging, um den Priester zu holen.

Diese Frau, die weit weg von ihrer Heimat sterben sollte; diese Frau, die so sehr für uns gesorgt hatte, seit sie in unser Haus kam, und auf deren Armen María als Kind so oft eingeschlafen war ... Dies ist ihre Geschichte, so wie wir sie als Kinder an manchen Abenden gehört haben, in ihrer eigenen, so einfachen und pathetischen Sprache:

Magmahú war von Jugend an einer der am höchsten geehrten Kommandeure der Armee von Achanti, einem der mächtigsten Staaten Westafrikas. Seine Kühnheit und seine Erfahrung bewies er zu Genüge in den unzähligen Kriegen, die er für den König Say Tuto Kuamina gegen die kriegerischen Achimis führte, bis zum Tod ihres Führers Orsué. Er war der Vater des Sieges über die gesamten Stämme des Küstengebietes. Carlos Macharty bereitete einen Aufstand der Stämme gegen den König vor und wurde von Magmahú höchstpersönlich auf dem Schlachtfeld getötet. Aus Dankbarkeit überhäufte ihn der König mit Ehren und Reichtümern und machte ihn zum Oberbefehlshaber seiner Truppen, zur Verbitterung seiner Gegner in diesem Krieg, jener, die ihm nie den verdienten Erfolg gönnten.

Nach einem kurzen Frieden, bewirkt durch den Tod von Macharty, drohte die englische Armee die Achantis zu vernichten – und alle im Reich verfügbaren Männer bereiteten sich auf den Krieg vor.

Die Schlacht war unvermeidbar, und nach kurzer Zeit stellten die Engländer fest, dass ihr Tod bringendes, schweres Kriegsgerät gegen die Tapferkeit der Afrikaner nicht ausreichte. Der Sieger stand noch nicht fest, als Magmahú, mit Gold geschmückt und fürchterlich in seiner Wut, seine Einheiten besuchte und den Kriegern Mut machte. Seine Stimme war lauter als das Donnern der feindlichen Kanonen. Aber seine Befehle an die Kommandeure der Reservetruppen, die schwache Flanke der Eroberer zu attackieren, waren umsonst. Die Nacht unterbrach den Kampf; und als Magmahú mit dem ersten Tageslicht seine Truppen inspizierte, hatte er viele Soldaten durch den Tod oder durch Desertierung verloren. Viele seiner Untergebenen waren zu feige, um einen Sieg möglich zu machen. Er verstand, dass er bald der Verlierer sein würde und bereitete sich darauf vor, bis zu seinem Tode zu kämpfen.

Der König, der im bittersten Moment bei seinen Heerscharen eintraf, sah dies und bat um Frieden. Die Engländer akzeptierten und unterschrieben ein Abkommen mit Say Tuto Kuamina. Von diesem Tage an verlor Magmahú die Gunst seines Königs. Der tapfere Krieger war verwirrt von dem ungerechten Verhalten des Monarchen. Und weil er nicht wollte, dass seine Feinde und Neider Freude an seiner Demütigung hatten, entschied er sich, das Land zu verlassen. Vorher opferte er seinem Gott noch die Köpfe und das Blut seiner schönsten Sklaven.

Von diesen war Sinar der jüngste und schönste. Er war der Sohn von Orsué, dem unglücklichen Anführer der Achimis, und er war gefangen genommen worden in der blutigen Schlacht, in der sein Vater besiegt und getötet worden war. Sinar und seine Landsleute unter den Sklaven hatten die adlige Herkunft des Gefangenen verschwiegen, aus Furcht vor der blinden Wut der Achantis.

Nur Nay, die einzige Tochter Magmahús, kannte dieses Geheimnis. Sie war noch ein kleines Kind, als Sinar als Diener in das Haus des Siegers von Orsué kam. Am Anfang war sie entzückt von der Gütigkeit des jungen Kriegers, später von seinem Geist und seiner Schönheit. Er brachte ihr die Tänze seiner Heimat bei, die liebes- und gefühlsbetonten Gesänge aus dem Land der Bambuk. Er erzählte ihr die märchenhaften Legenden, die ihm seine Mutter in seiner Kindheit erzählt hatte. Und so manches Mal liefen dabei Tränen die dunklen Wangen des Sklaven hinunter.

Nay sagte häufig zu ihm: „Ich werde meinen Vater bitten, dir die Freiheit zu schenken, damit du in deine Heimat zurückkehren kannst. Du bist hier so unglücklich."

Sinar antwortete dann nicht, aber seine riesigen Augen hörten auf zu weinen, und er schaute seine junge Herrin so an, dass es aussah, als wenn sie die Sklavin wäre.

Eines Tages ging Nay in Begleitung ihrer Dienerschaft in der Nähe von Cumasia spazieren. Sinar führte den schönen Strauß, auf dem seine Herrin wie auf den weichen Kissen von Bornú saß. Er führte den Vogel so schnell, dass sie auf einmal von der übrigen Dienerschaft weit entfernt waren. Sinar hielt an, und mit einem triumphalen Lächeln auf seinen Lippen sagte er, auf das Tal zeigend, auf das sie hinunterblicken konnten: „Nay, dies ist der Weg, der in meine Heimat führt. Ich werde vor meinen Feinden fliehen, aber du gehst mit mir, du wirst die Königin der Achimis und meine einzige Frau sein; ich werde dich mehr lieben als die unglückliche Mutter, die meinen Tod beweint hat, und unsere Nachfahren mit meinem und deinem Blut in den Adern werden unbesiegbar sein. Schau her und sage mir: Wer wird uns daran hindern?"

Als er diese letzten Wörter sprach, hob er seine Robe aus Panterfell an, unter ihr glänzten die Kolben von zwei Pistolen und die Scheide eines türkischen Säbels, der in einem Tuch aus roter Seide steckte. Sinar kniete nieder und küsste die Füße von Nay, die über das dicke Gefieder des Straußes hingen, welcher zärtlich an der farbenprächtigen Kleidung seiner Herrin herumknabberte.

Verblüfft von den gefühlvollen und großen Worten des Sklaven streichelte sie schließlich den schönen Kopf ihres Verehrers und sagte: „Du möchtest nicht undankbar sein zu mir, und du sagst, dass du mich liebst und ich in deiner Heimat Königin sein soll. Aber ich darf auch nicht undankbar sein meinem Vater gegenüber, der mich schon vor dir geliebt hat. Meine Flucht würde ihn unglücklich machen und zu seinem Tode führen. Warte, und wir gehen zusammen, mit seinem Einverständnis; warte, Sinar, denn ich liebe dich auch ..."

Und Sinar erzitterte, als er auf seiner Stirn einen Hauch von Nays Lippen spürte.

Tage über Tage vergingen, und Sinar wartete, weil er so in seinem Sklavendasein glücklich war. Magmahú zog in den Krieg, um gegen die Stämme unter der Führung von Macharty zu kämpfen. Anders als die anderen Sklaven begleitete Sinar seinen Herrn nicht. Zu Nay hatte er gesagt:

„Lieber gehe ich freiwillig in den Tod, als gegen die Völker zu kämpfen, die mein Vater um sich versammelt hat.“

Und sie verabreichte ihrem Geliebten kurz vor dem Abmarsch der Truppen ein Schlafmittel, so dass der Sohn von Orsué, statt in den Krieg zu ziehen, in einen mehrtägigen, tiefen Schlaf fiel. Diesen konnte Nay nach Belieben unterbrechen, indem sie ein aromatisches Öl auf seine Lippen gab, das ihn wieder aufweckte.

Nachdem die Engländer den Kampf gegen Say Tuto Kuamina begannen, wurde Sinar bei Magmahú mit dieser Botschaft vorstellig: „Nimm mich mit auf das Schlachtfeld, ich werde auf deiner Seite gegen die Weißen kämpfen; ich verspreche dir, ich werde ihre Herzen essen, wenn sie von unseren Priestern herausgeholt werden, und um den Hals werde ich eine Kette aus den Zähnen der blonden Männer tragen.“

Nay gab ihm kostbare Balsame zum Heilen seiner Wunden, mit heiligen Federn schmückte sie seinen Kopf, und sie begoss seine kräftige Brust mit Tränen, nachdem sie ihn mit parfümiertem Öl und Goldstaub eingerieben hatte.

In der blutigen Schlacht, in der die Feldherren der Achantis, neidisch auf den Erfolg von Magmahú, den fast erreichten Sieg über die Engländer verpassten, wurde Sinar von einer Gewehrkugel am linken Arm getroffen.

Der Krieg war vorbei, der Frieden kehrte zurück, der mutige Anführer der Achantis kehrte gedemütigt heim. Nay blieb nur, in den nächsten Tagen ihren Vater zu trösten, indem sie ihm die Tränen vom Gesicht tupfte, und heimlich zu Sinar zu gehen, um liebevoll seine Wunde zu pflegen.

Magmahú entschied sich dafür, sein Vaterland zu verlassen. Das blutige Opfer der Niederlage widmete er dem Fluss Tando, und so sprach er zu seiner Tochter: „Gehen wir, Nay, suchen wir eine Heimat für meine Enkelkinder, die weniger undankbar ist als diese. Die schönsten und berühmtesten Oberhäupter von Gambia, dem Land, das ich in meiner Jugend besucht habe, wären stolz, mir in ihrem Zuhause Asyl zu gewähren und würden dich ihren schönsten Frauen vorziehen. Meine Arme sind noch stark genug, um zu kämpfen, und ich besitze noch genug Reichtümer, um mächtig zu sein in dem Land, wo wir ein Dach über dem Kopf haben. Aber bevor wir abreisen, ist es notwendig, die Wut des Tando zu mildern, der gegen mich ist ob meiner Verliebtheit in den Ruhm. Um seine Gnade zu finden, werde ich die besten unserer Sklaven opfern, Sinar als ersten ...“

Als Nay dieses fürchterliche Urteil vernahm, brach sie bewusstlos zusammen, während ihren Lippen der Name Sinar entfloh. Ihre Sklavinnen hoben sie hoch, und Magmahú, außer sich vor Wut, ließ Sinar holen. Dann zog er seinen Säbel aus der Scheide und sage mit zitternder Stimme: „Sklave! Du hast ein Auge auf meine Tochter geworfen, zur Strafe werde ich befehlen, dass sie dir für immer geschlossen werden."

„Das kannst du", antwortete der Jüngling ganz ruhig, „es wäre nicht das erste Mal, dass dein Säbel sich mit dem Blut der Könige von Achimis besudelt."

Magmahú war verblüfft, als er diese Worte vernahm, voller Wut schwang er den Säbel mit seiner rechten Hand, bis er damit den Boden berührte. Inzwischen gelang es Nay, ihre Sklavinnen loszuwerden, die vergeblich versuchten, sie aufzuhalten. Sie betrat den Raum, in dem sich Sinar und Magmahú befanden, kniete sich hin und umarmte die Beine ihres Vaters. Während ihre Tränen seine Füße benetzten, rief sie aus: „Verzeihe uns, Herr, oder töte uns beide!"

Der alte Krieger warf seine furchtbare Waffe weg, ließ sich auf einen Diwan fallen, bedeckte sein Gesicht mit den Händen und murmelte: „Sie liebt ihn ... Orsué, Orsué! Sie haben dich schon gerächt."

Nay setzte sich auf die Knie ihres Vaters, umarmte ihn, küsste seinen ergrauten Kopf und sagte schluchzend: „Du wirst zwei Söhne statt einem haben; wir werden dir das Alter verschönern, und sein Arm wird dich in den Kämpfen beschützen."

Magmahú hob seinen Kopf und gab Sinar ein Zeichen, dass er sich ihm nähern sollte. Mit entsetzter Stimme und blassem Gesicht streckte er seine rechte Hand aus und sagte: „Diese Hand brachte deinem Vater den Tod, mit ihr habe ich sein Herz aus seiner Brust geholt ... und meine Augen genossen seinen Todeskampf."

Nay senkte ihre Lippen auf die von Magmahú, wandte sich dann Sinar zu, zeigte ihm ihre schönen Hände und sagte liebevoll: „Diese Hände haben deine Wunden geheilt, und diese Augen haben für dich geweint."

Sinar fiel vor seiner Geliebten und seinem Herrn auf die Knie. Und dieser sagte nach einem kurzen Moment, in dem er seine Tochter umarmte: „Ich gebe sie dir als Beweis meiner Freundschaft – an dem Tag, an dem ich mir der deinen sicher sein kann."

„Ich schwöre bei meinen und deinen Göttern, dass die meine ewig sein wird" sagte der Sohn von Orsué.

Nach einigen Tagen verließen Nay, Sinar und Magmahú Cumasia im Schutz der Dunkelheit, begleitet von dreißig Sklaven beiderlei Geschlechts, Kamelen und Straußen zum Reiten sowie weiteren, beladen mit den größten Kostbarkeiten wie Schmuck, Geschirr, Goldstaub und *Cauris*, dazu Proviant und Wasser – alles deutete auf eine lange Reise hin.

Viele Tage dauerte diese gefährliche Pilgerfahrt. Die Karawane hatte das Glück, auf gutes Wetter zu treffen und keinen Räubern zu begegnen. Während der Reise versuchten Sinar und Nay, das traurige Herz von

Magmahú zu erheitern, indem sie zu zweit fröhliche Lieder sangen, und im Mondschein der wolkenlosen Nächte tanzten die Verliebten neben dem Zelt zur Musik der Elfenbeintrompeten und Leiern, gespielt von den Sklaven.

Endlich erreichten sie das Land der Kombu-Manez am Ufer des Gambia-Flusses; dort wurden sie mit Festen und Opfergaben herzlich empfangen. Seit Menschengedenken lebten die Kombu-Manez mit den Cambez in einem grausamen Krieg, geschürt von beiden Stämmen nicht nur durch den gegenseitigen Hass, sondern auch durch pure Habgier. Denn die Gefangenen, die in den Schlachten gemacht wurden, tauschten sie bei den europäischen Sklavenhändlern gegen Waffen, Pulver, Salz, Eisen und Alkohol; und wenn es keine Feinde zu verkaufen gab, verkauften die Häuptlinge ihre Untertanen oder sogar ihre Söhne.

Der Mut und die Kampferfahrung von Magmahú und Sinar waren für die Kombu-Manez einige Zeit von großem Vorteil im Kampf gegen ihre Nachbarn. Also wurde mit Erfolg weitergekämpft, dank der Unterstützung besonders durch Magmahú, der nicht zimperlich war: Als er entscheiden sollte, ob man den Gefangenen die Kehlen durchschneiden oder sie an die Europäer verkaufen sollte, entschied er sich für das Erstere. Zum ersten Mal nutzte er so zu seinem Vorteil aus, dass die Häuptlinge der Kombu-Manez hohe Strafen aussprachen, wenn Untertanen ihre Sklaven oder Kinder verkauften.

Eines Nachmittags, als Nay mit einigen ihrer Sklavinnen am Ufer des Gambia schwimmen ging, blieb Sinar im Schatten des riesigen Zeltes, in das sie sich an friedlichen Tagen immer für einige Stunden zurückzogen. Mit verliebter Ungeduld wartete er auf seine Geliebte, als zwei Fischer ihr Kanu an dem Ufer festmachten, an dem sich Sinar befand. Mit ihnen kamen zwei Europäer, von denen einer ausstieg und für einige Momente auf dem goldenen Strand niederkniete. Die blassen Strahlen der sterbenden Sonne beleuchteten sein sonnenverbranntes Gesicht und seinen dichten, fast weißen Bart. Als er seinen breiten Strohhut auf den Sand warf, spielte der Wind des Gambia mit seiner langen, zerzausten Mähne. Er trug einen schwarzen, zerfetzten und mit Schlamm beschmutzten Talar und auf der Brust ein Kreuz aus Kupfer.

So begegnete ihm Nay, als sie sich auf der Suche nach ihrem Geliebten dem Fluss näherte. Zu diesem Zeitpunkt trugen die beiden Fischer die Leiche des anderen Europäers, bekleidet wie der erste, zu seinem Begleiter hinauf. Die Fischer berichteten Sinar, wie sie die beiden Weißen getroffen hatten, in einer Palmenhütte etwa zehn Kilometer flussabwärts. Der Jüngere lag im Sterben, der Greis ölte ihn ein und sprach dabei ein Gebet in einer fremden Sprache.

Der alte Priester war wie in Ekstase und verstand nicht, was um ihn herum passierte. Als er später aufstand, fragte ihn Sinar, Hand in Hand mit der ob der seltsamen Kleidung und Figur des Fremden ziemlich verschreckten Nay, woher er kam, welches der Zweck seiner Reise sei und aus welchem Land er stammen würde. Er war sehr überrascht, als er den Fremden, wenn auch mit Schwierigkeiten, in der Sprache der Achimis antworteten hörte:

„Ich komme aus deinem Land; ich sehe, dass du die rote Schlange der adligen Achimis auf deine Brust tätowiert hast, und du sprichst ihre Sprache. Meine Mission sind der Frieden und die Liebe, geboren wurde ich in Frankreich. Verbieten die Gesetze dieses Landes, den Leichnam eines Ausländers zu beerdigen? Deine Landsleute haben um meine zwei anderen Brüder geweint, sie setzten Kreuze auf ihre Gräber, und viele von ihnen trugen goldene Kreuze um den Hals. Erlaubst du mir also, den Fremden zu beerdigen?"

Sinar antwortete ihm: „Es sieht so aus, als wenn du die Wahrheit sprichst. Du bist vielleicht nicht so schlecht wie die anderen Weißen, obwohl du aussiehst wie sie. Aber es gibt bei den Kombu-Manez jemanden, der mehr zu sagen hat als ich. Komm mit uns, und ich werde dir den Häuptling vorstellen. Den Leichnam deines Freundes nehmen wir mit, und du wirst erfahren, ob du ihn in unserer Erde zur Ruhe bringen kannst."

Auf dem kurzen Weg, der sie von der Stadt trennte, sprach Sinar mit dem Missionar. Nay bemühte sich, zu verstehen, was die beiden redeten; die beiden Fischer folgten ihnen mit der Leiche des jungen Priesters. Während des Dialogs stellte Sinar fest, dass der Fremde die Wahrheit sagte – aufgrund der Art, wie er auf die Fragen über das Land der Achimis antwortete. Dabei erfuhr er, dass ein Bruder von ihm König geworden war, und dass man Sinar für tot hielt. Der Missionar erklärte, wie sie das Vertrauen der Achimis gewonnen hatten, indem es ihnen gelang, einige Kranke zu heilen, und wie die Umstände es wollten, dass eine von ihnen die Lieblingssklavin des Königs war.

Die Achimis gaben ihnen eine Karawane und Lebensmittel mit, damit er sich mit dem einzigen anderen Priester, der überlebt hatte, auf den Weg zur Küste machen konnte. Aber unterwegs wurden sie von Banditen überrascht, seine Eskorte flüchtete oder wurde getötet. Und so wurden die beiden Priester allein und ohne Führer in der Wüste zurückgelassen, voller Angst, dass die Banditen vielleicht zurückkommen würden. Viele Tage irrten sie ziellos unter der heißen Sonne herum, nur mit den wenigen Früchten, die sie in der Oase gefunden hatten. Dann fanden sie zurück an das Ufer des Gambia, wo der junge Priester, geschwächt vom Fieber, starb, bevor die Fischer sie fanden.

Magmahú und Sinar brachten den Priester zum Häuptling der

Kombu-Manez. Sinar sprach zu ihm: „Dieser Fremde bittet dich um die Erlaubnis, seinen Glaubensbruder beerdigen und sich ein paar Tage erholen zu dürfen, um dann die Reise in sein Land fortsetzen zu können. Als Gegenleistung verspricht er, deinen Sohn zu heilen."

In dieser Nacht halfen Sinar und zwei seiner Sklaven dem Missionar, den Leichnam zu beerdigen. Der alte Missionar kniete vor dem Grab, das von den Sklaven mit Erde bedeckt wurde, er stimmte ein trauriges Lied an, und der Mondschein brachte den Bart des alten Missionars zum Glänzen. Seine Tränen befeuchteten die fremde Erde, in der sein Freund sein Grab fand.

Kapitel 41

Etwas weniger als zwei Wochen waren seit der Ankunft des französischen Priesters im Land der Kombu-Manez vergangen. Vielleicht lag es daran, dass Sinar der einzige war, der ihn verstand, oder daran, dass ihm der Umgang mit dem Europäer gefiel. Jedenfalls machten sie jeden Tag gemeinsam lange Spaziergänge, und Nay bemerkte, dass Sinar nach diesen Spaziergängen besorgt und melancholisch zurückkehrte. Sie vermutete, dass die Nachrichten, die der Ausländer Sinar aus seiner Heimat mitgebracht hatte, sehr traurig waren. Aber später dachte sie, der Grund für diese Melancholie musste sein, dass die Beziehung zum Priester das Bild seiner Heimat wieder lebendig machte. Vielleicht sehnte sich der Sohn von Orsué danach, in seine Heimat zurückzukehren. Doch die Zärtlichkeit von Sinar zu ihr wurde größer und nicht geringer, bis er die passende Gelegenheit fand, ihr von seinem Leid zu erzählen.

Ein warmer Nachmittag neigte sich seinem Ende zu, als Sinar am Ufer saß und von seiner Traurigkeit überwältigt wurde – wie am Anfang seines Sklavenlebens, als er damit die Aufmerksamkeit von Nay hervorrief. Sie entdeckte ihn und näherte sich ihm mit leisen Schritten. Sie trug einen kurzen, roten Rock mit silbernen Sternchen, einen himmelblauen Schal, der ihre Brüste kreuzte und bis zu den Hüften hinunter hing, einen roten Turban, geschmückt mit goldenen Nadeln, dazu Anhänger und Armreifen aus Achat. Sie sah verführerischer aus als je zuvor. Sie nahm an seiner Seite Platz, aber er blieb nachdenklich.

Schließlich sagte sie zu ihm: „Ich habe nie geglaubt, dass ich dich jetzt so sehen würde, wo die Zeit kommt, die du dir so gewünscht hast, die Zeit, da mein Vater mich zu deiner Frau macht. Liebt er dich weniger als vorher? Bin ich weniger zärtlich zu dir, bin ich nicht mehr so schön wie an jenem Tag, als du mir deine Liebe erklärt hast?"

Sinar schaute weiter auf die Wellen des Gambia, als ob er nichts gehört hätte. Nay sah ihn einige Momente schweigend an, die Augen gefüllt mit

Tränen, und ihrer Brust entfloh ein Seufzen. Als Sinar das hörte, wandte er sich ihr endlich zu; und als er ihre Tränen sah, küsste er sie leidenschaftlich und sagte: „Du weinst? So empfängst du die Glückseligkeit, auf die wir so lange gewartet haben und die endlich gekommen ist?"

„Oh nein! Niemals zuvor warst du taub für meine Stimme, und immer wenn meine Augen deine suchten, haben sie das Glück gefunden, deshalb weine ich."

„Wann, sag, hat das leiseste Zeichen von dir mich nicht aus dem tiefsten Schlaf geweckt? Wann habe ich dich nicht fühlen lassen, dass du dich mir nähertest, obwohl ich dich nicht erwartete?"

„Nur einen Augenblick, Sinar, deine Unschuld bestätigt deine Gleichgültigkeit und mein Unglück."

„Entschuldige, Nay, entschuldige, aber ich habe an dich gedacht."

„Was hat dir dieser Fremde erzählt?" fragte Nay, sich die Tränen trocknend, und spielte mit seinem Anhänger aus Korallen und Zähnen von toten Kriegern. „Warum suchst du mit ihm die Einsamkeit, obwohl du immer sagst, du kannst nicht ohne mich sein? Hat er dir erzählt, dass die Frauen in seinem Land weiß wie Elfenbein sind, und dass ihre Augen das tiefe Blau der Wellen des Tando haben? Meine Mutter hat es mir gesagt, ich vergaß, dir davon zu erzählen ... Ein Fremder hat ihr viel über das Land der Weißen berichtet, einer, der deinem Freund sehr ähnlich war. Meine Mutter soll ihn geliebt haben, und nachdem er aus Cumasia abgereist war, war sie sehr schlecht zu Magmahú. Sie hat einen anderen Gott angebetet, und mein Vater ... mein Vater hat diesen Gott getötet."

Nay schwieg lange Zeit, und Sinar ließ sich erneut von seinen düsteren Gedanken überwältigen. Auf einmal fühlte er, wie eine Art Berufung in ihm erwachte, er nahm seine Geliebte bei der Hand und stieg mit ihr einen Felsen hinauf, von dem aus man die grenzenlose Wüste und den wasserreichen Fluss überblicken konnte und sagte zu ihr: „Wie der Tando entspringt der Gambia dem Schoß der Berge. Eine Mutter ist nicht die Schöpferin ihres Sohnes. Weißt du, wer die Berge erschaffen hat?"

„Nein."

„Ein Gott hat sie erschaffen. Hast du gesehen, dass der Tando rückwärts fließt?"

„Nein."

„Der Tando ist wie eine Träne, die sich in einem gewaltigen Meer verirrt. Das Geräusch eines Flusses ist wie deine Stimme, verglichen mit einem Orkan, wenn er die riesigen Wälder peitscht, als ob sie kleine Grashalme wären. Weißt du, wer der Schöpfer der Meere ist?"

„Nein."

„Der Blitz, der die Wolken zerreißt, hinunterstürzt und die Baumkronen der *Baobab* zerstört, mit einer Leichtigkeit wie die, mit der dein zarter Fuß einen Grashalm zertritt. Die Sterne, die den Himmel auf eine Weise schmücken wie das Gold und die Perlen deinen Umhang. Der Mond, den du gern betrachtest, wenn du einsam bist, bevor du in meine Arme fällst. Die Sonne, die deine Haut gebräunt hat, und die es möglich macht, dass du sehen kannst. Verglichen mit der Sonne ist das Feuer von unseren Opferzeremonien wie ein Glühwürmchen. Das alles sind Werke von einem einzigen Gott. Er will nicht, dass ich eine andere Frau als dich liebe; er befiehlt, dass ich dich liebe wie mich selbst. Er will, dass ich lache, wenn du lachst, dass ich weine, wenn du weinst, dass ich um deine Zärtlichkeiten kämpfe wie um mein eigenes Leben, dass ich, wenn du sterben solltest, an deinem Grab weine, bis ich gerufen werde, dich jenseits der Sterne zu begleiten, wo du auf mich warten wirst."

Nay kreuzte ihre Arme auf Sinars Schulter und schaute ihn verliebt an. Sie war außer sich, weil sie ihn noch nie so schön gesehen hatte. Er drückte sie gegen sein Herz, küsste sie leidenschaftlich und sprach weiter: „Das hat mir der Ausländer erzählt, und das bringe ich dir bei. Sein Gott soll unser Gott sein."

„Ja, ja", antwortete sie und umarmte ihn wieder, „und nach ihm bin ich deine einzige Liebe."

Kapitel 42

Im Morgengrauen des Tages, an dem der Häuptling der Kombu-Manez die prunkvollen Feste zur Vorbereitung der Hochzeit von Sinar veranlasste, begaben sich dieser, Nay und der Missionar an das Ufer des Gambia, um einen versteckten Platz zu suchen. An diesem blieb der Missionar stehen und sagte: „Für den Gott, der gewollt hat, dass ihr euch liebt, den Gott, der von euren Nachkommen angebetet werden wird, ist es gleich, ob wir ihm im Tempel begegnen oder in diesem Palmenwald, der uns versteckt; in diesem Moment sieht er uns. Beten wir ihn gemeinsam an, damit er euch segnet."

Er entfernte sich von dem Pärchen, ging zum Fluss und sprach langsam und feierlich ein Gebet, das die Verliebten nachsprachen, links und rechts von dem Priester niedergekniet. Er goss Wasser über ihre Köpfe und sprach das Taufgebet. Der Priester fuhr mit seinem Gebet fort, näherte sich erneut Nay und Sinar, ließ sie sich an den Händen festhalten und sprach das eine oder andere Wort, das Nay nie vergessen würde.

Es war schon die letzte Nacht, in der die Adligen des Stammes tanzend und singend an dem Haus von Magmahú vorüberzogen. Hübsche Frauen waren dabei, die ihre schönsten Juwelen und Kleider vorführten. Magmahú mit seiner überragenden Gestalt und seiner luxuriösen Kleidung überragte sie alle, und Nay zeigte den Stammesmitgliedern in diesen sechs Tagen, dass sie schöner war als die anmutigsten und am schönsten anzusehenden Ehefrauen und Sklavinnen der Kombu-Manez.

Parfümierte Fackeln, dekoriert mit Totenköpfen von im Kampf mit Magmahú getöteten Cambez, beleuchteten das Dorf und verbreiteten aromatischen Düfte. Wenn die martialische Musik für einen Moment aufhörte, erklangen die sanften und sinnlichen Leiern. Die geladenen Gäste wurden mit exotischen Getränken abgefüllt, bis sie langsam in den Schlaf sanken. Sinar flüchtete vor dem Lärm des Festes und zog sich zur Erholung in seine Gemächer zurück, während Nay ihre Stirn mit einem Fächer aus parfümierten Federn erfrischte.

Plötzlich waren aus dem angrenzenden Wald Schüsse zu hören, immer mehr näherten sie sich dem Aufenthaltsort von Magmahú. Mit durchdringender Stimme schrie dieser nach Sinar, der einen Säbel ergriff und sich auf die Suche machen wollte. Nay umarmte ihren Mann, als Magmahú rief: „Die Cambez! Das sind sie! Wir werden ihnen die Hälse durchschneiden!" Er versuchte, die schläfrigen, betrunkenen Gäste zu warnen, und einige versuchten auch, auf die Beine zu kommen, aber für die meisten war es unmöglich.

Der Lärm der Waffen und die Kriegsschreie kamen immer näher, die ersten Häuser standen schon in Flammen. Ein roter Schimmer beleuchtete das Fest, das auf einmal zum Schlachtfeld wurde, und ließ die Säbel der Krieger blitzen.

Magmahú und Sinar, taub für die Schreie der Frauen, taub auch für die Wehklagen von Nay, eilten an den Ort, wo der Kampf tobte. Zur gleichen Zeit erreichte eine durcheinander gewürfelte Gruppe von schlecht organisierten Kriegern das Haus des Häuptlings; mit heiseren Stimmen riefen sie nach ihm und Sinar. Sie versuchten, sich im Haus von Magmahú zu verschanzen, aber es nützte alles nichts. Ausländische Krieger versuchten, den beiden Häuptlingen zu helfen und die Krieger der Kombu-Manez anzufeuern, doch es war zu spät. Magmahú fiel, von einer Kugel tödlich ins Herz getroffen. Den anderen Kämpfern erging es nicht viel besser.

Sinar kämpfte bis zuletzt Mann gegen Mann um sein Leben und das von Nay, bis ein Anführer der Cambez kam, mit dem blutigen Kopf des Missionars unter dem Arm, und rief: „Ergib dich, und ich schenke dir das Leben!" Nay bot ihre Hände diesem Krieger dar, um von ihm gefangen genommen zu werden. Da sie wusste, welches Schicksal sie erwarten würde, sagte sie: „Töte Sinar nicht, ich bin deine Sklavin." Sinar, der gerade von einem Säbel am Kopf verletzt worden war, wurde wie sie gefangen genommen.

Nachdem die Sieger ihren Blutdurst befriedigt hatten, plünderten sie und machten viele Gefangene. Die tapferen Kombu-Manez waren auf einem Fest eingeschlafen und wachten nicht mehr auf ... oder als Sklaven.

Die Herren und ihre Sklaven, nicht mehr die Sieger und die Besiegten, erreichten das Ufer des Gambia, dessen Wellen den Schein der Feuer des Krieges widerspiegelten. In aller Eile zwangen die Cambez ihre Gefangenen, die Boote zu besteigen, die schon auf sie warteten. Kaum hatten sich die Boote vom Ufer entfernt, als plötzlich die Waffen wieder ertönten. Jene Kombu-Manez, die spät vom Kampf zurückkehrten, überraschten die letzten, die das Ufer erreicht hatten, und die Körper von vielen trieben den Fluss hinunter.

Der Morgen graute, als die Sieger ihre Kanus am rechten Ufer festmachten und einige Krieger an dieser Stelle zurückließen. Die übrigen machten sich mit den Gefangenen auf den Weg, dabei begegneten ihnen viele weitere Krieger, die vorher die Flucht ergriffen und sich in den Wäldern versteckt hatten.

Während der langen Stunden ihrer Reise in Richtung Küste war es Nay nicht erlaubt, sich Sinar zu nähern, aber er konnte sehen, wie ihr unaufhörlich die Tränen ihre Wangen hinunterliefen.

Nach zwei Tagen, als morgens die ersten Sonnenstrahlen die Schatten der Nacht verjagten, wurde Nay zusammen mit anderen Gefangenen ans Meeresufer gebracht. Am Tag zuvor hatte man sie endgültig von ihrem Mann getrennt. Einige Kanus warteten im Sand auf die Gefangenen, und weit draußen auf dem Meer war eine spanische Brigg mit zwei voll im Wind stehenden Rahsegeln zu erkennen.

„Wo ist Sinar, kommt er nicht mit uns?“ fragte Nay einen Mitgefangenen, der einst ein Häuptling gewesen war, beim Einsteigen ins Boot.

„Er ist gestern an Bord gegangen“, antwortete dieser, „er wird schon auf dem Schiff sein.“

Auf dem Schiff suchte Nay zwischen den zusammengepferchten Gefangenen nach Sinar. Sie rief nach ihm, aber niemand antwortete. Ihre Blicke suchten jeden Winkel ab. Dann verließen ein Seufzer und der Name ihres Geliebten zur gleichen Zeit ihre Brust, bevor sie wie tot zusammenbrach.

Als sie aus dem qualvollen Schlaf erwachte, lag sie auf dem Deck des Schiffes und konnte nur den von Wolken bedeckten Horizont sehen. Sie konnte nicht einmal von den Bergen ihres Landes Abschied nehmen. Die Schreie der Verzweiflung, die dem Erkennen ihres Unglücks folgten, wurden von einem Mitglied der Schiffsbesatzung brutal abgeschnitten; als sie ihrerseits drohende Worte ausstieß, reagierte ihr Wärter prompt mit der Peitsche und ... versetzte sie damit zurück in die Unempfindlichkeit gegenüber ihrem Unglück.

Eines Morgens, nachdem sie viele Tage unterwegs waren, befand sich Nay mit anderen Sklaven an Deck. Unter den Gefangenen war eine Epidemie ausgebrochen, und sie durften frische Luft atmen. Ohne Zweifel hatte der Kapitän Angst, dass einige von ihnen sterben würden. Da hörten sie die Seeleute rufen: „Land in Sicht!“

Sie hob den Kopf und konnte eine blaue Linie erkennen, dunkler als der weit entfernte Horizont. Einige Stunden später hatte die Brigg einen kubanischen Hafen erreicht, an dem einige Schwarze aussteigen sollten. Die Frauen unter ihnen, die somit von der Tochter Magmahús getrennt wurden, umarmten sie und weinten. Die Männer verabschiedeten sich von ihr und verbeugten sich tief. Die wenigen, die an ihrer Seite bleiben konnten, sahen sich als vom Schicksal bevorzugt.

Nachdem das Schiff neue Ladung aufgenommen hatte, verließ es am folgenden Tag den Hafen. Wegen des schlechten Wetters war die neue Route besonders anstrengend. Acht Tage waren vergangen, als der Kapitän abends den Frachtraum aufsuchte und von den sechs schönsten und stärksten Sklaven zwei tot auffand. Der eine hatte Selbstmord begangen, er lag in einer Blutlache mit einer tiefen Wunde in der Brust, verursacht von einem Messer, das er wahrscheinlich an Deck gefunden hatte. Der andere war an den Folgen eines Fiebers gestorben. Die beiden wurden durch die Mannschaft von den Fußeisen und der Kette befreit, die sie zusammenhielt. Kurz darauf konnte Nay sehen, wie die Leichen über Bord geworfen wurden.

Eine von Nays Sklavinnen und drei Anführer der Kombu-Manez waren die letzten Vertrauten, die ihr geblieben waren, und einer von ihnen verstarb an dem Morgen, an dem das Schiff wieder Land erreichte – das, wie Nay zu verstehen glaubte, Darién genannt wurde. Von einem kräftigen Nordwind und Niedrigwasser begünstigt, gelang ihnen eine leichte Landung am Golf, nicht weit entfernt von Pisisí.

Als es Nacht wurde, ließ der Kapitän für Nay und die drei verbliebenen Sklaven ein Beiboot bereitmachen, ging selbst auch an Bord und befahl den Seeleuten, sie zu einem durch Leuchtfeuer gekennzeichneten Punkt an der Küste zu bringen. Bald hatten sie das Land erreicht. Den Sklaven wurden vor dem Verlassen des Bootes die Hände zusammengebunden, dann wurden sie von einem Seemann über einen Pfad einen Hügel hinaufgeführt. Als sie an einem bestimmten Punkt angelangt waren, gab der Kapitän ein Zeichen mit einer Trillerpfeife, dann gingen sie weiter. Das Signal wurde beantwortet, und sie kamen zu einem Haus mitten im Wald, halb zwischen den dichten Bäumen versteckt. Im Korridor des Hauses sahen sie einen weißen Mann, der mit einem Licht in der einen Hand zu erkennen versuchte, wer sich dort näherte, während er seinen Augen mit der anderen Hand Schatten verschaffte. Aber riesige, bellende Hunde hinderten die Ankömmlinge am Weitergehen. Nachdem die Stimme ihres Herrn sie beruhigt hatte, konnte der Kapitän die Treppe zum Haus hinaufsteigen. Er umarmte den Hausherrn, und sie begannen ein Gespräch, in dessen Verlauf zweifellos von den Sklaven die Rede war, denn er zeigte des Öfteren auf sie. Dann gab er ihnen den Befehl, heraufzukommen; zur gleichen Zeit erschien auf dem Korridor eine hellhäutige, gut aussehende junge Frau, die den Seemann freundlich begrüßte.

Der Hausbesitzer schien nicht zufrieden zu sein, als er die drei Begleiter von Nay begutachtet hatte. Aber als er die Frau ansah, wurde seine Stimme viel weicher, als sie es bis dahin gewesen war; viel musikalischer schien er ihr zu antworten, und die Blicke, mit denen er Nay ansah, waren voller Mitleid.

Der Hauseigentümer war ein Ire namens William Sardick, der sich vor zwei Jahren am Golf von Urabá niedergelassen hatte, nicht weit entfernt von Turbo. Seine Frau war eine Mestizin, geboren in Cartagena, und ihr Name war – wie Nay hörte – Gabriela.

Kapitel 43

Zu dieser Zeit wurde im Chocó in verschiedenen Minen Gold abgebaut, und wenn man bedenkt, mit welch einfachen Mitteln die Arbeit verrichtet wurde, waren die Qualität und die Ergebnisse hervorragend. Die Eigentümer beschäftigten ganze Sklaven-Truppen mit dieser Arbeit. Ware, die von ausländischen Märkten stammte und für die Regionen Cauca oder Chocó bestimmt war, wurde auf dem Fluss Atrato befördert. Die Märkte von Kingston und Cartagena waren die Einkaufsquellen der regionalen Importeure. In Turbo gab es eine Lagerhalle.

Berücksichtigt man die geographischen Gegebenheiten, wird klar, wie geschickt Sardick seinen Wohnsitz ausgesucht hatte. Die Provisionen von den Händlern, der Ankauf von Gold, der ständige Handel – ermöglicht durch den Transport auf dem Fluss – mit Schildpatt, Fellen, Kakao, Kautschuk, Salz, *Aguardiente*, Schwarzpulver, Waffen und mehr, gar nicht zu reden von den Gewinnen aus der Landwirtschaft und seinen lukrativen Spekulationen, waren genug, um ihn zufrieden zu stellen und die Hoffnung zu wecken, dass er reich in seine Heimat zurückkehren würde, in der es ihm ziemlich schlecht gegangen war. Sein bester Geschäftspartner war sein Bruder Thomas, der sich auf Kuba niedergelassen hatte und Kapitän der Brigg war, die jene Sklaven aus Afrika hergebracht hatte. Ansonsten war er damit beschäftigt, allerlei Indio-Ware an William zu liefern, die dieser dann verkaufte, auch bei dieser Gelegenheit hatte er genug mitgebracht. Von den Helfern der Schmuggler wurde die Ware nachts hergebracht; zwei Nächte sollte es dauern, bis der Kapitän wieder abfahren konnte. Dieser Mann, der die armseligen Menschen so misshandelt hatte, der Nay eigenhändig mit der Peitsche bestraft hatte, bis sie vor seinen Füßen zusammenbrach. Später allerdings war er für seine Verhältnisse gut zu ihr gewesen – er hatte sie nicht mehr geschlagen.

Als Nay verstand, dass er abreisen würde, weinte und klagte sie, sie wusste, dass dieser Mann bald wieder die Küsten des afrikanischen Kontinents sehen würde, dem sie entrissen worden war. Sie kroch zu ihm, auf den Knien flehte sie ihn an, sie küsste ihm die Füße und, hoffend, er könnte ihren Schmerz verstehen, sagte sie: „Nimm mich mit dir. Ich werde deine Sklavin sein; wir werden Sinar suchen, und so wirst du zwei Sklaven haben statt einer ... Du, der du weiß bist und die Meere überquerst, du wirst wissen, wo er sich befindet. Wir verehren den gleichen Gott wie du, und dir werden wir treu sein, wenn du uns niemals trennst."

Sie muss sehr schön gewesen sein in ihrer schmerzlichen Aufregung. Der Seemann schaute sie schweigend an; man konnte sein Lächeln trotz seines dichten blonden Bartes erkennen, seine Stirn errötete, und seine Augen waren zahm wie die eines Schakals, wenn er von einem Weibchen beschnuppert wird. Schließlich ergriff er ihre Hand und drückte sie gegen seine Brust; damit gab er ihr zu verstehen, dass sie zusammen fahren würden, wenn sie ihn lieben würde.

Nay, stolz wie eine Königin, stand auf, drehte dem Iren den Rücken zu und ging unverzüglich zum Zimmer zurück. Dort wurde sie von Gabriela empfangen, die, nachdem sie ihr ängstlich bedeutet hatte, Ruhe zu bewahren, meinte, dass sie richtig gehandelt habe, und ihr versprach, auf sie aufzupassen. Als sie später auf den Himmel und auf ein Kruzifix deutete, war sie sehr erstaunt, dass Nay davor auf die Knie fiel und schluchzend ein Gebet sprach – als ob sie von Gott erbitten würde, was ihr die Menschen verweigerten.

Sechs Monate waren vergangen, und dank der Bemühungen Gabrielas, ihr die Sprache beizubringen, konnte sich Nay inzwischen auf Kastilianisch verständlich machen. Gabriela wusste jetzt, wie die Afrikanerin zum Christentum konvertiert war. Sie fand mehr und mehr Gefallen daran, sich für ihre Geschichte zu interessieren. Aber kaum mal eine Stunde waren die Augen der Tochter Magmahús nicht mit Tränen gefüllt. Die Natur in Amerika erinnerte sie sehr an ihre afrikanische Heimat, der Anblick der Blumen spiegelte ihr den Dschungel von Gambia vor und hielt ihren Schmerz am Leben. Während der kurzen Reisen des Iren erlaubte Gabriela ihr, in ihrem Zimmer zu schlafen; dabei hörte sie Nay viele Male in ihren Träumen nach ihrem Vater und ihrem Mann rufen.

Der Abschied von ihren Mitgefangenen, die nach und nach starben, brach das Herz der Sklavin, und schließlich kam der Tag, an dem sie den letzten verabschiedete. Sie wurde nicht wieder verkauft, und sie wurde weniger grausam behandelt als die anderen. Nicht wegen der Zuneigung Gabrielas zu ihr, sondern weil die Unglückliche bald Mutter werden würde und ihr Herr sie nach der Geburt besser verkaufen wollte. Der Geizhals wollte auch noch Geschäfte mit königlichem Blut machen.

Nay entschied, dass der Sohn von Sinar kein Sklave werden sollte. Als Gabriela einmal ein Zwiegespräch mit dem Himmel hielt, nahm Nay ihren ganzen Mut zusammen und fragte: „Die Kinder der Sklaven, wenn sie nach der Taufe sterben, können sie dann Engel werden?"

Die Kreolin erahnte die schlimmen Gedanken Nays und ließ sie wissen, dass die Kinder von Sklaven in diesem Land an ihrem achtzehnten Geburtstag die Freiheit erlangten.

Nay antwortete nur mit klagender Stimme: „Achtzehn Jahre!"

Zwei Monate später brachte sie ein Kind zur Welt, und sie bestand darauf, dass es sofort getauft werden würde. Als sie den Jungen streichelte und ihm den ersten Kuss gab, verstand sie, dass Gott ihr mit ihm einen Trost gab. Sie war sehr stolz darauf, die Mutter von Sinars Sohn zu sein. Das Lächeln, das für immer verschwunden zu sein schien, kehrte auf ihre Lippen zurück.

Zufällig hatte Sardick in diesen Monaten Besuch von einem jungen Engländer, der auf dem Weg von den Antillen nach Nueva Granada war. Er brachte ein süßes, dreijähriges Mädchen mit, das er anscheinend sehr liebte. Dies waren mein Vater und Ester, die gerade damit begann, sich an ihren neuen Namen zu gewöhnen: María.

Nay glaubte, dass dieses Mädchen ihre Mutter verloren hätte und mochte es von Anfang an sehr. Mein Vater vertraute ihr nicht, obwohl María nur glücklich war, wenn sie auf den Armen der Sklavin war oder mit ihrem Sohn spielte. Aber Gabriela beruhigte ihn, indem sie ihm erzählte, was sie über die Geschichte von Magmahús Tochter wusste. Das bewegte den Ausländer natürlich sehr.

Er bemerkte auch sofort den Fehler, den Sardicks Frau gemacht hatte, als sie ihm berichtete, wann die Afrikanerin nach Granada gekommen war: Er war sehr gut darüber informiert, dass die Gesetze des Landes seit 1821 den Import von Sklaven verboten und Nay und ihr Sohn aus diesem Grunde freie Menschen waren.

Er achtete aber darauf, Gabriela nicht auf ihren Versprecher hinzuweisen, sondern wartete auf die passende Gelegenheit, William vorzuschlagen, ihm Nay abzukaufen.

Ein Nordamerikaner, der eine Ladung Mehl nach Citara gebracht hatte, hielt sich auf dem Rückweg in sein Land ein paar Tage bei Sardick auf. Er wollte seine Reise mit einem der Schiffe fortsetzen, die von Cartagena nach Pisisí kamen und die auch die Ware brachten, die mein Vater importierte.

Der Yankee sah Nay und war von ihrer Schönheit begeistert. Während des Essens äußerte er William gegenüber seinen Wunsch, eine schöne Sklavin mit nach Hause zu nehmen, als Geschenk für seine Frau. Nay wurde ihm angeboten, und er handelte eine Stunde um den Preis für die Sklavin, schließlich bot er einhundertfünfzig Gramm Gold.

Sofort erfuhr Nay von Gabriela, dass sie verkauft worden war, für diese kleine Menge Gold, welche die Weißen vor ihren Augen abwogen. Sie lächelte bitter, als sie daran dachte, dass sie nur ein wenig Gold wert war. Was Gabriela nicht sagte, war, dass ihr Sohn in dem Land, in das sie gebracht werden würden, auch ein Sklave sein würde.

Nay zeigte sich allem gegenüber gleichgültig. Am Abend, nach dem Sonnenuntergang, als mein Vater mit María an der Hand einen Spaziergang am Meeresufer machte, traf er Nay, ihren Sohn auf dem Arm. In ihrem Gesicht war eine Mischung aus Schmerz und wilder Wut zu erkennen, das überraschte meinen Vater. Sie kniete sich zu seinen Füßen hin und sagte in gebrochenem Kastilianisch: „Ich weiß, dass in dem Land, in das ich gebracht werden soll, die Sklaverei auf meinen Sohn wartet. Wenn du nicht willst, dass ich ihn heute Nacht ertränke, kaufe mich, ich werde mein Leben lang deiner Tochter dienen und sie lieben."

Mein Vater glättete alles mit Geld. Der Nordamerikaner unterschrieb einen neuen Kaufvertrag mit allen geforderten Formalitäten. Mein Vater fügte nachträglich eine Fußnote ein und überreichte Gabriela das Dokument, damit sie es Nay vorlesen konnte. In diesen Zeilen verzichtete er auf alle Eigentumsrechte auf Nay und ihren Sohn.

Der Yankee verstand nicht, was der Engländer da getan hatte, verwundert meinte er: „Ich kann mir nicht erklären, was sie vorhaben. Was nützt es Ihnen, wenn diese Schwarze frei ist?"

„Es ist so", antwortete mein Vater, „dass ich keine Sklavin brauche, sondern ein Kindermädchen, das dieses kleine Mädchen liebt." Mein Vater setzte María auf den Tisch, auf dem geschrieben wurde, und ließ sie Nay das Papier überreichen, während er zu Sinars Frau sagte: „Bewahre dieses Dokument gut auf. Du bist frei und du kannst bleiben oder mit meiner Frau und meinen Kindern wohnen in dem schönen Land, in dem wir leben."

Sie erhielt den Freiheitsbrief aus den Händen von María, nahm das Mädchen auf ihre Arme und küsste es. Anschließend ergriff sie eine Hand meines Vaters und berührte sie mit ihren Lippen, um sie dann weinend zu denen ihres Kindes zu führen. So kamen Feliciana und Juan Angel in das Haus meiner Eltern.

Drei Monate später war Feliciana schön wie nie zuvor und – soweit es ihre unglückliche Vergangenheit erlaubte – zufrieden mit ihrem neuen Leben. Sie erfuhr Liebe von meiner Mutter und wurde immer mit Rücksicht und Achtung behandelt.

Aufgrund ihrer Krankheit bestand ihre Aufgabe in letzter Zeit nur noch daraus, in der Hazienda Santa R. den Gemüsegarten zu pflegen und die Molkerei zu verwalten. Aber auch das nur zum Schein, denn der Hauptgrund ihres Aufenthalts war, sich um meinen Vater und mich zu kümmern, wenn wir von unseren Reisen kamen.

Wir Kinder, María und ich, streichelten sie und nannten sie Nay, wenn sie sehr gut zu uns war. Aber bald merkten wir, dass sie sehr traurig wurde, wenn wir sie so nannten.

Einmal, als sie abends neben dem Kopfende meines Bettes saß und mir eine ihrer fantastischen Geschichten erzählte, schwieg sie, als sie die Geschichte beendet hatte. Ich glaubte, sie weinen zu hören und fragte: „Warum weinst du?“

„Wenn du ein Mann bist“, antwortete sie mit liebevoller Stimme, „wirst du reisen und uns mitnehmen, Juan Angel und mich, nicht wahr?“

„Ja, ja“, antwortete ich begeistert, „wir werden in das Land der schönen Prinzessinnen aus deinen Geschichten gehen ... Du wirst sie mir zeigen ... Wie heißt das Land?“

„Afrika“ antwortete sie.

In dieser Nacht träumte ich von Palästen aus Gold und hörte herrliche Musik.

Kapitel 44

Der Priester gab der Kranken die letzte Ölung. Der Arzt blieb an ihrem Bett sitzen, während ich mein Pferd nahm und zum Dorf ritt, um die Beerdigungsformalitäten zu erledigen und bei der Post den fatalen Brief für Herrn A. abzugeben.

Als ich zurückkehrte, hatte sich Feliciana etwas erholt, der Arzt hatte wieder ein wenig Hoffnung. Sie fragte mich nach jedem Mitglied unserer Familie, und als wir zu María kamen, sagte sie: „Ich wünschte, ich könnte sie sehen, bevor ich sterbe. Ich würde sie bitten, auf meinen Sohn aufzupassen.“

Dann, als wenn sie mir ihre Zuneigung zu María deutlich machen wollte, fuhr sie fort: „Wenn das Mädchen nicht gewesen wäre, was wäre aus ihm und mir geworden?“

Die Nacht war für die Kranke ganz schlecht. Am nächsten Tag, einem Sonnabend gegen drei Uhr nachmittags, kam der Arzt in mein Zimmer und sagte: „Sie wird heute sterben. Wie hieß der Mann von Feliciana?“

„Sinar" antwortete ich.

„Sinar! Und was hat er gemacht? Sie nennt im Delirium seinen Namen."

Ich hatte nicht das Entgegenkommen, mich vom Arzt dazu erweichen zu lassen, ihm von den Abenteuern Nays zu erzählen, und begab mich in ihr Zimmer.

Der Arzt sprach die Wahrheit, sie war kurz vor dem Sterben, und ihre Lippen nannten nur diesen Namen, dessen Bedeutung weder die Sklavinnen ermessen konnten noch ihr eigener Sohn.

Ich begab mich ganz nah zu ihr, so dass sie mich hören konnte: „Nay! Nay ...!"

Sie öffnete die schon trüb gewordenen Augen.

„Erkennst du mich nicht?"

Sie gab mir mit dem Kopf ein Zeichen des Erkennens.

„Möchtest du, dass ich dir irgendwelche Gebete vorlese?"

Sie nickte noch einmal.

Es war fünf Uhr nachmittags, als ich Juan Angel das Zimmer verlassen ließ. Diese Augen, die so schön gewesen waren, hatten ihren Glanz verloren, sie waren gelb geworden und wanderten ohne Licht in den Augenhöhlen. Ihre Nase war spitz. Ihre Lippen zeigten noch eine gewisse Grazie, auch wenn sie jetzt etwas geschwollen und trocken vom Fieber waren. Ihre Zähne glänzten nicht mehr.

Krampfhaft drückte sie ein Kruzifix gegen ihre Brust, und sie versuchte, den Namen „Jesus" auszusprechen. Ich wiederholte den Namen, des einzigen, der ihr den geliebten Mann wiedergeben konnte.

Es wurde dunkel, als sie starb.

Die Sklavinnen kleideten sie vom Hals bis zu den Füßen in ein weißes Leinentuch und legten sie in den Sarg. Dieser kam auf einen Tisch, der mit einer schwarzen Tischdecke bedeckt war. Vier riesige Kerzen in silbernen Haltern beleuchteten das Ganze. Juan Angel vergoss Tränen auf die Stirn seiner Mutter, und aus seiner Brust kamen gewaltige Seufzer.

Ich ordnete beim Anführer der Sklaventruppe an, dass er in dieser Nacht alle Bediensteten zum Gebet ins Haus bringen sollte. Sie kamen in aller Stille. Die Männer und Kinder versammelten sich im Westkorridor, die Frauen knieten in einem Kreis um den Sarg nieder. Die Fenster zum Korridor wurden geöffnet, so dass beide Gruppen gemeinsam beten konnten.

Nach dem Rosenkranz sang eine Sklavin die erste Strophe einer dieser Lieder voller schmerzhafter Melancholie und lautem Wehklagen aus dem Herz eines Sklaven. Die Truppe wiederholte im Chor jede gesungene Strophe, dabei harmonisierten die schweren Stimmen der Männer mit den leichten und süßen der Frauen und Kinder. Dieses sind die Verse jener Hymne, die ich in meinem Gedächtnis behalten habe:

Im dunklen Kerker,
dessen Gitter die Sonne verschleiern,
schwarze und hohe Mauern,
die Gefängnisse umschließen.

In denen nur die Ketten,
die ich schleppe, die Stille durchbrechen.
Von dieser ewigen Einsamkeit,
in der nicht mal der Wind zu hören ist ...

Ich sterbe, ohne deine Gebirge zu sehen,
oh Vaterland! Wo meine Wiege
unter den Wäldern geschaukelt wurde ...
Die mein Grab nicht bedecken werden.

Während der Gesang ertönte, brachte das Licht der brennenden Kerzen die Tränen der Trauergäste zum Glänzen. Aber die Sklavinnen konnten ihre Tränen halbwegs unter ihren Schleiern verstecken, ich die meinen nicht.

Die Gruppe zog sich zurück; es blieben nur einige wenige Frauen, um die ganze Nacht abwechselnd zu beten, und zwei Männer, welche die Vorbereitungen treffen sollten, damit der Sarg am nächsten Tag zur Dorfkapelle getragen werden konnte.

Es war spät in der Nacht, als es mir gelang, den von seinem Schmerz erschöpften Juan Angel in sein Schlafzimmer zu bringen. Später ging auch ich auf mein Zimmer; aber die Stimmen der laut betenden Frauen und die Schläge der Macheten, mit denen die Sklaven Bambusrohre für die Trage schnitten, weckten mich jedes Mal, wenn ich gerade am Einschlafen war.

Um vier Uhr morgens schlief Juan Angel noch. Die acht Sklaven, die den Leichnam trugen, und ich setzten uns in Bewegung. Ich beorderte Higinio, den Hausverwalter, dazu, auf den kleinen Schwarzen aufzupassen und ihn im Haus zu behalten, bis ich zurückkam. Ich wollte dem Jungen den traurigen Abschied von seiner Mutter ersparen.

Keiner von denen, die Feliciana das letzte Geleit gaben, sprach unterwegs auch nur ein einziges Wort. Die Bauern, die ihre Ware zum Markt brachten, wunderten sich über unser Schweigen, war es doch bei den Bergbewohnern Sitte, zur „Trauer um den Toten" eine mehrtägige Orgie mit reichlich Lärm zu veranstalten. Alle Verwandten und Nachbarn versammelten sich dann im Haus des Toten, angeblich, um für seine Seele zu beten.

Sobald die Gebete und Zeremonien der Messe beendet waren, brachten wir den Leichnam zum Friedhof. Das Grab war schon vorbereitet. Kaum hatten wir das Tor zum Friedhofsgelände hinter uns gelassen, als wir plötzlich von Juan Angel eingeholt wurden, der Higinios Aufsicht entflohen war, um seine Mutter zu suchen. Als der Sarg vor dem Grab abgestellt wurde, umarmte er ihn, als wenn er ihn nie wieder loslassen wollte. Ich musste zu ihm gehen und mit ihm sprechen, während ich ihn streichelte und seine Tränen abwischte: „Es ist nicht deine Mutter, was du dort siehst, sie ist im Himmel, und Gott ist nicht glücklich über deine Verzweiflung."

„Sie hat mich allein gelassen, sie hat mich allein gelassen!" antwortete der Unglückliche.

„Nein, nein", sagte ich, „hier bin ich, ich hab' dich lieb, und das wird immer so sein. María hat dich lieb, meine Mutter, Emma ... und sie alle werden deine Mutter vertreten."

Der Sarg wurde ins Grab herabgelassen, ein Sklave schüttete die erste Schaufel Erde darauf. Aber Juan Angel, geradezu cholerisch, riss ihm sofort die Schaufel aus den Händen, was für uns alle sehr peinlich und erschreckend war.

Um drei Uhr nachmittags am selben Tag ließen wir auf dem Grab von Nay ein Kreuz aufstellen. Dann gingen ihr Sohn und ich zu unserer Hazienda am Hang des Berges.

Kapitel 45

Nach einigen Tagen begannen wir, den Schmerz zu verarbeiten, den der Verlust von Feliciana besonders in meiner Mutter, Emma und María verursacht hatte – ohne verhindern zu können, dass sie ständiges Thema unserer Unerhaltungen blieb. Wir kümmerten uns alle um Juan Angel und versuchten, es mindestens so gut zu machen, wie es seine Mutter gemacht hätte. Mein Vater ließ ihn wissen, dass er absolut frei sei – auch wenn er laut Gesetz noch einige Jahre unter seiner Obhut stünde und sich dann entscheiden könne – wie ein Angestellter unseres Hauses.

Juan Angel, der von meiner bevorstehenden Reise gehört hatte, hatte sich in den Kopf gesetzt, dass es sein größter Wunsch wäre, mich zu begleiten – und mein Vater gab ihm eine gewisse Hoffnung, seinen Wunsch zu erfüllen.

Trotz der Ereignisse des Tages vor meinem Aufbruch nach Santa R. blieb meine Beziehung zu María so, wie sie bisher gewesen war: Ein keusches Mysterium, das unsere Liebe verschleierte.

Es kam kaum dazu, dass wir uns die Freiheit nahmen, allein im Garten spazieren zu gehen. Und wenn doch, dann vergaßen wir meine Reise fast, sie spielte um mich herum und schnitt Blumen, die sie in ihren Korb legte, um sie mir dann zu zeigen, damit ich mir die schönste für mein Zimmer aussuchen konnte. Sie handelte mit mir, weil sie welche für den Gebetsraum haben wollte. Ich half ihr, ihr Lieblingsbeet zu pflegen und zu gießen. Dabei krempelte sie ihre Ärmel hoch, ohne zu bemerken, wie schön ihre Arme für mich waren.

Dann saßen wir, im hinteren Teil des Gartens, am Ufer des Flusses, der die fruchtbare Ebene durchquerte, um den Sonnenuntergang zu beobachten. Die Sonnenstrahlen überzogen den Himmel wie schlafende Löwen, wie gigantische Pferde, wie Schlossruinen aus Jaspis und Lapislazuli – ihr kindliches Vorstellungsvermögen kannte keine Grenzen.

Aber wenn wir wegen irgendeiner Kleinigkeit an meine gefürchtete Reise denken mussten, wollte ihr Arm den meinen nicht loslassen; sie versuchte Halt zu finden, und auch ihre traurigen Blicke, in denen etwas Unerklärliches stand, ließen mich nicht mehr los.

Eines Nachmittags – wie schön dieser Nachmittag immer in meiner Erinnerung bleiben wird! – leuchteten die letzten Sonnenstrahlen die Wolken an; die Strahlen der untergehenden Sonne vermischten sich mit denen des Mondes, der nun in Gestalt einer riesigen Lampe aus Alabaster die himmlische Herrschaft übernahm. Die Winde kamen spielerisch die Berghänge hinunter; die Vögel suchten in aller Eile ihre Nester auf. Die Locken von María, die mit mir Händchen haltend spazieren ging, streichelten ein ums andere Mal mein Gesicht; sie lehnte ihren Kopf auf meine Schulter, und wir sagten nichts zueinander ... Auf einmal blieb sie vor einem Rosenbeet stehen. Sie betrachtete einige Augenblicke das Fenster meines Zimmers, bevor sie die Augen wieder auf mich richtete und sagte: „Hier war es, genau so war ich angezogen, erinnerst du dich daran?“

„Immer, María, immer!“ antwortete ich und bedeckte ihre Hände mit Küssen.

„Sieh mal, in jener Nacht bin ich zitternd aufgewacht, weil ich träumte, dass du tust, was du jetzt gerade tust ... Siehst du dieses gerade angelegte Rosenbeet? Wenn du mich vergisst, wird dort nichts erblühen; aber wenn du so bleibst, wie du bist, wird es uns die schönsten Rosen schenken. Ich habe sie der Jungfrau María versprochen, wenn sie mich wissen lässt, dass du immer gut bist.“

Ich war gerührt von so viel Unschuld.

„Glaubst du nicht, dass es so sein wird?“ fragte sie ernst.

„Ich glaube, dass die Jungfrau María nicht so viele Rosen benötigen wird.“

Sie bestand darauf, dass wir uns zu meinem Fenster begaben. Als wir dort waren, gab sie meinen Arm frei: Sie entfernte sich einige Schritte bis zum Bach, band sich den *Pañolón* um die Taille und schöpfte mit den Händen Wasser; dann kniete sie zu meinen Füßen nieder, um eine kleine Zwiebel zu begießen, und sagte: „Das ist eine Lilie aus den Bergen."

„Und du hast sie dort gepflanzt?"

„Weil da ..."

„Ich weiß schon, aber ich hätte erwartet, dass du es vergessen hast."

„Vergessen? Wie könnte man das so leicht vergessen?" sagte sie, ohne aufzustehen oder mich anzusehen.

Ihre Haarpracht reichte fast bis zum Boden, und der Wind versetzte sie in Bewegung, so dass einige Locken die weißen Goldröschen des nächsten Rosenbeetes berührten.

„Aber weißt du nicht, warum du den Strauß Lilien hier fandest?"

„Wie sollte ich das nicht wissen? Weil es an diesem Tag jemanden gab, der glaubte, dass ich nie wieder Blumen auf deinen Tisch stellen würde."

„Schau mich an, María!"

„Warum?" fragte sie und widmete ihre Aufmerksamkeit weiter voll und ganz der kleinen Pflanze.

„Jede Lilie, die hier wächst, wird eine grausame Strafe sein für nur einen kleinen Moment des Zweifels. Wusste ich denn, ob ich es verdient hatte? Lass uns deine Lilien weit weg von diesem Ort pflanzen."

Ich ließ mich auf ein Knie nieder, ihr gegenüber.

„Nein, mein Herr!" antwortete sie erschreckt und schützte die kleine Pflanze mit beiden Händen.

Ich stand wieder auf und wartete mit gekreuzten Armen darauf, dass sie beendete, was sie tat oder zu tun vorgab. Sie versuchte, mich anzusehen, was ich aber scheinbar nicht bemerkte; schließlich stand sie auf und sagte, darum bemüht, ihre Reaktion wieder auszugleichen: „Ganz schön frech, nicht wahr? Ich werde Ihnen erzählen, mein Herr, wofür all die Blumen sind."

Beim Aufstehen waren ihre Haare an einer Pflanze hängen geblieben, gemeinsam befreiten wir sie. Dann schüttelte sie den Kopf, um die Haare wieder in Ordnung zu bringen und schaute mich an, mit einer ganz neuen Faszination in ihrem Blick. Auf meinen Arm gestützt meinte sie: „Lass uns gehen, bevor es dunkel wird."

„Wofür sind die Lilien?" drängte ich, als wir langsam den Pfad in Richtung Berge entlang schritten.

„Du weißt doch, wofür die Rosen sind, die ich dir gezeigt habe, oder?"

„Ja."

„Also werden die Lilien einem ganz ähnlichen Zweck dienen."

„Wir werden sehen."

„Würde es dir gefallen, in jedem Brief, den du von mir erhältst, ein Stückchen Lilie zu finden?“

„Oh ja!“

„Das wäre so als wenn ich dir viele Sachen erzählen würde, die man eigentlich nicht schreiben sollte, und es würde mich sehr viel Mühe kosten, mich gut auszudrücken. Du hast mir zuletzt nicht das Nötige beigebracht, damit meine Briefe besser formuliert wären ... Das ist auch wahr ...“

„Was ist wahr?“

„Dass wir gemeinsam schuld sind.“

Dann hatte sie Spaß daran, mit ihren von wunderschönem Schuhwerk bedeckten Füßen die trockenen Blätter der Mandules und *Mameyes* zu zerdrücken, die der Wind in der Gegend verstreut hatte.

„Ich möchte morgen nicht zum Berg gehen.“

„Aber wird Tránsito nicht enttäuscht sein? Sie ist schon seit einem Monat verheiratet, und wir haben sie nicht einmal besucht. Warum möchtest du nicht gehen?“

„Wegen ... wegen gar nichts. Du könntest sagen, dass wir mit der Vorbereitung deiner Reise sehr beschäftigt sind ... oder irgendetwas. Sie kann am Sonntag mit Lucía zu uns kommen.“

„Gut. Ich werde sehr früh zurückkommen.“

„Ja, und du gehst nicht jagen.“

„Aber das ist eine ganz neue Bedingung; Carlos wird lachen, wenn er erfährt, dass du mich dazu gedrängt hast.“

„Und wer sollte ihm das erzählen?“

„Vielleicht ich selbst.“

„Und warum?“

„Um ihn zu trösten, wo er doch bei dem Reh letztes Mal daneben geschossen hat.“

„Das ist wahr. Mit einem Tiger wäre das ganz anders gewesen, weil man vor ihm mehr Angst hat.“

„Was du nicht weißt, ist, dass im Gewehr von Carlos gar keine Munition war, Braulio hatte sie herausgenommen.“

„Und warum hat Braulio das gemacht?“

„Um sich zu rächen. Carlos und Señor M. haben an diesem Morgen über die unterernährten Hunde von José gelacht.“

„Das hat Braulio nicht richtig gemacht, nicht wahr? Aber gut, dass es so war, so hat das Tierchen es überlebt. Du hast nicht gesehen, wie es sich freut, wenn ich zu ihm komme. Sogar Mayo hat sich mit ihm angefreundet, sie schlafen manchmal unter einem Dach. Es ist so süß! Wie seine Mutter um es geweint hätte!“

„Lass es frei, damit es wegläuft.“

„Wird seine Mutter es denn in den Bergen finden?“
„Vielleicht nicht.“
„Warum nicht?“
„Weil Braulio meint, dass das Reh, das er später auf dem gleichen Pfad erlegt hat, die Mutter war.“
„Nein! Was für ein Mensch! Man sollte keine Mütter töten.“
Wir erreichten das Haus; Juan breitete seine Arme aus und fiel ihr um den Hals. Dann verschwand sie mit ihm, seinen Kopf auf ihrer Schulter.

Kapitel 46

Am nächsten Tag kehrte ich mittags um zwölf aus den Bergen zurück. Die Sonne hatte den Zenith erreicht, keine Wolken stellten sich ihr in den Weg, ihr Licht umarmte das Laub und die Wälder. Die Bäume schwiegen, von einer leichten Brise gestreichelt, die Insekten feierten unermüdlich den Dezembertag. Das kristallblaue Wasser der den Berg hinunterfließenden Bäche spritzte lustig und versteckte sich zwischen den *Tamarindos*. Das Tal und die Berge schienen wie von einem gigantischen Spiegel beleuchtet zu werden.
Juan Angel und Mayo folgten mir. Am Teich entdeckte ich María, die von Juan und Estéfana begleitet wurde. Der Hund lief zu ihnen und drehte seine Runden um die schöne Gruppe, mit seinem Niesen und Bellen schien er seine Zufriedenheit ausdrücken zu wollen. María suchte mich mit sehnsüchtigen Blicken in allen Richtungen, schließlich entdeckte sie mich, als ich über den Zaun sprang. Schnell ging ich zu ihr hinüber. Ihr Haar wies noch die Wellen auf, die ihre Zöpfe hinterlassen hatten, es fiel über ihren *Pañolón* und einen Teil ihres weißes Rockes, den sie mit der linken Hand hielt, während sie sich mit der rechten mit einem Basilikum-Zweig Luft zufächerte.
Sie saß unter einem Orangenbaum auf einem Teppich, der gerade von Estéfana ausgerollt worden war, als ich zu ihr hinüberkam und sie begrüßte.
„Was für eine Hitze!“ rief sie mir zu. „Warum bist du nicht früher gekommen?“
„Es war nicht möglich.“
„Es ist fast nie möglich. Möchtest du baden, ich warte auf dich?“
„Ach nein.“
„Wenn es deshalb ist, weil irgendetwas fehlt, ich kann es holen.“
„Rosen?“
„Ja, wenn du kommst, werde ich sie haben.“
Juan schüttelte die Orangenbäume, bis Früchte auf den Rasen fielen. Dann bückte er sich, damit María ihm das Hemd ausziehen konnte.

An diesem Tag hatte ich unterwegs Lilien gepflückt, hinzu kamen jene, die Tránsito und Lucía mir gegeben hatten. Ich sortierte die schönsten aus und reichte sie María. Die übrigen gab ich Juan Angel, der sie in den Teich warf.

María rief aus: „Oh, wie schade! Sie sind so schön!"

„Die Nymphen", sagte ich, „machen das Gleiche, wenn sie ein Bad nehmen."

„Wer sind die Nymphen?"

„Einige Frauen, die gern so aussehen würden wie du."

„Wie ich? Wo hast du sie gesehen?"

„Auf dem Fluss habe ich sie gesehen."

María lachte, und während sie sich von mir entfernte, sagte sie: „Es dauert nicht lange, nur einen Augenblick."

Eine halbe Stunde später kam sie ins Wohnzimmer, wo ich auf sie gewartet hatte. Ihre Augen glänzten, und ihre Wangen hatten den zarten Rosa-Ton, der sie immer so schön machte, wenn sie vom Bad kam.

Als sie mich sah, rief sie aus: „Oh! Warum hier?"

„Weil ich vermutet hatte, dich hier zu finden."

„Und ich, dass du mich erwartest."

Als sie später auf dem Sofa saß, auf dem ich ihr Platz angeboten hatte, unterbrach sie plötzlich ihre Gedanken und sagte: „Warum ist das so, he?"

„Was denn?"

„Was immer geschieht."

„Du hast nicht gesagt, was."

„Das, was ich mir vorstelle, dass du es machen wirst, das machst du."

„Und warum sagst du mir auch irgendwie Bescheid, dass du kommst, wenn du dich verspätest? Dafür gibt es keine Erklärung."

„Schon seit einigen Tagen würde ich es gern wissen: Wenn mir so etwas jetzt passiert, ob du auch dann erahnen kannst, was ich mache und ich, was du denkst, wenn du nicht mehr hier bist ..."

„An dich werde ich denken, oder?"

„Mag sein. Gehen wir zu Mutters Nähstube! Weil ich auf dich gewartet habe, habe ich heute nichts gemacht. Und sie möchte, dass es heute Abend fertig ist."

„Sind wir dort allein?"

„Und welcher neue Eifer treibt dich dazu, immer mit mir allein sein zu wollen?"

„Alles, was mich stört ..."

„Pssst!" sagte sie mit dem Zeigefinger vor den Lippen. „Siehst du? Sie sind in der Küche." Sie nahm Platz. „Diese Frauen sind also sehr schön?" fragte sie lächelnd, während sie den Stoff ordnete. „Wie heißen sie noch?"

„Oh ja! Sie sind sehr schön!“

„Und sie leben in den Bergen?“

„An den Flussufern.“

„In der Sonne und am Wasser? Da können sie nicht sehr weiß sein.“

„Im Schatten der großen Bäume.“

„Und was machen sie dort?“

„Ich weiß nicht, was sie machen. Vielleicht liegt es daran, dass ich sie lange nicht mehr getroffen habe.“

„Und wie lange schon geschieht dir dieses Unglück? Warum erwarten sie dich nicht? Wenn sie so schön sind, musst du sehr betrübt sein.“

„Sie sind ... aber du weißt nicht, dass es so ist.“

„Aber du wirst es mir erklären. Wie sind sie? Nein, mein Herr!“ Ich versuchte, ihre rechte Hand zu ergreifen, aber sie versteckte sie unter dem irischen Stoff, der auf ihrem Rock lag.

„Schon gut.“

„Warum kann ich nicht nähen, wenn du mir nicht sagst, wie diese ... wie heißen sie noch?“

„Ich werde es gestehen.“

„Mal sehen, also?“

„Sie sind eifersüchtig auf dich.“

„Sind sie mir böse?“

„Ja.“

„Mir!“

„Früher habe ich immer nur an sie gedacht, und dann ...“

„Was dann?“

„Deinetwegen habe ich sie vergessen.“

„Dann werde ich sehr stolz darauf sein.“

Ihre rechte Hand spielte schon mit der Stuhllehne, als wenn sie mir damit zeigen wollte, dass ich sie ergreifen könne. Dann fuhr sie fort: „Gibt es in Europa Nymphen? Hör mal, mein Freund, gibt es welche in Europa?“

„Ja.“

„Dann ... wer weiß!“

„Sicher ist, dass sie sich die Wangen mit Essenzen aus roten Blumen färben, und dass sie Korsetts und Stiefel tragen.“

María versuchte zu nähen, aber ihre rechte Hand war nicht ruhig. Während sie mit dem Garn herumhantierte, bemerkte sie: „Ich kenne jemanden, der dafür sterben würde, schön beschuhte Füße zu sehen und ... Die Blumen auf dem Teich sind weggeschwemmt worden.“

„Soll das heißen, dass ich gehen muss?“

„Es tut mir Leid, dass sie verloren sind.“

„Aber da ist noch etwas.“

„Das stimmt. Es ist mir peinlich ... eine andere Sache ist, dass man uns nicht so oft zusammen sehen sollte ... und Emma und Mutter werden hierher kommen."

Kapitel 47

Mein Vater hatte entschieden, noch vor meiner Abreise in die Stadt zu gehen. Nicht nur, weil die Geschäfte es dringend erforderten, sondern auch, weil er ein wenig Zeit brauchte, um meine Reise vorzubereiten.

Um sieben Uhr abends am vierzehnten Januar – einen Tag, bevor er uns verlassen sollte – veranlasste ich, nachdem wir einige Stunden zusammen gearbeitet hatten, dass ein Teil meines Gepäcks, das mit seinem mitgenommen werden sollte, für eine Weile in seinem Zimmer deponiert wurde.

Auf einem Teppich kniend bereitete meine Mutter die Schiffskoffer vor, Emma und María halfen ihr dabei. Es fehlten noch einige meiner Anzüge: María ergriff welche, die in der Nähe auf einem Stuhl lagen, und als sie einen wiedererkannte, fragte sie: „Diesen auch?"

Meine Mutter nahm die Anzüge ohne ein Wort zu sagen entgegen, und während sie weiterpackte, führte sie einige Male ein Taschentuch an ihre Augen.

Ich ging hinaus und kehrte mit einigen Papieren zurück, die noch in die Koffer mussten. Im Korridor traf ich María, aufgestützt auf die Veranda.

„Was ist?" fragte ich. „Warum weinst du?"

„Ich weine nicht ..."

„Erinnere dich an das, was du mir versprochen hast."

„Ja, ich weiß schon, Mut haben für all das. Wenn es nur möglich wäre, dass du mir einen Teil von deinem gibst ... Aber ich habe weder Mutter noch dir versprochen, dass ich nicht weinen werde. Wenn dein Gesicht nicht mehr sagen würde als diese Tränen, würde ich sie verstecken ... Aber später, wer weiß das schon?"

Mit meinem Taschentuch wischte ich weg, was ihr die Wangen hinunterrollte, und sagte: „Warte auf mich, ich komme zurück."

„Hier?"

„Ja."

Sie befand sich an der gleichen Stelle, als ich an ihre Seite zurückkehrte.

„Schau", sagte sie zu mir, auf das finstere Tal zeigend, „sieh nur, wie traurig die Nächte werden. Wenn der August kommt, wo wirst du dann sein?"

Nach einigen Sekunden das Schweigens sprach sie weiter: „Wenn du nicht gekommen wärest, so wie Vater gedacht hat, dann wärest du vor deiner Abreise nach Europa nicht mehr hier gewesen."

„Wäre das besser gewesen?"

„Besser? Besser?! Hast du das im Ernst gedacht?"

„Du weißt sehr gut, dass ich das nicht denken kann."

„Ich ja. Als Vater das sagte, habe ich gehört, dass er über meine Krankheit sprach. Und du nie?"

„Niemals."

„Und an jenen Tagen?"

„Ich habe dich so geliebt wie jetzt, aber das, was der Arzt und mein Vater ..."

„Ja, Mutter hat es mir erzählt. Wie kann ich es wieder gutmachen?"

„Du hast mehr getan als ich als Belohnung erwarten könnte."

„Gibt es so etwas Wertvolles?"

„Lieb mich so, wie ich dich geliebt habe, lieb mich so, wie ich dich heute liebe, lieb mich noch mehr!"

„Oh ja! Aber auch, wenn das Undankbarkeit ist: Das mache ich nicht, um zu bezahlen, was du für mich getan hast." Sie legte ihre Stirn für einige Momente auf ihre Hand, die wiederum meine hielt. „Früher", sprach sie weiter, langsam den Kopf hebend, „wäre ich vor Scham gestorben, wenn ich so mit dir gesprochen hätte ... Vielleicht ist es nicht richtig. ..."

„Nicht richtig, María? Bist du nicht, ja, fast meine Ehefrau?"

„Ich kann mich nicht an diese Vorstellung gewöhnen, lange Zeit schien es mir unmöglich ..."

„Aber heute? Noch immer?"

„Ich kann mir nicht vorstellen, wie du sein wirst und wie ich dann sein werde ... Was suchst du?" fragte sie, als sie bemerkte, dass meine Hände die ihren finden wollten.

„Das" antwortete ich und zog ihr den Ring vom Ringfinger der linken Hand, in den die Initialen ihrer Eltern graviert waren.

„Willst du ihn tragen? Weil du keine Ringe trägst, habe ich ihn dir nicht angeboten."

„Ich werde ihn dir am Tag unserer Hochzeit zurückgeben. Bis dahin kannst du diesen Ring tragen, es ist der, den meine Mutter mir gab, als ich auf das Colegio kam. Innen befinden sich dein und mein Name. Mir passt er nicht so gut, aber dir schon, oder?"

„Gut, aber du bekommst ihn niemals zurück. Ich erinnere mich daran, wie du ihn an dem Tag, als du gegangen bist, im Bach verloren hast. Ich habe mir die Schuhe ausgezogen, um ihn zu suchen, und weil ich so nass geworden war, hat Mutter geschimpft."

Irgendetwas, so dunkel wie Marías Mähne und so flink wie ein Gedanke, flog direkt vor unseren Augen vorbei. María entfuhr ein erstickter Schrei, dazu bedeckte sie ihr Gesicht mit den Händen und rief erschreckt aus: „Der schwarze Vogel!" Zitternd ergriff sie ganz fest meinen Arm. Ein Schauder des Grauens lief durch meinen Körper. Das metallische Flügelbrummen des ominösen Vogels war nicht mehr zu hören. María blieb wie erstarrt. Dann kam Mutter, alarmiert von Marías Schrei, mit einem Licht aus der Schreibstube. María war leichenblass.

„Was ist los?" fragte meine Mutter.

„Der Vogel, den wir einmal in Efraíns Zimmer gesehen haben."

Das Licht zitterte in den Händen meiner Mutter. Sie sagte: „Aber Kind, wie kannst du dich so ängstigen?"

„Sie wissen nicht ... Aber es ist nichts. Gehen wir weg von hier." Das sagte sie mit einem viel sagenden Blick zu mir, aber schon wesentlich ruhiger.

Die Esszimmer-Glocke läutete, und wir begaben uns dorthin. Unterwegs flüsterte María meiner Mutter zu: „Erzählen Sie Vater nicht, dass ich mich so erschrocken habe, er wird nur über mich lachen."

Kapitel 48

Um sieben Uhr am folgenden Morgen war das Gepäck schon aus dem Haus, als mein Vater und ich, beide in Reisekleidung, noch einen Kaffee tranken. Ich sollte ihn bis zur Hazienda der Herren M. begleiten, wo er sich von mir und den Nachbarn verabschieden wollte.

Die Familie hatte sich auf dem Korridor versammelt, als die Pferde gebracht wurden. Emma und María verließen in diesem Moment mein Zimmer, was sofort meine Aufmerksamkeit weckte. Nachdem mein Vater meiner Mutter einen Kuss auf die Wange gegeben hatte, küsste er María auf die Stirn, dann Emma und die anderen Kinder, bis er bei Juan angekommen war. Der erinnerte Vater daran, dass er sich einen Sattel mit Pistolenhalfter wünschte, für sein Gaucho-Fohlen, mit dem er in letzter Zeit viele Stunden verbrachte.

Bevor er die Treppe hinunterging, blieb mein Vater noch einmal vor María stehen. Mit leiser Stimme sprach er zu ihr und strich über ihren Kopf, vergeblich bemühte er sich darum, dass sie ihn ansah.

„Es ist angebracht, dass du sehr schön und sehr artig bleibst, nicht wahr, meine Señora?"

María nickte mit dem Kopf, aber sie konnte die Tränen nicht zurückhalten und wischte sie schnell weg.

Ich verabschiedete mich bis zum Nachmittag. Als mein Vater sein Pferd bestieg, befand ich mich ganz in der Nähe von María, und ohne dass jemand es bemerkte, flüsterte sie: „Aber keine Minute später als fünf Uhr!“

Von Don Jerónimos Familie war nur Carlos auf der Hazienda. Er empfing mich herzlich und wollte mich dazu überreden, mit ihm den ganzen Tag zu verbringen. Wir besichtigten die sehr aufwändige, aber mit wenig Geschmack und Stil errichtete Zuckerfabrik, dann den von seinen Vorfahren sehr schön angelegten Gemüsegarten. Zuletzt gingen wir zum Stall, in dem ein halbes Dutzend rassiger Pferde stand.

Nach dem Mittagessen rauchten wir gemütlich zum Nachtisch, als Carlos zu mir sagte: „Es sieht so aus, als wenn es mir nicht möglich sein wird, dich vor deinem Abschied noch einmal zu sehen. Dich und dein fröhliches Studentengesicht, mit dem du – um mich zu quälen – die Geschichten von Matilde erzählt hast. Immerhin, wenn du traurig bist, weil du verreist, dann bedeutet das, dass du glücklich wärest, wenn du bleiben könntest ... verteufelte Reiserei!“

„Sei nicht so undankbar“, antwortete ich, „wenn ich zurückkehre, hast du einen Arzt, der dich gratis behandelt.“

„Klar, Mann. Glaubst du, dass ich daran nicht auch schon gedacht habe? Studiere fleißig, damit du bald zurückkommst. Bevor mich der Typhus umbringt, der hier überall auf einen lauert, oder mich die Wassersucht erwischt. Ich langweile mich grauenhaft. Die ganze Welt feiert Heiligabend in Buga; um hier bleiben zu können, habe ich extra eine Knöchelverletzung erfunden – mit dem Risiko, mich bei einer ganzen Schar Cousinen unbeliebt zu machen. Zum Schluss muss ich vielleicht noch eine Reise nach Bogotá dazudichten, um allerlei Krimskrams hierher zu bringen, so wie Emigdio ... oder irgendetwas anderes.“

„Zum Beispiel eine Frau?“ unterbrach ich ihn.

„Was denkst du denn? Kannst du dir vorstellen, dass ich nicht daran gedacht habe? Tausend Mal! Jede Nacht habe ich hundert Ideen. Bis sechs Uhr morgens liege ich wach im Bett und baue Luftschlösser, dann höre ich die Schwarzen beten, werde geweckt und bekomme meinen Kakao ... Aber der erste Geruch, der im Morgengrauen meine Nase erreicht und die Luftschlösser zerstört, ist der Geruch von Tiermist.“

„Aber du liest?“

„Was lese ich? Mit wem soll ich über das reden, was ich gelesen habe? Mit dem Hausverwalter vielleicht, der den ganzen Tag nur gähnt?“

„Wenn ich das rekapituliere, dann solltest du dringend heiraten. Vielleicht denkst du mal daran, Matilde hierher zu holen.“

„Auf den Punkt, so habe ich es mir vorgestellt. Nachdem ich zu dem Schluss gekommen bin, dass meine Heiratsabsichten mit deiner Cousine ein Fehler waren – Gott und sie mögen es mir verzeihen – kam die Versuchung, von der du sprichst. Aber weißt du, wie man das Ganze löst?

Anstatt ein Problem daraus zu machen, stelle ich mir einfach vor, Matilde wäre schon meine Frau und lebte in diesem Haus. Ich würde mich totlachen, und die Arme wäre unglücklich."

„Aber warum?"

„Mann, Matilde kommt aus Bogotá, wie der Brunnen von San Carlos, das Standbild von Bolívar und der Pförtner Escamilla, was sollte sie in einem Kaff wie diesem?"

„Dich für immer und ewig lieben, du könntest ihr die Welt zu Füßen legen ... am Ende, du bist sehr reich. Und sie würde dich bei deiner Arbeit motivieren. Außerdem: Diese Täler, diese Wälder, diese Flüsse – ist das nicht ein Glück, das sie noch nicht genossen hat? Kann man das sehen, ohne sich darin zu verlieben?"

„Komme mir nicht mit Poesie. Was ist mit meinem Vater und seinen Bauern? Mit meinen Tanten und ihrer Scheinheiligkeit? Und der Einsamkeit hier? Und der Hitze? Und dem Dämon?"

„Warte mal", unterbrach ich ihn lachend, „nimm nicht alles so ernst."

„Sprechen wir weiter, wenn du zurückkommst, um mich zu kurieren. Wenn du zurückkehrst, wirst du deine Señorita María heiraten, nicht wahr?"

„Mit Gottes Hilfe ..."

„Möchtest du, dass ich dein Trauzeuge bin?"

„Von Herzen gern."

„Tausend Dank. Das ist also beschlossene Sache."

„Lass mir bitte mein Pferd bringen" sagte ich nach einem Moment der Stille.

„Gehst du schon?"

„Es tut mir Leid, aber zu Hause erwarten sie mich früh zurück, und die Reise geht bald los ... Dann muss ich mich heute noch von Emigdio verabschieden und von meinem alten Freund Custodio, das ist auch nicht gerade nah."

„Du reist genau am Dreißigsten ab, oder?"

„Ja."

„Dann bleiben dir nur fünfzehn Tage, ich sollte dich nicht aufhalten. Zuletzt hast du sogar gelacht, auch wenn es über meine Langeweile war." Weder Carlos noch ich konnten verbergen, dass uns dieser Abschied schwer fiel.

Ich überquerte gerade den Fluss Amaimito, als ich hörte, wie ich gerufen wurde, und zwar von meinem alten Freund Custodio, der plötzlich aus dem Wald auftauchte. Er ritt ein honigfarbenes, junges Pferd und saß mit gelockerten Zügeln auf einem breiten Sattel. Bekleidet war er mit einem blaugestreiften Hemd, einer bis zu den Knien hochgekrempelten Hose und mit einem langen Unterhemd, das ihm bis auf die Oberschenkel herunterhing. Ihm folgte eine ziemlich betagte Stute, beladen mit Bananenstauden und geführt von einem zurückgebliebenen Jungen, der als Schweine- und Vogelhüter sowie als Gärtner beschäftigt wurde.

„Gott segne Sie, mein Freund" grüßte der Alte, als wir näher kamen. „Wenn ich nicht gerufen hätte, wären Sie mir entkommen."

„Ich war auf dem Weg zu Ihnen, mein Freund."

„Was Sie nicht sagen. Und ich bin auf der Suche nach einer entlaufenen Stute. Dabei kann sie schlecht laufen, weil sie ein zu kurzes Bein hat. Wenn ich die erwische ... Wenn ich aber die Geier sehe, wird mir ganz mulmig zumute. Ich habe schon überall gesucht. Ihr geht es nicht gut, vor kurzem hat sie bei der Geburt ein Fohlen verloren, ein riesiges Muli, es sah so aus, als wenn es schon zwei Monate alt wäre. Ich konnte nicht einmal das Leder nutzen, dabei hätte man mindestens eine Reithose daraus machen können. Die alten bestehen nur noch aus Fetzen, nicht mal mehr die Hunde wollen drauf schlafen."

„Ärgern Sie sich nicht, Sie werden bald Mulis genug haben. Lassen Sie uns weitergehen!"

„Ach was" sagte mein Freund, während wir unseren Ritt fortsetzten. „Die Zeit ist schlecht. Stellen Sie sich mal vor: Für den Honig gibt's nur einen *Real*, von der *Panela* ganz zu schweigen. Wenn der Zucker schön weiß ist, geht's damit, aber den Käse verschenke ich praktisch. Und die Schweine fressen die ganze Maisernte, es ist, als ob ich sie in den Fluss schmeißen würde. Obwohl sie so fleißig ist, reicht der Verdienst meiner Frau kaum für die Kerzen. Die Seife, die wir machen, deckt nicht die Ausgaben. Und die versoffenen Arbeiter sind hinter der Destillierblase her ... Das muss ich Ihnen sagen: Ich hab' von Don Jerónimo die nach der Zuckerrohrernte gebliebenen Reste gekauft, aber ... was für ein Ausbeuter! Vierhundertzehn Mäuse hat er mir abgenommen."

„Und woher waren die vierhundert? Von der Seife?"

„Bah! Sie haben Vorstellungen, mein Freund! Wir mussten dafür das Sparschwein von Salomé schlachten."

„Und Salomé, ist sie fleißig wie immer?"

„Wenn nicht, würde uns das Wasser bis zum Hals stehen. Sie macht Stickereiarbeiten und hilft, wo sie nur kann. Ganz das Kind ihrer Mutter. Ich sage Ihnen, dieses Kind macht alle verrückt, das ist wahr."

„Salomé? Sie ist doch so schüchtern, so bescheiden ..."

„Schlitzohrig ist das richtige Wort."

„Was heißt das?"

„Sie sind ein anständiger Mensch und mein Freund, ich werde es besser Ihnen erzählen als dem Priester in Parroquia, der ist mir ohnehin nicht geheuer. Aber warten Sie, wir müssen erst mal diesen Graben überqueren." Dann sah er sich nach dem Jungen um, der inzwischen auf den Bananenstauden eingeschlafen war.

„Achte auf den Weg, du Blödmann, wenn du hinunterfällst, verzichte ich gern auf die Bananen und lasse dich hier liegen!"

Der Junge lachte albern und gab einige unverständliche Laute von sich. Mein Freund fuhr fort: „Sie kennen doch Tiburcio, den kleinen Mulatten, der von dem verstorbenen Murcia großgezogen wurde?"

„Ist es nicht der, der Salomé heiraten wollte?"

„Das kommt hin."

„Ich wusste nicht, wer ihn großgezogen hat. Aber ich kenne ihn, ich habe ihn bei Ihnen und bei José gesehen, und einige Male haben wir zusammen gejagt, er ist ein netter Kerl."

„Und schlecht geht's ihm auch nicht, er hat acht gute Kühe, ein paar Schweine und zwei sehr schöne Reitstuten. Murcia hat immer geschimpft, dass man Angst bekommen konnte, aber er hatte ein gutes Herz und hat dem Jungen alles vererbt. Der ist der Sohn einer Mulattin, die den Alten mit der Gelbsucht angesteckt hat, was ihn fast das Leben kostete. Er hatte sie als Sklavin in Quilichao gekauft, aber vier Monate später ist sie an den Folgen der Gelbsucht gestorben. Ich hab' die Geschichte zufällig gehört, weil ich manchmal als Tagelöhner bei dem alten Murcia geschuftet hab'."

„Und was gibt es Neues von Tiburcio?"

„Kommt schon. Also, mein Herr, so ungefähr vor acht Monaten habe ich langsam gemerkt, dass der Bursche sich immer wieder irgendwelche Geschichten einfallen ließ, um uns zu besuchen, aber ich bin bald dahinter gekommen, dass er nur nach Gelegenheiten suchte, mit Salomé allein sein zu können. Irgendwann habe ich Candelaria ganz klar gesagt, was ich von dem Besucher hielt. Und sie sagte, vielleicht habe ich eine Wolke vor den Augen und sehe alles falsch.

Am nächsten Samstagnachmittag habe ich mich versteckt, um meinen Verdacht zu überprüfen. Und raten Sie mal, wer da kommt: Der Tiburcio, und das Mädel geht ihm entgegen, um ihn zu empfangen. Da hatte ich keine Zweifel mehr. Ehrlich gesagt, habe ich nichts Unanständiges gesehen. Aber Tag um Tag vergeht, ohne dass Tiburcio den Mund aufmacht, um über die Hochzeit zu sprechen. Ich schätze doch, er hatte es auf Salomé abgesehen; ganz schön blöd, wenn er sie dann nicht heiratet, dachte ich. Sie läuft nicht in Schutt und Asche, und sie ist eine gute Hausfrau.

Auf einmal kommt er nie wieder, und Candelaria gelang es nicht, von dem Mädel eine Erklärung für das Fernbleiben des Burschen zu bekommen. Salomé hat viel Respekt vor mir, deswegen konnte ich von ihr noch weniger erfahren als Candelaria. Seit kurz vor Weihnachten lässt sich der

Kerl nicht mehr blicken. Sind Sie mit dem jungen Justiniano, dem Bruder von Carlos, befreundet?“

„Ich habe ihn nicht mehr gesehen, seit ich ein Junge war.“

„Stellen Sie sich einfach Don Carlos ohne Koteletten vor, aber leider nicht so nett. Er ist ein richtiger Teufel, aber verdammt gut aussehend, ohne Zweifel. Ich weiß nicht, wo er Salomé kennen gelernt hat. Vielleicht, als ich ein Geschäft mit seinem Vater gemacht habe. Dieser Junge kam hierher, um die Kälber zu brennen, und seitdem kann ich nicht mal mehr in Ruhe eine Banane genießen.“

„Das ist nicht gut.“

„Ich erzähle es Ihnen, auch auf die Gefahr hin, dass meine Frau, wenn sie mal wieder spinnt, mir vorwirft, dass ich zu viel rede. Ich weiß ganz genau, was ich tue. Aber es gibt für alles eine Lösung. Bisher habe ich sie nur noch nicht gefunden.“

„Mal sehen ... Sagen Sie, mein Freund – ich hoffe, es ist nicht zu indiskret, wenn ich das frage – welchen Eindruck haben Sie denn von Salomé und Justiniano?“

„Lassen Sie mich in Ruhe, genau das ist der Grund, warum ich mich Tag und Nacht fühle, als wenn ich auf Stacheln schlafen würde ... Mein Freund, das Mädchen ist nicht zu halten. Der Teufel hat mir den Ärger geschickt. Sie liebt ihn, darum erzähle ich Ihnen das alles, damit Sie mir helfen.“

„Und woher wissen Sie, dass Salomé verliebt ist?“

„Aber bitte! Ich habe doch gesehen, wie ihre Augen tanzen, wenn sie den kleinen Weißen sieht, und wie sie rot anläuft. Wie Wasser und Feuer, das passt auch, weil er immer Durst hat und raucht, und für Wasser und Feuer ist er immer zu uns gekommen. Und Sonntags geht er zu der alten Dominga, kennen Sie die?“

„Nein.“

„Sie ist so eine ... wie soll ich sagen, sie wirbelt viel Staub auf. Candelaria ist davon überzeugt, dass diese alte Fledermaus den Affen verzaubert hat, den Sie so lustig fanden, der hat geschrieen und geheult wie ein Christ und sich den Bauch aufgekratzt.“

„Er wird einen Skorpion gefressen haben, mein Freund.“

„Ach, woher denn! Der hatte keinen Appetit auf kalte Speisen, glauben Sie mir, die Alte hat ihn verhext. Aber das ist es nicht, was ich erzählen wollte. Als ich dabei war, die Stute zu suchen, hab' ich die alte Hexe in den Guavenfeldern getroffen. Ich wusste sofort, dass sie auf dem Weg zu uns war. Ich hab' mich gleich vor ihr aufgebaut und gesagt: ‚Sehen Sie mal, Doña Dominga, gehen Sie lieber zurück und halten Sie sich nicht hier auf. Wir haben viel zu tun und keine Zeit für Plaudereien, das ist das zweite Mal, dass ich Ihnen sagen muss, dass wir Sie bei uns nicht sehen wollen.' Da fing sie an zu zittern. Ich dachte, dieses Ekel kann nichts Gutes bringen, und sagte ganz offen zu ihr: ‚Ich hab' ein komisches Gefühl, wenn ich Sie sehe, wenn Sie das nächste Mal bei uns erscheinen, kriegen Sie eine Tracht Prügel. Wenn ich das nicht tue, möge der liebe Gott mich strafen und mir meinen Namen nehmen.' Und sie blieb ruhig wie in der heiligen Messe, starrte mich nur an."

Damit hatte die Aufregung meines Freundes ihren Höhepunkt erreicht. Er bekreuzigte sich und ging weiter. „Jesus, ich glaube an Gott, den Herrn! Dieses miese Stück. Eines Tages, wenn ich die richtige Wut habe, dann werde ich sie ... Ich bin ja ein guter Mensch, klar, meine Tochter macht uns Schwierigkeiten, aber wo kommt das nicht vor. Ich verstehe nicht die Missgunst der Menschheit, warum wollen die Menschen mir kaputtmachen, was mir heilig ist?"

Mein jähzorniger Freund befand sich wieder kurz vor einem Tobsuchtsanfall. Was er zuletzt gesagt hatte, waren keine leeren Drohungen, darum versuchte ich, ihn zu beruhigen: „Wir müssen versuchen, eine Lösung zu finden, das Ganze ist eine schwere Belastung für Sie."

„Ich weiß eine: Ihre Mutter hat vor einiger Zeit zu meiner Frau gesagt, dass wir Salomé zu Ihnen schicken sollten. Sie wollte das Mädel einige Wochen bei sich aufnehmen, um ihr das feine Nähen beizubringen. Candelaria wünschte es sich von Herzen, aber damals ging es nicht. Ich kannte Sie damals nicht so gut wie jetzt."

„Aber mein Freund!"

„Für die Wahrheit ist Jesus gestorben. Jetzt liegt der Fall so: Ich möchte, dass Ihre Mutter das Mädchen für ein paar Monate behält, damit der böse Feind eine Zeitlang ferngehalten werden kann. Salomé wird artig sein, und wenn ihr jemand einen Schaden zufügt, bekommt er von mir einen Tritt in den Allerwertesten. Was sagen Sie dazu?"

„Selbstverständlich. Ich werde noch heute mit Mutter sprechen, sie und meine Schwestern werden sich freuen. Und ich kann Ihnen versprechen, dass Sie dann Ihre Sorge los sind."

„Gott segne Sie, mein Freund. Ich werde dafür sorgen, dass Sie mit Salomé reden können, als wenn Sie von dem ganzen Kram noch nichts gehört hätten. Dann schlagen Sie vor, was wir besprochen haben, und später erzählen Sie mir, ob Sie etwas erreicht haben. Mit Ihrer Hilfe wird alles glatt gehen. Aber wenn das Mädel nicht mitmacht, das schwöre ich Ihnen, dann landet es auf einem Pferd und anschließend im Kloster Beaterio in Cali, da kommt nicht mal eine Fliege an sie ran. Da lernt sie lesen und beten und bleibt bis zum Sankt-Nimmerleins-Tag."

Als wir an den Feldern vorbeikamen, die Custodio neu gekauft hatte, sagte er: „Ist das nicht ein prächtiges Stückchen Erde? Sehen Sie nur den

Weißdorn, das beste Zeichen für fruchtbare Erde. Der einzige Nachteil ist, dass wir hier zu wenig Wasser haben."

„Mein Freund", antwortete ich, „hier können Sie so viel Wasser einleiten, wie Sie wollen."

„Machen Sie Witze? Dann würde ich es nicht für das Doppelte verkaufen!"

„Ich habe mit meinem Vater darüber gesprochen. Und er ist damit einverstanden, dass Sie so viel von unserem Wasser nehmen wie Sie brauchen. Er wundert sich, dass Sie nicht viel früher darum gebeten haben."

„Sie haben ein erstaunliches Gedächtnis, mein Freund. Da haben Sie aber lange gewartet, um mir die gute Nachricht mitzuteilen. Grüßen Sie Ihren Vater und übermitteln Sie ihm meinen herzlichen Dank. Er weiß, dass ich nicht undankbar bin und ihm stets zu Diensten stehe. Candelaria wird sich freuen, Wasser für ihren Gemüsegarten und für unsere Destillierblase zu haben. Wir haben zwar Wasser, aber das sind ein paar Tropfen von unseren Nachbarn, und davon wird die Hälfte von den Schweinen Don Rudecindos versaut. Die machen mein Grundstück kaputt. Die halten uns ganz schön auf Trab, und für einen Zaun fehlt mir das Geld. Das zusätzliche Wasser müssen wir aus dem Amaimito holen. Dafür habe ich riesige Kalebassen vorbereitet, die transportieren wir mit den Mulis. Wir könnten auch Wasser vom Honda haben, aber das ist ungenießbar. Man hat das Gefühl, man trinkt die reine Lauge, und ich weiß nicht, warum das so ist."

„Das ist Kupfer, mein Freund."

„So wird es sein."

Die Nachricht, dass mein Vater ihm die Erlaubnis gab, Wasser von uns zu beziehen, hatte den Bauern so aufgemuntert, dass er – wie bei einem Reitwettbewerb – sein Pferd dazu drängte, wie der Teufel zu gehen.

„Wem gehört dieses Pferd? Es hat nicht Ihr Brandzeichen."

„Gefällt es Ihnen? Es gehört dem Großvater von Somera."

„Was kostet es?"

„Um nicht lange drum herum zu reden: Dom Emigdio hat mir für meinen Rappen Rucio vier Unzen Gold angeboten, und obwohl dieser sein Bruder ist, dürfte er um einiges besser sein. Achten Sie auf seinen Schritt, und wie elegant er den Schweif bewegt. Es war keine leichte Aufgabe, ihn zu dressieren. Eine Woche lang konnte ich diesen Arm nicht bewegen, so hat mir der Teufel zugesetzt. Wenn er die Wut bekommt, mein lieber Gott, so etwas hat die Welt noch nicht gesehen."

Wir erreichten Custodios Haus; er gab dem jungen Pferd die Sporen, um schnell die Tür zum *Patio* zu erreichen. Mit einem Schlag, der das Strohdach heftig erschütterte, ließ mein Freund die quietschende Tür aufschwingen und riet mir noch einmal: „Seien Sie also vorsichtig mit Salomé, mal sehen, was dabei herauskommt."

Nachdem ich vom Pferd gestiegen war, half mir mein Freund, den Kopf des Tieres mit einer Haube zu bedecken. Dann band er die Pferde auf dem Korridor an und rief laut: „Candelaria! Salomé!" Aber nur die Truthähne antworteten. „Nicht mal die Hunde", knurrte mein Freund, „als ob die Erde sie alle verschluckt hätte."

„Ich komme schon!" rief da seine Frau aus der Küche.

„Meine Güte! Unser Freund Efraín ist hier!"

„Warten Sie einen Augenblick, wir machen Panela, und wenn wir nicht aufpassen, brennt sie an!"

„Und Fermín, wo ist er hin?" fragte Custodio.

„Er ist mit den Hunden fort, um das Schwein ‚Cimarron' zu suchen" war die melodiöse Stimme von Salomé zu vernehmen. Kurz darauf erschien sie vor der Küchentür, während Custodio mir aus der Reithose half.

Das Haus besaß ein Strohdach und einen festen Fußboden, alles sehr gepflegt. Besonders schön sah es von außen aus, weil man vor kurzem die Wände mit Kalk getüncht hatte. Um das Haus herum gab es viele Bäume, Kaffee, Papayas und viele andere Obstbäume. Dem Haus fehlte nur das, was jetzt kommen sollte und die Laune des Besitzers schon erheblich gehoben hatte: Hoffnung und Wasser.

Im Wohnzimmer gab es mit Leder überzogene Stühle und einen kleinen Tisch mit einer gestärkten weißen Tischdecke. In einem Schrank befanden sich Teller und Schalen in verschiedenen Formen und Farben.

Der Türrahmen war mit einem bunten Vorhang verziert, im Flur dahinter war eine alte Figur der Jungfrau von Rosario zu erkennen; Statuen des Heiligen Joseph und des Heiligen Antonius links und rechts davon machten den Altar komplett.

Endlich kam die ebenso rundliche wie freundliche Candelaria aus der Küche, erhitzt von der Glut des Herdes und mit einem Fächer in der rechten Hand. Nachdem sie sich ausgiebig darüber beschwert hatte, dass ich so selten zu Besuch kam, schloss sie: „Salomé und ich hatten Sie zum Essen erwartet."

„Wie kommt das?"

„Juan Angel war hier, um Eier zu holen, und die Señora ließ ihn ausrichten, dass Sie heute kommen würden. Ich werde Salomé rufen lassen, sie ist eben zum Fluss und wäscht. Dann können Sie sie fragen, was ich zu ihr gesagt habe: Wenn unser Freund heute wieder nicht zum Essen kommt, werde ich kein gutes Haar mehr an ihm lassen."

„Das hört sich an, als wenn Sie eine Hochzeit vorbereiten."

„Sie werden sehen, wie ich eigenhändig eine *Sancocho* mache, leider dauert es aber noch ein bisschen."

„Um so besser, so werde ich Zeit haben, mich zu baden."

Nachdem meine Freunde die Küche verlassen hatten und in das Wohnzimmer gegangen waren, ergab sich die Gelegenheit, mit Salomé zu reden. „Was machst du für Sachen?"

„Warum interessiert es Sie, was ich mache?" antwortete sie, ohne ihre Arbeit zu unterbrechen. „Ich habe auf Sie gewartet wie auf das heilige Brot."

„Es gibt viele gute Sachen."

„Zum Teil. Warten Sie, ich muss mir die Hände waschen, damit ich Ihnen richtig die Hand geben kann. Obwohl ich nicht weiß, ob Sie wirklich noch mein Freund sind ..."

Das sagte sie, ohne mich richtig anzusehen, halb fröhlich, halb verlegen. Aber sie zeigte mir das breiteste Lächeln ihrer strahlend weißen Zähne, untrennbar verbunden mit ihren liebreizenden Lippen, und ihre geröteten Wangen strahlten mit der ganzen Schönheit der Mestizin. Sie fuhr fort, mit ihren nackten, weichen Armen mit dem Stein den Mais zu zermahlen, und ihre langen schwarzen Haare fielen ihr dabei auf die weiße, bestickte Bluse. Sie schüttelte den Kopf, so dass die Haare wieder auf den Rücken hingen, dann wusch sie sich die Hände, trocknete sie ab und sagte: „Es gefällt Ihnen wohl, andere arbeiten zu sehen. Wenn Sie wüssten, wie geschafft ich bin. Habe ich schon gesagt, dass ich auf Sie gewartet habe?"

Sich vergewissernd, dass niemand uns sehen konnte, reichte sie mir die Hand und fuhr fort: „Es wäre besser gewesen, wenn Sie einen Monat früher gekommen wären. Können Sie sehen, ob mein Vater in der Nähe ist?"

„Es ist niemand da. Kann ich denn jetzt gar nichts für Sie tun?"

„Wer weiß das schon."

„Mal sehen: Du bist davon überzeugt, die große Liebe getroffen zu haben?"

„Wenn ich nein sagen würde, wäre es eine Lüge. Der englische Señor kam hierher, als ich gerade einen Sonnenstich hatte, und er zeigte so großes Interesse an mir, dass ich wieder gesund wurde. Es scheint mir, als wenn er mich lieb hat."

„Es freut mich, dass du ihn kennen gelernt hast."

„Aber was ich Ihnen erzählen muss, ist einfach zu viel, es geht nicht so schnell. Es ist schon ein Wunder, dass meine Mutter jetzt nicht hier ist ... Hören Sie, sie kommt!"

„Es wird eine andere Gelegenheit geben."

„Ach, Efraín! Ich werde nicht glücklich sein, wenn ich Ihnen nicht alles erzählt habe, bevor Sie gehen."

„Also – möchten sie jetzt baden gehen?" fragte Candelaria, als sie das Zimmer betrat. „Dann werde ich jetzt ein schön duftendes Badetuch holen, dann können Sie sich mit Salomé und Ihrem Patenkind auf den Weg machen. Aber vorher müssen wir Siebe zum Reinigen des Wassers heranschaffen. Dazu brauche ich den Schlüssel von der Kirche, ich bin bald wieder da."

Als ich den Vorschlag der guten Frau hörte, war mir klar, dass sie dem Plan ihres Mannes folgte. Mit einem Lächeln der Erleichterung gab mir Salomé mit ihren Lippen ein Zeichen, das „So geht's" bedeuten sollte. Ich verließ die Küche und ging ein wenig im Wohnzimmer hin und her, während meine Gastgeberin die Dinge zum Baden vorbereitete. Ich überlegte, dass Candelaria Grund genug hatte, eifersüchtig zu sein. Bei einer Tochter wie Salomé, schön, rassig, mit einer wunderschönen Taille, diesem Gang, diesen Brüsten, da war mit einigem zu rechnen.

Meine Gedanken wurden durch das Erscheinen von Salomé unterbrochen, mit einem Strohhut stand sie in der Tür und sagte: „Gehen wir?"

Als mich der Duft eines Badetuches umfing, das sie auf der Schulter trug, fragte sie: „Wonach riecht es?"

„Nach dir."

„Nach Malven, Señor. Weil ich immer Malvenblätter in meinem Schrank liegen habe. Zu Fuß ist es normalerweise weit, aber wenn wir den Weg unten durch die Kakaoplantage nehmen, kommen wir auf der anderen Seite heraus und sind gleich da."

Fermín folgte uns, beladen mit Kalebassen und Sieben. Er war mein Patenkind, ich war dreizehn Jahre und er zwei Jahre alt, als ich die Patenschaft übernahm. Das war der Grund, warum seine Eltern mich für immer in ihre Herzen aufgenommen hatten.

Kapitel 49

Wir verließen den Hof und befanden uns gerade vor der Küche, als Candelaria rief: „Nicht so lange wegbleiben, das Essen ist bald fertig!"

Salomé wollte das Tor des Zaunes um die Kakao-Plantage schließen, ich nahm es ihr ab, während sie sagte: „Was machen wir mit Fermín, er ist so geschwätzig?"

„Du kennst ihn am besten."

„Ich weiß schon, lass uns ein bisschen weiter weg gehen, ich regele das dann schon."

Tiefe Schatten lagen über der Kakao-Plantage, die endlos zu sein schien. Die Schönheit von Salomés Füßen, die unter ihrem bis zu den

Knöcheln reichenden blauen Rock zu sehen waren, sprang auf dem schwarzen Weg und dem trockenen Laub besonders ins Auge. Mein Patenkind lief hinter uns her und warf mit Maisresten und Avocadokernen, um die Vögel zwischen den Blättern zu erschrecken. Als wir in die Nähe eines Bullen kamen, sagte Salomé zu ihrem Bruder: „Ob die Kühe hier das Wasser schmutzig machen? Bestimmt, um diese Zeit sind sie immer oben an der Tränke. Es wäre nicht schlecht, wenn du gehst und sie verscheuchst; lauf, mein Herz, und pass auf sie auf. Aber sei vorsichtig, dass du nichts kaputt machst oder etwas umschmeißt. Du wirst schnell oben sein."

Fermín ließ sich das nicht zweimal sagen. Tatsächlich hatte sie das Problem auf eine sehr süße und verständnisvolle Weise geregelt.

„Sehen Sie?" sagte Salomé, den Schritt etwas verlangsamend und mit schlecht gespielter Zerstreutheit die Zweige betrachtend. Dann schaute sie auf ihre Füße, als ob sie ihre langsamen Schritte zählen würde.

Ich unterbrach das Schweigen: „Lass hören! Jetzt kannst du loswerden, was dich belastet."

„Ich weiß nicht, wie ich anfangen soll."

„Warum nicht?"

„Es macht mich heute alles so traurig und ... so ernst."

„So wirkst du auch. Fang an, später wird es kaum möglich sein. Und ich habe auch etwas sehr Gutes zu erzählen."

„Ja? Dann Sie zuerst."

„Auf keinen Fall" antwortete ich.

„Wenn es so ist ... Also hören Sie, aber versprechen Sie mir, mit niemandem darüber zu sprechen."

„Selbstverständlich."

„Also, die Sache ist so, dass Tiburcio so zögerlich ist und so undankbar und nach langen Geschichten sucht, um meine Gefühle zu erobern. Seit einem Monat sind wir jetzt zerstritten, ohne dass es einen Grund dafür gibt."

„Keinen? Bist du ganz sicher?"

„Sehen Sie ... ich schwöre es."

„Und wie kommst du darauf, dass es so bleiben muss, wo er dich doch so lieb hat?"

„Tiburcio? Stolz ist er, und er liebt mich überhaupt nicht. Zuerst wusste ich gar nicht, warum er immer mit mir schimpft, aber dann ist mir aufgefallen, dass er glaubt, ich mache dem ersten, der mir über den Weg läuft, schöne Augen. Sagen Sie mal, muss man sich das gefallen lassen, wenn man doch ehrenhaft ist? Er glaubt jeden Blödsinn, sogar Sie hat er schon auf der Liste."

„Mich auch?"

„Wann hört er nur damit auf?"

„Und was denkt er?"

„Sie können es sich nicht vorstellen! Und das alles nur, weil er Sie einige Male zu Besuch kommen sah, und weil ich sie gern hab'. Das ist doch nur natürlich!"

„Und hat er schließlich eingesehen, dass es Unsinn ist, was er denkt?"

„Es hat mich viele Tränen und gute Worte gekostet, ihn zur Vernunft zu bringen."

„Glaube mir, es tut mir Leid, dass ich mit schuld bin."

„Machen Sie sich keine Gedanken, wenn Sie es nicht gewesen wären, hätte er schon jemand anderen für seine schlechte Meinung gefunden. Hören Sie, das Beste habe ich noch gar nicht erzählt. Mein Vater richtet Fohlen ab für Don Justiniano. Einmal kam er, um sich die Kälber anzusehen, und bei dieser Gelegenheit traf er hier Tiburcio."

„Hier?"

„Stellen Sie sich nicht dumm, im Haus natürlich. Als Strafe für meine Sünden haben sie sich dann noch mal getroffen."

„Das sind zweimal, Salomé."

„Wenn das nur alles gewesen wäre. An einem Sonntagnachmittag traf er ihn wieder, als er mit der Bitte um Wasser hier war."

„Das sind drei."

„Mehr nicht, obwohl er noch öfter hier war. Tiburcio hat ihn nicht gesehen, aber ich kann mir vorstellen, dass es ihm jemand erzählt hat."

„Und für dich sieht das nicht nach doppeltem Spiel aus?"

„Sie glauben dasselbe? Ich hab's geahnt! Ich bin schuld daran, dass dieser Weiße hinter mir her ist? Warum sagt mein Vater ihm nicht, dass er nicht wiederkommen soll?"

„Es gibt einfache Dinge, die schwer auszuführen sind."

„Ah! Genau das sage ich immer zu Tiburcio. Aber es gibt für alles eine Lösung, und ich wage es nicht, mit ihm offen darüber zu reden."

„Du willst, dass er dich bald heiratet, nicht wahr?"

„Wenn er mich so sehr mag ... Aber er ... Er glaubt, dass ich leicht zu haben bin." Salomés Augen wurden feucht, sie ging noch ein paar Schritte und trocknete dann ihre Tränen.

„Weine nicht", sagte ich, „ich bin sicher, dass er das nicht wirklich glaubt. Das ist das Werk der Eifersucht, sonst nichts. Du wirst sehen, wie es sich löst."

„Glauben Sie das nicht. Er ist zu hochmütig, weil sie ihm gesagt haben, dass er edle Vorfahren hat. Er denkt, keiner kann ihm das Wasser reichen, es gibt nichts Besseres als ihn. Verdammt! Als ob ich gerade aus dem Busch käme oder ein Sklavenkind wäre wie er. Jetzt bemüht er sich um die Dorfschönheiten – alles, um mich zu ärgern, ich kenne ihn. Ich würde mich freuen, wenn Señor José ihn hinauswerfen würde."

„Du solltest nicht ungerecht sein. Warum gönnst du ihm nicht, dass er als Tagelöhner bei José arbeitet? Es ist gut, dass er die Zeit nutzt, schlechter wäre, wenn er Tag für Tag herumlungern würde."

„Ich weiß genau, wie Tiburcio ist. Weniger verliebt als er tut ..."

„Aber wenn er dich schön findet, welcher Teufel reitet ihn dann, auch an den anderen Gefallen zu finden?"

„Eben."

Ich musste über ihre Antwort lachen, daraufhin verdrehte sie die Augen und sagte: „Und das finden Sie komisch?"

„Aber siehst du denn nicht, dass du es genauso machst wie Tiburcio? Genauso, wie er es mit dir gemacht hat."

„Gott behüte! Was mache ich?"

„Du bist eifersüchtig."

„Das bin ich nicht!"

„Nein?"

„Und wenn er nur das wollte? Es geht mir nicht aus dem Kopf, dass dieser Wahnsinnige Lucía heiraten würde, wenn Señor José es zulassen würde, und Tránsito auch, wenn sie nicht schon vergeben wäre, sogar alle beide, wenn sie ihn lassen würden."

„Damit du es weißt: Lucía liebt bereits seit ihrer Kindheit einen Bruder von Braulio, der bald herkommen wird. Und damit du keine Zweifel daran hast, ich weiß es von Tránsito."

Salomé blieb nachdenklich. Wir hatten bereits das Ende der Kakao-Plantage erreicht und setzten uns auf einen Baumstamm. Mit baumelnden Füßen fragte sie mich: „Was meinen Sie, was sollen wir jetzt machen?"

„Erlaubst du mir, mit Tiburcio über das zu reden, was wir gerade besprochen haben?"

„Nein, nein, bei allem, was Ihnen heilig ist, machen Sie das bloß nicht!"

„Ich habe dich nur gefragt, ob du es mir erlaubst."

„Alles?"

„Die Klagen ja, die Beschwerden nicht."

„Immer, wenn es mir in den Kopf kommt, was er über mich denken mag, weiß ich nicht mehr, was ich sage ... Es scheint mir, als wenn es das Beste wäre, nichts zu erzählen. Weil, wenn er mich nicht mehr mag, wird er das Gerücht verbreiten, ich weine um ihn – und das gönne ich ihm nicht."

„Na, dann. Wenn du so denkst, Salomé, gibt es keine Lösung für dein Leiden."

„So ein Elend!" rief sie aus und begann wieder zu weinen.

„Komm, sei nicht feige“, sagte ich und zog ihre Hände vom Gesicht fort, „die Tränen deiner Augen sind es wert, vor Glück vergossen zu werden.“

„Wenn Tiburcio das wüsste, würde ich meine Nächte nicht damit verbringen, zu weinen bis zum Einschlafen. Er ist so undankbar, und mein Vater hat die Schuld, dass er so stur ist.“

„Um was wettest du mit mir, dass Tiburcio spätestens morgen Nachmittag kommt und versucht, sich mit dir zu versöhnen?“

„Ach, wenn das so käme, wüsste ich nicht, wie ich Ihnen danken sollte“ antwortete sie, drückte mir die Hand und legte sie kurz an ihre Wange. „Versprechen Sie es mir?“

„Ich müsste sehr undankbar und dumm sein, wenn ich das nicht erreichen könnte.“

„Ich weiß, dass sie sehr wortgewandt sind. Aber bei Ihrem Leben, erzählen Sie Tiburcio nicht, dass wir beide so allein waren und ... sonst wird er wieder so denken wie vorher, und dann ist alles vorbei. Und jetzt“, fügte sie hinzu, während sie begann, über den Zaun zu klettern, „drehen Sie sich um und schauen nicht, wie ich über den Zaun springe, oder wir springen gemeinsam.“

„Du bist sehr anständig geworden, früher warst du anders.“

„Jeden Tag bin ich ein bisschen schamhafter. Also, klettern Sie hinauf!“

Ich war schneller oben als Salomé, und sie hatte auch größere Schwierigkeiten als ich, auf der anderen Seite herunterzuspringen, also blieb sie oben sitzen und sagte: „Schauen Sie nicht, sagen Sie was! Ich kann nicht herunterkommen, wenn Sie sich nicht umdrehen!“

„Lass mich dir helfen, sonst kommen wir zu spät, und deine Mutter wird ...“

„Ist sie vielleicht wie er? Wie komme ich herunter? Sehen Sie nicht, dass ich mich verhakt habe?“

„Stell dich nicht so an und stütz dich auf mich“ sagte ich, ihr meine Schulter anbietend.

„Strengen Sie sich an, ich bin schwer wie ... eine Feder!“ beendete sie ihren Satz, indem sie flink heruntersprang. „Ich bin stolz auf mich, ich kenne viele Weiße, aber keine, die so springen kann wie ich.“

„Du bist eine Angeberin.“

„Ist es das Gleiche wie ‚ein großes Mundwerk‘ haben? Ich werde mich mit Ihnen streiten.“

„Was wird das?“

„Adiós! Verstehen Sie nicht? Also, langsam werde ich ärgerlich. Was soll ich machen, um herauszufinden, wie Sie sind, wenn Sie wütend werden? Ich habe Lust dazu.“

„Und wenn wir uns danach nicht wieder versöhnen?“

„Eieiei! Ich habe es noch nicht erlebt, dass ein Herz nicht weich wird, wenn es mich weinen hört."

„Aber hier wird es so sein, weil ich weiß, dass du es nur aus Koketterie machst."

„Dass ich es weshalb mache? Was erzählen Sie da?"

„Ko-ket-te-rie."

„Was bedeutet das? Sagen Sie es mir, ich weiß es wirklich nicht ... Nur, dass es etwas Schlechtes ist, ich muss also sehr vorsichtig sein. Hören Sie?"

„Ein gutes Geschäft – wenn du es so verschwenden kannst."

„Mal sehen, mal sehen ... Erklären Sie mir das, sonst gehe ich keinen Schritt weiter!"

„Dann gehe ich allein" antwortete ich und ging ein paar Schritte.

„Jesus! Sie können ganz schnell sauer werden. Wie beruhigen wir Sie nur wieder? Ich lasse es ja schon, sagen Sie mir nur, was ich verschwende. Ich kann mir fast vorstellen, was Sie meinen."

„Sag es."

„Vielleicht ... vielleicht die Liebe?"

„Genau."

„Und was ist die Lösung? Warum liebe ich diesen Eingebildeten? Wenn ich weiß wäre, aber richtig weiß, reich, aber richtig reich ... Dann würde ich mich in Sie verlieben, nicht?"

„Das glaubst du? Und was würden wir mit Tiburcio machen?"

„Mit Tiburcio? Den Schürzenjäger könnten wir als Hausmeister einstellen und behalten" sagte sie, die Hand zur Faust geballt.

„Der Plan gefällt mir nicht."

„Warum? Würde es Ihnen nicht gefallen, wenn ich sie lieben würde?"

„Das ist es nicht, aber das Schicksal, das du Tiburcio zugedacht hast."

Salomé lachte aus vollem Hals. Inzwischen hatten wir den Bach erreicht, sie breitete das Laken an einem schattigen Platz auf dem Rasen aus, wo ich sitzen sollte. Dann kniete sie sich auf einen Stein und wusch sich im Bach das Gesicht. Als sie damit fertig war, entfernte sie das Tuch, was sie sich um die Hüften gebunden hatte, um sich damit abzutrocknen. Ich reichte ihr das Laken und sagte: „Es würde dir auch nicht schlecht bekommen, wenn du baden würdest."

„Fast ... fast hätte ich gebadet. Das Wasser ist lauwarm, Sie können sich ruhig erfrischen. Ich werde weiter unten ins flache Wasser springen, bis Fermín kommt und Sie fertig sind."

Mit einem frechen Lächeln schaute sie mich weiter an, während sie ihre Haare durch die nassen Hände gleiten ließ. Schließlich sagte sie: „Glauben Sie, dass es nur ein Traum war, was ich Ihnen erzählt habe?"

„Dass Tiburcio dich nicht mehr liebt?"

„Meine Güte, nein, dass ich eine Weiße bin ... Als ich aufwachte, überkam mich eine unendliche Traurigkeit. Am nächsten Tage war Sonntag, und in der Messe musste ich immer an diesen Traum denken. Danach kam ich hierher, um zu waschen – ich saß hier, wo Sie jetzt sitzen, die ganze Zeit dachte ich an das Gleiche und ..."

Die unschuldigen Geständnisse Salomés wurde von lauten Rufen unterbrochen: „Chino! Chino!" Das war ihr Vater, der neben der Kakao-Plantage die Schweine zu sich rief. Salomé erschrak ein bisschen, und während sie sich umsah, sagte sie: „Wo sich dieser Fermín wieder herumtreibt ... Baden Sie nur, ich werde ihn oben am Fluss suchen. Sonst ist er weg, ohne auf uns zu warten."

„Warte nur, er wird uns schon suchen. Du bist nur unruhig, weil du deinen Vater gehört hast. Glaubst du, er hat etwas dagegen, wenn wir beide miteinander sprechen?"

„Wenn wir sprechen nicht, aber ..." Geschickt sprang sie über die großen Steine am Ufer und verschwand im dichten Gestrüpp.

Die Rufe meines Freundes setzten sich fort und ließen mich vermuten, dass sein Vertrauen in mich seine Grenzen hatte. Zweifellos hatte er uns verfolgt und beobachtete uns von der Kakao-Plantage aus. Und als er uns aus den Augen verloren hatte, begann er mit dem Geschrei. Er ahnte nicht, dass sein Auftrag schon auf sehr diplomatische Weise ausgeführt worden war, und dass keine Seele so blind und taub auf den Charme seiner Tochter reagieren würde wie die meine.

Ich kehrte gleichzeitig mit Salomé und Fermín zum Haus zurück. Die beiden waren ziemlich mit Kalebassen beladen; dazu hatte Salomé aus Taschentüchern eine Art Kissen gefertigt, mit dessen Hilfe sie auf dem Kopf eine Amphore trug – ohne Zuhilfenahme der Hände. Dennoch gelang es ihr, sich in einem wunderbar eleganten Rhythmus zu bewegen. Als wir ankamen, bedankte sich Salomé bei mir mit den Worten „Gott belohne Sie dafür" und sagte mit ihrem süßesten Lächeln: „Ich habe Sie schon belohnt. Als Sie gebadet haben, habe ich Sie von oben mit Früchten, Blumen und Glücksbringern beworfen, haben Sie es nicht bemerkt?"

„Doch, aber ich habe geglaubt, es wären ein paar Affen oben in den Bäumen gewesen."

„Sie haben kein Verständnis dafür. Dabei bin ich beinahe heruntergefallen, als ich auf den Baum geklettert bin."

„Und du bist so dumm, dass du denkst, ich würde es nicht bemerken, wenn du den Fluss mit Blumen füllst?"

„Juan Angel hat mir erzählt, dass Ihnen zu Hause auch der Teich mit Blumen gefüllt wird, wenn Sie baden gehen. Deshalb habe ich mit den schönsten Blumen geworfen, die es hier gibt."

Während des Essens hatte ich unter anderem Gelegenheit, das Geschick von Salomé und ihrer Mutter bei der Zubereitung von *Pintónes, Quesillos, Buñuelos* und *Pandebonos* zu bewundern. Während Salomé zwischen Küche und Speisezimmer hin- und herlief, berichtete ich Custodio davon, was Salomé wirklich wollte, und was ich zu tun gedachte, um den beiden aus ihren Schwierigkeiten zu helfen. Er war überglücklich und machte Witze darüber, wie er mich am Tisch bedienen wollte. Sogar meiner Begleiterin beim Spaziergang gegenüber war er freundlich – ein großer Fortschritt, nachdem er vorher so ärgerlich über sie gewesen war.

Nachdem die größte Mittagshitze vorüber war, so um vier Uhr nachmittags, verwandelte sich das Haus in eine Arche Noah: Ganze Entenfamilien durchquerten das Wohnzimmer, die Hühner versammelten sich im *Patio*, und neben dem Kirschbaum vor dem Haus stand eine mit Mais gefüllte Wanne, an der sich mein Pferd gütlich tat. Die Truthähne spazierten stolz herum und beantworteten auf ihre Art das Geschrei zweier Papageien, die nach einer Benita riefen. Ich nehme an, dass sie die Köchin war. Auch die Schweine waren anwesend, sie versuchten erfolglos, mit den Köpfen durch das Türgitter ihres Verschlags zu kommen. Dazu kam das Geschrei meines Freundes, der seiner Frau Anordnungen gab, die Enten wegzuscheuchen oder die Hühner zu versammeln.

Schließlich war es soweit, dass ich mich verabschieden wollte. Candelaria versprach mir, zum Heiligen von Buga zu beten, damit ich eine gute Reise haben und bald wiederkehren möge. Als ich mich von Salomé verabschiedete, drückte sie meine Hand sehr stark, sah mich dieses Mal mehr als zärtlich an und sagte: „Sehen Sie, ich rechne mit Ihnen. Sagen Sie mir jetzt nicht ‚Adiós' für diese komische Reise. Auch, wenn ich im Sterben liegen würde, ließe ich es mir nicht nehmen, zu Ihnen zu gehen, um mich zu verabschieden – wenn Ihr Weg Sie nicht mehr hierher führt. Vergessen Sie mich nicht. Sonst weiß ich nicht, was ich mit meinem alten Vater machen soll."

Als ich auf dem Weg nach Hause am Bach vorbeiritt, hörte ich auf einmal die Stimme eines Mannes, der dieses Lied sang:

Von der Zeit fordere ich die Zeit,
und die Zeit gibt mir Zeit,
und dieselbe Zeit sagt mir,
dass sie mich enttäuschen wird.

Dann kam der Sänger aus dem Wald, es war Tiburcio. Er trug seine *Ruana* auf der Schulter und hielt einen Stock, an dessen oberem Ende ein mit irgendetwas gefülltes Taschentuch angebunden war. Offenbar spazierte er herum, um der Einsamkeit sein Leid zu klagen.

Als er mich sah, kam er auf mich zu, begrüßte mich mit einem freundlichen Lächeln und sagte: „Mensch, Sie sind heute spät dran. Wenn der *Retinto* schwitzt ... Woher weht Sie der Wind?"

„Einige Besuche machen, zu deinem Glück gerade auch bei Salomé."

„Ich war schon lange nicht mehr dort."

„Wie lange?"

Mit gesenktem Kopf stand der Junge vor mir, spielte mit einem Lulo-Zweig und sagte schließlich, etwas zurückhaltend: „Sie ist schuld. Was hat sie Ihnen erzählt?"

„Dass du undankbar und eifersüchtig bist, und dass sie für dich sterben würde, sonst nichts."

„Das ist alles, was sie Ihnen erzählt hat? Dann hat sie das Beste für sich behalten."

„Was meinst du mit ‚das Beste'?"

„Die Sache, die Sie mit Don Justiniano hat."

„Jetzt hör mir mal zu: Glaubst du, dass ich in Salomé verliebt sein könnte?"

„Warum sollte ich das glauben?"

„Weil ich genauso in Salomé verliebt bin wie sie in Justiniano. Es ist nötig, dass du dieses Mädchen so schätzt, wie sie es verdient hat und wie es für dich gut wäre. Du hast sie mit deiner Eifersucht beleidigt, geh zu ihr und versöhne dich mit ihr. Sie wird dir alles verzeihen und dich mehr lieben als je zuvor."

Tiburcio überlegte eine Weile, bevor er mit einem Hauch von Traurigkeit antwortete: „Sehen Sie, Don Efraín, ich liebe sie so sehr, dass Sie sich nicht vorstellen können, wie ich den ganzen Monat gelitten habe. Wenn man so einen Charakter besitzt wie Gott ihn mir gegeben hat, dann kann man vieles ertragen – aber nicht, dass man mich für einen Schlappschwanz hält. Ich bitte Euch um Entschuldigung für dieses schlechte Wort. Wenn ich also sage, dass alles Salomés Schuld ist, dann weiß ich, wovon ich rede."

„Du weißt aber nicht, dass sie verzweifelt war und bittere Tränen geweint hat, als sie mir heute alles erzählt hat. Sie hat mir sehr Leid getan."

„Wirklich?"

„Und ich habe daraus geschlossen, dass du die Schuld an allem trägst. Wenn du sie so liebst, wie du sagst, warum heiratest du sie dann nicht? Wenn sie erst einmal bei dir ist, wer sollte sie ohne dein Einverständnis sehen?"

„Ich muss gestehen, dass ich daran gedacht habe, sie zu heiraten. Aber ich habe mich noch nicht entschieden; zum einen, weil ich Salomé gegenüber misstrauisch bin, und zum anderen, weil ich nicht weiß, ob Señor Custodio sie mir geben würde."

„Was sie betrifft, weißt du, was ich dir gesagt habe. Und was Custodio angeht, kannst du dich auf mich verlassen. Es ist wichtig, dass du vernünftig handelst. Als Beweis dafür, dass du mir glaubst, gehst du noch heute zu Salomé, du machst einfach nur einen Besuch – ohne die ganzen Gefühle."

„Alle Achtung, haben Sie es eilig! Und ich kann mich auf Sie verlassen?"

„Ich weiß, dass Salomé das ehrlichste, hübscheste und fleißigste Mädchen ist, dass du finden kannst. Und was ihre Eltern betrifft, so bin ich zuversichtlich, dass es klappt."

„So langsam bin ich in der richtigen Stimmung, um dorthin zu gehen."

„Wenn du es jetzt nicht machst, und wenn Salomé sich nicht mit dir versöhnt, und du sie verlierst, soll niemand dich jammern hören."

„Ich gehe, Patrón."

„Abgemacht, es versteht sich von selbst, dass du mir davon berichtest. Ich bin sicher, dass du mir sehr dankbar sein wirst. Jetzt muss ich los, es ist schon fast fünf Uhr."

„Aus Wiedersehen, mein Patrón, Gott wird Sie belohnen. Ich werde Sie auf dem Laufenden halten!"

„Und achte darauf, dass Salomé nicht die Verse hört, die du vorhin gesungen hast."

Tiburcio lachte, bevor er mir antwortete: „Finden Sie sie beleidigend? Bis morgen, glauben Sie an mich!"

Kapitel 50

Die Uhr im Salon hatte zur fünften Nachmittagsstunde geschlagen. Meine Mutter und Emma warteten auf mich, im Flur hin- und hergehend. María saß auf den unteren Treppenstufen, mit jenem grünen Kleid, dass so wunderbar mit dem Dunkelbraun ihrer Haare kontrastierte. Juan saß schläfrig auf ihrem Schoß und spielte mit ihren Zöpfen. In dem Moment, in dem ich vom Pferd stieg, stand sie auf. Gleich wollte der Junge ein bisschen auf meinem Pferd sitzen, also kam María mit ihm zu mir herüber, um ihm in den Sattel zu helfen.

Dabei sagte sie: „Es ist gerade fünf Uhr, welche Pünktlichkeit! Wenn das immer so wäre ..."

„Was hast du heute mit deiner Mimiya gemacht?" fragte ich Juan, als wir uns mit dem Pferd etwas vom Haus entfernten.

„Sie war ganz dumm heute" antwortete er mir.

„Wie das?"

„Sie hat geweint."

„Oh! Und warum hast du sie nicht getröstet?"

„Wollte sie nicht, obwohl ich ganz lieb zu ihr war und ihr Blumen gebracht habe. Aber ich hab's Mutter erzählt."

„Und was hat Mamá gemacht?"

„Sie hat sie umarmt und getröstet, weil Mimiya Mamá mehr liebt als mich. Sie war doof, aber erzähl ihr nichts davon."

Dann befreite mich María wieder von Juan. „Hast du die Sträucher schon begossen?" fragte ich sie, als wir hinaufgingen.

„Nein, ich habe auf dich gewartet. Wenn du Mutter und Emma ein wenig unterhältst", fügte sie mit gesenkter Stimme hinzu, „gehe ich zwischendurch zum Blumenbeet." Sie sorgte sich immer, dass meine Schwester und meine Mutter glauben könnten, meine Liebe zu ihnen würde ihretwegen abkühlen. Und so versuchte sie, mit ihrer Liebe auszugleichen, was an meiner verloren gegangen sein könnte.

María und ich gossen die Blumen gemeinsam. Anschließend setzten wir uns auf eine steinerne Bank, den Bach nur Zentimeter von unseren Füßen entfernt. Dichte Jasmin-Zweige versteckten uns vor den Blicken der anderen – außer denen Juans, der auf seine ihm eigene Art sang und entzückt mit *Granadilla*-Schalen, Käfern und einer gefangenen Libelle spielte.

Die schwachen Strahlen der Sonne, versteckt hinter den Mulaló-Bergen und aschefarbene Wolken golden umrahmend, spielten mit den Schatten der Trauerweiden, deren Helmbüsche vom Wind gestreichelt wurden.

Wir sprachen über Carlos und seine Besonderheiten sowie meinen Besuch bei Salomé, und Marías Lippen wirkten noch traurig, als ihre Augen schon wieder lächelten.

„Schau mich an" sagte ich.

Ihr Blick hatte etwas von der erschöpften Schönheit, die ich in den Nächten an ihr gesehen hatte, als sie an der Seite meines kranken Vaters wachte.

„Juan hat mir nichts verschwiegen" fuhr ich fort.

„Was hat er dir gesagt?"

„Dass du heute doof warst – nein, rufe ihn nicht! – dass du geweint hast und er dich nicht trösten konnte. Ist das wahr?"

„Ja. Als du und Vater heute früh losgeritten seid, habe ich für einen Moment befürchtet, dass du nicht zurückkehren würdest und ihr mich getäuscht habt. Ich ging in dein Zimmer und überzeugte mich davon, dass es nicht wahr sein konnte. Ich sah so viele Sachen, die du nicht hier lassen würdest. Es schien mir alles so traurig und still zu sein, nachdem du verschwunden warst. Ich hatte mehr Angst als je zuvor vor dem Tag, der immer näher kommt, ohne dass wir es verhindern können. Was werde ich nur machen? Sag mir, sag mir, was ich machen soll, damit diese Jahre vergehen. Du wirst das alles nicht so spüren wie ich. Du wirst dich deinem Studium widmen, neue Länder sehen und viele Dinge einfach vergessen. Ich werde nichts vergessen können ... Du lässt mich hier, mich erinnernd und darauf wartend, dass ich sterbe."

Sie legte die linke Hand auf meine Schulter, für einen Moment ruhte mein Kopf darauf. „Sprich nicht so, María" sagte ich atemlos und mit meiner zitternden Hand ihre blasse Stirn streichelnd. „Sprich nicht so, sonst wirst du den letzten Rest meines Mutes zerstören."

„Ach! Du hast noch Mut, ich habe meinen schon vor Tagen verloren. Ich versuche, mich damit abzufinden" sagte sie und versteckte ihr Gesicht hinter dem Taschentuch. „Ich muss diese Ungewissheit mit mir herumtragen, meine Sorge und Angst überwinden, die mich quälen, weil sie sich bei dir in etwas verwandeln, was man Glück nennt. Aber du gehst damit und lässt mich allein. Ich werde nie mehr so sein wie vorher ... Ach! Warum bist du gekommen?"

Ihre letzten Worte erschütterten mich, mit der Stirn auf meinen Handflächen respektierte ich ihr Schweigen, niedergeschlagen von ihrem Schmerz.

„Efraín", sagte sie mit ihrer zärtlichsten Stimme nach einigen Momenten, „schau, ich weine nicht mehr."

„María" antwortete ich mit wieder erhobenem Gesicht. Sie musste darin etwas Seltsames und Feierliches gesehen haben, denn sie schaute mich bewegungslos an. „Weine nicht um meine Rückkehr, weine für den, der dich zu meiner Gefährtin gemacht hat, für den, der gewollt hat, dass ich dich so liebe wie ich dich liebe. Du bist nicht schuldig, weil du so bist, wie du bist ... Weine für Gott. Was wird von dir gefordert, was hast du mir gegeben, was man nicht vor ihm fordern oder geben kann?"

„Nichts, nichts! Warum fragst du mich so etwas? Ich gebe dir keine Schuld. Schuld für was? Ich beschwere mich nicht."

„Du hast es nicht so gemeint?"

„Nein, nein. Was habe ich dir gesagt, was? Ich bin ein ungebildetes Mädchen, das nicht weiß, was es redet. Schau mich an", fuhr sie fort und nahm meine Hand, „sei mir nicht böse wegen dieser Dummheit. Ich werde genug Mut haben, alles, und mich über nichts beschweren."

Ich drückte wieder ihren Kopf gegen meine Schulter, und sie sagte: „Ich werde nie wieder so reden. Du sollst niemals böse auf mich sein."

Während sie die letzten Tränen wegwischte, küssten meine Lippen zum ersten Mal die Locken, die ihre Stirn schmückten. Ihre wunderschönen Zöpfe berührten meine Knie, und sie hob die Hände, bis sie fast meine Lippen berührten, die sich nach ihrer Stirn sehnten. Aber vergebens, denn sie wagten nicht, sie zu berühren.

Kapitel 51

Am achtundzwanzigsten Januar, zwei Tage vor meiner Abreise, stieg ich früh morgens den Berg hinauf. Braulio war gekommen, mich abzuholen; das hatten José und die Mädchen veranlasst, damit ich mich bei ihnen feierlich verabschieden konnte.

Braulio wollte mein Schweigen während der Wanderung nicht unterbrechen. Als wir ankamen, waren Tránsito und Lucía im kleinen Hof vor der Hütte dabei, die Kuh „Mariposa“ zu melken. Sie standen auf, um mich mit der ihnen eigenen Freude und Höflichkeit zu begrüßen, dann baten sie mich, hereinzukommen.

„Nachdem wir die Färse zu Ende gemolken haben“, sagte ich und lehnte mein Gewehr an den Holzzaun, „aber nur Lucía und ich, dann wird sie jeden Morgen an mich denken.“

Ich nahm den Behälter, in dem noch die schaumigen Reste der Milch zu erkennen waren, und stellte ihn unter den Euter von Mariposa. Schließlich saßen wir uns gegenüber, was Lucía sehr peinlich war, und molken gemeinsam. Währenddessen unterhielten wir uns unter der Kuh hindurch: „Was machen die Neffen von José? Ich weiß, dass Braulio einen sehr gut aussehenden Bruder hat, der dich angeblich seit deiner Kindheit verehrt.“

„Einer ist wie der andere“ unterbrach sie mich.

„Genau. Ich werde mit Señora Luisa sprechen, dass sie ihren Mann überredet, den Neffen hierher zu holen, damit er dir hilft. Und zwar so, dass du nicht mehr so leicht rot wirst, wenn ich zurückkomme.“

„He!“ sagte sie und hörte auf, zu melken.

„Schon fertig?“

„Was heißt hier ‚Schon fertig‘, warum sind Sie so frech? Mehr hat sie nicht.“

„Und diese zwei vollen Zitzen? Melke!“

„Die nicht, die sind für das Kälbchen.“

„Soll ich es also Luisa sagen?“

Sie biss sich mit den Zähnen auf ihre sinnliche Unterlippe, in der Sprache von Lucía hieß das: „Warum nicht?“ In meiner Sprache hieß es eher: „Mach, was du willst.“

Das Kalb, mit einem Strick am Bein der Mutterkuh angebunden, wartete ungeduldig darauf, dass man ihm den Maulkorb entfernte. Die Melkerin zog am Ende des Stricks, und schon war das Tier frei. Es sprang vor Freude herum und stürzte sich dann auf den Euter seiner Mutter.

Lucía lachte und sagte: „Das war es doch, was du wolltest, du kleiner Dickkopf!" Dann ging sie ins Haus, den Behälter mit der Milch auf dem Kopf tragend und sich verschmitzt nach mir umsehend.

Ich scheuchte als nächstes eine Gänsefamilie vom Bachufer, die sich dort auf dem Rasen niedergelassen hatte, da ich mich dort etwas waschen wollte. Gleichzeitig unterhielt ich mich mit Tránsito und Braulio, die jene Kleidungsstücke hielten, die ich ausgezogen hatte.

„Lucía", rief Tránsito, „bring doch mal das bestickte Tuch her, du findest es in dem Schränkchen aus Pasto!"

„Ich glaube nicht, dass sie kommt" sagte ich und erzählte ihnen, worüber ich mit Lucía gesprochen hatte.

Sie lachten noch, als Lucía mit dem Tuch erschien, um das Tránsito gebeten hatte. Anders als wir es erwartetet hatten, und als ob sie erraten hatte, worüber wir sprachen und ihre Geschwister lachten, reichte sie mir das Tuch, so dass sie mich und ich sie nicht sehen konnte. Dann wandte sie sich mit der Bemerkung an Tránsito: „Schau mal lieber nach deinem Kaffee, damit er nicht überkocht, als nur herumzustehen und zu lachen!"

„Ist er schon fertig?" fragte Tránsito.

„Ach, schon lange!"

„Was ist das für ein Kaffee?" fragte ich.

„Als ich das letzte Mal bei der Señorita war, habe ich nach der Art der Zubereitung gefragt. Sie hat mir gezeigt, wie er gemacht wird, weil Sie unsere *Gamuza* vielleicht nicht so gern mögen. Darum haben Sie uns beim Melken so nervös gesehen." Während sie das sagte, hing sie das Tuch, welches ich ihr zurückgegeben hatte, an ein Farnkraut, das sehr dekorativ mitten im Hof aufgestellt war.

Auffällig waren in diesem Haus neben der Einfachheit auch die Sauberkeit und Ordnung. Alles roch nach Zedern, weil sie sehr viele Bauernmöbel aus diesem Holz besaßen, und überall waren blühende Narzissen und Nelken zu erblicken, mit denen Señora Luisa die kleine Hütte ihrer Tochter geschmackvoll ausgestattet hatte. An den Stützpfeilern hingen Hirschgeweihe, und die getrockneten Hufe der Tiere dienten im Wohn- sowie im Schlafzimmer als Kleiderhaken.

Zwischen Stolz und Unsicherheit schwankend, präsentierte mir Tránsito die Tasse Kaffee mit Milch. Es war der erste Versuch nach den Lektionen, die sie von María erhalten hatte. Aber ein gelungener Versuch, denn als ich ihn kostete, stellte ich fest, dass er durchaus mit dem vorzüglichen Kaffee von Juan Angel konkurrieren konnte.

Braulio und ich gingen hinaus, um José und Señora Luisa aufzufordern, mit uns Mittag zu essen. Der Alte war dabei, Kartoffeln und Gemüse für den Transport auf den Markt am folgenden Tag vorzubereiten, und sie hatte gerade das *Yuca*-Brot für das Essen aus dem

Ofen gezogen. Es war sehr gut gelungen, nicht nur wegen seiner schönen braunen Farbe und der schaumigen Beschaffenheit, sondern auch wegen des verführerischen Duftes, den es verbreitete.

Wir aßen alle in der Küche. Tránsito machte sich sehr gut in ihrer Rolle als Hausfrau. Jedes Mal, wenn ich mit ihrem Vater Blicke austauschte, drohte mir Lucía mit ihren. Die Bauern, mit einem sehr feinfühligen Instinkt versehen, vermieden jede Erwähnung meiner Reise, um nicht die gute Stimmung der letzten Stunden zu zerstören, die wir zusammen verbrachten.

Es war schon elf Uhr. José, Braulio und ich hatten die neue Bananen-Plantage besichtigt, dazu die Rodung, mit der sie zur Zeit beschäftigt waren, und den kurz vor der Ernte stehenden Mais. Danach hatten wir uns wieder in Braulios Wohnzimmer versammelt. Wir saßen auf kleinen Bänken um ein Fischernetz herum, an dem wir gerade die letzten Bleigewichte befestigten. Señora Luisa entkörnte mit den Mädchen Maiskolben, um die Körner später zu zerdrücken. Wir fühlten alle, dass der gefürchtete Moment des Abschieds bevorstand und wurden sehr schweigsam. Ich dürfte einen Gesichtsausdruck gehabt haben, der alle bewegte, denn sie bemühten sich, mich nicht anzuschauen. Schließlich fasste ich einen Entschluss, schaute auf die Uhr und stand auf. Dann nahm ich mein Gewehr, hängte es auf einen der Garderobenhaken und sagte zu Braulio: „Immer wenn du damit einen guten Schuss machst, wird dich das an mich erinnern." Er fand keine Worte, um seinen Dank dafür auszudrücken.

Señora Luisa, die immer noch dasaß und die Maiskörner von den Kolben entfernte, hielt ihre Tränen nicht länger zurück. Tránsito und Lucía, zu beiden Seiten der geöffneten Tür stehend, drehten mir den Rücken zu. Braulio war blass, José tat so, als ob er irgendetwas in seiner Werkzeugecke suchen würde.

„Also gut, Señora Luisa", sagte ich zu der Alten, während ich mich hinunterbeugte, um sie zu umarmen, „beten Sie für mich." Sie konnte nicht antworten und seufzte nur. An der Tür umarmte ich die beiden Mädchen gleichzeitig, die so lange schluchzten, bis auch mir die Tränen die Wangen herunterliefen. Dann trennte ich mich von ihnen und ging zu Braulio und José, die inzwischen draußen auf dem Flur warteten.

„Ich komme morgen vorbei" sagte José und gab mir die Hand. Wir wussten beide, dass er nicht kommen würde. Dann ließ er mich los, so dass Braulio mich umarmen konnte. Er trocknete seine Augen mit dem Hemdsärmel, und ich gab ihm ein Zeichen, dass er mich nicht zu begleiten brauchte. Also machte er sich zur gleichen Zeit in Richtung Felder auf den Weg, zu der ich in der Gegenrichtung loszog, gefolgt von Mayo.

Kapitel 52

Langsam folgte ich dem Bachlauf; nur das Gezwitscher der Vögel und das Plätschern des Wassers störten die Stille des Waldes. Mein Herz verabschiedete sich von jedem dieser Orte, von jedem Baum, der entlang des Pfades wuchs, von jedem Bach, der den Weg kreuzte.

Am Flussufer angekommen, beobachtete ich, wie das Wasser an meinem Füßen vorbeifloss und dachte an die guten Menschen, von denen ich mich gerade verabschiedet hatte. So viele Tränen hatten sie für mich vergossen. Ich ließ meine Tränen sich mit den Wellen des Flusses vermischen, sie flüchteten wie die glücklichen Tage in diesen unvergesslichen sechs Monaten.

Eine halbe Stunde später kam ich zu Hause an und betrat die Nähstube meiner Mutter, in der ich nur sie und Emma antraf. Auch, wenn unsere Kindheit schon vorbei war, sparte Mutter nie mit Zuneigung und Zärtlichkeit. Nie fehlte es an Küssen auf die Stirn, immer versorgte sie unsere Seelen mit liebevollen Streicheleinheiten.

Sehr erstaunt, dass ich María nicht antraf, fragte ich nach ihr. „Wir waren mit ihr in der Kapelle" antwortete mir Emma. „Sie möchte jetzt, dass wir ständig beten. Danach ist sie in die Backstube gegangen; sie weiß nicht, dass du schon zurück bist."

Ich hatte es noch nicht erlebt, dass ich nach Hause zurückkehrte, ohne kurz darauf María zu begegnen. Ich fürchtete, dass sie wieder in diese Traurigkeit zurückfallen würde, die mich so entmutigt hatte – obwohl sie sich in den letzten acht Tagen sehr bemüht hatte, nicht den Kopf hängen zu lassen.

Es verging eine Stunde, während der ich mich auf dem Zimmer aufhielt, bis Juan mich vor der Tür zum Essen rief. Als ich hinausging, begegnete ich María, die sich im Flur gegen das Gitter der Nähstube lehnte.

„Mamá hat dich gar nicht gerufen" meinte der Kleine grinsend.

„Und wer hat dir aufgetragen, Lügen zu erzählen?" fragte ich. „María wird dir diese nicht verzeihen."

Juan zeigte auf sie: „Sie war es ja, die mich geschickt hat!"

Ich wandte mich an María, um nach der Wahrheit zu fragen. Aber das war gar nicht nötig, denn ihr Lächeln verriet sie sofort. In ihren funkelnden Augen schimmerte das Glück, das unter unserer Liebe so viel gelitten hatte, ihre Wangen leuchteten herrlich rosarot wie in der Zeit unserer Kindheit. Sie trug weiße Kleidung, über dem Rock kreuzten sich ihre Zöpfe bei der leisesten Bewegung ihrer Hüften oder Füße, die mit dem Teppich spielten.

„Warum bist du so traurig und verschlossen?“ fragte sie mich. „Ich war heute ganz anders.“

„Vielleicht ist das so“ antwortete ich und ging zu dem Gitter, das uns trennte, um sie aus der Nähe zu sehen.

Sie senkte die Augen, um die Bänder ihrer blauen Schürze miteinander zu verknoten. Dann verschränkte sie die Hände hinter ihrem Rücken, lehnte sich gegen den einen Fensterflügel und sagte: „Stimmt es nicht?“

„Ich habe meine Zweifel, so, wie du mich gerade getäuscht hast.“

„Dich getäuscht? Ist es denn gut, wenn du dich einsperrst, um erst mitten in der Nacht wieder herauszukommen?“

„Es ist schön, dich so mutig zu sehen. Aber ist es auch gut, nach meiner Ankunft erst mal zwei Stunden vergehen zu lassen?“

„Und zwölf Uhr ist die richtige Zeit, um aus den Bergen zu kommen? Es ist auch so, dass ich heute sehr beschäftigt war. Aber ich habe dich gesehen, als du herunterkamst. Du hattest dein Gewehr nicht bei dir, und Mayo war ein ganzes Stück hinter dir.“

„Du warst sehr beschäftigt? Was hast du denn gemacht?“

„Alles mögliche, Gutes und Schlechtes.“

„Erzähl!“

„Ich habe viel gebetet.“

„Emma hat mir schon erzählt, dass sie dich ständig zum Beten begleiten muss.“

„Ja, weil ... Immer wenn ich der Jungfrau María erzähle, dass ich traurig bin, erhört sie mich.“

„Woran erkennst du das?“

„Daran, dass ich dann etwas weniger traurig bin und weniger Angst wegen deiner Reise habe. Begleite mich heute Abend zum Gebetsraum, und du wirst sehen, dass es stimmt, was ich sage.“

„Was ist das andere, was du gemacht hast?“

„Das Schlechte?“

„Ja, das Schlechte.“

„Betest du heute mit mir? Dann erzähle ich es dir.“

„Ja.“

„Aber sag es nicht Mutter, sie wird sonst böse.“

„Ich verspreche, nichts zu sagen.“

„Ich habe gebügelt.“

„Du?“

„Ja, ich.“

„Aber ... wie machst du das?“

„So, dass Mutter es nicht sieht.“

„Gut, dass du darauf geachtet hast.“

„Ich mache es aber ganz selten.“

„Aber was bringt dich dazu, deine Hände zu strapazieren, deine so ..."

„Meine so ...? Ach ja, ich weiß schon. Ich wollte, dass die schönsten Hemden, die du mitnimmst, von mir gebügelt worden sind. Gefällt dir das nicht? Du bist mir doch dankbar, oder?"

„Und wer hat dir gezeigt, wie man bügelt? Warum ist das nicht aufgefallen?"

„Juan Angel hat den Hausangestellten mal einige Hemden zurückgebracht, weil sein Freund nicht damit zufrieden war. Ich habe dann Marcelina gesagt, dass ich ihr helfen würde, damit sie später besser aussehen würden. Sie glaubte, dass sie völlig in Ordnung wären, aber mit meiner Unterstützung waren sie wirklich einwandfrei. Die Hemden kamen dann nie wieder zurück, obwohl ich nichts mehr damit gemacht habe."

„Ich finde deine Aufmerksamkeit rührend. Aber ich habe nicht gedacht, dass du die Kraft und die Hände dafür hast, solche Arbeiten zu verrichten."

„Es ist ein kleines Bügeleisen. Und wenn man den Griff mit einem Taschentuch umwickelt, kann man sich auch nicht die Hände verbrennen."

„Lass sie mich sehen!"

„Einwandfrei."

„Zeige sie mir!"

Ich nahm ihre Hände in die meinen und streichelte ihre Handflächen, sie waren sanft wie Blütenblätter.

„Ist etwas damit?" fragte sie mich.

„Sie sind wie meine, so rau ..."

„Für mich fühlen sie sich nicht so an. Was hast du in den Bergen gemacht?"

„Viel gelitten. Ich hätte nicht gedacht, dass alle so traurig sein würden wegen meines Abschieds. Es hat mir sehr Leid getan, auf Wiedersehen sagen zu müssen, besonders Braulio und den Mädchen."

„Was haben sie zu dir gesagt?"

„Die Ärmsten! Nichts, aber sie haben ihren Tränen freien Lauf gelassen. Es hat mir genug gesagt, dass sie das nicht verhindern konnten. Aber sei nicht traurig. Es war nicht gut, darüber zu sprechen. Wenn ich an die letzten Stunden denke, die wir zusammen verbringen, dann möchte ich dich wie jetzt sehen, schicksalergeben, fast glücklich."

„Ja", sagte sie und trocknete ihre Augen, „so möchte ich sein. Morgen, nur noch morgen ...! Aber heute ist Sonntag, wir werden den ganzen Tag zusammen sein. Wir können etwas lesen, wie damals, als du zurückgekommen bist. Und du sollst mir sagen, wie du mich am liebsten sehen möchtest, damit ich mich so anziehen kann."

„So, wie du in diesem Moment bist.“

„Gut. Sie rufen dich zum Essen ... Also, bis heute Nachmittag!“ sagte sie und verschwand.

So verabschiedete sie sich von mir, obwohl wir gleich darauf zusammen beim Essen waren. Wie ich hatte sie den Eindruck, dass wir voneinander getrennt waren, wenn die ganze Familie um uns herum war.

Kapitel 53

Um elf Uhr abends in der Nacht des Neunundzwanzigsten trennte ich mich im Salon von meiner Familie und María. Als es ein Uhr schlug, war ich in meinem Zimmer immer noch auf. Dies war die erste Stunde jenes Tages, den wir so lange schon fürchteten und der endlich gekommen war. Ich wollte nicht, dass mich die ersten Augenblicke dieses Tages im Schlaf erreichten.

Noch im Anzug legte ich mich auf das Bett, inzwischen war es zwei Uhr. Das Taschentuch von María, nach dem Parfüm duftend, das sie immer benutzte, zusammengeknüllt von ihren Händen und noch feucht von ihren Tränen, lag auf meinem Kissen; beide von meinen Tränen benetzt wie von einer Quelle, die hoffentlich nie versiegen würde.

Noch heute vergieße ich Tränen, wenn ich an die Tage vor meiner Abreise denke. Sie bringen meine Feder dazu, diese Ereignisse der Geschichte anzuvertrauen. Wenn es meinem Geist nur einmal möglich wäre, nur für einen winzigen Augenblick, dann möchte ich mein Herz überrumpeln, sein schmerzliches Geheimnis preiszugeben; die Zeilen, die ich schreiben werde, werden schön sein für diejenigen, die geweint haben, aber vielleicht verhängnisvoll für mich. Man kann sich nicht für immer an einer vergangenen Liebe ergötzen, wie die des Schmerzes sind auch die Stunden der Freude vergänglich.

Wenn es nur einmal gewährt wäre, die Zeit anzuhalten, wäre es María vergönnt gewesen, dass unser Abschied viel langsamer vonstatten gegangen wäre. Aber – ach! – taub für ihre Seufzer, blind für ihre Tränen, floh das Leid und versprach, wiederzukommen!

Ein nervöses Zittern riss mich zwei- oder dreimal aus meinem leichten Schlaf. Dann wanderten meine Blicke durch das Zimmer, das sich aufgrund der Reisevorbereitungen gründlich in Unordnung befand; das Zimmer, in dem ich viele glückliche Tage erlebt hatte. Anschließend versuchte ich, den unterbrochenen Schlaf wieder aufzunehmen, um von ihrer ganzen Schönheit und Schamhaftigkeit zu träumen, wie ich sie auf unseren Spaziergängen an den ersten Abenden nach meiner Rückkehr erlebt hatte. Gedankenverloren und schweigsam war sie, als ich ihr meine ersten Geheimnisse anvertraute; kaum etwas sprachen unsere Lippen, um so mehr unsere Blicke und unser Lächeln. Mit unsicherer Stimme offenbarte sie mir das kindliche Geheimnis unserer keuschen Liebe. Zuletzt waren ihre Augen weniger schüchtern als die meinen, so ließ sie mich über die Augen ihre Seele erkennen, im Austausch gegen einen Blick auf die meine ...

Ein Schluchzen weckte mich endgültig auf, und es klang genau wie jenes, das ihrem Brustkorb entfloh, als wir uns am Abend verabschiedet hatten! Es war noch nicht fünf Uhr, als ich mich, die Spuren der so schmerzlosen Schlaflosigkeit verbergend, auf den noch dunklen Korridor begab. Bald konnte ich durch die Türritze von Marías Schlafzimmer Licht erkennen, und kurz darauf hörte ich Juan nach ihr rufen.

Die ersten Sonnenstrahlen versuchten, die dichten Nebel zu zerreißen, die wie ein riesiger Schleier aus Dampf die Bergspitzen bedeckten, um anschließend das Plateau ins Tageslicht zu tauchen. Dann schob sich die Sonne über die saubere, blau schimmernde Westkordillere, ließ die Tempel von Cali goldgelb erscheinen und beleuchtete am Fuße der Berge die kleinen Dörfer Yumbo und Vijes.

Nachdem Juan Angel Kaffee gebracht hatte, bereitete er meinen Rappen für den Ritt vor. Ungeduldig stampfte das Pferd auf dem Laub zu Füßen des Orangenbaums, an den es angebunden war. Weinend wartete Juan Angel auf mich, gegen das Fenster meines Zimmers gelehnt und mit meinen Stiefeln und Sporen in der Hand. Er half mir mein Anziehen der Stiefel, und seine Tränen fielen mir dabei auf die Füße.

„Weine nicht“ sagte ich zu ihm, während ich mühsam versuchte, meiner Stimme Sicherheit zu verleihen. „Wenn ich zurückkomme, wirst du ein richtiger Mann sein. Nichts kann uns trennen, und die Zuneigung von uns allen ist dir gewiss.“

Dann kam der Moment, in dem ich all meine Kraft brauchte. Das Geräusch meiner Sporen hallte im Salon wider, ich war allein. Vorsichtig öffnete ich die nur angelehnte Tür zur Nähstube meiner Mutter, sofort erhob sie sich von ihrem Stuhl und eilte in meine Arme. Sie wusste genau, dass es mein Gemüt betrüben würde, wenn sie ihren Schmerz zu sehr zeigen würde, und zwischen ihren Seufzern und zärtlichen Versprechungen versuchte sie, mir von María zu erzählen.

Alle benetzten meine Brust mit ihren Tränen, Emma war die letzte. Sie wusste, was ich suchte, als ich mich aus ihren Armen befreite, und zeigte auf die Tür zum Gebetsraum. Ich ging hinein. Auf dem Altar verbreiteten zwei Kerzen ihr goldgelbes Licht. María saß auf dem Teppich, ihre weiße Kleidung leuchtete im Kerzenschein. Sie gab einen schwachen Ruf von sich, dann ließ sie den Kopf wieder in die Haltung zurücksinken, die sie vor meinem Eintreten innehatte. So verbarg sie ihr Antlitz, aber sie reichte mir die rechte Hand, damit ich sie ergriff. Halb niedergekniet, fielen meine Tränen auf sie, während ich die Hand streichelte. Als ich mich erhob, fürchtete sie, dass ich mich schon wieder entfernen würde. Plötzlich stand sie auf und warf sich schluchzend an meine Brust. Für diesen bewegenden Moment hatte mein Herz die meisten meiner Tränen zurückgehalten.

Meine Lippen erholten sich auf ihrer Stirn ... María schüttelte heftig den Kopf, so dass ihre wellige Lockenpracht in Bewegung kam, dann versteckte sie ihr Gesicht an meiner Brust und streckte einen Arm aus, um damit auf den Altar zu zeigen. Emma, die gerade eingetreten war, umarmte María und gab mir ein Zeichen, dass ich die Kammer verlassen sollte. Ich gehorchte.

Kapitel 54

Zwei Wochen war ich schon in London, als ich eines Abends einen Brief von der Familie erhielt. Mit zitternden Händen riss ich den Umschlag auf, der mit dem Siegel meines Vaters verschlossen war. Er enthielt einen Brief von María. Bevor ich ihn öffnete, suchte ich nach dem mir nur allzu bekannten Duft des Parfüms von der Hand, die ihn geschrieben hatte. Er war noch gut zu erkennen, und im Brief fand ich den Blütenkelch einer Lilie. Vergeblich versuchte ich mit meinen vernebelten Augen die ersten Zeilen zu lesen. Dann öffnete ich eines der Balkonfenster meines Zimmers, weil ich das Gefühl hatte, nicht genug Luft zu bekommen. Rosenbeet im Garten meiner Liebe! Berge Südamerikas, meine Berge! Blaue Nächte! Die riesige Stadt, immer noch voller Geräusche und halb verhüllt von einem Kleid aus Rauch, schlief unter den Vorhängen eines bleiernen Himmels. Ein Windstoß traf mein Gesicht und tobte sich im Zimmer aus. Erschrocken schloss ich das Fenster, und allein mit meinem Schmerz, mehr als allein, weinte ich lange Zeit, umgeben von der Dunkelheit.

Hier sind einige Auszüge aus dem Brief von María:

„Während alle am Esstisch bei der Nachspeise versammelt sind, bin ich in dein Zimmer gegangen, um dir zu schreiben. Hier kann ich weinen, ohne dass jemand kommt, um mich zu trösten. Hier stelle ich mir vor, dass ich dich sehen und mit dir sprechen kann. Alles ist so, wie du es verlassen hast, weil Mamá und ich es so gewünscht haben. Die letzten Blumen, die ich auf deinen Tisch gestellt hatte, sind verblüht und hinuntergesunken, es bleibt nur noch eine einzige. Die Stühle stehen an denselben Plätzen, die Bücher so, wie sie waren; aufgeschlagen auf dem Tisch liegt das letzte, das du gelesen hast. Dein Jagdanzug hängt noch dort, wo du ihn hingehängt hast, als du aus den Bergen zurückgekommen bist. Der Kalender auf dem Regal zeigt ständig diesen dreißigsten Januar, ach, wie schrecklich, es ist schon Vergangenheit! Die Rosen blühen wieder und stecken ihre Zweige durch dein Fenster, als ob sie dich suchen würden. Sie zittern, wenn ich sie berühre, und ich sage ihnen, dass du zurückkehren wirst.

Wo wirst du sein? Was machst du in diesem Augenblick? Es hat mir überhaupt nicht geholfen, dass du mir auf der Landkarte so häufig gezeigt hast, wohin du reisen wirst, weil ich es mir überhaupt nicht vorstellen kann. Ich habe Angst, wenn ich an das Meer denke, das alle so bewundern. Ich sehe dich mitten auf dem Meer, und das quält mich. Aber nach deiner Ankunft in London wirst du mir alles erzählen: Sag mir, wie die Landschaft um das Haus herum aussieht, in dem du wohnst. Beschreibe mir ganz genau dein Zimmer, dein Möbel, deine Bilder. Sag mir, was du all die Tage machst, wie verbringst du die Nächte, zu welcher Uhrzeit lernst du, und wann machst du Pause? Wie sind deine Spaziergänge, und in welchen Momenten denkst du mehr an deine María? Nenne mir bitte noch mal den Zeitunterschied, ich habe es vergessen.

José und seine Familie sind seit deiner Abreise dreimal vorbeigekommen. Tránsito und Lucía können deinen Namen nicht erwähnen, ohne dass sich ihre Augen mit Tränen füllen. Und sie sind so süß und liebevoll zu mir, so fein sprechen sie von dir, dass es kaum zu glauben ist. Sie haben mich gefragt, wohin die Briefe geschickt werden müssen, die sie dir geschrieben haben, und sie haben mir aufgetragen, dir in ihrem Namen tausend Dinge zu sagen.

Nicht mal Mayo vergisst dich. Am Tag nach deiner Abreise lief er völlig verzweifelt im ganzen Haus herum und suchte dich überall. Dann lief er zum Berg, und als er zurückkehrte, saß er nur dort und heulte die ganze Zeit. Später legte er sich vor deine Zimmertür. Wenn man sie geöffnet hat, lief er voller Freude hinein, und obwohl er alles beschnupperte, fand er dich nicht. Dann war er wieder so traurig, und mit seinen Augen schien er nach dir zu fragen; es fehlte nur noch, dass er weinte. Und als ich deinen Namen genannt habe, hat er den Kopf gehoben, um dich eintreten zu sehen. Der Ärmste! Er glaubt vielleicht, dass du dich versteckst, wie du es manchmal gemacht hast, um ihn auf die Probe zu stellen. Er läuft durch alle Räume, ohne das geringste Geräusch zu verursachen, in der Hoffnung, dich zu überraschen.

Gestern Abend habe ich den Brief nicht zu Ende geschrieben, weil Mamá und Emma mich gesucht haben. Sie glauben, dass es nicht gut für mich ist, mich hier aufzuhalten. Ich weiß nicht, was ich machen werde, wenn sie mich davon abhalten, in deinem Zimmer zu sein.

Als Juan heute morgen aufwachte, fragte er mich, ob du zurückgekehrt wärest – weil er mich im Schlaf deinen Namen rufen hörte.

Unsere Lilien beginnen zu blühen, und in diesem Brief liegt ein Kelch von der ersten Blüte. Bist du dir wirklich sicher, dass diese Lilien nie aufhören werden zu blühen? Ich brauche es, daran zu glauben, so wie ich daran glaube, dass die Rosen die Schönsten im Garten sind."

Kapitel 55

Ein Jahr lang bekam ich zweimal im Monat Post von María. Die letzten Briefe waren geprägt von einer immensen Melancholie. Verglichen mit ihnen waren die ersten geschrieben in unseren glücklichsten Tagen.

Vergeblich versuchte ich sie aufzumuntern, indem ich zu ihr sagte, dass diese Traurigkeit ihre Gesundheit zerstören würde, aber sie meinte nur, es würde ihr gut gehen. „Ich weiß, dass ich dich bald wiedersehen werde, von diesem Tag an werde ich nicht mehr traurig sein. Ich werde immer an deiner Seite sein. Nein, nein, niemand wird uns je wieder trennen können." Der Brief mit diesen Worten war der einzige, den ich innerhalb von zwei Monaten erhielt.

In den letzten Juni-Tagen besuchte mich eines Abends ein Herr A., der gerade aus Paris gekommen war, und den ich seit dem vergangenen Winter nicht mehr gesehen hatte. „Ich bringe Ihnen Briefe von zu Hause" sagte er, nachdem wir uns zur Begrüßung umarmt hatten.

„Drei Sendungen?"

„Nein, nur eine. Wir müssen aber vorher noch ein paar Worte reden." Er schaute mich an, behielt den Umschlag aber noch in der Hand. Sein unheilvoller Gesichtsausdruck beunruhigte mich. „Ich bin gekommen", setzte er an, nachdem er eine Weile schweigend durch den Raum geschritten war, „um Ihnen zu helfen, Ihre Rückreise nach Amerika vorzubereiten."

„An den Cauca!" rief ich aus, für einen Moment alles vergessend außer María und mein Land.

„Ja", antwortete er, „aber Sie haben den Grund sicher schon erraten."

„Meine Mutter!" brach es aus mir heraus.

„Ihr geht es gut" sagte er.

„Wer dann?" rief ich, den Umschlag aus seinen Händen nehmend.

„Es ist niemand gestorben."

„María! María!" rief ich, als ob sie mich hören konnte, und sackte kraftlos auf dem nächsten Sessel zusammen.

„Kommen Sie", versuchte Herr A. mein Gehör zu finden, „deshalb war es nötig, dass ich gekommen bin. Sie wird leben, wenn Sie rechtzeitig zurückkehren. Lesen Sie die Briefe, es sollte einer von ihr dabei sein."

„Komm zurück", schrieb sie, „komm schnell, sonst werde ich sterben, ohne mich von dir verabschieden zu können. Endlich sind alle damit einverstanden, dass ich dir die Wahrheit anvertraue. Seit einem Jahr vernichtet mich diese Krankheit, von der du mich für einige Tage geheilt hast, Stunde um Stunde. Wenn sie dieses Glück nicht unterbrochen hätten, ich hätte für dich gelebt.

Wenn du kommst ... ja, komm, denn ich werde die Kraft haben, zu widerstehen, bis ich dich sehe. Wenn du kommst, wirst du nur einen Schatten deiner María antreffen, aber dieser Schatten muss dich umarmen, bevor er verschwindet. Wenn ich nicht auf dich warte, weil eine Macht, die stärker ist als mein Wille, mich dir wegnimmt, ohne dass du mir Mut gibst, ohne dass du meine Augen schließt, dann lasse ich bei Emma, was sie für dich aufbewahren soll. Alles, von dem ich weiß, dass es dir lieb und teuer ist: Meine Zöpfe, das Etui, in dem deine und die Haare meiner Mutter sind, der Ring, den du mir gegeben hast, bevor du gegangen bist, und all deine Briefe.

Aber warum soll ich dich betrüben, indem ich dir all das sage? Wenn du kommst, werde ich mich erholen; wenn ich deine Stimme höre, wenn deine Augen mir sagen, was nur sie mir sagen können, werde ich leben und wieder so sein wie früher. Ich will nicht sterben, ich kann nicht sterben und dich für immer allein lassen."

„Lesen Sie zu Ende" sagte Herr A. und hob den Brief meines Vaters auf, der ihm vor die Füße gefallen war. „Sie werden selbst sehen, dass wir keine Zeit verlieren dürfen."

Mein Vater berichtete mir, was ich auf so grausame Weise bereits erfahren hatte. Den Ärzten zufolge blieb nur eine Hoffnung, María zu retten: meine sofortige Rückkehr. Vor diese Alternative gestellt, zögerte mein Vater nicht, mir zu befehlen, schnellstmöglich nach Hause zu kommen, und er entschuldigte sich dafür, es nicht früher angeordnet zu haben. Zwei Stunden später verließ ich London.

Kapitel 56

Die Sonne des fünfundzwanzigsten Juli versank mit goldenem und rubinrotem Schimmern im nebligen Horizont des Pazifischen Ozeans; ihre Strahlen folgten den blauen Wellen, die sich wie Flüchtlinge unter den Urwaldschatten der Küsten zu verstecken suchten. Die „Emilia López", das Schiff, mit dem ich aus Panama kam, erreichte die Bucht von Buenaventura, nachdem es eine Weile auf dem vom Wind gestreichelten Teppich des Küstengebietes gespielt hatte.

An die Reling gelehnt betrachtete ich die Berge, deren Anblick neue, süße Hoffnungen in mir weckte. Siebzehn Monate vorher war ich zu ihren Füßen davongeschwommen, angetrieben von dem fließenden Durcheinander des Flusses Dagua. Mein Herz hatte sich von allem verabschiedet, die Einsamkeit und Stille hatten sich mit meinem Schmerz zusammengeschlossen.

In meinen Händen hielt ich einen in der Brise flatternden Brief von María, der mich in Panama erreicht hatte und den ich wiederholt im sterbenden Licht der Abenddämmerung las. So oft meine Augen es vermochten ... Heute, da das Papier schon vergilbt ist, scheint es immer noch feucht zu sein von meinen Tränen dieser Tage.

„Die Nachricht von deiner Rückkehr hat genügt, um mir meine Kraft wiederzugeben. Schon kann ich die Tage zählen, weil jeder Tag, der vergeht, mich dem näher bringt, an dem ich dich wiedersehen werde.

Heute ist ein wunderschöner Morgen, so schön wie jene, die du nicht vergessen hast. Ich habe Emma dazu veranlasst, mich in den Garten zu bringen; und ich fühle mich fast gesund unter diesen Bäumen, umgeben von all diesen Blumen; ich sehe den Bach fließen und sitze auf der steinernen Bank an seinem Ufer. Wenn das jetzt mit mir geschieht, warum soll es mir nicht noch besser gehen, wenn ich das alles mit dir wiederhole?

Ich habe gerade einige von unseren Lilien und Rosen vor das Bild der Heiligen Jungfrau gestellt. Und es wirkte so, als wenn sie mich viel süßer ansah als sonst, sie schien sogar zu lächeln.

Aber sie wollen, dass wir in die Stadt gehen, weil sie meinen, dass die Ärzte mich dort besser behandeln können. Ich brauche kein anderes Mittel, als dich für immer an meiner Seite zu sehen. Ich möchte hier auf dich warten; ich möchte nicht alles verlassen, was du geliebt hast. Ich werde darauf achten, dass es so bleibt; ich glaube, dass du mich an einem anderen Ort nicht so lieben würdest wie hier. Ich werde Papá anflehen, dass er unsere Reise hinausschiebt, und dann wirst du da sein. Adiós." Die letzten Zeilen waren fast nicht zu lesen.

Das Zollboot, das unser Schiff inspizieren sollte, verließ die Küste und kam auf uns zu. „Lorenzo!" rief ich, als ich in dem stattlichen Mulatten zwischen dem Hafenverwalter und dem Zollinspektor einen sehr guten Freund erkannte.

„Ich komme rüber!" rief er zurück. Dann kletterte er hastig die Leiter hinauf und drückte mich kräftig. „Lass uns nicht weinen", sagte er, wischte die Tränen mit dem Ärmel weg und versuchte, zu lächeln, „man sieht uns, und diese Seeleute haben ein Herz aus Stein."

Zwischen den Zeilen hatte er mir schon erzählt, was ich unbedingt wissen wollte: María ging es besser, als er das Haus verlassen hatte. Und obwohl er seit zwei Wochen in Buenaventura auf mich wartete, waren keine weiteren Briefe für mich gekommen – außer dem einen, den er bei sich trug. Sicher deshalb, weil die Familie mich jeden Moment erwartete.

Lorenzo war kein Sklave. Er war ein treuer Begleiter meines Vaters auf den häufigen Reisen, die er im Laufe seines Geschäftslebens unternahm.

Er war in der ganzen Familie beliebt; nach außen hin war er unser Gutsverwalter, tatsächlich aber mehr ein Freund. Sein Aussehen und seine Fähigkeiten sprachen für seinen starken und aufrichtigen Charakter: Groß und kräftig, mit einer breiten Stirn, hübschen Augen mit krausen, schwarzen Brauen, gerader Nase, schönen Zähnen, einem energischen Bart und einem freundlichen Lächeln.

Nach dem offiziellen Teil an Bord durch den Verwalter, der ihm vermutlich geholfen hatte, mich schnell zu finden, wurde mein Gepäck auf das Boot gebracht. Dann verabschiedete ich mich vom Kapitän und von einigen meiner Mitreisenden und verließ ebenfalls das Schiff. Als wir uns der Küste näherten, war der Horizont schon nicht mehr zu erkennen. Schwarze Wellen schüttelten uns schweigend durch, um sich dann wieder in der Dunkelheit zu verlieren, während zahllose Glühwürmchen den geräuschvollen Hintergrund des Urwalds in Bewegung versetzten.

Bei dem dicken, rothaarigen Hafenverwalter, dessen Alter schwer zu schätzen war, handelte es sich um einen Freund meines Vaters. Als wir an Land waren, lud er mich in sein Haus ein und brachte mich in einem Zimmer unter, das bereits für mich vorbereitet worden war. Dazu befestigte er eine breite, parfümierte Hängematte aus Corozal und verließ anschließend den Raum. Vorher sagte er noch: „Ich werde veranlassen, dass Ihr Gepäck hergebracht wird. Und was viel wichtiger ist: Ich rufe den Koch, denn ich vermute, dass das Essen auf der ‚Emilia' nicht so besonders gewesen ist, sie schien mir doch etwas primitiv zu sein."

Obwohl der Verwalter einer schönen und interessanten Familie vorstand, die mitten im Cauca zu Hause war, hatte er diese Familie nicht mitgenommen, als das Schicksal ihm die Stellung im Hafen verschaffte. Er gab mir tausend Erklärungen dafür, die ich, vielleicht aufgrund meiner Unerfahrenheit, alle nicht nachvollziehen konnte. Er fand die Menschen in der Hafenstadt alle sehr fröhlich und aufgeschlossen. Aber ihre Sorglosigkeit kümmerte ihn nicht, denn nach einigen Monaten an der Küste war er von dieser Mentalität bereits angesteckt worden.

Nach einer Viertelstunde entschied ich mich, den Reiseanzug zu wechseln. Und als der Verwalter zurückkam, trug auch er nicht mehr seine Uniform, sondern eine Hose und eine blühend weiße Jacke; seine Weste und die Krawatte hatte er fürs Erste verbannt.

„Erholen Sie sich hier erst mal ein paar Tage, bevor Sie die Reise fortsetzen" sagte er und füllte zwei Gläser mit Cognac aus einer wunderschönen Karaffe.

„Aber ich brauche mich nicht zu erholen" widersprach ich.

„Trinken Sie den Cognac, es ist ein exzellenter Martell. Oder bevorzugen Sie etwas anderes?"

„Ich glaubte, dass Lorenzo ein Boot und Ruderer für die Weiterfahrt morgen schon bestellt hätte."

„Das werden wir schon sehen. Was hast du lieber, Gin oder Wermut?"

„Was Sie möchten."

„Zum Wohl" sagte er, mich zum Trinken auffordernd. Dann leerte er sein Glas mit einem einzigen Schluck. „Ist der nicht herrlich?" fragte er, mit den Augen zwinkernd und machte dabei mit der Zunge ein schmatzendes Geräusch wie bei einem Kuss. Dann fuhr er fort: „Ich weiß schon, aber hast du in England einen reiferen getrunken?"

„Er ist schon eine wahre Gaumenfreude. Also kann ich im Morgengrauen abreisen?"

„Es war doch alles nur ein Spaß von mir" antwortete er und ließ sich in die Hängematte fallen. Dort wischte er sich den Schweiß mit einem großen Taschentuch aus indischer Seide von der Stirn, es war parfümiert wie das einer Braut. „Also eine Gaumenfreude, he? Wasser und das hier sind die einzige Medizin, die wir hier haben. Und der Biss der Viper."

„Sprechen wir mal ernsthaft: Was meinten Sie mit ‚Es war nur ein Spaß'?"

„Der Vorschlag, dass du dich erholst, Mensch. Denkst du, dein Vater hat vergessen, mich alles für deine Weiterreise vorbereiten zu lassen? Lorenzo ist vor fünfzehn Tagen hier angekommen, und seit acht Tagen stehen die Ruderer und das Boot für dich bereit. So viel ist sicher: Wenn ich dich in dem Glauben gelassen hätte und nicht so ehrlich zu dir wäre, dann hätte ich dich überredet, mindestens zwei Tage hier zu bleiben."

„Wie soll ich Ihnen nur für Ihre Ehrlichkeit danken?"

Er lachte so laut, dass die Hängematte heftig hin- und herschaukelte. Schließlich stieß er hervor: „Undankbarer!"

„So ist es nicht. Sie wissen, dass ich nicht bleiben kann, ich darf nicht eine Stunde länger als nötig brauchen; es ist ganz dringend, dass ich so bald wie möglich das Haus erreiche."

„Ja, ja, das ist wahr, es wäre sehr egoistisch von mir" erwiderte er ernsthaft.

„Was wissen Sie?"

„Eines der Mädchen ist krank ... Aber du hast die Briefe bekommen, die ich dir nach Panama geschickt habe."

„Ja, danke – gerade, als ich an Bord ging."

„Stand da nicht drin, dass es ihr besser ging?"

„Das stand dort."

„Und Lorenzo?"

„Der sagt dasselbe."

Nach einer kurzen Pause, in der wir beide still waren, erhob sich der Verwalter aus seiner Hängematte und schrie: „Marcos, das Essen!"

Kurz darauf betrat ein Angestellter den Raum, um zu verkünden, dass der Tisch gedeckt sei.

„Komm“, sagte mein Gastgeber, während er sich erhob, „ich habe Hunger. Wenn du den Cognac getrunken hättest, hättest du auch einen besseren Appetit.“

Als wir das Esszimmer betraten, sagte er „Hallo!“ und rief einen Diener zu uns. „Wenn Sie kommen, um uns zu suchen, sag, dass wir nicht zu Hause sind.“ An mich gewandt meinte er: „Wenn du früh aufstehen willst, musst du dich heute früh hinlegen.“ Dann zeigte er mir den Platz an der Stirnseite des Tisches, er und Lorenzo nahmen an der linken und rechten Seite Platz.

„Menschenskind!“ rief der Verwalter aus, als das Licht der wunderschönen Lampe auf dem Tisch mein Gesicht beleuchtete. „Was für einen Bart du trägst! Wenn du nicht so dunkel wärest, könnte man darauf schwören, dass du auf Kastilianisch nicht mal ‚Guten Tag‘ sagen kannst. Es kommt mir vor, als wenn ich deinen Vater vor mir sehen würde, als er zwanzig Jahre alt war. Aber es scheint mir, dass du größer bist als er, und ernsthafter, das hast du ohne Zweifel von deiner Mutter geerbt. Der Jude ist wieder da, fast so wie in der Nacht, als er das erste Mal in Quibdo von Bord gegangen ist! Sieht er nicht so aus, Lorenzo?“

„Ganz genau“ antwortete der.

„Wenn du gesehen hättest“, fuhr mein Gastgeber an Lorenzo gewandt fort, „wie ich unserem kleinen Engländer angeboten habe, für zwei Tage hier zu bleiben ... Er war so nervös, dass er sich nicht mal für meinen Cognac interessiert hat. Meine Güte, ich hatte Angst, er wird richtig ärgerlich! Mal sehen, wie dir dieser Rotwein gefällt, vielleicht bringt der dich zum Lächeln. Na, wie schmeckt er?“ fragte er dann, nachdem ich den Wein probiert hatte.

„Er ist sehr gut.“

„Ich hatte schon Angst, dass du das Gesicht verziehst. Er ist der beste, und du kannst eine Flasche davon auf dem Fluss trinken.“

Die Jovialität des Verwalters ließ zwei Stunden lang nicht für einen Augenblick nach. Um neun Uhr erlaubte er mir, mich zurückzuziehen – mit dem Versprechen, um vier Uhr morgens auf den Beinen zu sein, um mich zum Boot zu begleiten. Als er eine ‚Gute Nacht‘ wünschte, fügte er hinzu: „Ich hoffe, dass du dich morgen nicht über die Ratten beschwerst wie beim letzten Mal. Deine schlechte Nacht hat sie sehr viel gekostet: Ich habe ihnen allesamt den Krieg erklärt, bis zu ihrem Tod.“

Kapitel 57

Als der gute Freund um vier Uhr morgens an meine Tür klopfte, wartete ich schon seit einer Stunde, bereit loszumarschieren. Er, Lorenzo und ich frühstückten mit Cognac und Kaffee, während die Ruderer mein Gepäck in die Kanus luden. Kurze Zeit später befanden wir uns alle am Strand. Der Mond näherte sich in seiner ganze Größe dem Untergang. Während er langsam hinter den schwarzen Wolken verschwand, badete er den fernen Urwald und die Mangrovenwälder der Küste. Das stille Meer spiegelte die ersten roten Sonnenstrahlen wider, die gleich brennenden Dochten gigantischer Kerzen auf dem Marmorfußboden eines Totensaales aufflammten.

„Und jetzt – bis wann?" fragte der Verwalter, meine Abschiedsumarmung erwidernd.

„Vielleicht werde ich schon sehr bald wiederkommen" antwortete ich.

„Du kehrst also nach Europa zurück?"

„Vielleicht."

Dieser sonst so fröhliche Mann schien mir jetzt sehr melancholisch zu sein. Als sich das Boot, in dem Lorenzo und ich Platz genommen hatten, vom Ufer entfernte, rief er: „Gute Reise!" Dann wandte er sich an die Ruderer: „Cortico! Laureán! Passt gut auf ihn auf, so gut wie auf mein Eigentum!"

„Ja, mein Herr!" antworteten die beiden Schwarzen im Duett.

Wir waren etwa zweihundert Meter vom Ufer entfernt, und ich konnte die weiße Gestalt des Verwalters an derselben Stelle erkennen, an der er mich umarmt hatte. Die gelb leuchtenden Strahlen des Mondes, zeitweise von den Wolken bedeckt, begleiteten uns traurig, bis wir in die Mündung des Dagua hineinfuhren.

Ich blieb stehen an der am Fluss „Rancho" genannten, einfachen Überdachung des Bootes, hergestellt aus den Ästen, Zweigen und Blättern der *Rabihorcados*. Lorenzo, der für mich in dieser „Grotte" aus Brettern eine Art Bett gebaut hatte, saß mit dem Kopf auf den Knien zu meinen Füßen und schien zu schlafen. Cortico (dessen eigentlicher Rufname Gregorio lautete) brummte beim Rudern eine *Bunde*-Melodie vor sich hin. Der athletische Körper von Laureán wirkte im schwindenden Mondlicht wie das Profil eines Giganten. Das monotone Lied der *Bamburé-Frösche* in den Schatten der Mangroven war kaum zu hören, nur das leise Geräusch des fließenden Wassers unterbrach die feierliche Stille, welche die Leere des letzten Traumes einhüllte, eines Traumes tief in Inneren wie der eines Mannes in den letzten Stunden der Nacht.

„Nimm einen Schluck, Cortico, und sing dieses traurige Lied" sagte ich zu dem kleinen Ruderer.

„Jesus! Mein Herr, finden Sie es traurig?"

Lorenzo schenkte aus seinem Horn aus Pasto mehr als genug von dem Anisschnaps in das Trinkgefäß ein, das ihm der Ruderer hinhielt. Dann fuhr dieser an seinen Kollegen gewandt fort: „Der Morgentau hat mich etwas heiser gemacht. Der Weiße möchte sein Herz befreien, dafür sollen wir ein fröhliches Lied singen."

„Probieren wir's!" antwortete der andere mit einer sehr tiefen und sonoren Stimme. „Ein Tänzchen in der Dunkelheit könnten wir schon wagen. Weißt du, welches?"

„Genau das, Mann!"

Laureán probierte den Aguardiente so, als wenn er sich damit auskannte. Dann murmelte er anerkennend. „Nicht der Schlechteste."

„Was ist mit dem Tänzchen im Dunkeln?" fragte ich.

Er nahm seinen Platz ein und intonierte als Antwort den ersten Vers des folgenden Liedes, Cortico folgte mit dem zweiten. Danach machten sie eine kurze Pause, um dann auf die gleiche Weise wieder von vorn anzufangen – bis das Lied zu Ende war.

Wenn der Mond nicht untergeht,
rudere, rudere.
Was macht meine Schwarze so allein?
Weine, weine.
Mich packt die dunkle Nacht,
San Juan, San Juan.

So dunkel wie mein Mädchen,
mehr nicht, mehr nicht.
Das Licht ihrer Augen,
das Meer, das Meer.
Es sieht aus wie ein Blitz.
Rudere, rudere ...

Dieser Gesang verband sich schmerzlich mit der Natur, die uns umgab; die späten Echos des gewaltigen Urwalds wiederholten seine klagenden Laute, tief und weit.

„Schluss mit dem Gesang" sagte ich zu den Schwarzen, eine Pause zwischen den Versen nutzend.

„Finden Euer Gnaden, dass wir schlecht gesungen haben?" fragte Gregorio, der etwas gesprächigere der beiden.

„Nein, Mann, aber sehr traurig."

„Die ‚Juga'?"

„Was auch immer es war."

„Gelobt sei der Herr! Wenn ich die ‚Juga' gut singe und mit meiner Marieeugenia tanze ... glauben Sie mir, was ich sage, Euer Gnaden: Da fangen selbst die Engel im Himmel an zu tanzen!"

„Mach die Augen auf und halte den Schnabel, mein Freund" meinte Laureán. „Hörst du?"

„Bin ich vielleicht taub?"

„Dann ist ja gut."

Das Wasser des Flusses begann mit unserem Boot zu kämpfen. Man konnte deutlich hören, wie die Ruder eintauchten. Einige Male schlug Gregorio mit dem Ruder auf die Bordkante, um damit anzuzeigen, dass sie das Ufer wechseln mussten. So ging es im Zickzack weiter. Langsam bildeten sich dichte Nebelschwaden. Von der Meerseite her erreichte uns ein fernes, heftiges Donnern. Die Ruderer sprachen nichts. Ein Geräusch wie das Heulen eines Orkans lag über dem Urwald und bewegte sich auf uns zu. Dicke Regentropfen begannen auf uns herabzufallen.

Ich legte mich wieder auf die Koje, die Lorenzo für mich gemacht hatte. Er wollte eine Lampe anzünden, aber als Gregorio sah, dass er mit einem Streichholz herumhantierte, sagte er: „Machen Sie kein Licht an, Patrón, es blendet mich und lockt die Schlangen an."

Der Regen peitschte jetzt heftig auf das Dach des Ranchos. Mir kamen die Dunkelheit und die Stille ganz gelegen, nachdem ich auf meiner Reise mit vorgetäuschter Höflichkeit mit allen möglichen Leuten sprechen musste. Die süßesten Erinnerungen und die traurigsten Gedanken stritten in meinem Herzen miteinander, mal weckten sie es, dann wieder versenkten sie es in Traurigkeit. Es fehlten nur fünf Reisetage, um sie wieder in meine Arme schließen zu können und ihr das ganze Leben zurückzugeben, das meine Abwesenheit ihr geraubt hatte. Meine Stimme, mein Streicheln, meine Augen, denen es gelungen war, sie in diesen Tagen so zu bewegen. Konnten sie es auch schaffen, den Schmerz und den Tod zu besiegen? Der Liebe gegenüber zeigt sich die Wissenschaft machtlos, dabei sollte die Wissenschaft alles können, wenn sie zu Hilfe gerufen wird.

Ich rief in mein Gedächtnis zurück, was sie in ihren letzten Briefen geschrieben hatte: „Die Nachricht von deiner Rückkehr hat genügt, um mir meine Kraft wiederzugeben ... Ich kann nicht sterben und dich für immer allein lassen."

Mein Elternhaus inmitten der grünen Hügel, im Schatten der alten Bäume, geschmückt mit Rosenbeeten und angestrahlt von der Sonne, genau so sah ich es in meiner Vorstellung vor mir. Da waren die Kleider von María, die mir etwas zuflüsterten, die frische Brise des Zabaletas, die in meinen Haaren wehte, die Essenzen von Marías Blumen, die ich einatmete ... Und die Wüste mit ihren Aromen, ihren Parfüms und ihrem Geflüster war Komplize meiner herrlichen Illusion.

Da legte das Boot an einem Strand an, am linken Ufer des Flusses.

„Was ist los?" fragte ich Lorenzo.

„Wir sind in Arenal."

„Ein Wachmann, der Schmuggler sucht" rief Cortico.

„Halt!" meldete sich der Mann, der ein paar Meter vom Ufer entfernt auf der Lauer lag.

Die beiden Ruderer gaben ein nicht enden wollendes, schallendes Gelächter von sich, bis Gregorio schließlich sagte: „Gesegnet sei der Heilige Paulus! Beinahe hätte mich dieser Mensch gebissen! Gefreiter Ansermo, Sie werden noch am Rheuma krepieren, wenn Sie da so herumliegen. Wer hat Ihnen erzählt, dass wir hier vorbeikommen?"

„Blödmann", antwortete der Wächter, „die Hexen. Was führt ihr mit euch?"

„Kommen Sie an Bord!"

Lorenzo zündete die Lampe an, und der Gefreite kam in den „Rancho". Im Vorbeigehen verpasste er dem kleinen Schwarzen einen kräftigen Klaps auf den Rücken, getarnt als freundliche Geste. Nachdem er mich respektvoll begrüßt hatte, durchsuchte er vorschriftsmäßig das Boot, während Laureán und Gregorio in ihren Lendenschurzen dasaßen und ihr breitestes Grinsen sehen ließen.

Der erste Schrei von Gregorio, als wir den Strand erreichten, hatte die ganze Abteilung alarmiert. Zwei weitere Wächter mit verschlafenen Gesichtern und bewaffnet mit Karabinern – also ausgestattet wie der, der sich im hohen Gras versteckt hatte – erschienen gerade noch rechtzeitig, um die erwartete Opfergabe entgegenzunehmen. Und Lorenzos riesiges Trinkhorn hatte für alle, die anstanden, etwas übrig, was ihnen zusagte.

Der Regen hatte nachgelassen, und es begann hell zu werden, als wir die Reise fortsetzen konnten – nach einigen Hin und Her aus diversen Verabschiedungen, zotigen Witzen, gewürzt mit entsprechendem Gelächter, und einigem mehr zwischen meinen Ruderern und den Wächtern.

Von hier an war der Urwald an den Ufern noch gewaltiger und majestätischer als zuvor. Die Palmengruppen wurden vielseitiger: Da die *Pambil* mit ihrem geraden, von Purpurflecken durchsetzten Rücken, die dicht bewachsene Milpesos, die an den Wurzeln ihre köstlichen Früchte darbot, die Chontadura und die Guatle. Die schönste von allen war die Naidí mit ihrem beweglichen, mit Federn geschmückten Stiel, von dem man nicht weiß, ob er nun kokett oder jungfräulich wirken soll, erinnert er doch mal an eine verführerische, mal an eine eher scheue Frauentaille. Ihre Blüten, halb verdeckt von einer geöffneten Muschel, sind mit goldenen Federbüschen versehen, mit denen sie einen unvergessenen Freund willkommen zu heißen scheinen. Es fehlten auch nicht die Bejucadas mit ihren roten Girlanden, die Kletterpflanzen mit ihren zerbrechlichen und so schönen Blüten, die Seidenraupen und die von samtigem Moos bedeckten Felsbrocken. Und wie Könige des Urwalds erhoben die Naguare und die Piaunde ihre Baumkronen, um etwas noch Grandioseres als die Wüste zu erblicken: Das weite Meer.

Die Fahrt wurde allmählich anstrengend. Es war fast zehn Uhr, als wir nach Callelarga kamen. Am linken Ufer befand sich eine Hütte, die wie die anderen am Fluss auf Stelzen aus Guayacán-Holz gebaut war. Ein Holz, von dem bekannt ist, dass es durch Feuchtigkeit fester wird. So sind die Bewohner unabhängig von der Flut und weniger gefährdet durch die Vipern, die in ihrer Unzahl und Vielfalt den Albtraum aller Reisenden darstellen.

Während sich Lorenzo, geschützt von den Ruderern, zu einem der Häuschen begab, um unser Mittagessen zu besorgen, blieb ich im Boot. Ich wollte mich auf ein Bad vorbereiten, für das sich das kristallklare Wasser hervorragend zu eignen schien. Ich hatte aber nicht mit den Moskitos gerechnet, die sich mit ihren giftigen Stichen unvergesslich machten. Nach Gutdünken griffen sie mich an und ließen mich das Bad schnell streichen, auf das sich ihre grausame Wesensart konzentriert hatte. Aufgrund ihrer Hautfarbe und anderer Beschaffenheiten ihrer Haut sind die Schwarzen zweifellos besser gegen diese hartnäckigen und hungrigen Feinde gewappnet, deshalb konnte ich beobachten, dass die Ruderer von ihnen kaum Notiz nahmen.

Lorenzo bracht mir das Mittagessen zum Boot, unterstützt von Gregorio, der behauptete, ein guter Koch zu sein, und mir für den nächsten Tag ein *Tapado* versprach.

Am Nachmittag sollten wir San Cipriano erreichen, wo ich die Ruderer nicht dazu würde überreden müssen, die Fahrt fortzusetzen. Das hatte vorher schon der ausgezeichnete Rotwein des Verwalters besorgt.

Die Sonne machte dem Sommer alle Ehre. Wenn die Ufer es erlaubten, stiegen Lorenzo und ich aus dem Boot, um uns ein wenig die Füße zu vertreten oder um das Gewicht des Bootes an den Stellen zu verringern, an denen es sonst laut unseren Ruderern zu gefährlich gewesen wäre. Dieses Zurücklegen von kurzen Strecken zu Fuß nannte man „Stranden“. Allerdings liefen wir dabei Gefahr, dass sich eine Guascama oder eine Chonta auf uns stürzen würde, letztere eine dicke, schwarze Schlange mit einem auffälligen weißen Kragen, so dass wir mehr mit den Augen als mit den Füßen liefen.

Es war leicht zu erkennen, dass Laureán und Gregorio sehr abergläubisch waren, wie es kaum einen Ruderer gab, bei dem das nicht der Fall war und der nicht wie sie Giftzähne von den unterschiedlichsten

Schlangen und die entsprechenden Gegenmittel bei sich trug. Dazu gehörten zum Beispiel: Guaco, Bejucos, *Siempreviva*, Zaragoza und andere, namenlose Kräuter, die sie in ausgehöhlten Tiger-Stoßzähnen und Zähnen von Kaimanen aufbewahrten. Aber das reichte nicht aus, damit die Reisenden sich sicher fühlen konnten, denn es war bekannt, dass die Mittel oft nichts taugten und die Gebissenen nach wenigen Stunden starben. Vorher verloren sie Blut durch die Poren und erlitten schmerzvolle Krämpfe.

Wir kamen in San Cipriano an. Am rechten Ufer, genau dort, wo der Dagua einen Winkel formte, der diesem Ort seinen Namen gab, lag das Haus, auf Stelzen und inmitten von dichten Bananenpflanzen gelegen. Wir hatten den Strand noch nicht betreten, als Gregorio schon rief: „Doña Rufina! Hier bin ich! Wo ist die Viejota?"

„Guten Abend, Señor Gregorio!" antwortete eine junge Schwarze, von der Veranda herüberschauend.

„Sie müssen mir Unterkunft geben, ich habe etwas Schönes mitgebracht."

„Na klar, kommen Sie hoch."

„Und mein Kollege?"

„Soll mitkommen."

„Onkel Bibiano?"

„Dem geht's gut, Señor Gregorio."

Laureán wünschte der Dame des Hauses einen „Guten Abend" und verfiel dann wieder in seine gewohnte Schweigsamkeit.

Während die Ruderer und Lorenzo die Ausrüstung aus dem Boot holten, versuchte ich zu enträtseln, was Gregorio – ohne sonst etwas dazu zu sagen – eine Viejota genannt hatte: Es war eine Schlange, dick wie ein starker Arm, fast zweieinhalb Meter lang, mit rauem Rücken, einer Farbe von trockenem Laub mit schwarzen Flecken, einem Bauch, der aus Elfenbein zusammengesetzt zu sein schien, einem riesigen Kopf und einem Maul, so groß wie der Kopf selbst, einer aufgestellten Nase und Giftzähnen, so groß wie Katzenzähne. Sie hing mit dem Hals an einem Pfosten für die Boote, und das Uferwasser spielte mit ihrem Schwanz.

„Heiliger Paulus!" rief Lorenzo, als er bemerkte, wo ich hinsah. „Was für ein Tier!"

Rufina, die heruntergekommen war, um uns zu begrüßen, bemerkte lachend, dass sie schon manches Mal größere erlegt hatten.

„Wo haben Sie die gefunden?" fragte ich sie.

„Am Ufer, mein Freund, auf dem Baum dort" antwortete sie und zeigte auf einen Baum in der Nähe des Hauses.

„Und wann?"

„Heute morgen wollte mein Bruder verreisen. Da hat er sie gefunden und hierher gebracht – wegen des Gegengifts. Bestimmt war sie nicht allein, aber die andere werden wir morgen erwischen."

Dann erzählte mir die Schwarze, warum die Viper so gefährlich ist: Mit einer Art Kralle, die sie am Schwanz hat, hängt sie sich an einen Ast oder Zweig. Sie wickelt sich halb um den Ast, den Rest des Körpers lässt sie hängen und wartet auf ihr Opfer. Wenn sich jemand genau unterhalb der Schlange befindet, lässt sie sich einfach fallen, hält sich aber mit der Kralle noch am Ast fest. Sie beißt ihr Opfer und zieht es langsam hoch, dabei würgt sie es mit einer unglaublichen Kraft, bis es tot ist. Danach wickelt sich die Schlange um ihr Opfer und schläft einige Stunden. Es hat einige wenige Fälle gegeben, in denen es Jägern oder Ruderern gelang, sich vor dem Tier zu retten, indem sie ihren Hals mit beiden Händen drückten, bis sie keine Luft mehr bekam. Das waren allerdings ausnahmslos sehr starke Männer. Ein normaler Mensch mit durchschnittlicher Muskulatur wäre dazu nicht fähig. Überhaupt hilft wenig gegen diese Schlange, sie versteckt sich so gut, dass man glaubt, einen dünnen, trockenen Ast vor sich zu haben. So lange sie sich mit der Kralle festklammern kann, ist sie gefährlich, ohne Halt ist sie wehrlos.

Rufina zeigte mir den Weg. Mit großer Geschicklichkeit kletterte sie die aus einem einzigen Baumstamm gefertigte Leiter hoch, lächelnd und respektvoll reichte sie mir dann die Hand, damit ich ihre Hütte betreten konnte. Sie trug krause Zöpfe, sorgfältig am Hinterkopf befestigt, was ihrer Natürlichkeit keinen Abbruch tat, dazu einen blauen Schal, ein weißes Hemd, alles sehr sauber, sowie Ohrringe und mit Münzen verzierte Halsreifen aus blauen Kugeln. Sie wirkte auf bezaubernde Art natürlich, lange schon hatte ich keine derartige Frau mehr gesehen. Das Besondere am Klang ihrer Stimme war – wie bei allen ihrer Rasse – die Betonung der letzten Silbe des jeweils letzten Wortes eines Satzes. Die Bewegungen ihrer Taille und ihr ausweichendes Lächeln erinnerten mich an Remigia am Abend ihrer Hochzeit.

Bibiano, der Vater dieser im heiratsfähigen Alter befindlichen Schwarzen, war ein Ruderer von etwas mehr als fünfzig Jahren. Als Folge der Arbeit war er vom Rheumatismus außer Gefecht gesetzt worden. Mit dem Sombrero in der Hand kam er aus der Hütte, um mich zu empfangen. Er stützte sich auf einen dicken Stock, und über die gelbe Flanellhose hing ihm ein blau gestreiftes Hemd.

Die Hütte war zu einer der besten am Fluss hergerichtet worden, mit einem Korridor, der die Verlängerung des Wohnzimmers bildete und auf beiden Seiten mit Palmenblättern tapeziert war. Aus dem einen Fenster konnte man den Dagua sehen, aus dem anderen das Örtchen San Cipriano. Hinter dem Wohnzimmer befand sich ein Schlafzimmer, von dem aus man in die Küche kam. Der Herd bestand aus einer großen, mit Erde gefüllten Bretterkiste, auf der sich ein Gitter und der Apparat für ihr „Fu-Fu" befanden. Es gab auch eine Speisekammer, die auf den Wohnzimmer-Balken errichtet worden war, und in der verschiedene Sorten von Bananen und Früchten hingen. Um sie zu erreichen, musste man eine Leiter benutzen, die etwas bequemer war als jene, die zur Hütte hinaufführte. Von einem Balken hingen Fischernetze und viele andere Utensilien, die zum Fischen benötigt werden. In einer anderen Kammer waren die Musikinstrumente untergebracht, eine Trommel, eine *Carrasca* und ganz in der Ecke ein *Caràngano*, ein typisches Instrument für die Musik in dieser Gegend.

Meine Hängematte war schnell aufgehängt. Nachdem ich mich hineingelegt hatte, konnte ich im Hintergrund die vom letzten Tageslicht erleuchteten Berge sehen, und die Wellen des Dagua, die in diesem Licht blau, grün und golden schimmerten. Bibiano, beeindruckt von meiner Offenheit und Freundlichkeit, saß bei mir und flocht an einem Sombrero. Pfeife rauchend erzählte er dazu von den Reisen seiner Jugendzeit, von der „Verstorbenen" (seiner Frau), vom Fischfang und diversen Wehwehchen.

Bis zu seinem dreißigsten Lebensjahr hatte er als Sklave in der Mine von Iró geschuftet, bis er sich dank der Kraft seiner Arbeit und seiner Sparsamkeit seine und die Freiheit seiner Frau erkaufen konnte. Aber sie lebte nur noch kurze Zeit, nachdem sie sich am Dagua niedergelassen hatten.

Die Ruderer, die jetzt Hosen trugen, plauderten mit Rufina. Zur *Sancocho*, die Bibianos Tochter für uns zubereitete, hatten sie ihre Delikatessen ausgepackt, die wir dazu essen wollten. Lorenzo saß in der dunkelsten Ecke des Raumes, um sich ein wenig auszuruhen.

Es war fast Nacht, als wir die Rufe von Reisenden auf dem Fluss hörten. Lorenzo eilte sofort hinunter und kehrte wenige Augenblicke später mit der Nachricht zurück, dass es sich um die Post gehandelt hatte, und er bemerkte, dass mein Gepäck erst mal in Mondomo bleiben würde.

Bald umfing uns die Nacht mit all ihrer amerikanischen Pracht. Die Nächte im Cauca, jene, die ich in London verbracht hatte und jene am Meer, warum waren sie alle nicht von einer so majestätischen Traurigkeit wie diese eine? Bibiano ließ mich schlafen, wie er glaubte, und ging, um bei den Essensvorbereitungen zu helfen. Lorenzo zündete die Kerze an und deckte den Tisch mit dem, was von unseren Vorräten übrig war.

Um acht Uhr waren wir alle mehr oder weniger zum Schlafen bereit. Nahezu mütterlich bereitete Lorenzo meine Hängematte vor, um sich dann in die seine zu legen.

„Vater", rief Rufina aus dem Schlafzimmer Bibiano zu, der mit uns im Wohnzimmer schlief, „hören Sie die *Verrugosa* auf dem Fluss singen?" Tatsächlich war bis zu uns so etwas wie das Gackern einer monströsen Henne zu hören.

„Sag Señor Laureán Bescheid", fuhr das Mädchen fort, „dass morgen früh alle vorsichtig sein sollen."

„Hast du gehört, Mann?" fragte Bibiano.

„Jawohl" antwortete Laureán, den allein die Stimme von Rufina nicht ruhen ließ; später sollte ich verstehen, dass sie seine Geliebte war.

„Was ist das für ein Ungeheuer, das hier herumfliegt?" fragte ich Bibiano und stellte mir so etwas wie eine geflügelte Schlange vor.

„Eine Fledermaus, mein Freund", antwortete er, „aber Sie brauchen keine Angst zu haben, dass sie beißt." Diese harmlosen Fledermäuse waren in Wirklichkeit Vampire, die Hängemattenschläfern durchaus gefährlich werden konnten; in kleinen Schlucken saugten sie dem das Blut aus, der seine Nase oder eine Fingerspitze herausschauen ließ.

Kapitel 58

Im Morgengrauen weckte mich Lorenzo – als ich auf meine Uhr sah, war es drei. Durch den Mond wirkte die Nacht wie ein trüber Tag.

Um vier Uhr vertrauten wir uns der Jungfrau María an und bestiegen das Boot, verabschiedet von Bibiano und seiner Tochter.

„Hier singt die *Verrugosa*, Kamerad", sagte Laureán zu Cortico, nachdem wir ein kurzes Stück geschafft hatten, „sehen wir zu, dass wir weiterkommen, vielleicht ist sie bewaffnet."

Die einzige Gefahr für mich bestand darin, dass die Viper ins Boot käme. Die Dachkonstruktion gab mir eine gewisse Sicherheit, aber wenn einer von den Ruderern gebissen würde, wäre ein Kentern wahrscheinlich. Glücklicherweise schafften wir es, aber um die Wahrheit zu sagen, fühlten wir uns nicht wohl dabei.

Das Mittagessen an diesem Tag ähnelte dem vom Vortag sehr, mit dem Unterschied, dass Gregorio den versprochenen *Tapado* zubereitete. Dazu grub er am Strand ein Loch, wickelte Fleisch, Bananen und Gemüse in Bananenblätter, füllte darüber das Loch mit Sand und entzündete darauf ein Feuer.

Es war kaum zu glauben, aber das Weiterfahren wurde immer schwieriger. Doch es ging – ohne Übertreibung kann man sagen, dass am Dagua nichts unmöglich ist. Um zwei Uhr nachmittags suchten wir uns eine ruhige Ecke für den Nachtisch. Laureán weigerte sich, er verschwand im Wald, um bald darauf mit einigen Blättern zurückzukehren. Die rieb er in einem Behälter mit Wasser, bis eine grüne Flüssigkeit entstanden war.

Dann filterte er sie mit seinem Hut und trank das Ganze. Das war der Saft des *Hoja hedionda*, das einzige von den Schwarzen akzeptierte Mittel gegen das an den Küsten und Ufern so gefürchtete Fieber.

Die Stangen, die tausendmal Zusammenstöße verhinderten, wenn man den Fluss abwärts fuhr, waren flussaufwärts weniger hilfreich. Seit Fleco waren Gregorian und Laureán schon einige Male ins Wasser gefallen. Und zwar immer, nachdem einer mit einem Schlag auf die Kante des Boots angezeigt hatte, dass einer aussteigen und ziehen, der andere am Heck schieben musste. So konnten sie sich mit viel Mühe und Schweiß gegen den Wasserdruck stemmen. An den schlimmsten Stellen gab es kleine, mehr oder weniger mit Wasser gefüllte Kanäle am Strand, in denen das Boot aber den Grund und die Steine berührte.

Auch die Ruder, die vorher so nützlich gewesen waren, konnten um so weniger benutzt werden, je mehr wir uns Saltico näherten. Ständig mussten die Ruderer das Ufer wechseln, gleichzeitig hüpften sie dann aus dem Boot, um die Stangen einzusetzen. Sie drückten sie so kräftig gegen den Grund, dass das Boot richtiggehend gegen den Strom sprang, der uns mitzureißen versuchte – als wenn er böse wäre, weil ihm die Beute zu entwischen drohte. Nach jedem dieser Manöver war es notwendig, das Wasser herauszuschöpfen, das dabei ins Boot gelaufen war; eine Operation, die unsere Ruderer ausführten, als wenn es gar nichts wäre. Besonders Laureán zeigte sich dabei beeindruckend flink und sportlich. Wenn er einen Kranz aus Weinblättern auf dem Kopf getragen hätte, dann hätte man ihn für den Gott des Flusses gehalten. Aber Gregorio stand ihm in nichts nach: Immer lächelnd, sah er aus wie eine kleinere Ausgabe seines Freundes. Allerdings mit O-Beinen und nach innen gekrümmten Füßen, die mehr als Füße waren, nämlich mit tödlicher Sicherheit arbeitende Werkzeuge.

Diesmal übernachteten wir in Saltico, einem kleinen, langweiligen Ort, in dem es nur deshalb etwas Bewegung gab, weil die Händler dort ihre Lager unterhielten. Dabei war ein Teil der Strecke überhaupt nicht befahrbar, so dass die Arbeit der Ruderer, die vom Hafen kamen, schnell beendet war. Sie pendelten immer zwischen Saltico und Salto, und dort trafen sie auf diejenigen, die aus Juntas kamen.

Aus eben diesem Grunde mussten meine Ruderer das Boot ohne meine „Kabine" über Land ziehen, sie am Strand zurücklassend, wo wir sie am nächsten Tag wieder aufsammeln würden.

Zwischen Salto und Saltico übertrafen die Gefahren bei weitem unsere Erwartungen. Zunächst aber mussten wir in Salto noch einmal das Boot ziehen, um einem letzten Hindernis auszuweichen, das seinen Namen wahrlich verdient hatte.

Je weiter wir uns von der Küste entfernten, um so majestätischer und schöner wurden die Wälder, um so vielfältiger die Farben und beeindruckender die Gerüche, aus denen der Urwald eine nicht zu beschreibende Einheit bildet. Die Flora regierte hier praktisch allein; nur ganz gelegentlich und weit entfernt hörte man den Ruf des *Paují*. Sehr selten auch sah man ein paar Panchanas fast senkrecht über die Berge fliegen, perfekt der Ebene angepasst. Und in manchem Frühling zeigten die Guadas unter dem dunklen Gewölbe der Guaven-Wälder oder im Zuckerrohr ihr gewölbtes Gefieder.

Der Eisvogel, einziger Wasservogel in dieser Region, streifte mit ausgebreiteten Flügeln über die Gewässer, um zwischendurch in das Wasser einzutauchen und mit seinem Schnabel silberne Fische zu fangen.

Von Saltico an herrschte flussabwärts ein reger Verkehr, die meisten dieser Boote waren sechs Meter lang und bis zu einem Meter breit. Jedes Kanu wurde von zwei Ruderern vorangetrieben, immer mit viel Geschicklichkeit und Einsatz des vorderen und mit aller Ruhe desjenigen im Heck, der manchmal stand, manchmal saß. In der Mitte des Stroms waren sie kaum zu erkennen, sie verschwanden zwischen den Wellen, um dann direkt neben uns wieder aufzutauchen. Und einen Moment später tanzten die Kanus schon wieder auf der anderen Seite.

Jetzt erreichten wir die berühmten Felsen der „Víbora Delfina" mit ihrem sauberen Bach, der aus dem Herz der Berge hervorschoss und sein Wasser in aller Schüchternheit mit den Massen des Dagua vermischte und von der Schlammlawine des Arrayan nach links gedrängt wurde. Hier mussten wir Halt machen, um eine neue Stange zu besorgen, weil Laureán seine beim letzten Manöver zerbrochen hatte.

Seit einer Stunde hatten wir mit einem heftigen Wolkenbruch zu tun; der Fluss begann, Schaumwolken und allerlei Grünzeug mit sich zu führen.

„Das Mädchen ist eifersüchtig" meinte Cortico, als wir den Strand erreichten.

Ich dachte, er bezog sich auf die traurige Musik, die aus einer Hütte in der Nähe zu kommen schien. „Was für ein Mädchen denn?" fragte ich.

„Na, Pepita, mein Herr."

Da verstand ich, dass er den schönen Fluss meinte, der diesen Namen trug und beim Dorf Juntas in den Dagua mündete. „Warum ist sie eifersüchtig?"

„Euer Gnaden, sehen Sie nicht, was da herunterkommt?"

„Nein."

„Die Flut."

„Und warum ist der Dagua nicht eifersüchtig?"

„Sie ist sehr schön und besser als er." Gregorio lachte, bevor er fortfuhr. „Der Dagua hat schlechte Laune. Wegen Pepitas Flut, oder weil er nicht so viel Schlamm mit sich führt."

Während die Ruderer das Boot festmachten, ging ich zu der Hütte hinunter, um zu sehen, welches Instrument dort gespielt wurde. Es war eine Marimba, mit Tasten aus getrocknetem Chonta-Leder und Klangkörpern aus nebeneinander aufgereihten Rohren in verschiedenen Größen. Sie wurden mit kleinen Holzstöcken zum Klingen gebracht, deren Spitzen mit Leder bezogen waren.

Wir nutzten den Aufenthalt in der Hütte, um die neue Stange zu besorgen, auf Wunsch der Ruderer mit schwarzem Leder bezogen. Gleich darauf setzten wir unsere Fahrt bei besserem Wetter fort, ohne dass uns die Eifersucht Pepitas im Wege stand. Die Ruderer, stimuliert von der Belohnung, die Lorenzo ihnen für ihre gute Arbeit versprochen hatte, gaben sich große Mühe, noch an diesem Tag Juntas zu erreichen.

Wenig später verließen wir das Feld von Sombrerilla, dessen Grün so einen starken Gegensatz bildete zu den Bergen, die von Süden her reichlich Schatten spendeten.

Es war vier Uhr nachmittags, als wir am Fuß der Felsen von Media Luna vorbeikamen. Wenig später ließen wir auch noch das fürchterliche Credo hinter uns, somit hatten wir unsere unglaubliche Reise glücklich beendet und betraten den Strand von Juntas.

Unser Freund D., ein ehemaliger Mitarbeiter meines Vaters, wartete auf mich. Er war von dem Postboten informiert worden, der uns bei San Cipriano begegnet war und meine Ankunft für diesen Abend angekündigt hatte. Der Freund führte mich zu seinem Haus, wo ich auf Lorenzo und die Ruderer wartete. Die beiden waren sehr zufrieden mit „meiner Person", wie Gregorio sagte.

Die Ruderer mussten am nächsten Tag sehr früh aufstehen, deshalb verabschiedeten sie sich auf eine sehr höfliche Art von mir. Sie wünschten mir Gesundheit und erhielten zwei Gläser Cognac sowie einen Brief für den Verwalter.

Kapitel 59

Am Esstisch erläuterte ich D., dass ich noch am selben Tag die Reise fortsetzen wollte, wenn es möglich wäre. Ich bat ihn, alles dafür zu tun. Er schien Lorenzo um Rat zu fragen, der ohne zu zögern antwortete, dass die Pferde im Dorf bereitstanden und wir Vollmond hatten. Daraufhin gab ich Befehl, ohne Verzögerung unseren Marsch vorzubereiten. Als D. sah, wie entschlossen ich war, wagte er es nicht, dagegen Widerspruch zu erheben. Kurz darauf erschien Lorenzo mit dem Pferdegeschirr, und mit gesenkter Stimme sagte er mir, wie es ihm gefiel, dass wir nicht in Juntas bleiben würden.

Ich erledigte das Nötige, damit D. mein Gepäck nach Hause schicken konnte. Dann verabschiedeten wir uns und machten uns gleich wieder auf den Weg. Wir hatten sehr gute Mulis und wurden von einem Arbeiter unserer Hazienda begleitet. In seinen Satteltaschen transportierte er meine Reisekleidung und einiges für unterwegs, dass uns unser Gastgeber zur Verfügung gestellt hatte.

Wir hatten schon mehr als die Hälfte der Strecke zur Höhe von La Puerta geschafft, als die Sonne unterging. In den Momenten, in denen der Ritt mir den Atem nahm, konnte ich nicht anders als mit großer Befriedigung die Schlucht unter uns zu betrachten und die Leben bringende Luft der Berge tief einzuatmen. Ich sah die fruchtbare Ebene und das Dorf Juntas mit seinen Strohdächern, den Dagua, luxuriös gebadet im Licht der untergehenden Sonne, die von Höfen umgebene Felseninsel und – in einiger Entfernung – die Strände von Sombrerillo.

Zum ersten Mal, seit ich London verlassen hatte, fühlte ich mich Herr meines Willens, die Entfernung zu verkürzen, die mich noch von María trennte. Die Gewissheit, dass mir nur noch zwei Tage bis zum Ende der Reise fehlten, war genug, um mich fast zum Platzen zu bringen.

Lorenzo, sehr erfahren darin, was auf solchen Reisen passieren konnte, wenn man es zu eilig hatte, versuchte, das Tempo etwas zu mäßigen. Mit diesem Wissen überholte er mich gerade noch rechtzeitig, um die Führung zu übernehmen.

Als wir Hormiguero erreichten, zeigte uns nur der Mond den Weg. Mir war nicht klar, warum Lorenzo bei einem Haus plötzlich vom Pferd stieg, woraufhin die Hunde dort zu bellen begannen. Aber er lehnte sich auf den Hals meines Mulis und sagte lachend: „Wollen wir hier nicht übernachten? Die Leute sind sehr nett, und sie haben Futter für unsere Tiere."

„Sei nicht so verweichlicht", antwortete ich, „ich bin nicht müde, und die Mulis sind noch frisch."

„Keine Sorge", bemerkte er, während er zum Zaumzeug griff, „ich möchte nur, dass wir sie schonen. Nicht, dass noch eines auf der Stecke bleibt. Justo kommt mit frischen Tieren von Juntas auf uns zu. Und wie mir dieser Junge gesagt hat, den wir am Tor getroffen haben, wird er heute in Santa Ana sein Zelt aufschlagen – wenn er es nicht schafft, Hojas zu erreichen. Sobald wir ihn treffen, trinken wir Kakao und suchen uns einen Platz zum Übernachten. In Ordnung?"

„Natürlich, aber es ist notwendig, dass wir morgen Nachmittag in Cali ankommen."

„Nicht ganz, nach meiner Rechnung können wir um sieben Uhr in San Francisco sein. Wenn nicht, werden wir in San Antonio unser Nachtgebet sprechen."

Während er sprach, duschte er die Rücken der Mulis mit einigen Mundvoll *Aguardiente* ab. Dann zündete er sich eine Zigarette an und schimpfte mit dem Burschen, der uns begleitete, weil er zu langsam sei. Als wir uns wieder auf den Weg machten, wurden wir vom erneuten Bellen der Hunde verabschiedet.

Obwohl der Pfad gut war, also trocken, schafften wir es nicht, bis zehn Uhr Hojas zu erreichen. Aber auf dem Plateau, das den Berg abschloss, war ein Zelt zu sehen. Lorenzo hielt nach den Mulis Ausschau, die am Rande des Weges grasten, und sagte: „Das ist Justo, denn hier sind die unzertrennlichen Tamborero und Frontino."

„Was sind das für Leute?" fragte ich.

„Na, meine Tiere!"

Ein tiefes Schweigen beherrschte die Karawane der Maultiertreiber, ein kalter Wind bewegte das Zuckerrohr sowie die benachbarten Hänge und brachte die Kohle im Feuer zwischen den Zelten zum Glühen. Davor schlief schnarchend ein schwarzer Hund, der uns nach seinem Aufwachen als Fremde einordnete und laut anschlug.

„Ave María!" rief Lorenzo, wie die Maultiertreiber sich grüßen, wenn sie sich in einer Schänke treffen. „Halt's Maul, Arbillas!" Mit einem kräftigen Tritt auf den Boden brachte er den Hund zum Schweigen.

Ein großer, schlanker Mulatte kam zwischen den mit Tabakblättern gefüllten Säcken hervor, die sich auf beiden Seiten stapelten: Der Aufseher Justo. Er trug ein ledernes Hemd, das wie eine kurze Bluse geschnitten war, eine kurze Hose und um seinen Kopf ein im Nacken zusammengebundenes Tuch.

„Hallo, Señor Lorenzo" sagte er, als er seinen Patrón erkannt hatte. Dann fügte er hinzu: „Und das ist Don Efraín?"

Wir erwiderten seine Grüße, Lorenzo mit einem Schulterklopfen und einem Scherz, ich mit aller Freundlichkeit, die meine Müdigkeit mir gestattete.

„Steigen Sie ab", sagte der Aufseher dann, „die Mulis sind sicher auch müde."

„Deine werden müde sein", antwortete Lorenzo, „sie gehen im Schneckentempo."

„Das ist nicht wahr. Aber wer reitet schon um diese Zeit?"

„Wir reiten, während du schnarchst. Lass das Reden und wirf den Ofen an, damit du einen Kakao für uns kochen kannst."

Die anderen Treiber waren inzwischen aufgewacht, auch der Junge, der für den Ofen verantwortlich war. Justo zündete einen Kerzenstummel an und steckte ihn dann in eine durchlöcherte Banane. Auf den Boden legte er eine saubere Decke, damit ich mich hinsetzen konnte.

„Und wohin soll's jetzt gehen?" fragte er, während Lorenzo aus seiner Tasche etwas zu essen holte.

„Nach Santa Ana."

„Wie machen sich die Mulis? Der Sohn von García hat erzählt, dass Rosilla dich im Stich gelassen hat, als du Juntas verlassen hast."

„Sie ist etwas faul, aber irgendwie schafft sie es auch."

„Versuche aber nicht, schwerere Lasten mit ihnen zu transportieren."

„Ich war so was von eingebildet! Wie gut die Viecher liefen! In Santa Rosa hat mich besonders die Manzanilla überrascht. Wer sie sieht, denkt, sie ist schlank und die gerissenste von allen, aber sie hat's mir gezeigt. Von Platanares an hat sie die Bündel getragen."

Der Topf mit dem kochendheißen Kakao wurde gebracht. Zum Trinken boten die Treiber uns ihre Tassen an, die sie am Gürtel trugen.

„Menschenskind!" sagte Justo, während ich den hervorragend zubereiteten Kakao genoss. „Wer hätte den jungen Efraín erkannt?"

Im Austausch gegen warmes Wasser zum Waschen gaben wir Justo und seinen Leuten einen Cognac aus, dann bereiteten wir uns auf den Weiterritt vor.

„Es müsste ungefähr elf Uhr sein" meinte der Aufseher mit einem Blick auf den Vollmond, der mit seinem hellen Licht die Hügel von Chancos und Bitaco beleuchtete. Ich schaute auf meine Uhr, und tatsächlich war es genau elf. Dann verabschiedeten wir uns endgültig. Doch kaum waren wir fünfzig Meter vom Zelt entfernt, als Justo noch einmal Lorenzo zu sich rief. Wenig später hatte er mich jedoch wieder eingeholt.

Kapitel 60

Am nächsten Tag, um vier Uhr nachmittags, erreichte ich die Höhe von „Las Cruces". Ich stieg ab, um den Boden meiner Heimat zu berühren, von dem aus ich „Adiós" gesagt hatte zu meinem Unglück. Ich kehrte zurück in mein Cauca-Tal, das Land, so schön, wie ich unglücklich war ... So viele Male habe ich davon geträumt, genau diesen Berg wieder zu sehen, dass ich mich, als ich ihn in all seiner Pracht vor mir hatte, genau umsah, um sicherzugehen, dass ich in diesem Moment nicht der Spielball eines Traumes war. Mein Herz schlug schneller, als wenn es ahnte, wie bald es den Kopf von María an meiner Brust spüren würde. Meine Ohren versuchten dem Wind einen Hauch ihrer Stimme zu entreißen. Meine Augen richteten sich auf die hellen Hügel am Fuße des Gebirges, nicht weit vom weiß leuchtenden Haus meiner Eltern.

Lorenzo hatte mich wieder eingeholt, ein schönes weißes Pferd mit sich führend, das er in Tocotá besorgt hatte und mit dem ich die letzten Kilometer meiner Reise zurücklegen sollte.

„Sieh nur", sagte ich, während er mir das Pferd sattelte, und mein Arm deutete auf einen weißen Punkt vor den Bergen, von dem ich nicht den Blick lassen konnte, „morgen um diese Zeit sind wir dort."

„Aber warum dort?" fragte er.

„Wieso?"

„Die Familie ist in Cali."

„Das hast du mir nicht gesagt. Warum sind sie dorthin gegangen?"

„Justo hat mir gestern Nacht erzählt, dass es der Señorita sehr schlecht geht." Als Lorenzo dies sagte, schaute er mich nicht an, er schien sehr bewegt zu sein.

Zitternd ritt ich mit dem Pferd los, aber das anmutige Tier bewegte sich schnell den steinigen Pfad hinab, ja, es begann fast zu fliegen.

Der Abend dämmerte bereits, als ich die letzten Gebirgsrücken erreichte. Ein starker Westwind sauste um mich herum über die Felsen und das Gestrüpp und wirbelte die Mähne meines Pferdes durcheinander. An der Horizontlinie, zu meiner Linken, hatte das Haus meiner Eltern im Schatten der Berge sein Leuchten verloren. Und zu meiner Rechten, sehr weit entfernt, wurde das Massiv von Huila unter dem türkisblauen Himmel sichtbar, halb verdeckt vom vorüberziehenden Nebel.

„Wer so etwas erschaffen hat", sagte ich mir in meiner Verwirrung, „kann die schönste seiner Kreaturen noch nicht zerstören, und er hat es gewollt, dass ich sie so sehr liebe." Erneut spürte ich so starke Seufzer in meiner Brust, dass ich zu ersticken glaubte.

Die herrliche Ebene von Peñon mit ihrem schönen Fluss und den wunderbaren Erinnerungen meiner Kindheit ließ ich links liegen. Die Stadt schlief in ihrem grünen, gepolsterten Bett, wie gefesselt von gigantischen Vögeln, die ihre Nester suchten, unter ihnen das vom Mond beschienene Blattwerk der Palmenwälder.

Ich musste meinen ganzen verbliebenen Mut zusammennehmen, um an die Tür des Hauses zu klopfen. Ein Angestellter öffnete. Ich stieg ab und reichte ihm die Zügel, dann eilte ich die Diele und den Teil des Korridors hinunter, der mich vom Wohnzimmer trennte. Es war dunkel. Ich tat einige Schritte, bis ich einen Schrei hörte und fühlte, wie ich umarmt wurde.

„María, meine María!" rief ich aus, den Kopf an mein Herz drückend.

„Oh nein, nein! Mein Gott!" unterbrach sie mich schluchzend. Dabei löste sie sich aus meiner Umarmung und fiel sofort auf das Sofa.

Es war Emma. Sie war schwarz gekleidet, und der Mond beleuchtete ihr blasses, von Tränen benetztes Gesicht.

In diesem Augenblick öffnete sich die Tür vom Zimmer meiner Mutter. Sie stammelte etwas und küsste mich, dann führte sie mich mit ihren Händen zum Sofa, auf dem Emma stumm und bewegungslos sitzen geblieben war.

„Wo ist sie denn? Wo ist sie?" schrie ich und erhob mich sofort wieder.

„Kind meiner Seele!" rief meine Mutter mit aller Zärtlichkeit. Dann drückte sie mich gegen ihre Brust und sagte: „Im Himmel!"

Ich fühlte mich, als wenn ein Dolch in mein Gehirn gestoßen wurde. Meinen Augen fehlte das Licht und meiner Brust die Luft: Es war der Tod, der mir begegnete. Er war so grausam und unerbittlich, warum hatte er nicht mich getroffen?

Kapitel 61

Es war mir unmöglich zu registrieren, was mit mir geschah. In der Nacht wachte ich in einem Bett auf, umgeben von Menschen und Gegenständen, die ich kaum erkennen konnte. Das Licht einer Lampe ließ die Vorhänge des Baldachins dunkler erscheinen als sie waren, was den ruhigen Raum in ein unentschiedenes Dämmerlicht versetzte. Ich versuchte mich aufzusetzen; ich rief, und ich fühlte, dass jemand meine Hand drückte. Wieder rief ich den Namen, aber Trauer erstickte meine Stimme. Ich drehte mich zur Seite und erkannte meine Mutter, deren Blick voller Leid und Tränen auf mein Gesicht geheftet war. Mit sanfter Stimme, fast geheimnisvoll, stellte sie mir viele Fragen, um zu erfahren, ob es mir besser ginge.

„Ist es wahr?" fragte ich, als in mir aus all der Verwirrung die Erinnerung hochstieg an das letzte Mal, da ich sie gesehen hatte.

Ohne mir zu antworten, legte sie ihre Stirn auf dem Kopfkissen ab, so dass unsere Köpfe direkt aneinander lagen. Nach einigen Momenten besaß ich die Grausamkeit, sie zu fragen: „So haben Sie mich in die Irre geführt ... Wozu bin ich nur gekommen?"

„Und ich?" unterbrach sie mich, meinen Hals mit ihren Tränen bedeckend.

Doch all ihr Schmerz und ihre Liebe genügten nicht, um mich in Tränen ausbrechen zu lassen. Sicher versuchte sie, mich vor meinen starken Emotionen zu schützen. Einen Augenblick später näherte sich lautlos mein Vater und nahm meine Hand in die seinen, nachdem er sich über die von Schlaflosigkeit gezeichneten Augen gewischt hatte. In dieser Nacht wachten Mutter, Eloísa und Emma abwechselnd an meinem Bett, nachdem sie dem Arzt das Versprechen abgenommen hatten, dass es mir bald besser gehen würde.

Aber all ihre süßen Bemühungen, mir zum Schlaf zu verhelfen, blieben erfolglos. Schließlich wurde meine Mutter von der Müdigkeit überwältigt. Und ich erfuhr, dass ich bereits etwas mehr als vierundzwanzig Stunden im Haus war.

Emma wusste, was das Einzige war, das mir fehlte: Zu erfahren, wie ihre letzten Tage waren, wie ihre letzten Momente und was ihre letzten Worte. Ich fühlte, dass mir der Mut fehlte, um all die vertraulichen Rückblicke zu ertragen, aber ich konnte meinen Durst auf die schmerzvollen Einzelheiten nicht unterdrücken und stellte viele Fragen. Doch im Tonfall einer Mutter, die ihr Kind in der Wiege zum Einschlafen bringen möchte, antwortete sie immer nur: „Morgen." Dazu streichelte sie meine Stirn oder spielte mit meinen Haaren.

Kapitel 62

Drei Wochen waren seit meiner Rückkehr vergangen, während denen sich Emma und meine Mutter um mich kümmerten, zum Teil auf Anraten des Arztes. Ihre Hartnäckigkeit erklärten sie mit dem schlechten Zustand meiner Gesundheit.

Die Tage und Nächte von zwei Monaten waren über ihr Grab gegangen, und meine Lippen hatten noch kein Gebet für sie gesprochen. Ich hatte noch nicht die Kraft, um den verlassenen Ort unserer Liebe zu besuchen, um die Grabstätte zu sehen, die sie vor meinen Augen versteckte und meinen Umarmungen entzog. Aber an allen Orten sollte sie auf mich warten, sie waren traurige Zeugen des Abschieds für denjenigen, der nicht rechtzeitig kommen konnte, um ihr letztes „Auf Wiedersehen" entgegenzunehmen, den letzten Kuss, bevor der Tod ihre Lippen verschloss.

Langsam vertraute Emma meinem Herzen die ganze Bitterkeit der letzten Geheimnisse Marías an. Und obwohl sie mich darum bat, meine Tränen zurückzuhalten, schaffte ich es bald nicht mehr; in schmerzhaften und langen Stunden vermischten sich unsere Tränen.

Am Morgen, der auf den Nachmittag folgte, an dem María mir ihren letzten Brief geschrieben hatte, suchte Emma sie vergeblich in ihrem Zimmer. Sie fand sie schließlich auf der steinernen Bank im Garten; man konnte erkennen, dass sie geweint hatte. Ihre Augen, vergrößert von den sie umgebenden Schatten, starrten auf das Wasser. Ihre vorher so anmutigen und üppigen Wangen waren blass und abgemagert, dazu noch feucht von ihren Tränen. Sie stieß schwache Seufzer aus, Echos derjenigen, die sie in ihrem Schmerz verborgen hielt.

„Warum bist du heute allein gegangen?" fragte Emma und umarmte sie. „Ich wollte dich begleiten, so wie gestern."

„Ja", antwortete sie, „ich weiß. Aber ich wollte allein hierherkommen, ich glaubte, ich wäre stark genug dafür. Hilf mir, weiterzugehen!"

Sie stützte sich auf Emmas Arm und steuerte mit ihr auf das Rosenbeet zu, das sich vor meinem Fenster befand. Als sie nahe genug dran waren, schaute María sie lächelnd an, nahm die zwei frischesten Rosen und sagte: „Vielleicht werden es die letzten sein. Sieh nur, wie viele Knospen sie haben! Die schönsten sollst du immer der Jungfrau María bringen, damit sie sich öffnen." Dann näherte sie ihr Gesicht einem Rosenzweig und sagte: „Adiós, mein Rosenbeet, geliebtes Sinnbild seiner Beständigkeit! Du kannst ihm sagen, dass ich die Rosen gepflegt habe wie ich konnte." Letzteres sagte sie an Emma gewandt, die mit ihr zusammen weinte.

Meine Schwester wollte sie aus dem Garten herausbringen und sagte: „Warum machst du dich selbst so traurig? Hat Papá nicht versichert, dass wir unsere Reise nicht verschieben? Wir können jederzeit zurückkommen. Stimmt es nicht, dass du dich besser fühlst?"

„Bleiben wir noch ein wenig hier" antwortete María, während sie sich langsam meinem Zimmerfenster näherte und es betrachtete, Emma völlig vergessend. Dann bückte sie sich, um alle Lilien von ihrem Lieblingsbeet zu pflücken, und wandte sich wieder an meine Schwester: „Sag ihm, dass sie nie aufhören zu blühen. Jetzt können wir gehen."

Wieder blieb sie vor dem Ufer des kleinen Baches stehen und schaute ihm nach, dann lehnte sie ihre Stirn gegen Emmas Brust und flüsterte: „Ich will nicht sterben, ohne ihn hier noch einmal gesehen zu haben."

Den Rest des Tages war sie trauriger und schweigsamer als sonst. Nachmittags befand sie sich in meinem Zimmer und band einige der Lilien, die sie vormittags gepflückt hatte, mit etwas Band zusammen, um sie dann in die Vase zu stellen. Es wurde schon dunkel, als Emma sie suchte. Sie lehnte an der Fensterbank, das Gesicht fast versteckt hinter ihren ungeordneten Locken.

Emma betrachtete sie eine Weile schweigend. „María", sagte sie dann, „die Nachtluft wird dir noch schlecht bekommen."

Überrascht ergriff sie Emmas Hand und deutete an, dass sie sich mit ihr auf das Sofa setzen sollte. „Mir kann nichts mehr schaden."

„Möchtest du nicht, dass wir beten gehen?"

„Jetzt nicht, ich möchte noch hier bleiben. Ich habe noch so viel zu erzählen ..."

„Ist nicht Zeit genug, mir ein anderes Mal davon zu erzählen? Du, die du immer so genau den Anweisungen des Arztes folgst, wirst noch all deine und unsere Bemühungen nutzlos machen – seit zwei Tagen bist du nicht mehr so fügsam wie vorher."

„Sie wissen nicht, dass ich sterben werde" antwortete sie, umarmte Emma und schluchzte an ihrer Brust.

„Sterben! Sterben, jetzt, wo Efraín kommt!“

„Ohne ihn noch einmal zu sehen, ohne ihm zu sagen ... Sterben, ohne auf ihn warten zu können. Es ist furchtbar“, fügte sie erschüttert hinzu, unterbrochen von einigen Pausen, „aber es ist wahr; noch nie habe ich die Symptome so gespürt wie heute. Es ist wichtig für mich, dass du alles weißt, bevor es mir unmöglich ist, es dir zu sagen. Hör zu: Ich möchte, dass er alles bekommt, was ich besitze. Gib ihm die Schachtel, in der ich seine Briefe und die getrockneten Blumen aufbewahre. Dazu das Etui mit seinen Haaren und denen meiner Mutter. Diesen Ring, den er mir am Tag seiner Abreise gegeben hat, und meine Zöpfe sollst du in meine blaue Schürze einwickeln ... Sei nicht so traurig“ sprach sie weiter und legte ihre kalte Wange an die meiner Schwester. „Ich konnte nicht mehr seine Frau werden... Gott will ihn von dem Schmerz befreien, mich so vorzufinden, mich sterben zu sehen. Ach! Ich könnte nicht sterben, ohne ihm ein letztes Mal ‚Adiós‘ zu sagen. Umarme ihn in meinem Namen und sag ihm, dass ich darum gekämpft habe, ihn nicht zu verlassen ... und dass mich seine Einsamkeit mehr schreckt als der Tod selbst, und ...“

María hörte auf zu sprechen und zitterte in Emmas Armen; die bedeckte sie mit Küssen, bis ihre Lippen plötzlich erstarrten. Sie rief sie, aber María antwortete nicht, dann klagte sie so laut, dass alle herbeieilten, um zu helfen.

Alle Bemühungen des Arztes, sie von dem Anfall zurückzuholen, blieben erfolglos. Am Morgen des folgenden Tages erklärte er, dass sie nicht mehr zu retten war.

Man rief den alten Priester unserer Pfarrei, und um zwölf Uhr erschien er. Gegenüber von Marías Bett wurde ein Tisch mit den schönsten Blumen aus dem Garten geschmückt, darauf stellte man das Kruzifix aus dem Gebetsraum, beschienen von zwei gesegneten Kerzen. Vor diesem bescheidenen, parfümierten Altar betete der Mann der Kirche eine Stunde lang auf den Knien. Als er schließlich aufstand, übergab er eine der Kerzen an meine Mutter, die andere an Dr. Mayn, damit sie sich mit ihnen dem Bett der Sterbenden nähern konnten. Meine Mutter und meine Schwestern, Luisa, ihre Töchter und einige Sklavinnen knieten nieder, um der Zeremonie beizuwohnen.

Diese Worte sprach der Priester zu María: „Meine Tochter, Gott kommt, dich zu besuchen, möchtest du ihn empfangen?“

Sie blieb stumm und starr, als ob sie ganz tief schlafen würde. Der Priester schaute Dr. Mayn an, der den Blick sofort verstand und ihren Puls maß. Dann sagte er mit gesenkter Stimme: „Mindestens vier Stunden.“

Nachdem er ihr die Absolution gegeben hatte, segnete sie der Priester und gab ihr die letzte Ölung. Die Schluchzer meiner Mutter, meiner

Schwestern und der Mädchen aus den Bergen begleiteten das Gebet. Eine Stunde nach der Zeremonie begab sich Juan an das Bett – er streckte sich, um María erkennen zu können, schaffte es aber nicht und begann zu weinen. Meine Mutter hob ihn hoch und setzte ihn hinauf.

„Sie schläft, nicht wahr?" fragte er unschuldig und legte seinen Kopf zu dem von María auf das Kopfkissen. Mit seinen kleinen Händen spielte er mit einem ihrer Zöpfe, so wie er es sonst immer vor dem Einschlafen gemacht hatte. Mein Vater unterbrach diese Szene, die meine Mutter ihre letzten Kräfte kostete und alle anderen Anwesenden zutiefst betrübte.

Um fünf Uhr nachmittags stand Dr. Mayn auf, der am Kopfende des Bettes gekniet und ihren Puls gemessen hatte; mit Tränen in den Augen, die meinem Vater das Ende des Todeskampfes anzeigten. Sein Schluchzen veranlasste Emma und Mutter dazu, zum Sterbebett zu stürzen. Sie wirkte wie eingeschlafen, aber für immer ... Tot, ohne dass meine Lippen ihren letzten Hauch gespürt hatten, ohne dass meine Ohren ihr letztes „Adiós" vernommen hatten, ohne dass eine der vielen Tränen, die ich auf ihrem Grab vergossen habe, auf ihre Stirn gefallen war!

Als meine Mutter sich davon überzeugt hatte, dass María tot war, küsste sie eine dieser Hände, die jetzt starr und ohne Gefühl waren. Dann sagte sie, vor ihrer Leiche stehend und beleuchtet von einem Hauch von Sonnenstrahlen, die durch das gerade geöffnete Zimmerfenster drangen, mit vom Weinen heiserer Stimme: „María ... Tochter meines Herzens! Warum verlässt du uns so? Ach! Du kannst mich nie mehr hören ... Was soll ich meinem Sohn sagen, wenn er nach dir fragt? Was wird er machen, mein Gott? Tot! Tot, ohne zu klagen!"

Auf einem Trauertisch im Gebetsraum wurde sie aufgebahrt, weiß gekleidet und mit einem Ausdruck von erhabener Resignation auf ihrem Gesicht. Das Licht der Kerzen ließ ihre glatte Stirn glänzen – und ihre breiten Lider, geschützt von den langen Wimpern, die Schatten auf ihre Wangen warfen. Ihre blassen Lippen schienen bei dem Versuch eines Lächelns eingefroren zu sein, fast konnte man glauben, dass sie noch atmen würde. Ihre Zöpfe, mit einem weißen Band gebunden, lagen auf ihrem Hals, und auf ihrer Brust, zwischen den gefalteten Händen, ruhte ein Kruzifix. So sah Emma sie um drei Uhr morgens, als sie sich ihr näherte, um den traurigsten Wunsch von María zu erfüllen. Der Priester kniete am Fußende des Sargs, die Brise der Nacht, erfüllt von dem Duft der Rosen- und Orangenblüten, ließ die Flammen der Kerzen flackern.

„Ich glaubte", erzählte mir Emma, „als ich den ersten Zopf abschnitt, schaute sie mich so süß an, wie sie es immer tat, wenn ich ihr die Haare kämmte, ihren Kopf in meinem Schoß. Ich legte die Zöpfe vor das Bild der Heiligen Jungfrau und küsste ihre Wangen zum letzten Mal. Als ich zwei Stunden später erwachte, war sie schon nicht mehr dort."

Braulio, José und vier weitere Arbeiter hatten den Sarg ins Dorf gebracht. Dabei gingen sie jene Wege und ruhten unter jenen Bäumen, an denen María am Tag der Hochzeit von Tránsito mit mir einen glücklichen Morgen verbrachte, Geliebter und Geliebte. Mein Vater und der Priester bildeten Schritt für Schritt einen einfachen Geleitzug, ach!, so bescheiden und schweigsam wie der von Nay.

Mittags kehrte mein Vater langsam und allein zurück. Als er vom Pferd stieg, bemühte er sich vergeblich, sein Schluchzen zu ersticken. Dann saß er im Wohnzimmer, zwischen Emma und meiner Mutter, und umgeben von den Kindern, die vergeblich auf ein Zeichen seiner Zuneigung warteten. Jetzt gab er sich seinem Schmerz hin, und meine Mutter musste ihm die Kraft geben, die sie für sich selbst nicht hatte.

„Ich war es", sagte er, „der ihn auf diese unglückliche Reise geschickt hat, die Schuld an ihrem Tod war. Wenn Salomon kommen könnte, um seine Tochter abzuholen, was könnte ich ihm sagen? Und Efraín ... Und Efraín ... ach! Wofür habe ich ihn gerufen? Habe ich so meine Versprechen erfüllt?"

An diesem Tag verließen sie die Hazienda in den Bergen, um die Nacht im Valle zu verbringen, von wo sie am nächsten Tag in die Stadt weiterreisen würden. Braulio und Tránsito waren damit einverstanden, im Haus zu bleiben, um während der Abwesenheit der Familie darauf aufzupassen.

Kapitel 63

Zwei Monate nach Marías Tod, am zehnten September, hörte ich schließlich von Emma, was sie so lange Zeit nicht erzählen wollte. Es war schon Nacht, und Juan war auf meinen Knien eingeschlafen – das hatte er sich seit meiner Rückkehr so angewöhnt. Instinktiv hatte er erraten, dass ich versuchte, ihm einen Teil der Liebe und mütterlichen Sorgfalt zu geben, die er vorher von María bekommen hatte. Emma überreichte mir die Schlüssel zu dem Schrank im Haus in den Bergen, in dem sich Marías Kleider befanden und alles andere, was speziell für mich dort aufbewahrt wurde. Im Morgengrauen des auf diese Nacht folgenden Tages machte ich mich auf den Weg zu dem Ort, an dem sich mein Vater seit zwei Wochen aufhielt, um alles Nötige für meine Rückkehr nach Europa vorzubereiten. Am Achtzehnten des Monats sollte es losgehen.

Am Zwölften um vier Uhr nachmittags verabschiedete ich mich von meinem Vater. Ich ließ ihn glauben, dass ich die Nacht in der Hazienda von San Carlos verbringen würde, um auf diese Weise am nächsten Tag früher in Cali sein zu können. Als ich Vater umarmte, hielt er in seinen Händen ein versiegeltes Paket, das er mir mit den Worten überreichte:

„Für Kingston. Es enthält den letzten Willen von Salomon und die Aussteuer seiner Tochter. Wenn meine Zuneigung zu dir“, seine Emotionen ließen seine Stimme beben, „verursacht hat, dass du dich von ihr entfernt hast und sie deshalb gestorben ist ... Du wirst mir vergeben ... Wer sollte es machen, wenn nicht du?“

Die Antwort fiel mir schwer, zutiefst gerührt ob dieses väterlichen Vergebungsersuchens, so sanft und bescheiden. Erneut umarmte er mich. Und noch heute klingt es mir in den Ohren, wie er sich von mir verabschiedete.

Ich ritt ins freie Feld hinaus, und nachdem ich den Amaime überquert hatte, wartete ich auf Juan Angel, um ihn anzuweisen, den Weg in die Berge zu nehmen. Als er den Befehl entgegennahm, schaute er mich erschrocken an. Aber als er sah, dass ich nach rechts abbog, folgte er mir so lange wie möglich, und irgendwann verlor ich ihn aus den Augen.

Ich konnte schon das Dröhnen des Zabaletas hören, und die Trauerweiden an seinem Ufer waren zu erkennen. Zwei Jahre zuvor, an einem Nachmittag wie diesem, waren mir Harmonie und Glück beschieden, jetzt blieb mir nur mein Schmerz, während ich die Lichter dieses Zuhauses betrachtete, das mich mit liebevoller Ungeduld erwartete. María war dort gewesen ... Das Haus war jetzt geschlossen, schweigend und einsam sein Umriss. Dort, wo die Liebe geboren wurde, die Liebe ohne Hoffnung.

Nur wenige Schritte von dem Pfad, der schon fast von Unkraut bedeckt war, da war die Bank aus Stein zu erkennen, die uns so viele glückliche Lesungen geschenkt hatte. Endlich war ich an dem mit meiner Liebe vertrauten Gemüsegarten angelangt; Tauben und Drosseln flogen zwitschernd in den Orangenbäumen herum, der Wind schüttelte trockenes Laub auf den gepflasterten Boden. Ich stieg vom Pferd und überließ es seinem Willen; ohne Kraft und Stimme, um zu rufen, setzte ich mich auf eine von diesen Stufen, wo diese wunderschöne Stimme und diese liebenden Augen mir so oft „Auf Wiedersehen“ gesagt hatten.

Etwas später, fast schon in der Nacht, hörte ich Schritte in meiner Nähe. Es war eine alte Sklavin, die gesehen hatte, dass mein Pferd herrenlos herumlief, und wissen wollte, wer sein Besitzer war. Aufmerksam folgte ihr Mayo. Der Blick von diesem Tier, dem Freund meiner Kindheit, dem geliebten Begleiter meiner glücklichen Tage, ließ aus meiner Brust ein Wimmern ertönen. Er bot mir seinen Kopf dar, um gestreichelt zu werden, er leckte den Staub von meinen Stiefeln, setzte sich zu meinen Füßen hin und heulte herzerweichend.

Die Sklavin brachte die Schlüssel vom Haus und teilte mir mit, dass Braulio und Tránsito in den Bergen waren. Ich betrat den Salon und ging einige Schritte, aber meine Augen waren wie benebelt, ich konnte keinen

Gegenstand erkennen. Ich ließ mich auf das Sofa fallen, auf dem ich immer mit ihr gesessen hatte, auf dem ich zum ersten Mal von meiner Liebe zu ihr gesprochen hatte. Als ich das Gesicht wieder hob, stellte ich fest, dass ich von völliger Dunkelheit umgeben war. Ich öffnete die Tür zum Zimmer meiner Mutter, dabei verursachten meine Sporen in ihrer kalten und nach Grab riechenden Umgebung einen düsteren Klang. In meinem Schmerz brachte mich eine neue Energie dazu, den Gebetsraum aufzusuchen. Ich ging, um zu Gott zu beten ... Auch er konnte sie nicht auf die Erde zurückbringen! Ich fuhr fort, sie zu suchen, dort, wo meine Arme sie zum ersten Mal umfingen, wo meine Lippen zum ersten Mal auf ihrer Stirn ruhten. Das Mondlicht schien durch die halb geöffneten Jalousien und ließ mich das Einzige erkennen, was ich finden konnte: Das aufgerollte Tischtuch, auf dem der Sarg gestanden hatte. Die Reste der Kerzen, die vorher den Sarg beschienen hatten ... Das Schweigen ließ mein Klagen verstummen, die Ewigkeit hörte nicht auf meinen Schmerz!

Ich sah Licht im Zimmer meiner Mutter: Es war Juan Angel, der einen Leuchter auf einen der Tische stellte. Ich ergriff den Leuchter, mit einem Zeichen, dass er mich allein lassen sollte. Dann ging ich zum Zimmer von María. Ein Hauch von ihrem Parfüm lag noch in der Luft. Ich hielt Totenwache an ihren letzten Liebesgaben, ihr Geist sollte mich erwarten. Das Kruzifix lag noch auf dem Tisch, die verwelkten Blumen standen auf einer Säule. Das Bett, in dem sie gestorben war, war abgezogen, in den Gläsern waren noch die Reste der Medikamente, die sie ihr gegeben hatten. Ich öffnete den Schrank, der alle Gerüche der Tage unserer Liebe ausatmete. Meine Hände und meine Lippen berührten diese Kleider, dir mir so bekannt waren. Dann öffnete ich die Schublade, von der Emma gesprochen hatte, die kostbare Schachtel befand sich in ihrem Inneren. Ein Schrei entfloh aus meiner Brust, und ein Schatten verschloss meine Augen, als ich diese Zöpfe in meinen Händen hielt, die meine Küsse zu empfinden schienen.

Eine Stunde später ... Mein Gott! Du weißt es, ich habe sie gerufen, als ich durch den Gemüsegarten gegangen bin. Ich habe die Blätter angerufen, die uns Schatten geschenkt haben. Und dann habe ich die Wüste angefleht, mir wenigsten das Echo ihres Namens zurückzugeben. Am Rande des Abgrunds, verdeckt vom Rosenbeet, vor dem dunklen und unförmigen Boden stehend, unter mir der schimmernde Nebel und der dröhnende Fluss, da verdrängte für einen Moment ein schlimmer Gedanke meine Tränen und kühlte meine Stirn ...

Dann rief jemand, der von den Rosen verdeckt wurde, ganz in der Nähe meinen Namen: Es war Tránsito. Als sie näher herankam, jagte mein Gesicht ihr Angst ein – denn für einige Momente lag noch ein düsterer Schatten darauf. Ihre Reaktion darauf war die Bitte an mich, diesen Ort zu verlassen, vielleicht hatte sie die Bitterkeit und die Verachtung erkannt, die ich dem Leben entgegenbrachte. Das arme Mädchen begann zu weinen, aber dann erholte sie sich wieder und stammelte mit der trauernden Stimme einer klagenden Sklavin: „Wollen Sie Braulio und meinen Sohn nicht wiedersehen?"

„Weine nicht, Tránsito, und verzeihe mir" antwortete ich. „Wo sind sie?"

Ohne ihre Tränen abzuwischen, ergriff sie eine meiner Hände und führte mich zu dem Gang im Garten, in dem ihr Mann mich erwartete. Nachdem ich Braulio umarmt hatte, legte Tránsito mir ein entzückendes Kind von sechs Monaten in den Schoß. Zu meinen Füßen kniend lächelte sie ihren kleinen Jungen an und streichelte mit glücklichem Blick die Frucht ihrer unschuldigen Liebe.

Kapitel 64

Unvergesslich, die letzte Nacht, die ich an dem Platz verbrachte, an dem die Jahre meiner Kindheit und die glücklichen Tage meiner Jugend verflogen waren. Wie ein Vogel, der von einem Orkan dahingetrieben wird, das flache Land überfliegt und versucht, den Kurs zu ändern, um zum heimischen Wald zurückzukehren. Mit vom Sturm zerzaustem Gefieder umrundet er trotz des Unwetters den zerstörten Baum, um vergeblich nach dem Nest seiner einstigen Liebe zu suchen. So irrte meine niedergeschlagene Seele in den Stunden meiner Träume um das Heim meiner Eltern herum. „Ihr dichten Orangenbäume, ihr anmutigen, grünen Weiden, die ihr zusammen mit mir aufgewachsen seid, wie seid ihr gealtert! Die Rosen und Lilien von María, wer wird sie lieben, wenn es sie später überhaupt noch gibt? Düfte des üppigen Gartens, ich werde euch nicht mehr riechen, pfeifende Winde und dröhnender Fluss, ich werde euch nicht mehr hören."

Die Mitternacht erreichte mich wach in meinem Zimmer. Alles war so, wie ich es verlassen hatte, nur die Hände von María hatten das Nötigste bewegt, um es für meine Rückkehr schöner zu machen. Die letzten Lilien, die sie hingestellt hatte, welkten von Insekten zerfressen in ihrer Vase vor sich hin. An diesem Tisch öffnete ich das Paket mit den Briefen, die ich vor ihrem Tod an sie geschrieben hatte. Diese Zeilen, entworfen von meinen Tränen, und von mir zu Papier gebracht, als ich zu weit davon entfernt war, zu glauben, dass es die letzten von mir an sie gerichteten Worte sein würden.

Diese abgegriffenen Bögen hatte sie Mal um Mal auseinandergefaltet und an ihre Brust gedrückt. Zwischen den Briefen von María suchte ich jetzt ihre Antworten auf jeden einzelnen, den ich geschrieben hatte – um den Dialog der unsterblichen Liebe, diktiert von der Hoffnung und unterbrochen vom Tod, in Einklang zu bringen. In meinen Händen hielt ich Marías Zöpfe, und ich saß auf dem Sofa, auf dem Emma ihre letzten Wünsche entgegengenommen hatte. Die Uhr kündigte die zweite Stunde an. Jene Uhr, welche die Stunden dieser beklemmenden Nacht vor meiner Reise gemessen hatte, und die auch die letzten Stunden messen sollte, die ich in meinem Elternhaus verbrachte.

Ich träumte, dass María meine Ehefrau geworden wäre – dieser keusche Wunsch sollte die einzige Freude meiner Seele bleiben – in einem weißen, luftigen Kleid mit einer blauen Schürze, wie aus dem Himmel geformt. Die Schürze, die ich ihr so oft mit Blumen zu füllen geholfen hatte, und die sie sich so bezaubernd und unvorsichtig um ihre unruhige Taille zu binden verstand. In diese Schürze eingewickelt fand ich ihre Zöpfe. Im Traum sah ich sie vorsichtig meine Zimmertür öffnen, sich bemühend, mit ihrer Kleidung nicht das geringste Geräusch zu verursachen. Sie kniete sich vor dem Sofa auf den Teppich und blickte mich mit einem leichten Lächeln an, das mir sagen sollte, dass mein Schlaf nur vorgetäuscht war. Sie berührte meine Stirn mit ihren zarten, samtenen Lippen, weniger ängstlich als von mir befürchtet, dabei ließ sie mich für einen Moment ihren warmen, duftenden Atem spüren.

Aber ich wartete vergebens darauf, dass sich meine Lippen mit ihren trafen; sie saß auf dem Teppich, und während sie einige der dort verstreuten Seiten las, legte ich eine Hand auf ihre Wange. Dadurch fühlte sie sich ermuntert, mir einen liebevollen Blick zuzuwerfen und zu lächeln, wie nur sie lächeln konnte. Dann legte sie ihren Kopf auf meine Brust, um so meine Augen zu suchen, während ich ihre seidigen Zöpfe berührte und den Duft ihres Parfüms genoss ...

Ein Schrei, mein Schrei unterbrach diesen Traum: Eifersüchtig wacht die Wirklichkeit darüber, dass Glück nicht ewig dauert. Die Lampe war erloschen, durch die Fensterritzen drang die Kälte des Morgengrauens. Meine erstarrten Hände drückten die geliebten Zöpfe, das einzige Überbleibsel ihrer Schönheit, das einzig Wahre an meinem Traum.

Kapitel 65

Am Nachmittag dieses Tages, als ich all jene Orte besucht hatte, die mir am Herzen lagen und die ich nie wieder sehen würde, bereitete ich mich auf meine bevorstehende Reise in die Stadt vor. Ich wollte unterwegs den Friedhof besuchen, auf dem das Grab von María lag. Juan Angel und Braulio waren vorausgegangen, um mich dort zu erwarten, José, seine Frau und die Töchter waren bei mir, um sich zu verabschieden. Ich bat sie, mit in die Kirche zu kommen, wo sich alle niederknieten, weinten und für die Seele derjenigen beteten, die alle so geliebt hatten. José unterbrach das Schweigen, das auf diese Gebete folgte, indem er ein Bittgesuch an die Schutzherrin der Pilger und der Seeleute sprach.

Im Korridor waren Tránsito und Lucía. Nach dem Abschied von mir saßen sie auf dem Boden und weinten mit verdeckten Gesichtern. Señora Luisa war verschwunden, José drehte sein Gesicht zur Seite, damit ich ihn nicht weinen sah, und er hielt mein Pferd für mich bereit. Mayo lag schwanzwedelnd auf dem Rasen, mit dem Kopf verfolgte er all meine Bewegungen, wie in der schönen Zeit, als wir noch auf Rebhuhnjagd gingen.

Mir versagte die Stimme, als ich José und seinen Töchtern etwas Nettes sagen wollte, und sie wären auch nicht in der Lage gewesen, mir zu antworten. Bevor ich hinunterritt, blieb ich ein paar Blöcke entfernt stehen, um noch einen letzten Blick auf das geliebte Haus und seine Umgebung zu werfen. Die Stunden des Glücks, die ich in ihm verbracht hatte, nahm ich in meiner Erinnerung mit mir, und die Geschenke, die María mir aus dem Grab heraus gemacht hatte.

Der erschöpfte Mayo kam mit mir, bis zum Ufer des Baches, der uns schließlich trennte. Zweimal versuchte er, ihn zu überqueren, und beide Male musste er aufgeben. Er setzte sich auf das Gras und heulte herzzerreißend, es hörte sich an wie das Wimmern eines Menschen. Als wenn er mir damit sagen wollte, wie sehr er mir zugetan war, obwohl ich ihn in seinem hohen Alter verlassen hatte.

Nach eineinhalb Stunden Ritt erreichte ich eine Art kleinen Garten, einsam in der Ebene gelegen und mit einem Zaun versehen, das war der Friedhof des Dorfes. Braulio nahm mein Pferd und teilte die Gefühle, die sich auf meinem Gesicht widerspiegelten. Er öffnete das Tor und ging keinen Schritt weiter. Ich bewegte mich durch das Gestrüpp, um die Holzkreuze mit ihren Aufschriften herum. Die untergehende Sonne versah den benachbarten Wald mit ihren letzten, schimmernden Strahlen, so dass die Bäume ihre Schatten auf die Gräber werfen konnten. Ich kam an einer Gruppe wuchtiger Tamarindos vorbei, gegenüber fand ich einen weißen, vom Regen befleckten Sockel, der ein großes Eisenkreuz trug.

Ihm näherte ich mich. Auf einer schwarzen Platte, zur Hälfte bedeckt von Kletterpflanzen, begann ich zu lesen: „María ..."

Das Geräusch von Schritten auf dem Laub ließ mich den Kopf vom Grab abwenden; Braulio kam zu mir und überreichte mir einen Kranz aus Rosen und Lilien, ein Geschenk von Josés Töchtern. Er blieb auf der Stelle stehen, wie um anzudeuten, dass es Zeit war zu gehen. Ich legte den Kranz nieder und umarmte das Kreuz, um María und ihrem Grab ein letztes Mal „Adiós" zu sagen.

Ich hatte das Pferd schon bestiegen, und Braulio hielt meine Hand in seinen Händen, als unser Abschied unterbrochen wurde: Ein Vogel flog mit einem unheilvollen, mir wohl bekannten Geräusch über unsere Köpfe, landete auf dem Eisenkreuz und setzte flügelschlagend seinen schrecklichen Gesang fort.

Erschüttert galoppierte ich durch die menschenleere Ebene davon, deren ferner Horizont die Nacht schwärzte.

GLOSSAR

Aguardiente: Anisschnaps
Alfandoque: Musikinstrument: Mit Baumsamen gefülltes Rohr, das im Rhythmus der Musik bewegt wird
Arepa: Maiskuchen
Bambuco: Volkstanz, der sich in einigen Regionen Kolumbiens großer Beliebtheit erfreute
Bamburé-Frosch: Besonders großer, meist laut quakender Frosch
Baobab: Affenbrotbaum
Bunde: Tanz der Schwarzen in Kolumbien
Buñuelo: In Öl frittierte Mais-Käse-Kugeln oder Krapfen mit süßer oder salziger Füllung
Cabi blanco: Eine Art Dolch, getragen in einem Gurt
Carángano: Musikinstrument im Chocó: Ein Stück Holz, auf das mit einem Stock geschlagen wird
Carrasca: Eine Art Ratsche, Holzstab mit Einkerbungen, über die im Takt der Musik gestrichen wird
Castañuelas: Kastagnetten
Castruera: Einfaches Musikinstrument, das an die Panflöte der griechischen Mythologie erinnert
Cauris: Muscheln, die als Zahlungsmittel verwendet wurden
Ceiba: Kapokbaum
Ecco-Homo: Darstellung des dornengekrönten Christus
Fu-Fu: Eine Art fette Brühe, angereichert mit grünen Bananen und Wurzeln
Gamuza: Hier: Kakao mit Maismehl und rohem Zucker
Granadilla: Passionsfrucht
Hafen: Mit „Hafen" von Cali ist hier Buenaventura gemeint
Hoja hedionda: „Stinkendes Blatt"
Jipijapa: Strohhut
Madrina: Trauzeugin
Mamey: Mameibaum, Aprikose
Mantilla: Mantille, Wickeltuch
Mazamorra: (Durcheinander), Speise aus Maismehl und Zucker oder Honig
Padrino: Pate, Patenonkel, Taufpate. Hier: Padrino de boda = Trauzeuge
Pambil: Königspalme
Pandebono: Süß-salziges Frühstücksgebäck mit Käse
Pandereta: Tamburin, Schellentrommel
Panela: Hier: Raffinierter Zucker
Pañolón: Umhängetuch

Patio: Innenhof
Paují: Pauxihuhn, Hokkohuhn
Pintónes: Nicht ganz reife Früchte
Platanos: Kochbananen
Quesillos: Hier: kleines Käsegebäck
Rabihorcado: Pflanze, deren Blätter Bananenblättern ähneln
Real: Währung
Reich: Gemeint ist das Vizekönigreich „Neu Granada"
Retinto: Schwarzbrauner
Ruana: Wollener Umhang, Poncho
Rucio: Grauschimmel
Sancocho: Eintopf, Suppe mit Gemüse, Kartoffeln und Fleisch oder Fisch
Siempreviva: Strohblume
Tamarindos: Tamarinde = „Indische Dattel", Hülsenfrucht
Tapado: In Bananenblätter eingewickeltes Gericht, meist mit Fleisch, Bananen und Gemüse
Verrugosa: „Warzenartige"
Yuca: Yucca(palme), Maniok

Jorge Isaacs (1837 – 1895)

Der Autor wurde am 1. April 1837 in Cali/Kolumbien geboren. Nachdem er die Grundschule an seinem Geburtsort und in Popayan besucht hatte, besuchte er die weiterführende Schule in Bogotá. Fünf Jahre später kehrte er in den Valle de Cauca zurück, auf das Gut seiner Eltern. Hier, in der Hazienda „El Paraiso", sollen die meisten der in „María" erzählten Erlebnisse stattgefunden haben.

Mit sechzehn Jahren nahm Jorge Isaacs zum ersten Mal an einem Krieg teil, weitere sollten später folgen. Als Achtzehnjähriger heiratete er die damals vierzehnjährige Felisa González Umaña. Nach dem Tod seines Vater verwaltete Isaacs mit wenig Erfolg das bescheidene Vermögen der Familie. Bald zog er erneut nach Bogotá, um sich der literarischen Gruppe „El Mosaico" anzuschließen.

1866 begann er seine politische Karriere, zeitweise als Konsul in Chile. Während er – zurück im Cauca – als Inspektor für öffentliche Bauten tätig war, schrieb er heimlich an seinem ersten Roman „María", der im Jahr 1873 schließlich veröffentlicht wurde. Aber das Glück hielt nicht lange an: Im selben Jahr änderte er seine politische Überzeugung, als radikal Liberaler wurde er Opfer einer unerbittlichen Verfolgung.

Noch einmal versuchte er, Ordnung in sein Leben zu bringen, aber es war zu spät: Seine Geschäfte mit Bergwerken misslangen, auch auf seinen zahlreichen Reisen durch das Land gelang es ihm nicht, ein Vermögen aufzubauen. Die Literatur diente ihm dabei immer als Flucht aus dieser Realität, allerdings blieb seinen Gedichten und historischen Werken ebenfalls der Erfolg versagt, die Roman-Trilogie „Tania", „Camilo o alma negra" und „Soledad" blieb unvollendet.

Im April des Jahres 1895 starb Jorge Isaacs in Ibagué, verarmt, desillusioniert und ohne in seinem Leben daraus Nutzen ziehen zu können, dass er der Verfasser eines der berühmtesten Werke der lateinamerikanischen Literatur sein sollte.

Der Übersetzer

Álvaro López Quijano wurde im Januar 1944 in Bogotá geboren. Bis 1960 besuchte er die Grundschule „Liceo de la Salle", das Abitur legte er 1963 im „Colegio de Ramirez" ab. 1964 nahm er ein Architekturstudium an der „Pontificia Universidad Javeriana" auf, das er jedoch nicht abschloss. Von April bis Dezember 1965 folgte ein Aufenthalt in New York, im März 1966 dann die Übersiedelung nach Deutschland. Hier besuchte er das Studienkolleg der Universität Hamburg. Nach dem Besuch der Hamburger Fotoschule von April 1968 bis März 1969 arbeitete er zwei Jahre als Fotograf, bevor er von 1972 bis 2000 in Hamburg kaufmännisch tätig war. Seitdem besucht er wieder die Universität Hamburg, als Kontaktstudent in den Fächern Literatur, Politik und Kunst.

Bücher aus dem SONRRIE VERLAG

KOLUMBIEN – sí o no?
Eine Reise in die Rumba
Mik Berger
Paperback, 162 Seiten, mit Fotos
9,90 Euro (D)
ISBN: 3-8311-2725-5

Impressionen und Hintergründe aus einem der fröhlichsten und zugleich gefährlichsten Länder der Erde

Kinderbücher

Laura und der Zaubergürtel
Mik Berger und Steffi Dobbertin
36 Seiten, vierfarbig, € 9,90 (D)
ISBN: 3-936968-01-2

Jugendbücher

Neues Leben im Reitstall / Auf dem Mühlhof ist was los
Mik Berger
160 Seiten, mit Illustrationen, € 12,50 (D)
ISBN: 3-936968-00-4